COMMANDEUR DU SUCRE

RAPHAËL CONFIANT

COMMANDEUR DU SUCRE

ÉCRITURE

ISBN 2-266-09580-3

Commandeur Gabriel Pacquit de Desmarinières,
Géreurs Ouemba et Marcédone de Génipa et du Robert,
que votre mémoire se trouve ici perpétuée !

Et nous cherchons le gué
dans les contours blessés de la parole
dans la brèche du rire
dans l'héritage des tambours
le gué des guérisons magiques
le gué des innocences hallucinées de non-savoir
le gué des amours perdus.

Ernest Pépin, *Boucan de mots libres*

EN-ALLÉE DE LA RÉCOLTE

Au jour de l'an, s'entre-offrir graines d'orange douce. C'est protègement contre la déveine et la défortune qui poursuivent le nègre depuis qu'il a été voltigé dans la canne.

C'est aussi gage d'heureuseté.

Le lendemain, au premier chanter de l'oiseau-pipiri, aiguiser les coutelas sur les meules pour la grande affrontaille avec les hordes chevelues et vertes dont l'ingénuité dans le vent n'est que feinte. Macaquerie même.

Puis s'amarrer les reins raidement pour les cent jours que durera la coupe. Ce qui veut dire janvier, jaune de rancune, parsemé des premières échardes de la saison de carême. Février, timide mangouste, qui parfois explose en soudaines avalasses de pluie. Mars, indécis et torride, qui passe avec le ballant du rêve-tout-debout et

final de compte

le commencement d'avril, ô enchanteur !

1

Mes instruments ? Vous ne me croirez point : le cahier aux pages vierges, le crayon noir et la toise pliable que certains nomment décamètre pour faire montre de savantise.

Je suis le maître d'école des champs de canne à sucre, le commandeur d'habitation, celui que coupeurs et amarreuses tentent d'attendrir avec des « Commandeur Firmin, bien bonjour ! » tantôt révérencieux tantôt doux comme qui dirait du sirop trempé dans du miel. Le royaume où s'exerce mon autorité a empiété à mesure-à-mesure sur les mangroves fétides de la plaine de Rivière-Salée, reculant l'eau noirâtre qui colle à la terre, les tournées-virées des moustiques bailleurs de la fièvre qui tue à petit feu. Maintenant, après moult simagrées du destin, il comporte cinq pièces, toutes magnifiques. Enfin presque toutes car Pièce Fond-Savon qui se trouve au plus près des mangliers, non loin de la mer que l'on ne voit jamais de chez nous — jamais à moins de grimper à l'en-haut des mornes — eh ben, cet endroit-là, croyez-moi, seuls les nègres de mauvaise nation, les m'en-fous-ben et les majors ne craignent pas d'y besogner. L'administrateur a exigé qu'on y plante la canne Big-Tana, nouvellement arrivée dans le pays, sous prétexte qu'elle est bien plus résistante que nos vieilles variétés du temps de l'antan. Nos cannes créoles, malavoi, BH ou encore rubannées. Hon ! Ces Blancs-pays-là ne quittent leurs gants blancs et leurs bottines cirées qu'au moment de se mettre au lit mais s'imaginent pouvoir guider votre travail.

L'année d'avant, trente-cinquième du présent siècle, en novembre comme de coutume, ce De Melville m'avait retenu dans ses bureaux, sur l'habitation, alors que la noireté s'était déjà emparée du monde. Il était à peine quatre heures et demie de l'après-midi. L'hivernage ne nous accordait pas une miette de chance. Il n'aurait cesse de nous grappiller de la lumière jusqu'aux approchants de la Noël, livrant les grands chemins et surtout les croisées au bon vouloir des zombis, des chevaux-à-trois-pattes et autres bougres qui se métamorphosent en chiens. Voire des âmes simples en défaite d'amour (ou en désamour pour causer le français-France). J'avais hâte de rentrer chez moi, au quartier Lamberton, pour me décrasser. Il m'a servi un verre de rhum sec, n'a pas bu lui-même (rhum c'est boisson de nègre, foutre ! Monsieur n'affectionne que le gin qu'il ne prend qu'en ville, au Cercle des Blancs) et m'a demandé, la figure barrée par dix mille plis :

— Firmin, on fait combien cette année d'après toi ?

— Ça dépend, monsieur.

L'administrateur se leva avec brusquerie, réajusta le pli de son pantalon immaculé et parut agacé bien qu'il fît des efforts pour me montrer de la sérénité.

— Tu veux dire quoi, compère ?

— Je veux dire : est-ce qu'on compte Fond-Savon, monsieur ?

— Mais bien sûr ! explosa-t-il. Bien sûr ! Qu'est-ce que vous avez tous contre cette pièce de canne-là, hein ? C'est la Big-Tana qui vous dérange. C'est ça, hein ?

Devant le Blanc créole, le nègre doit être un macaque de prudence. Certes il ne disposait plus du pouvoir de vous cravacher pour un regard de travers ou un propos déplaisant mais il gardait celui de vous renvoyer sur l'heure. Il n'avait pas besoin d'expliquer ni d'avertir une quelconque autorité ni de rendre des comptes à qui que ce soit. Il lui suffisait de prononcer une seule phrase terrible. Une phrase pourtant simple. Si simple qu'on l'entendait comme un murmure :

— Ce n'est pas la peine.

À ce moment-là, inutile de chercher à discutailler ou à le supplier. À beau dire-à beau faire, vos histoires de « J'ai six marmailles à nourrir dans ma case » ne l'intéressaient pas. Le Blanc ne se mêle pas de la vie du nègre. Il ne vous restait plus qu'à emballer vos affaires, rassembler votre famille et partir dès le devant-jour pour quémander un djob sur une autre habitation. De préférence fort loin de celle que vous veniez de quitter. J'ai donc répondu à De Melville :

— Sept cents barriques, monsieur.

Un sourire furtif glissa sur ses lèvres. Je savais qu'il n'aimait pas m'entendre l'appeler « monsieur ». La négraille dit « patron », « monsieur », ça s'utilise entre Blancs. C'est curieux : il n'y a que devant eux que je me sens nègre. Peut-être à cause de cette manière de vous regarder qui vous aplatit au même niveau, qui mulâtres, qui nègres, qui mulets, qui cabrouets, qui champs de canne. Pour eux, tout ça, c'est la même engeance.

— Mieux que prévu, non ? demanda-t-il, vaguement inquiet.

— Non-non... Pièce Courbaril et Pièce Romanette devraient nous bailler une bonne canne solide cette année, monsieur. La pluie ne nous a pas trop embêtés.

— Bon, eh ben, mon cher Firmin, prions pour que ça continue comme ça. Vous savez que les affaires ne marchent plus comme avant dans la colonie... rhum contingenté, hon ! Sucre de canne concurrencé... au fait vous avez déjà goûté au sucre de betterave ? Non ? Ils ont le toupet d'appeler ça du sucre. Enfin, n'insistons pas, tout ça c'est des soucis pour nous. Vous autres, vous mangez-buvez-dormez à l'aise comme Blaise. Ha-Ha-Ha !

Le lampion s'éteignit soudain et le bureau se trouva dans le faire-noir. Nous sortîmes sur le pas de la porte qu'il referma à clef bien qu'il n'y eût rien à voler à l'intérieur. Une violente quinte de toux le secoua tout entier et la sueur fétide, dégagée par le paludisme qui le rongeait, empuantit la fraîcheur du soir. Son cheval était attaché à un gros pied de mangue-bassignac qui ombrageait la cour de l'habitation Bel-Évent. En contrebas de la maison du propriétaire, maître Duplan de Montaubert, on distinguait les toits de paille grossièrement arrimés des cases à nègres. Une rumeur sourde, paroles mêlées de sons de tambours battus à l'étouffée, s'en élevait, amplifiée par moments grâce au vent frais et vicieux qui montait de la plaine et des mangles environnantes. Ce vent ameneur de moustiques, de miasmes, de rhumatismes, de pleurésies, de coqueluche. Et surtout-surtout, de la typhoïde qui vous dessèche les boyaux d'un homme en à peine trois jours. Il faut tout le temps songer à protéger ses os de sa farouchеté. C'est le vent de nuit qui s'infiltre dans les brouillards qui couvrent la rivière Salée.

— Sept cents barriques dis-tu, Firmin..., reprit l'administrateur en se hissant sur sa monture. C'est bien. Très bien... je vais annoncer la nouvelle à ces messieurs de l'usine.

L'administrateur talonna sa monture et, presque dans le même temps, tira violemment sur les rênes. L'animal eut un gémissement de frayeur plus que de douleur.

— Cette année, on aura une grève d'après toi ?

— Pas chez nous en tout cas. Cela fait des années que tout se passe bien...

— On a nommé un nouvel inspecteur du travail, un nommé Debretagne, hon ! Paraît qu'il viendra nous contrôler. C'est un emmerdeur de socialiste...

Je souris. La réputation de l'inspecteur était déjà arrivée jusqu'à moi.

— Eh ben qu'il fasse sa tournée ! fit-il, en haussant les épaules, ici, on n'écorche pas la loi.

Je craignis toutefois d'avoir un peu exagéré sur le tonnage de cannes attendu. Qu'est-ce qui m'avait pris ? Pourquoi avais-je voulu faire plaisir au Blanc ? À notre époque, on ne comptait pas encore en kilos. Notre mesure était la barrique et une barrique valait huit mille kilos. C'était précis et une habitation de soixante-seize hectares telle que la nôtre devait produire six cents barriques au plus bas. Sinon elle n'était plus rentable et à ce moment-là, colère du Blanc-pays, foutre ! Colère contre les coupeurs de canne ! Colère contre les amarreuses ! Colère contre les cabrouettiers et les muletiers ! Colère contre les commandeurs et les géreurs ! Même les économes et l'administrateur, pourtant hommes de livres et de registres peu en contact avec le travail des champs, n'échappaient pas à la tourmente.

J'étais encore une toute petite marmaille, quelques années après l'éruption du volcan, en 1906 ou 1907, il me semble, quand j'ai assisté à semblable colère de propriétaire, une colère dévastatrice, oui, péter sur l'habitation où besognait mon père. Elle se trouvait dans la commune du Diamant, à Fond-Manuel. Le planteur, maître De Boismarcel, avait jugé que l'épaillage des cannes avait été mal fait en novembre, ce qui avait empêché celle-ci de grandir bien comme il faut. Cette tâche n'était pas épuisante, elle demandait simplement du doigté. Enlever les feuilles sèches des pieds de canne pour que l'air et la lumière pénètrent dans les touffes et y apportent leur bienfaisance. La canne aime respirer, elle a aussi grand appétit de soleil. En fait, cette année-là, l'épaillage avait été confié, pour je ne sais plus quelle raison, aux seuls négrillons des petites-bandes et ils s'étaient jetés sur les champs comme une nuée de fourmis-à-ailes, arrachant à la fois feuilles sèches et feuilles vertes. Ah misère ! Ôter la feuille verte d'une tige de canne, même une seule, que dis-je, simplement la tordre ou la casser revient à amputer un homme de sa main ou de son bras. La croissance de la plante en est aussitôt gênée mais ça, allez l'expliquer à une joyeuse bande de négrillons pour qui épailler était une autre manière de jouer, et lucrative en plus.

De Boismarcel décréta un retrait sur la paye de chacun parce que le tonnage prévu n'avait pas été atteint. Sa férocité devint légendaire dans la bouche des conteurs de veillée mortuaire après qu'il eut surmonté deux semaines de grève de la part de ses nègres. Il y eut l'époque d'avant que maître De Boismarcel ne tombe en colère et l'époque d'après sa colère. Ce furent deux temps tout-à-faitement différents et nul ne s'avisa jamais plus de se croiser les bras sur son habitation. J'étais trop petit pour saisir le charivari qui roulait sous mes yeux mais je vis de jeunes nègres gros-gras-vaillants se vautrer dans la poussière en guise de contrition, espérant ainsi obtenir une quelconque faveur : aide-cuisinier ou gardien de chevaux. Ou n'importe quoi d'aussi peu honorable. Je vis des mères éplorées charger sur leur dos des bâtées d'enfants couverts de rhume, hâtivement vêtues de hardes mille fois rapiécetées qui tendaient la main à ceux qui avaient la chance de rester. Mon père fit un geste : cinquante sous dans le plat de la main d'une négresse rouge dont j'appris fort longtemps après qu'elle était l'une de ses nombreuses femmes-en-dehors.

En fait, avancer l'estimation de sept cents barriques revenait à m'empiéger moi-même, à prendre dans ma propre trappe. À moi et moi seul désormais l'obligation d'atteindre cette quantité. Sept cents fois huit mille kilos, messieurs et dames ! Ça en ferait de la canne coupée, de la canne amarrée, de la canne arrimée dans les wagons, de la canne transportée en chemin de fer jusqu'aux deux usines dont nous dépendions, celle de Génipa au nord, tout près du territoire de la commune de Trou-au-Chat et celle de Petit-Bourg, sur le bordage de la rivière Salée. Depuis dix-sept ans que je travaille à la plantation Bel-Évent, jamais on n'a dépassé six cents barriques, même au temps du commandeur Moreau qui nous faisait bourriquer sans une once de pitié pour ceux qu'avait happés une petite fièvre méchante et tenace ou qui s'étaient tout bonnement blessés. Barreau d'échelle après barreau d'échelle, j'ai escaladé les obstacles qui se dressaient devant nous autres, les travailleurs de la canne. J'ai d'abord fait coupeur de canne pendant trois ans qui m'ont paru trois siècles, puis on m'a promu muletier, ensuite cabrouettier. Patron-cabrouettier, pas valet. Le valet est le bougre qui s'occupe de nettoyer et de réparer le tombereau. Le patron-cabrouettier, lui, conduit son engin, fier comme un Monseigneur. C'est le patron, maître Duplan de Montaubert, qui avait décidé de me passer commandeur en 1927. En juin 1927. Je me souviendrai toujours de cette date. Il est arrivé en limousine américaine au ras de la gare de Pièce Courbaril et m'a fait signe d'approcher. Mon cœur chamadait dans ma poitrine. N'avais-je pas été dénoncé par un nègre-maquereau, un nègre-à-béké ? Mon père m'avait souvent mis en garde : « Méfie-toi du nègre ! Il n'y a pas plus traître que cette nation-là. Il te voit pisser deux petites secondes, le voilà qui va rapporter que tu passes ton temps à fainéanter dans la canne du Blanc. » Ma mère ajoutait : « C'est la dernière des races après les crapauds-lâdres et les coulis. »

Nous étions mulâtres.

À ce qu'il paraît, mon grand-père paternel était un richissime béké du Lamentin qui adorait engrosser les femmes de couleur, qu'elles fussent belles ou laides, grosses ou maigres, encore vertes ou déjà à maturité. Il ne voulait rien savoir. Et toujours à ce qu'il paraît, ses pairs lui dépêchaient chaque semaine des négresses ou des mulâtresses différentes sous prétexte de lui porter des commissions. Personne n'était dupe : ni le béké coqueur de femmes, ni l'envoyée, ni la valetaille qui l'accueillait avec des propos égrillards. Quand, par extraordinaire, une négresse inconnue de tous arrivait sur l'habitation de mon grand-père, Le Lareinty, si mes souvenances ne me font pas défaut, on lui lançait :

— Hééé, foutre ! En voilà une qui est venue chercher un bébé à bels cheveux plats !

Il convient de dire qu'à cette époque nous faisions la course pour éclaircir la race. Personne ne voulait mettre au monde des enfants trop noirs ou aux cheveux trop grainés car cela revenait à prolonger la déveine qui est sur la tête du nègre depuis que le monde est monde. À allonger la chaîne des gueux, si vous préférez. Chacun cherchait à concubiner avec quelqu'un de plus clair que soi ou à lui faire boire un bouillon-onze-heures afin qu'il vous épouse. L'attitude du béké du Lareinty ne choquait personne. Du côté de ma mère, nul ne savait d'où venait le sang blanc. Elle était une chabine costaude aux yeux bleus, à la peau couleur de crème de maïs. La mort l'a frappée en couches alors que je n'avais que neuf ans. Mon père lui faisait marmaille sur marmaille sans lui laisser le répit d'une seule année et elle eut ainsi onze rejetons.

Mon père répétait : « La femme c'est comme la canne, elle peut repousser jusqu'à la vingtième génération. »

J'étais l'avant-dernier d'entre ceux qui survécurent. Le treizième, tout comme le douzième, ne résista pas à une épidémie de coqueluche mais il emporta ma mère dans la tombe. Je ne me rappelle plus très bien les traits de celle-ci quoiqu'il me semble qu'elle n'était pas belle sous son masque de femme énergique accentué par ses joucs tiquetées de taches de rousseur. Ce qui ne s'effacera jamais de ma mémoire par contre, c'est qu'elle haïssait les Blancs-pays aussi paradoxal que cela puisse paraître. Elle ne répondait pas aux salutations des administrateurs et refusa toujours de travailler dans la canne. Elle cultivait un jardin créole minuscule sur une pente qui n'appartenait à personne et s'en tirait fort bien puisque nous avions toujours de quoi nous emplir le ventre.

Or donc, quand le patron, maître Duplan de Montaubert, m'eut fait venir à sa limousine pour m'annoncer que je ne couperais plus la canne, mes camarades de sueur et de souffrance me lancèrent :

— Tu es un bougre chanceux, oui.

Cela sans jalouseté ni dérision dans la voix. Sauf Justine, la lavandeuse, pourtant ma cousine germaine, parce qu'elle ne souffrait pas que le béké accordât des faveurs à une autre personne qu'elle-même. On savait partout à la ronde que j'étais un gros travailleur. On savait que je ne m'appesantissais pas inutilement sur une tâche et qu'on pouvait compter sur moi pour l'abattre en temps voulu. Un coupeur de canne doit couper vingt piles de canne pour gagner sa journée, eh ben, moi, Firmin Léandor, bien que je n'étais pas plus safre ou grand-falle que personne, quand mon bras s'élevait avec mon coutelas vingt-deux pouces pour cisailler la tige de canne, je ne voyais plus rien, je n'entendais plus rien. J'allais-j'allais-j'allais de tout mon corps, de toute mon âme et quand au finissement de la journée, on me comptait mes piles on trouvait plus souvent que rarement vingt-deux ou vingt-trois. J'étais toujours bien noté par le commandeur Moreau. Ce nègre-là ne savait ni lire ni écrire mais il marchait avec un carnet et un crayon, feignant de noter le nombre de piles fourni par chacun. La plupart des travailleurs étaient eux aussi dans l'ignorance et ne devinèrent jamais que tout était en réalité inscrit dans sa formidable mémoire.

Ce cérémonial consistant à tirer son carnet de la poche de sa chemise-kaki et à se saisir de son crayon qu'il tenait caché dans la fente de son oreille droite nous impressionnait grandement. Même aujourd'hui où davantage de nègres vont à l'école ou au moins y envoient leurs enfants, ça fait tressauter. J'employais les mêmes gestes que ce vieux commandeur à la différence que moi, je marquais vraiment car j'ai accompli cinq années d'école au bourg de Rivière-Salée. Si je n'ai pas été embauché d'emblée comme commandeur ou géreur, c'est parce que la mort subite de mon père m'avait rendu muet. Ma bouche était cousue. Je demeurais des jours entiers prostré à l'entour de notre case à espérer une ombre dans le chemin de roches qui m'annoncerait son retour. Quand mes frères déclarèrent ne plus pouvoir m'entretenir et que je me présentai à l'embauche, sur l'habitation Bel-Évent, j'avais à peine douze ans. Je ne répondis rien quand l'économe demanda :

— *Sa ki sa li ?* (Qui sait lire ?)

Duplan de Montaubert me promut ensuite cabrouettier. Meneur de cabrouet (pas valet comme je l'ai déjà précisé). Ce travail est doux. De beau matin, on vérifie les roues et l'attelage de son véhicule dans la cour de l'habitation, on baille des ordres à son valet (nous les appelions « tête de chemise », j'ai oublié pourquoi) et on prend en descendant vers les pièces de canne. Arrivé là, on attend tranquillement que la canne soit « levée » c'est-à-dire hissée par les coupeurs du sol où elle est entassée en piles jusqu'au tombereau où le valet la réceptionne et la range avec grand soin. Pendant ce temps, on a tout le loisir de prendre la blague avec les autres compères cabrouettiers ou bien de faire une coulée d'amour envers une amarreuse dont on a repéré les formes. Le cabrouet chargé, on pique les côtes des bœufs pour les obliger à avancer, en les encourageant avec un chanter afin qu'ils pressent le pas jusqu'à la gare la plus proche. À cet endroit sont stationnés des wagons dans lesquels on va transborder les paquets de canne. Ah, quel travail reposant que celui de conducteur de tombereau, foutre ! Pas de soucis qui vous démangent l'âme, pas d'emmerdations qui vous tenaillent.

Je serais resté toute ma vie dans cette position si une nouvelle fois le patron ne m'avait pas monté en grade. Deux des commandeurs de « Bel-Évent » se faisaient vieux-corps et, leur vue baissant, le maître soupçonnait les nègres de les couillonner. Je suis arrivé commandeur à l'âge de vingt-six ans. Un bel âge pour cette fonction ! C'est à cette époque que j'ai rencontré ma première femme, Honorienne, qui me fit cadeau de trois enfants avant de mourir d'une congestion. En ce temps-là, la mort se présentait subite. Cette câpresse vivait à Petit-Bourg où elle repassait du linge pour les familles aisées. Le samedi, elle confectionnait des bonbons créoles de toutes qualités, des tamarins glacés, des doucelettes, des berlingots, des tôtotes de fruit-à-pain qu'elle allait vendre à Grand-Bourg, l'autre moitié rivale de la commune de Rivière-Salée. Les grands jours, Honorienne embarquait à bord du yacht pour Fort-de-France. Moi-même, je n'y étais jamais allé. Mes frères avaient bien essayé de m'y entraîner pour assister à un 14 juillet mais je me défilai au dernier moment.

— Il y aura des bals partout, insista mon frère aîné.

— Et puis c'est la fête de la France, renchérit un autre frère. Il y a de quoi être fier, oui.

La plupart des fêtes, je les passais à la case-à-rhum de la boutique de Dame Yvette en compagnie de vieux bougres décorés de la guerre 14-18, trop cassés pour descendre en ville et que le gouvernement, cet ingrat, n'avait pas cru bon inviter en grandes pompes.

— Nous avons pourtant sauvé la patrie à la bataille des Dardanelles ! s'indignaient Télémaque et Gesner en tapotant les médailles fraîchement astiquées qui bardaient le devant de leur paletot.

— Tu penses que le gouvernement n'a rien d'autre à faire qu'à songer à des nègres décaduits de votre espèce, caquetait la boutiquière, pour vous mettre à l'honneur, encore aurait-il fallu que vous sachiez parler bien le français, messieurs. Or, vous passez votre temps à faire des cahots, à mettre des « le » à la place des « la ». Ha-Ha-Ha !

Ces cahots, fautes de français impardonnables, étaient des sujets d'interminables babillages à la case-à-rhum sous l'arbitrage impérial de Dame Yvette qui avait été élevée à Château-L'Étang, la grand case de la plantation Bel-Évent, au début du siècle et y avait joué, enfant, avec Duplan de Montaubert et ses sœurs. Elle y avait été placée comme fillette de compagnie par sa mère partie construire une chimère de canal dans un pays espagnol nommé Panama. D'ailleurs, à l'époque, la boutique appartenait à l'habitation Bel-Évent, au père de Duplan donc et les travailleurs agricoles avaient quasiment l'obligation de venir y dépenser leur paye. On maugréait :

— Le Blanc vous reprend d'une main ce qu'il vient de vous bailler de l'autre.

Lorsque Duplan-fils, qui donc Honoré, reprit les rênes de l'habitation, il récompensa son ancienne souffre-douleur, Yvette, en lui offrant la gérance de la boutique puis en la lui vendant pour une somme dérisoire, allant même, affirme la rumeur publique, à lui ajouter tout un morceau de terrain autour de celle-ci où la dame put bâtir sa maison. Les malparlants en conclurent que Duplan et Yvette ne s'étaient pas adonnés qu'à des jeux innocents au cours de leur commune enfance. La bougresse n'en parlait jamais. Elle semblait même avoir oublié que sa boutique se trouvait située sur les terres du Blanc-pays, encerclée par elles pour dire la franche vérité et que ses seuls clients étaient les géreurs, économes, commandeurs, muletiers, cabrouettiers, coupeurs de canne et amarreuses de Bel-Évent. On aurait juré qu'elle s'efforçait d'oublier son passé ou en tout cas de l'enfouir au plus profond de sa mémoire. Elle atteignit le sommet de la gloire le jour où le premier économe de Bel-Évent, un nègre-griffe plutôt falot, demanda sa main.

En période de récolte de la canne, la boutique ne s'animait qu'en tout début d'après-midi, lorsque les premiers travailleurs avaient pris leur bain, s'étaient habillés de propre et étaient parés pour boissonner leur compte de tafia en fessant d'une voix terrible leurs dominos sur les tables devenues branlantes de la case-à-rhum. Celle-ci n'était qu'un appendice grossièrement construit de la boutique. Quatre poteaux recouverts de feuilles de tôle ondulée, rouillées par endroits, qui coulaient au moment des grosses pluies. À six heures, Clothilde, la servante de Dame Yvette, suspendait une énorme lampe tempête en son mitan et la bamboche pouvait continuer, s'il était vendredi ou samedi, jusqu'après minuit. J'aimais, sans me l'avouer, cette boutique. D'abord parce que Dame Yvette avait un faux air de ma défunte maman. La même blancheur surprenante de chabine, la même dorure des cheveux et une semblable énergie à directionner sa vie sans dévier d'une maille, même au plus fort de l'adversité. Quand je n'étais que modeste coupeur de canne puis cabrouettier, je disposais d'un carnet de crédit à la boutique sur lequel Dame Yvette inscrivait elle-même les commissions que j'avais achetées. Contrairement aux autres clients, je faisais une entière confiance à la chabine et ce n'est pas Firmin Léandor qu'on aurait vu péter un trafalgar pour une roquille d'huile ou deux têtes d'oignon-France qu'elle y aurait ajouté en trop. Comme la majorité des travailleurs ne savaient pas lire, ils imaginaient que la boutiquière en profitait pour les voler et certains, ou plutôt leurs femmes, doublaient le carnet d'un ingénieux système d'entailles au couteau sur quelque poteau de leur case. À chaque type d'entaille correspondait un achat précis et ainsi parvenaient-elles parfois à tenir Dame Yvette la main dans le sac, encore que cette dernière agissait de la sorte par erreur et non par mauvaiseté. Comment ne pas se tromper entre les soixante et quelques carnets de sa clientèle ? Il arrivait qu'elle marquât la livre de pain de Man Sélénis sur le carnet de Gesner et inversement. Depuis que certains enfants brillaient devant un tableau d'école et qu'ils étaient en âge de comprendre, Dame Yvette avait eu l'idée de leur faire inscrire leurs achats de leur propre main. De cette façon, plus aucune contestation n'était possible.

Tant que je fus célibataire, je passai des après-midi et des soirées entières à la case-à-rhum au lieu de chercher à m'enjuponner comme les autres jeunes nègres de mon âge. Quand je me décidai à laisser la maison paternelle que je continuais à partager à Petit-Bourg avec mes frères, Dame Yvette me loua une case en fibro-ciment qu'elle avait fait construire à Lamberton.

— Comme ça tu ne seras pas loin de Bel-Évent, mon bougre. Garde-toi d'agir comme tous ces nègres fainéants d'aujourd'hui que le Blanc doit presque supplier pour qu'ils acceptent de lui faire une misérable petite journée.

— Le nègre n'est pas fainéant, marraine, c'est la paye qui est maigre tout bonnement, répondis-je.

— Maigre ! Qu'est-ce que ça veut dire ? Sache que de mon temps, certains coupeurs faisaient deux journées en une seule. Odilon Bastaraud était de ceux-là, il peut te le confirmer. Maintenant, monsieur se laisse aller, il a tout ce qu'il lui faut. À quoi bon esquinter ses os ?

N'étant encore que coupeur, je n'avais pas envisagé que quelqu'un fût assez fou pour abattre quarante piles de canne en une seule journée. Je me promis d'essayer un jour où je me sentirais en pleine forme et pris le pari avec deux de mes camarades. À quinze heures, le jour du défi, je tombai raide au beau mitan de la parcelle que j'avais taillée presque à moi tout seul. Je ne m'étais arrêté que pour boire goulûment à la dame-jeanne et grignoter un carreau de fruit-à-pain « découché », ce qui veut dire en notre langage « cuit depuis la veille ». Dans la calebasse de ma tête, je comptabilisais les tiges coupées, les paquets amarrés et les piles entassées. Mon amarreuse, une nièce de Man Sélénis originaire du quartier Florencin, me demanda sans arrêt pardon :

— Firmin, je n'arrive pas à suivre ton ballant. Baille-moi une chance s'il te plaît !

— Non ! Amarre-toi les reins, ma négresse. Je t'apporterai deux cabris le jour de tes noces.

— Va chier, compère ! Tu vas me tuer avant l'heure, oui !

Mais, bonne âme, elle fut la première à se pencher sur moi lorsque je faillis rendre mon dernier souffle dans le champ de canne car tout le monde à cette heure-là avait déjà quitté les lieux. Elle me bassina avec l'eau de la dame-jeanne, me tapota les deux pommes de la figure, se mit à pleurer à grosses eaux quand elle crut que je ne pourrais plus revenir à la vie. Elle se jeta sur ma poitrine en criant :

— Mon nègre ! Ô mon nègre !

Et mon cœur se remit à battre. J'ouvris les yeux et lui déclarai avec simplicité :

— Merci, Éléonore ! Merci un paquet de fois !

Nous demeurâmes enlacés à même la canne coupée jusqu'à ce que les bêtes-à-feu illuminent la noireté du ciel. Sans brocanter davantage de paroles. Sans remuer un seul poil d'yeux. Le vent frais venu des mangroves de la baie de Génipa entourbillonna nos corps. Ce vent-là chantonnait comme une vieille tendresse. Nous éclatâmes d'un rire nerveux et repartîmes main dans la main, nous séparant aussitôt que, dans le chemin, nous rencontrions quelqu'un car une telle attitude était insolite pour des nègres créoles et n'eût pas manqué de susciter un étonnement sacrément solide. Nous avions vu les acteurs des pièces de cinéma, jouées le dimanche après-midi à la salle paroissiale de Grand-Bourg, se comporter de la sorte et, sans nous concerter, nous avions jugé qu'il n'y avait là rien de répréhensible. Comme aucune nouvelle ne demeurait serrée à l'en-bas des feuilles dans nos campagnes, on sut très vite que Firmin et Éléonore marchaient « bras dans bras » dès que ces deux gourgandins se croyaient seuls.

— Hon ! Un jour ou l'autre, ils vont s'embrasser sur la bouche en public à la manière des Blancs-France ! maugréa Gesner, le conteur.

On commençait à trouver notre manège pour le moins scandaleux. L'amour, ici, ne s'exhibe pas, il se commet. Il ne se commente pas, il se sous-entend. Or, nous n'étions guère discrets à mesure que le temps avançait. Dame Yvette me pressa donc de me remarier d'autant que je venais d'être passé patron-cabrouettier par Duplan de Montaubert. Ce que je me dépêchai d'accomplir pour ne pas être mis au ban de la communauté de Petit-Bourg. Longtemps plus tard, lorsqu'il se révéla qu'Éléonore était bréhaigne, je me demandai si je n'avais pas eu tort de céder à la pression de mon entourage, surtout que la passion que j'avais éprouvée pour elle s'était muée en affection. Honorienne, ma première femme, m'avait laissé trois marmailles seulement : deux garçons, Jean-André et Géraud, ainsi qu'une fille, une capistrelle du nom de Mathurine. Mais comme tout homme raisonnable de mon époque, j'en souhaitais au moins six ou sept. Un an à peine après mes nouvelles épousailles, je repris mon habitude de fréquenter la boutique de Dame Yvette.

Là, je rencontrais une catégorie de bougres, les « majors » ou fiers-à-bras de quartier qui m'enseignèrent la dureté d'âme face aux aléas de l'existence mais aussi un sens de la justice, différent de celui du juge de paix qui officiait une fois par semaine à Grand-Bourg mais tout à fait fondé. Il y avait là Odilon Bastaraud, major de Là-Haut, Gesner, major de Fond Masson, détenteur sous sa langue d'une myriade de contes, Télémaque, major de Guinée-Fleury, qui avait dépassé les bornes de la vieillesse (remplacé après sa mort par Sonson), Alcide Fleurimont, major de Desmarinières, Aimé, major de Petit-Bourg, La Ficelle, major de Grand-

Bourg et des tas d'autres mastoques qui régnaient chacun sur un territoire bien délimité et qui avait leurs affidés, leurs flatteurs et leurs femmes-concubines. Un code de l'honneur sévère réglait les rapports entre les majors et leurs gens. Celui qui s'en écartait voulait signifier qu'il cherchait un combat ou qu'il avait soif d'étendre sa suprématie en dehors de son aire d'influence habituelle. C'est ainsi qu'un dimanche de fête patronale à Grand-Bourg, un compère à Aimé vint provoquer le monde d'une manière si délibérée qu'elle n'aurait pu rester impunie. La Ficelle, major de l'endroit, en aurait perdu immédiatement son grade. Le provocateur s'y prit d'une façon si-tellement dérisoire que l'affaire est à peine racontable : il but moult bouteilles de tafia avant d'accomplir son forfait, sans doute pour se fortifier le courage, puis il s'approcha d'une pauvre marchande de marinades qui vendait sur le perron de l'église. Une malheureuse ! Une antique négresse au visage canni dont les doigts tremblaient et qui n'avait plus guère que la peau et les os. L'envoyé du major Aimé, titubant devant son étal, lui demanda le prix d'une marinade.

— Cinq francs, doudou-chéri, fit la marchande.

— J'en prends une foutre ! s'écria-t-il et, joignant le geste à la parole, il s'empara d'une marinade bien croustillante et l'engloutit d'un seul coup en s'esclaffant. Puis il s'en bailla une bonne ventrée.

— Par pitié, monsieur ! C'est avec cette goutte d'argent que j'achète mes médicaments. Payez-moi, s'il vous plaît. S'il vous plaît…

Le bougre lui tourna le dos et continua sa route parmi les tables de dés où l'on roulait le « serbi » et celles où les dominos étaient les rois. Il bousculait le monde, injuriait la mère des gens de Grand-Bourg jusqu'à ce qu'à la rue Schœlcher il butât sur le major La Ficelle.

Celui-ci le cherchait depuis qu'on l'avait mis au courant de la scélératesse commise à l'encontre de la vendeuse de marinades. Impressionnant par sa taille, maigre comme cela s'écrit, les yeux naturellement exorbités, La Ficelle aurait fait peur à un zombi lui-même. En plus, il était « monté », ce qui veut dire qu'il portait sur lui, dans quelque repli de ses vêtements, un garde-corps, une protection qui le rendait invincible. Il avait participé à la grève de l'usine du François en 1901 au cours de laquelle le sinistre lieutenant Kahn avait fait tirer à bout portant sur les travailleurs et aucune balle ne l'avait fauché. Il s'était ensuite gourmé en duel au pistolet, pour une histoire de femme, avec un gandin du quartier La Fayette lequel s'était entraîné deux mois pour rien. Ses balles transpercèrent le ventre du fier-à-bras de Grand-Bourg sans y laisser une miette d'écorchures tandis que la sienne fit exploser le front de l'imprudent comme un fruit-à-pain doux. Bref, La Ficelle était l'un des plus redoutés majors du sud du pays et s'il laissait à d'autres nègres le loisir de s'imposer dans tel ou tel quartier, c'est parce qu'il répugnait à s'éloigner de son fief.

Avec ses quatre magasins (dont le plus rutilant était sans discussion possible celui du Syrien Abdallah), son église, ses réverbères, ses rues bien empierrées et sa mairie, Grand-Bourg représentait pour lui le comble de la civilisation. Il se sentait une âme de citadin et n'aimait guère fréquenter la campagne où traînaient trop de nègres-à-gros-orteils et de négresses à éléphantiasis. Escorté par l'habituelle meute de gamins admiratifs, il appuya son index droit dans le creux de l'épaule du provocateur et lui intima l'ordre de dévirer en arrière. Son doigt s'enfonça si profondément dans la chair de son adversaire que ce dernier fit une grimace atroce. Des larmes perlèrent à l'encoignure de ses yeux.

— En arrière ! brailla La Ficelle.

L'envoyé du major Aimé s'exécuta sous les quolibets de la foule jusqu'à l'étal de la marchande de marinades qu'il avait volée. Là, il n'eut d'autre ressource que de payer, or notre homme ne disposait que d'un gros billet de cent francs en poche, messieurs-et-dames ! Quand il tendit la main pour que la vieille femme lui rende sa monnaie, La Ficelle déclara :

— La monnaie ? Y'a pas ! Allez, tire tes fesses d'ici vitement-pressé, mon bougre et va dire au nègre-major qui t'a chargé de la commission pour moi que, désormais, je lui interdis de piler la terre de Grand-Bourg. Qu'il ne s'approche même pas du débarcadère ni n'ose poser son cul sur le bac, sinon je vais lui péter le fiel.

Le bougre s'enfuit sans demander son reste et La Ficelle ordonna à la marchande de régaler la marmaille qui le suivait avec sa monnaie. J'étais de la bande de ces garnements-là. Cela a dû se passer en 1921, si ma mémoire est bonne. Je n'avais nulle idée qu'une quinzaine d'années plus tard, je commanderais à des êtres aussi prestigieux (et surtout en âge d'être mes pères) tels qu'Aimé, Gesner et même La Ficelle qui au déclin de sa vie, ignoré de tous, malade de rhumatismes dans tout le corps, sollicita un petit djob de gardien de bœufs à Bel-Évent. Je n'aurais jamais imaginé que je m'attablerais avec eux à la case de Dame Yvette et qu'ils me conteraient leurs exploits de jeunesse, les défis homériques qu'ils s'étaient lancés et les batailles non moins mémorables auxquelles ils s'étaient livrés sous l'œil impuissant des gendarmes-à-cheval. De leur temps, au tout début du siècle et même dans celui qui l'avait précédé, la vocation naturelle d'un major de quartier était de devenir commandeur d'habitation mais le monde avait brocanté de visage depuis que le gouvernement avait entrepris de mettre les enfants des malheureux à l'école. La force des bras cédait le pas à la force de la tête. Les belles paroles créoles s'effritaient devant le savoir grand-grec en français. Le nègre n'éprouvait plus l'envie de se quereller pour un rien, pour une marinade dérobée ou pour un regard louche lancé à une manzelle qu'il convoitait.

— Tout finit, soliloquait La Ficelle. Un jour, la canne elle-même va finir, oui.

— Tu es fou dans le mitan de la tête, compère, rétorquait Gesner, la canne c'est ce qui fait la richesse du Blanc créole. C'est elle qui lui baille le sucre et le rhum. Sans la canne, il serait plus inutile qu'un zéro devant un chiffre en face du Blanc-France.

— La canne, c'est elle qui tient la colonie debout, renchérissait toujours quelqu'un.

Je n'avais pas cru à la prédiction du vieux major. Je la croyais le fruit de l'amertume et du désabusement. Car comment croire que les deux usines qui envoyaient leurs caravanes de fumée au-dessus de la plaine de Rivière-Salée pourraient s'arrêter un jour ? Comment soupçonner que les rails brillants qui serpentaient entre les champs de canne et se dispersaient en dizaines de voies sur toutes les habitations de la région seraient recouverts par l'herbe grasse ou la boue noire remontée du fond de la baie de Génipa ? Non ! La canne ne pouvait pas mourir car c'est la canne qui avait fait ce pays de Martinique, qui l'avait construit. C'est elle qui fournissait le manger et le bien-être qui au Blanc-pays, qui au nègre, qui au mulâtre, qui à l'Indien-couli. C'est la petite monnaie que nous distribuaient planteurs et usiniers qui faisait marcher le commerce de tissus du Syrien Abdallah à Grand-Bourg, les boutiques de morue salée, de tête de cochon, de pois rouges-lentilles-riz, margarine et consorts dont nous avions si indispensablement besoin. Nous jacquot-répétions tous : « Canne c'est maudition ! », mais nous savions bien que derrière cette maudition-là, il y avait la vie. Le commandeur Jérôme, qui est communiste, a toujours prétendu qu'il fallait la dompter et non la détruire. La dompter en dépossédant les Grands Blancs des terres qu'au fond, à bien regarder, ils avaient acquises de manière déshonnête, en utilisant la force, le fer et le feu. Mais ce Jérôme avec ses réunions secrètes, son journal *Justice* dont il lisait des passages à ceux qui étaient avides de comprendre le sens du monde, ce Jérôme que monsieur l'abbé avait interdit de piéter à l'église parce qu'il professait « l'abomination moscoutaire et athée », il voyait trop loin. Beaucoup trop loin pour nous autres…

2

Étrange sensation que de désommeiller et de ne plus se souvenir ni de son nom ni de l'endroit où l'on se trouve ni du jour qu'il peut être. Étrange sensation que cette foisance de rêves échevelés qui a accaparé l'entièreté de sa nuit. Incrédule, l'homme scrute le calendrier « Rhum Trois-Rivières » accroché à la cloison de sa chambre et tente d'y trouver un repère. Bien en vain. Il est vrai que sa vue n'a eu cesse de faiblir depuis que cette négresse-matador lui avait voltigé une casserole d'huile bouillante à la figure. N'eût été sa prestesse habituelle, il serait aujourd'hui un éclopé livré au bon vouloir d'autrui c'est-à-dire, pour avouer la franche vérité, à la mauvaiseté des coupeurs de canne et des muletiers qui l'ont toujours cru emmanché avec celui que l'on continuait (par paresse) à appeler le maître bien que l'esclavage eût été aboli depuis un nombre incalculable de carêmes et d'hivernages.

— L'esclavage a été remplacé par l'esclavitude, avait coutume de lancer, énigmatique, Gesner que sa réputation de conteur émérite mettait à l'abri des foudres tant des Blancs que de lui, le commandeur d'habitation.

L'homme se déraidit sur son lit, incapable encore de prendre la moindre résolution et se surprit à observer la marque profonde et nette que le corps de son épouse avait laissée sur les draps. À l'heure qu'il était, et bien que le devant-jour n'ait point tout à fait établi son empire sur le monde, Éléonore devait marcher à grand ballant en direction de Grand-Bourg, son énorme panier debout droit sur sa tête. Des fruits-à-pain, des ignames, des couscouches, des choux de Chine et des grappes de mandarines y avaient été rangés avec précaution la veille au soir. La marmaille, elle, ne faisait pas encore de désordre dans la maison. Tout était anormalement calme.

« Hon ! On est donc samedi, songea l'homme, ou alors… mercredi. Tonnerre de Brest ! Qu'est-ce qui arrive à mon vieux corps ? »

Il sauta à pieds joints sur le plancher de bois qui lui renvoya un bruit rassurant. S'approchant du calendrier et allongeant un doigt vers le mois de février, il lut, à très haute voix, comme pour chasser les miasmes de la nuit : « Mercredi 24 janvier. »

Il jeta ensuite un œil à l'année et lut en son for intérieur : « 1936 ! »

Il vénérait les chiffres et les dates à-quoi-dire un signe de sa supériorité sur les nègres pour lesquels cyclones bouleverseurs du monde, tremblements de terre et autres accidents naturels constituaient les seules bornes du temps. Au-dehors, ses poules et ses coqs d'Inde vacarmaient par intermittence et il savait qu'ils ne cesseraient de l'interboliser que lorsqu'il s'assoirait au mitan de la cour pour leur éplucher des cocos secs. La volaille attendrait aujourd'hui : l'homme n'était pas parfaitement maître de ses esprits. Il se sentait un peu cagou. Il se versa un demi-verre de rhum sec qu'il avala d'une traite tout en se raclant la gorge avec vigueur et pansa aussitôt cette brûlure du gosier à l'aide de l'eau fraîche de la carafe. Un deuxième sec le mit derechef d'aplomb et il alla ouvrir l'abat-vent par les fentes duquel perçaient déjà des brisures de lumière.

De sa chambre, il découvrait presque la moitié de la plantation de Bel-Évent dont les cannaies descendaient en pente douce jusqu'à une ravine qui servait d'alignement entre les terres de son patron, Honoré Duplan de Montaubert, et celle d'un autre Blanc-pays qu'on ne voyait jamais par ici. À ce qu'il paraît, ce dernier avait livré son exploitation au bon vouloir d'un sien cousin de basse extraction et courait le cotillon à la ville à longueur d'année. Plus au sud : le gris éclatant des rails du chemin de fer qui se perdaient par endroits dans la touffeur de la végétation.

Un couli haillonneux passa dans le chemin et sans le voir lança un tonitruant « Commandeur Firmin, bien bonjour ! » auquel il ne daigna pas répondre. Il se défiait de cette race qu'il jugeait à la fois pleine de sournoiserie et faiblarde. Il n'y avait que les « échappés-coulis », surtout ceux dont la mère était une négresse, qui possédaient suffisamment de ténacité pour tenir un coutelas sous le soleil du matin au soir. Les vrais Indiens, eux, s'occupaient plutôt d'élever le bétail, en particulier les chevaux qu'ils montaient à la perfection. Les Grands Blancs les utilisaient comme jockeys dans les courses qu'ils organisaient entre eux dans la lointaine commune du Lamentin, sûrement à cause de leur faible poids. Le commandeur se tâta la poitrine, le ventre ainsi que les jambes sans rien déceler d'anormal. Tout se déroulait dans sa tête. Ce malaise diffus qui l'empêchait de sortir affronter cette chiennerie d'existence comme il l'avait toujours fait tout au long de ses quarante-sept années sur cette terre. L'image de Virginie, l'épouse du maître, lui traversa les pensées mais il se dépêcha de la chasser et pesta à nouveau contre lui-même. « Tonnerre de Brest ! » avait d'ailleurs fini par devenir son surnom bien qu'on ne l'employât que derrière son dos.

— Demain... demain commence la récolte, soliloqua-t-il, découvrant en final de compte l'objet de tous ses soucis.

La récolte ! Un gigantesque branle-bas de combat qui saisirait l'habitation entière et la ferait bourdonner jusqu'au mois de juin. Et encore si le temps avait baillé quelque embellie ! Une bonne moitié de l'année en somme. L'autre était nimbée d'une espèce de torpeur due au fait que tout un chacun vaquait à ses propres occupations, hormis les courtes périodes du labourage et du repiquage de la canne. Le cannage et l'épaillage des pièces prenaient aussi un petit bout de temps. Tâches que la négraille et les coulis accomplissaient d'une façon quasi somnambulique car n'exigeant nulle hâte. Précision et grand soin étaient les vertus requises à cette époque au cours de laquelle naissaient les amours, s'instauraient les concubinages, se déroulaient les plus mémorables joutes dans tous les gallodromes (que nous appelons céans « pitte-à-coqs ») du sud du pays.

— Comment, tu parles tout seul maintenant, mon bougre ? Tu es devenu une vieille femme ou quoi ? se moqua un nègre gros-gras-vaillant de son âge qui aiguisait son coutelas sur la meule de Firmin.

Le commandeur voulut l'injurier mais il se retint. Il n'y avait aucune parade contre cette catégorie de nègres rebelles qui habitaient à Fond Masson et que l'on disait descendre en ligne directe des Congos que les planteurs avaient importés d'Afrique après l'abolition de l'esclavage, cela en même temps que les Indiens-coulis, afin de remplacer les noirs créoles qui avaient tous pris la discampette au bourg ou aux approchants des grands bois de Desmarinières et de Caféière. Ces derniers s'étaient taillé là de petites propriétés sur des terres appartenant au gouvernement.

Il n'y avait jamais de sous-entendu pas plus que de réelle bravacherie dans les propos des Congos et comme en plus, ils étaient d'infatigables travailleurs, cela ne valait point la peine de s'escarmoucher avec eux. L'impertinence leur était une seconde nature et Firmin Léandor avait dû s'en faire une raison combien qu'il sursautât toujours un peu quand l'un d'eux l'apostrophait. Leurs cases en paille — car ils étaient tous des « nègres casés », c'est-à-dire résidant sur l'habitation Duplan de Montaubert pendant la récolte — se trouvaient à l'en-bas des parcelles de Ravine Cacao, masquées par un écran d'arbres fruitiers et ni le commandeur ni les Blancs ne savaient ce qui se tramait dans ce hameau-là. Il n'y avait que le son lugubre de leurs tambours qui énonçait une manière de nostalgie, certains soirs d'après-récolte, pour rappeler au monde leur existence.

À la vue du nègre-Congo, Firmin Léandor s'ennuagea : tout à l'heure défileraient sur le pas de sa porte des hordes de miséreux qui lui offriraient la force de leurs bras pour deux francs-quatre sous. Impossible de les embesogner tous ! Les temps étaient devenus raides depuis le contingentement du rhum et le sucre lui-même ne baillait point satisfaction. L'administrateur De Melville lui avait recommandé une plus grande austérité dans la marche de la plantation. Fini le temps béni où, pour s'attirer les bonnes grâces d'un tel ou les faveurs d'une telle, Firmin distribuait des tâches à tour de bras, même là où il n'y avait pas besoin d'une grappe de gens. Seul le géreur Baudoin Louvier de

Laguarrande, un Blanc créole désargenté, qui mangeait son âme en salade parce que son père avait perdu l'héritage qu'il lui destinait au baccara, émettait quelques protestations. Moins la race nègre faisait nombre dans ses parages, mieux il s'en portait. Nourrissant une haïssance farouche contre le commandeur, il le laissait se débattre tout seul avec les coupeurs de canne et les attacheuses bien que le maître eût fait savoir que l'embauche était aussi de son ressort. Il se gardait d'intervenir lorsqu'une femme enceinte que Firmin avait été obligé de rejeter se roulait à ses pieds, le suppliant de lui bailler une petite miette de travail afin que sa tiaulée de marmaille ne crevât pas de malefaim. Un sourire mauvais se dessinait sur ses lèvres et il lançait à Firmin, sans un regard pour les nègres :

— Quand tu as fini, porte-moi les noms à l'économat car je n'ai pas que ça à faire. Salutations !

Le commandeur se saisit d'une demi-calebasse et se mit à puiser de l'eau dans la jarre en grès qui la recueillait directement du toit. Se dénudant, il s'aspergea d'abord d'abondance avant de se savonner avec un carré de savon de Marseille et songea à sa mère qui avait coutume de lui seriner que l'homme qui, au réveil, est porteur de vilaines odeurs, devait avoir quelque méfait à se reprocher. Soit qu'il avait dérespecté le Bondieu soit qu'il avait eu le désir d'une chose qui ne lui appartenait pas. Ce matin-là, Firmin se trouva une odeur de fréchin, ce qui contribua à l'enrager davantage contre sa propre personne. Il ne s'était même pas rendu compte qu'une assemblée de gens assistaient sans mot dire à sa toilette matinale. Les traits sublimes de Clémencia se détachaient d'emblée de tous ces visages égrafignés par la misère. Ses hautes pommettes noires et brillantes lui conféraient un air à la fois altier et lointain qu'elle ne perdait jamais, même au plus fort du combat contre la canne. Elle pouvait amarrer les bouts de trois coupeurs à la fois sans se plaindre et la courbure de son corps, malgré les hardes-cabane amples dont elle se harnachait, baillait une frissonade au moins vicieux des hommes. Sa belleté n'était entachée que d'un seul défaut : elle ne clignait presque jamais des yeux. Si bien qu'on avait l'impression que son regard était perpétuellement en train de vous jauger et Firmin Léandor ne pouvait pas cacher que cela lui procurait une certaine contrariété bien qu'il ne s'en fût jamais ouvert à qui que ce soit.

— *Man pwôp kon sa yé a ?* (Suis-je propre maintenant ?), leur lança-t-il, ironique.

Il remarqua que sa véranda croulait sous les ignames-chacha, celles qu'il préférait. Décidément, ils le connaissaient sur le bout des doigts, ces bougres-là ! Il réprima un geste d'agacement, voulut dire « C'est pour moi tout ça ? », se ravisa et rentra s'habiller. Le calendrier lui sauta aux yeux, incongru entre *Les Glaneuses* et *L'Angélus* de Millet dont les couleurs étaient un peu passées. Il se surprit à vérifier à nouveau qu'il ne s'était trompé ni de date ni de mois et s'assit lourdement sur le rebord de son lit. Son pistolet, gros insecte noir, trônait sur une étagère. Où était passée la fièvre intérieure qui l'agitait chaque année depuis bientôt vingt ans à l'approche de la coupe de la canne ? D'ordinaire, il guettait les Après, ces vents de la mi-janvier qui affroidurent le matin et le gonflaient d'une inexplicable exaltation. Les flèches de canne prenaient des allures de pubis soyeux sur la terre dont les mornes semblaient figurer des jambes repliées. Posture femelle qui insufflait à Firmin un émoi qui ne le quitterait qu'aux premiers assauts du soleil. Aujourd'hui : rien de tout cela.

Simplement une immense lassitude (de son âme davantage que de son corps d'ailleurs). Il entendit le raclement des cabrouets dans le chemin et le chanter de Gesner qui encourageait les bœufs à avancer. Il songea qu'après la corvée de l'embauche, il devrait se rendre au hangar de l'habitation afin de vérifier l'état de chacune de ces charrettes à canne. Là il en était sûr, Baudoin, le géreur, serait présent. Il aimait à en imposer aux cabrouettiers qui s'imaginaient appartenir à une caste supérieure aux coupeurs de canne et aux amarreuses. Il venait exprès pour leur rappeler qu'à ses yeux ils demeuraient toujours des nègres, rien que des nègres en dépit de leur vêture kaki propre et repassée à l'escampe.

— Tonnerre de Brest ! s'exclama Firmin Léandor avant de se choisir un pantalon.

Des ravets se faufilaient en tous sens dans l'armoire qui sentait la naphtaline. Il en écrasa quelques-uns d'un geste résigné, se demandant où ces cafards trouvaient le pouvoir de résister ainsi à toutes les tentatives que faisait Éléonore pour les exterminer. Sa mère prétendait que cette race-là n'était pas créole, c'est-à-dire native-natale de la Martinique, mais qu'elle avait débarqué dans les caisses de pommes de terre et d'oignons-France dont on commençait à faire grande consommation, même dans une commune aussi éloignée de Fort-de-France que Rivière-Salée. Il empoigna le premier pantalon de la pile et le passa sur son caleçon soudainement pressé d'aller à la rencontre du jour. Il lui fallait batailler contre cet abattement inexplicable qui lui brouillait les idées, surtout à un moment où il était l'homme poteau-mitan de l'habitation de Bel-Évent. Grand organisateur de la récolte à cause de l'incurie chronique du géreur Baudoin, il devait tout prévoir sinon les choses pagailleraient en six-quatre-deux, les nègres n'ayant pas pour habitude de devancer ses ordres ni de prendre une quelconque initiative.

C'est en passant sa large ceinture en cuir qu'il comprit la raison de son état d'esprit du devant-jour : la mort de ses compères Servius, Antonin et Soupamah le chiquetaillait toujours au plus profond de lui. En fait, il n'avait jamais pu accepter qu'au cours de la même année trois d'entre ses meilleurs amis aient quitté la vie et d'une manière aussi brusque. Le premier qui était charpentier au bourg et construisait la plupart des cabrouets de Bel-Évent, avait succombé à une congestion au débouché de la Noël. On avait mis cela sur le compte du boissonnement et de l'excès de ripaille car le bougre n'avait, en cinquante-quatre années de vie, montré le moindre signe de fléchissement. De Servius le monde disait « C'est un diable au travail ! ». Le deuxième, Antonin, était commandeur sur l'habitation La Palun. Longtemps, il déclara à Firmin :

— Dépêche-toi de faire une fille, compère ! J'ai une bande de garçons qui n'espèrent que ça, hé ben Bondieu !

C'était un éternel sujet de rigoladerie entre eux. Dès que Firmin prenait congé de ses compères, après la réunion mensuelle des géreurs et commandeurs de couleur du sud qui avait lieu chez l'un d'eux à tour de rôle, Antonin annonçait à la cantonade que Firmin se préparait à aller faire un enfant à sa femme. Ce dernier n'en prenait guère ombrage quoiqu'il souffrît de ne point pouvoir faire prospérer le nom de Léandor. Cette nation-là se comptait sur les doigts d'une main et il y avait gros à parier qu'elle disparaîtrait avant que le siècle n'atteigne son mitan. Quand Mathurine naquit, Antonin porta deux moutons en guise de cadeau. On n'avait jamais su de quoi il avait trépassé. Beaucoup avançaient l'idée qu'une femme-concubine délaissée l'avait empoisonné avec de la racine de barbadine, le fil de son cœur ayant cédé d'un seul coup, en plein soleil, alors qu'il examinait la replantation d'une pièce de canne. L'absence d'Antonin fut si insupportable à Firmin qu'il déserta un bon morceau de temps la réunion mensuelle de ses pairs. Puis la vie recommença à battre son chemin, effaçant derrière elle les traces de ses dégâts.

Le troisième décès, celui du couli Soupamah, étonna moins Firmin. L'étonnant fut qu'il ait survécu si longtemps à la « blesse » qu'il avait attrapée en tombant d'un pied de cocos dont les fruits étaient réputés posséder des vertus de jouvence. Cet arbre était plus haut que tous ceux qu'on avait connus ici-là de mémoire d'homme si bien que plus personne ne s'aventurait à l'escalader malgré les grappes magnifiques qu'il arborait. On se contentait de ramasser les noix sèches, jetées bas par le vent, pour en faire des confitures à vous damner le palais. Pourquoi l'Indien filiforme avait-il eu l'envie saugrenue de s'attaquer à un arbre que le monde avait presque fini par considérer comme ensorcelé ? Ça, pas même sa femme n'avait pu en bailler une réponse plausible. Soupamah n'était pas particulièrement amateur d'eau de coco et personne, aucun étranger de passage ne lui avait proposé de lui en cueillir quelques fruits contre rémunération comme cela se passait quelques fois. Qui l'avait envoyé là-haut contre son gré ? Quelqu'un qui « travaillait de la main gauche » probablement, un nègre ou un Indien qui lui en voulait d'avoir réussi à se hisser d'un barreau au-dessus dans l'échelle de la misère. Le monde est si jaloux ! Pourtant tout un chacun avait admiré Soupamah lorsqu'au sortir d'une rude journée de coupe de la canne il trouvait des réserves de vaillantise pour sarcler des bottes d'herbes-de-Guinée pour ses bœufs. Il en eut un, un seul, puis deux, puis quatre et final de compte, un petit troupeau qu'il mettait à paître au bord des chemins, n'ayant pas une once de terre à lui. Il aimait à dire en plaisantant :

— Je sais que certains sont fâchés contre moi mais mes bœufs sont dans le chemin du gouvernement. Ils mangent l'herbe du gouvernement, messieurs et dames.

Et personne ne pouvait le critiquer car il ne faisait que dire la stricte vérité. Il montrait aux nègres qu'ils étaient une race de sacrés fainéants, plus préoccupés de jouer aux dés ou aux combats de coqs que de s'atteler à une besogne sérieuse qui pût mettre leur progéniture à l'abri du besoin. Man Sélénis lui prépara trente-douze mille onguents à la suite de sa chute. Elle avait bien repéré en quel endroit de son corps se terrait la blesse et avait entrepris de l'enlever à coups de massages savants et de passes mystérieuses. Une fois que le mal empira, il dut avoir recours à un prêtre couli qui organisa une cérémonie spéciale en l'honneur du dieu Nagourmira. Toujours sans résultat. Si bien que l'abbé Miremont, un vieux-Blanc originaire de Limoges, installé à Grand-Bourg depuis avant l'éruption de la montagne Pelée, fut mandé à son chevet bien qu'on sût qu'il répugnait à bailler les sacrements de la Sainte Église catholique, apostolique et romaine à des zélateurs du Vilain et tout particulièrement l'extrême-onction qui, dans l'esprit de la plupart, ouvrait l'accès au paradis. Firmin se souvint qu'Eurydice, la fille de Duplan, était devenue inconsolable :

— Qui va m'emmener mon pied de flamboyant ? se lamentait-elle toute la sainte journée dans les pans de la grand-robe créole de sa nounou.

Soupamah lui avait promis de déplacer l'arbre de la tête de Pièce Corrossol jusqu'au mitan de la cour de Château-L'Étang, cela sans l'abîmer, sans même le déchouquer, juste en psalmodiant ce long chanter lugubre en tamoul qui avait pouvoir de faire tomber la pluie en carême. À ce qu'il paraît la fillette était fascinée par les larges branches du flamboyant dès qu'elle ouvrait la fenêtre de sa chambre et s'émerveillait des flocons de sang qui s'en échappaient quand le temps était venteux. Elle pouvait passer des après-midi entières contre son tronc boursouflé par la vieillesse, le caressant, lui racontant des secrets, sous le regard placide de Da Nènesse. Celle-ci, assise sur un petit banc, devant la case à eau, regardait défiler les jours, aussi immobile et immuable que l'arbre. Parfois, elle appelait Eurydice et, la collant contre sa poitrine flétrie d'avoir allaité trois générations d'enfants blancs, murmurait :

— Ce pied de bois-là, il a vécu plus que n'importe lequel d'entre nous et il tient toujours debout. C'est ton aïeul qui l'avait planté l'année où il a acheté la propriété de Bel-Évent.

Quand la fillette ne tisonnait pas Soupamah, elle halait le commandeur Firmin par la manche, quel que soit le lieu où elle le rencontrait sur la plantation et lui, toujours surpris qu'elle puisse sarabander ainsi sans que cela émût le moins du monde ni ses parents ni sa nounou, lui promettait de faire replanter le flamboyant juste sous sa fenêtre à la fin de la récolte. C'en était devenu un sujet de plaisanterie entre Soupamah et lui :

— Tout petits, les Blancs ont déjà des idées folles dans la tête, disait l'Indien.

— Hon ! Avec ces idées folles, ils parviennent à nous piler la tête, répondait Firmin.

— Donc toi, tu es à moitié fou puisque ton grand-père était blanc. Ha-Ha-Ha !

À ce troisième décès, le commandeur prit conscience de quelque chose d'extraordinaire : il avait plus de facilité à accepter sa propre disparition que celle d'autrui. Souventes fois, il lui était arrivé, sans raison d'ailleurs, d'envisager le jour où le fil ténu qui le reliait à la vie se casserait et s'il craignait l'instant, forcément bref, où il enjamberait la frontière, le restant c'est-à-dire l'éternité vide de la tombe ne l'effrayait point. Mais à chaque disparition d'un de ses amis, il avait le sentiment que l'air autour de lui était gorgé de leur absence et il en éprouvait un malaise presque physique. Par moments, il se refusait à croire que ces voix si familières, que la chaleur de ces mains calleuses, que leurs rires ou leurs mimiques aient pu s'estomper à jamais sans que rien vînt les remplacer et quand, se ressaisissant, il se martelait : « Antonin s'est installé dans la mort, foutre ! », il avait soudain l'impression d'habiter très fort son corps. C'était si troublant qu'il se dépêchait de trouver un travail éreintant à accomplir afin de redevenir un simple mortel oublieux du pourquoi de la vie.

Ce matin-là, Firmin Léandor, commandeur sur l'habitation Bel-Évent, ne jeta aucun regard aux deux livres qui demeuraient ouverts en permanence sur sa table de nuit, la Bible et *La Légende des siècles* de Victor Hugo, mais il ne put s'empêcher de réciter à mi-voix :

« Ils luttent de si près, avec de sourds murmures,
Que leur souffle âpre et chaud s'empreint sur leurs armures ;
Le pied presse le pied ; l'île à leurs noirs assauts
Tressaille au loin… »

Il venait de comprendre quel rôle jouait pour lui la frénésie de la récolte. Il n'y avait pas que le sens du devoir ou du travail bien fait, pas plus que l'intéressement au gain ou la reconnaissance du patron, ni même l'estime du monde. La récolte était bien plus que cela : sa raison de vivre elle-même. Il pénétra dans la chambre de ses enfants, les réveilla sans ménagements et leur demanda de s'agenouiller au bord de leur lit pour la prière du matin.

Au-dehors, sur le seuil de sa porte, il découvrit, comme chaque matin, depuis bientôt une année, deux litres de lait de vache déposés par une main anonyme.

3

Mon arrivée à la maison est tout un cérémonial.

En semaine, quand la récolte a bien pris son ballant, je ne laisse pas sept heures du soir me barrer en chemin. Au sortir de la plantation, je marche toujours en tête de la cohorte d'ouvriers agricoles qui rentrent qui à Lamberton, mon quartier à moi, qui plus haut, à Fond Masson sur la main gauche ou La Guinée sur l'autre main. Ils portent tous une canne juteuse sur l'épaule pour leur petite marmaille et, malgré leurs corps écrasés de fatigue, ils brocantent des blagues ou des bravacheries à n'en plus finir. De temps à autre, l'un d'eux m'interpelle :

— Hé, commandeur, tu te souviens de ce nègre de Desmarinières qui voulait être parrain de deux enfants le même jour. Ha-Ha-Ha !

Sur notre passage, les femmes, assises sur le pas de leur porte, me saluent bien bas ou me proposent de remplir ma calebasse d'eau pure (en ce temps-là, les sources chantaient encore au creux des mornes couverts de hauts bois). Le monde m'admire, ce qui s'appelle admirer, foutre ! Parfois, pris de timidité, certains s'adressent à mon cheval, La Reine, lui flattent l'encolure. Ceux qui désirent me demander une faveur dans les jours à venir lui baillent de l'herbe en faisant quelques pas à mes côtés. Nous n'avançons pas vite. La montée du morne est sacrément raide, oui. À l'entrée de Lamberton, ceux qui continuent plus avant s'empressent de venir me saluer. Je ne réponds que par un signe du menton ou pas du tout si j'ai l'esprit ailleurs. Déjà, je prépare les tâches du lendemain, je soupèse le travail de chacun ou envisage soit d'activer la coupe s'il a fait grand soleil soit de faire creuser plus profond les canaux si la pluie a fait son intéressante.

La Reine connaît son chemin sur le bout des sabots. Je n'ai pas besoin de lui tenir le licol. À la devanture de ma maison, j'aperçois dans l'allée de coquelicots Éléonore suivie en file indienne de Jean-André, Géraud et Mathurine, immobiles dans le serein, prêts à me recevoir. Ma femme se fait toujours une belleté pour l'occasion. Son madras est propret et repassé depuis peu. Dès que La Reine s'arrête, Jean-André, mon aîné, accourt pour lui saisir les rênes. Je descends et embrasse chacun sur le front, puis je baille à mon aîné les ordres pour le cheval. Les mêmes ordres que chaque soir : le desseller, le bouchonner (et non le laver car il a trop transpiré), l'emmener à l'écurie, lui bailler une boquitte d'eau salée et enfin à manger. À chaque ordre, il répond :

— Oui, papa, j'ai compris.

À cette heure-là, ils ont déjà soupé. Mon repas, réchauffé, m'espère dans une assiette en fer-blanc recouverte d'un napperon afin d'empêcher les hannetons d'y tomber. La colonne de verre de la lampe tempête, qui trône sur la table, les attire, pour leur malheur, dès qu'on a allumé. Géraud m'enlève mes bottes qu'il part nettoyer sous la véranda. Je tends à Mathurine ma ceinture-soldat. Sa main est agitée par la tremblade. Elle garde les yeux baissés avec une obstination que je trouve comique. Si je ne romps pas le silence, personne ne desserre les lèvres. Ils tiennent ma personne en grand respect. Éléonore se tient debout contre la cloison, attendant un ordre de ma part. Chez moi aussi, je suis commandeur. Au premier raclement de gorge, elle se précipite et me verse un verre de rhum que j'avale d'un coup, puis elle me désigne la carafe, ne sachant pas si je veux couper la chaleur dans ma gorge. Dehors, les cabris-des-bois s'ingénient à tympaniser la nuit avec leur litanie de scieurs de long. Je dis :

— Ouvrez la fenêtre, tonnerre de Brest ! Vous arrivez à vivre dans pareil étouffement ?

Mathurine s'exécute sans jeter un regard à la nuit qui est tombée, plus sèche qu'un coup de coutelas, sur la terre. Ses yeux sont lourds de sommeil. Je l'autorise à se retirer et, soudainement revigorée, elle court m'embrasser sur les deux joues avant de s'enfuir dans sa chambre.

— Ta manman n'est pas une personne ! suis-je souvent contraint de la tancer.

Les deux femmes vivent en si continuelle intimité que Mathurine juge naturel de ne point lui bailler le bonsoir. Alors elle rebrousse chemin, un sourire aux lèvres, se hisse sur la pointe des pieds en tendant le front à Éléonore.

— N'oublie pas de remercier Dieu pour la bonne journée qu'il t'a offerte, ma fille ! lui dit cette dernière.

Éléonore est parfaite. Elle a toujours traité mes enfants comme les siens, non pas, comme prétendent les mauvaises langues, pour me faire oublier qu'elle est bréhaigne mais parce qu'elle les aime avec sincérité, surtout Mathurine qui, curieusement, lui ressemble. Jean-André et Géraud savent mais la petite ignore qu'Éléonore n'est pas sa vraie mère. J'aurai bien le temps de lui révéler la vérité. Ce n'est pas la peine d'égrafigner son ingénuité ni de jeter le trouble dans l'insouciance charmante dont elle fait preuve dès qu'elle ne se sent plus observée par moi. Cette fillette, je la marierai à un monsieur d'En-Ville, quelqu'un qui sait lire et écrire et qui pourra s'occuper d'elle sans lui caresser les côtes à coups de poing.

— Tu veux d'autre igname, cher ? me demande Éléonore.

Je ne réponds pas, ce qui signifie que mon ventre est satisfait. Elle pose à nouveau la question pour la viande de cochon salé, pour les pois rouges, pour la farine de manioc. Elle est très prévenante et ne me ressert pas à manger d'autorité comme Honorienne, ma première femme, à qui j'ai dû flanquer une fois une méchante paire de calottes. Je n'étais pas son enfant, eh ben Bondieu ! Éléonore, elle, est la discrétion faite femme. Elle brûle de connaître les détails de ma journée mais s'interdit, même quand radio-bois-patate lui a déjà rapporté un événement, de me questionner. Pour la faire languir, j'appelle Jean-André et Géraud pour la récitation du soir. Ils connaîtront Victor Hugo par cœur quoiqu'ils ne mettent guère de flamme à le déclamer. Le cadet est le plus réticent. Il ânonne :

« Le duel reprend. La mort plane. Le…

Le… sang… ruisselle…

Durandal… heurte et… et… suit… »

Ce qui me baille de brèves bouffées de rage. Il a la tête dure, ce gringalet, en dépit de son évidente bonne volonté. Éléonore vient le sauver :

— Firmin, récite-moi le passage qui commence par « T'en souviens-tu, mon frère ? », s'il te plaît. Je l'aime tellement-tellement !

Elle ne sait pas très bien lire et presque pas écrire, hormis les chiffres. Elle range mon cahier et ma toise pliable avec une révérence presque religieuse, parmi les affaires d'école de la marmaille. Avant mon arrivée, elle les fait réciter leurs leçons et ne s'égare jamais. Une fois, ce sacripant de Jean-André, qui pourtant est un futur grand-grec, aux doigts toujours violets d'encre, avait voulu la couillonner. Monsieur n'avait pas appris sa géographie de la France et lui avait récité la leçon de l'avant-veille avec un aplomb qui faillit la désarçonner. Quand je rentrai de la plantation, je trouvai Éléonore en train de lui tailler les fesses avec une liane de mahault-piment, cet arbuste si dur avec lequel on fabrique des licols et qui pue une odeur de pot de chambre.

— J'ai entendu Laquitène lundi soir, tu veux me faire croire que le maître t'a baillé à nouveau Laquitène pour demain ? À moi que tu vas faire croire ça, petit bonhomme !

Et elle cognait-cognait-cognait avec une véhémence qu'on n'eût pu soupçonner au vu de la frêleté de ses bras. Les braillements de Jean-André avaient rameuté tout le quartier de Lamberton. Les gens commentaient à haute voix :

— Ne mollis pas pour lui, madame Firmin. Il est fils de commandeur, il doit montrer l'exemple à nos enfants.

— Après ça, s'il ne fait pas un maître d'école ou un capitaine d'armée, renchérissaient d'autres, eh ben, c'est que notre race est vraiment zéro devant un chiffre.

J'attrapai la corde de mahault-piment des mains d'Éléonore pour foutre à Jean-André ma part de roustance. Il cessa net de gémir sachant qu'il n'obtiendrait sa délivrance qu'au moment où il se montrerait brave sous les coups. Je n'élevais pas de capons dans ma maison !

— Il ne veut pas apprendre son livre plus loin que Laquitène, déclara Éléonore.

Le livre était grand ouvert sur la table à la page de « L'Aquitaine ». On y voyait des photos de pieds de raisins-France, des tonneaux contenant du vin avec des robinets. Les travailleurs charroyaient la récolte sur leur dos dans des sortes de paniers allongés. Avaient-ils, eux aussi, un commandeur ? Je tournai la page du livre et lus « Le Massif Central ». Prenant Jean-André par une aile, je le plongeai dans la page en lui accordant dix minutes pour venir me réciter la leçon sans bégayer. Éléonore, loin de se calmer, maugréait :

— Tu finiras dans les petites-bandes. Tous ceux qui ne font rien à l'école tombent dans la canne. Tu ne pourras pas dire que tes parents ne se sont pas dévoués pour te sauver, mon garçon. Combien de petits nègres par ici auraient aimé posséder le quart de ce que ton père t'offre tous les jours ! Espèce de petit scélérat va !

Quand Éléonore est en proie à ce modèle de colère, elle perd sa retenue légendaire et me lance :

— Tu sens l'odeur de Clémencia, Firmin ! Va te laver s'il te plaît, avant de t'allonger près de moi. Cette drôlesse-là dégage une sueur forte. Je me demande comment tu peux supporter une telle malplaisance.

Je n'entame aucun combat-de-gueule avec elle. Ma conscience est tranquille : je n'ai jamais touché à cette amarreuse de ma vie, même si j'avoue ne pas être insensible à son étrange apparence. Et puis elle est si faraude en ses allures ! Lætitia, par contre, n'excite aucune jalouseté chez Éléonore. Ma femme-en-dehors envoie même des abondances à ma femme-en-dedans, comme des plats raffinés cuits dans la journée même et auxquels j'ai déjà le plus souvent goûté. Des fruits aussi, surtout les plus rares tels que la caïmite qui colle aux lèvres, la merise si délicieuse en confiture, les pommes d'eau qui se terrent à l'en-bas de ravines secrètes dans les hauteurs de La Guinée, le cachiman-cœur-de-bœuf si attendrissant dans sa robe rose. Apparemment, l'odeur de Lætitia ne s'imprègne ni à mon linge-kaki ni à mes vêtements puisque Éléonore n'y a jamais fait allusion. Elle se contente de brefs :

— *I byen, fanm-lan ?* (Elle va bien, la femme ?)

Sa main agite toujours un balai-coco qui furète dans les coins à la recherche de toiles d'araignées ou de niches de ravets. Ses pieds traînent en même temps un torchon mouillé qui proprète le plancher à longueur de journée. Éléonore ne sait pas rester en place, même quand elle revient d'une exténuante tournée à pied pour vendre ses légumes. À l'en croire, il y a toujours quelque chose à faire dans une case et seules les fainéantes dans l'âme peuvent se croiser les doigts sur le ventre et se vautrer dans une berceuse en espérant le retour de leur homme. Après lui avoir servi un bol de soupe, elle agenouille la marmaille au bord de son lit afin de rendre grâces au Seigneur et Maître. Une fois ce petit monde couché, elle me taquine :

— Dieu, tu ne connais pas ? Hcin, mon bougre ? Tu lis la Bible mais c'est plus par curiosité, je crois...

— *Péla!* (Paix-là !)

— Je tais ma bouche, d'accord, mon nègre... en tout cas, sache qu'aucune personne malsaine ne touchera à mon corps ce soir.

Si je suis d'humeur, je résiste jusqu'au bout, affirmant que s'il y avait un Bondieu, il n'aurait pas mis le nègre en bas, dans la déveine, et le Blanc, tout en haut, dans l'heureuseté.

— Cette injustice-là n'est pas inscrite dans la Bible que je sache, chère Éléonore. Alors qu'attend-il pour mettre un milieu dans tout ça ?

— Tu as trop d'idées dans ta tête pour moi. Je n'ai pas fait suffisamment d'école pour comprendre ce que tu veux m'expliquer. Ce que je sais, c'est qu'il existe un Bondieu, un point c'est tout !

Souvent elle dévie notre causement sur ses projets de départ. Elle prétend étouffer à Bel-Évent. L'habitation est un enclos. Le monde extérieur n'existe pas pour ceux qui y vivent. Partout la canne, les champs de canne, les sucreries et les distilleries, la puanteur de leurs vinasses dans les eaux jaunes de la rivière Salée. Tout le temps : l'incessant aller-venir du chemin de fer de la plantation de Bel-Évent aux usines de Rivière-Salée. Je ne partage pas son point de vue. La canne ne m'est nullement un étouffoir et je ne forge aucun rêve de visiter des contrées étrangères. Elle se roule en boule dans sa gaule de nuit transparente, fait une moue boudeuse, manière de me dire « Tu ne veux pas de moi ce soir ? ». Parfois, elle est obligée de prononcer cette phrase tellement je persiste à la contredire. Sa chair est moelleuse à souhait. L'arrondi de ses hanches renversant. La sueur fine qui émane des poils de sa coucoune un élixir. À l'instant de la décharge de jouissance, ses yeux perdent en flamme ce qu'ils gagnent en tendresse. Mais en cette année 1936 où je me suis lancé à moi-même le défi de faire de Bel-Évent la plantation la plus prospère de notre commune, mon esprit est trop encombré par les soucis pour m'adonner pleinement aux ébats amoureux. Je m'inquiète depuis quelques semaines du choix des plants dont j'avais laissé, comme il se devait, la responsabilité à Félicien, le troisième commandeur. Le travail de ce bougre-là consiste à veiller à ce que les bouts-blancs soient correctement coupés et assemblés (les amarreuses les liaient en paquets exactement comme les tronçons de canne qui allaient à l'usine), puis chargés à bord des cabrouets pour être mis à l'abri sans plus attendre dans un hangar situé à Pièce Courbaril. Là, un atelier de trois femmes et deux jeunes marmailles avait pour mission de les laver dans des boquittes contenant une solution de sulfate de cuivre. Il s'agissait de tuer dans l'œuf pucerons, moucherons ou autres parasites qui risqueraient d'entraver la repousse de la canne. Or, je savais Félicien trop pleutre devant le géreur Baudoin pour lui annoncer que le sulfate de cuivre manquait et ce dernier trop je-m'en-fous-ben pour songer à passer commande à Fort-de-France. J'avais beau marquer la quantité nécessaire pour lui sur une feuille de papier, il l'enfouissait dans sa poche et l'y oubliait. Combien de fois ma cousine Justine qui lavandait pour tous les Blancs des alentours ne m'avait-elle pas rapporté une boule de papier froissé et humide en m'avertissant :

— Tu laisses ton écriture traîner, Firmin. Le Diable finira par voler ton esprit, oui.

Je n'avais pas le temps d'être présent quotidiennement au hangar à boutures et le commandeur Félicien pouvait fort bien, macaque qu'il est, se montrer complice de son atelier pour jaunir l'eau des boquittes avec n'importe quelle substance. De la poudre à colombo, du safran pour colorier les mouchoirs-madras avec lesquels les femmes-matadors s'enserraient les cheveux ou bien plus simplement, du pissat de mulet. Je m'étais toujours demandé comment ce Félicien s'y était pris pour passer commandeur. Il avait un intérêt si médiocre pour le travail bien fait, pour l'ordre et la discipline que je le soupçonnais même d'inciter les travailleurs, sans arrière-pensées politiques d'ailleurs puisqu'il était un zélateur de la droite et des grands planteurs blancs, à relâcher leur effort ou à s'encanailler à même les champs de canne avec les négresses qui jouaient de la croupière à tout venant. Le commandeur Félicien n'hésitait jamais à forcer les récalcitrantes en gueulant :

— Allez vous plaindre au béké ! Il va vous foutre dehors tout de suitement, espèces de vagabondes !

Bien entendu, nulle amarreuse n'avait eu, à ce jour, assez d'audace ou plutôt de déraison pour déranger le patron, en pleine récolte en plus !, pour de telles peccadilles. Il me goguenardait :

— Firmin, tu sais pourquoi tes attacheuses n'avancent pas aussi vite que les miennes ? C'est parce que tu n'as pas d'autorité sur elles, mon bougre. Si tu les coquais, elles t'obéiraient au doigt et à l'œil. Ha-Ha-Ha !

Félicien attrapait, plus souvent que rarement, des bagarres avec des maris encornaillés, des concubins jaloux ou des frères trop protecteurs. Certaines femmes venaient me supplier de ne pas les mettre à la tâche avec lui. D'autres allaient quérir des protections chez Man Sélénis afin de le dégoûter de les approcher de trop près ou de déraidir le fer de son braquemart au moment où il s'apprêtait à les chevaucher. Rien n'y faisait. Félicien avait un appétit irassasiable ainsi qu'une santé à toute épreuve et s'en vantait partout sans craindre qu'un sort lui accorde définitivement la langue dans la bouche. On comprit que la grosse bague carrée en or qu'il portait à la main gauche avait pouvoir d'aveuglage sur ses ennemis. Plus âgé que moi, il me parlait avec une indulgence vaguement teintée d'ironie (qu'il masquait sous des airs bonhommes) :

— Firmin, mon cher, tu m'embêtes avec tes histoires de sulfate de je ne sais quoi.

— De cuivre !

— C'est ça, de cuivre. Hon ! Tu veux me dire comment ils faisaient nos grands-parents qui n'avaient pas tous ces produits d'en France, hein ?

— Leur canne était plus robuste que celle d'aujourd'hui.

— C'est toi qui dis ça ! J'ai éreinté mes os sur l'habitation Fougainville à Rivière-Pilote alors que ta mère était encore en couches. J'ai été ensuite sur l'habitation Grand-Case, au Lamentin, puis ici même, à l'habitation La Palun, jamais personne n'a lavé les bouts-blancs avec autre chose que de l'eau mélangée à du gros sel avec une musse de vinaigre dedans.

Il savait fort bien que le sulfate de cuivre n'était pas une lubie de ma part. Duplan de Montaubert, notre patron, était connu à des kilomètres à la ronde comme un éminent innovateur en matière de cultures et avait même rédigé un ouvrage sur la canne à sucre. Son savoir était respecté dans toute la colonie et jusqu'en Guadeloupe. Certes, il s'intéressait peu à l'aspect pratique des choses et ne mettait guère les pieds dans les champs mais les instructions qu'il baillait au géreur Baudoin et que ce dernier s'empressait de me transmettre étaient on ne peut plus précises. D'ailleurs, j'avais eu maintes fois l'occasion de vérifier le bien-fondé de ses innovations et on venait admirer notre canne de partout lorsqu'à l'approche de Noël elle dressait ses tiges charnues vers le ciel. Chaque soir de cette année 1936, je disais à Éléonore :

— Si ce chien-fer de Félicien m'a couillonné sur le lavage des plants, je le tue !

— Cesse de bêtiser, non !

— En plus, il est capable d'accepter des plants de canne fléchées !

Ça, c'est la pire des catastrophes ! Mes dents se serrent de colère rentrée et d'impuissance. Car tout le monde sait depuis le temps du marquis d'Antin, depuis le temps de nos ancêtres, tonnère de Brest !, qu'il faut éviter ça et ce n'est point une nouvelleté jaillie de l'esprit livresque de Duplan de Montaubert : on n'utilise jamais le bout-blanc de la canne qui a fléché. Mais les coupeurs et les attacheuses se fichent de cette affaire-là. Ils sont trop absorbés par leur tâche pour se soucier de choisir entre les cannes qui leur font face. Il est du ressort du commandeur de les surveiller pour qu'il n'y ait pas de mélange des bonnes et des mauvaises boutures.

La tête sur mon épaule, Éléonore joue dans la toison de ma poitrine, tentant de me rassurer avec des « mais non-mais non, Firmin ! » pleins de féminine conviction. Elle essuie la sueur qui affleure à mes tempes avec les pans de sa gaule de nuit. Je suis si-tellement angoissé que je suis enclin à accuser le commandeur Félicien de toutes les incuries. Je suppute toutes les salopetés qu'il a pu commettre à Pièce Romanette, la plus prometteuse de la plantation Bel-Évent. A-t-il planté le compte de plants, cet insignifiant ? Pour couver correctement un hectare, il faut entre huit mille et neuf mille plants et le pire c'est que certains plants ne poussent pas, refusent de pousser pour toutes sortes de raisons. Plants de canne fléchée, plants attaqués par les parasites ou mal fichés en terre par les petites-bandes qu'il faut menacer de la cravache pour qu'ils ne jouent pas à la zouelle-poursuite dans les champs fraîchement labourés. Plants rétifs qu'il faut déceler très vite et arracher avant que leurs voisins ne les masquent à la vue.

Il ne me semblait pas avoir vu Félicien procéder au moindre « recouvrage » l'an passé. L'opération n'est pourtant pas compliquée : on demande à trois ou quatre ouvrières de parcourir les parcelles plantées depuis deux mois, un paquet de boutures sur la tête, et de remplacer les plants nains. Cela ne prend même pas une matinée sur une habitation de la taille de Bel-Évent. Quand je dispose d'un petit brin de temps, en octobre-novembre, je m'en charge moi-même mais ce ne fut pas le cas cette fois-là. J'avais eu et cætera d'ennuis avec les cabrouets qui cassaient sous leurs charges de canne parce qu'on ne trouvait plus guère de bois de courbaril pour solidifier leurs parties fragiles. Les charpentiers se contentaient désormais de planches, certes taillées à la perfection, dans du « bois du Nord », importé d'Europe, que l'on semaillait par camions entiers à travers les campagnes du pays. Même les cases étaient désormais construites avec lui et c'en était même devenu un signe de distinction dans l'esprit de plus d'un. Le nègre pouvait maintenant peinturer sa demeure (chose impossible quand elle était construite avec le traditionnel bois-ti-baume), coller sur les parois intérieures des photos de journaux, cela du plancher au faîtage du toit. Photos d'actrices semi-dénudées, criardes à souhait, chez les bougres célibataires ; photos de paysages enneigés, de châteaux somptueux au regard desquels la grand case de Duplan de Montaubert faisait l'effet d'une cahute, environnés de jardins dessinés avec une telle minutie qu'on les croyait irréels, chez les familles nombreuses.

Minuit, une heure du matin, quelquefois deux heures du matin me surprennent dans ces calculations sans résultat. Éléonore se détache de moi et se recroqueville à l'autre bout du lit. Je dois bien être le seul à me ronger les sangs pour cette récolte. Duplan a probablement une nouvelle fois déserté la couche de son épouse Virginie et ronfle comme un vérat sur le ventre de sa concubine Justine. Qu'est-ce que ma cousine peut bien trouver à ce rustaud qui considère les mulâtresses comme des putaines nées ? Ce n'est pourtant pas à force qu'il la baigne d'argent. Le béké est de nature pingre. Quant au géreur Baudoin Louvier de Laguarrande, il doit être sûrement ivre mort à l'économat ou s'il a pu, par miracle, regagner sa maison, il doit être affalé sur sa table à manger, n'ayant pas touché au repas que sa servante lui a préparé. On raconte que des négrillons débrouillards pénètrent chez Baudoin et vident plats et casseroles sans qu'il s'en soit jamais rendu compte. Depuis si longtemps sa seule nourriture est le rhum et sa maigreur me fait sursauter quand il m'arrive de l'examiner de près. En général, je l'écoute en laissant mon regard vadrouiller, ce qu'il prend pour une marque de déférence. Pauvre Blanc créole déchu ! Quant au reste de l'habitation, les dizaines et dizaines de nègres de la rue Cases-Nègres du même nom, les deux familles indiennes venues du Lamentin et que l'on maintient toujours à l'écart après six ans de cohabitation avec nous, tout ce monde-là est plongé dans un profond sommeil.

Certaines nuits, je ne ferme pas l'œil une seule seconde. Pourtant, je n'éprouve pas le moindre accablement physique. Je me lève pour préparer le café qu'Éléonore a moulu la veille. Nous avons un magnifique caféier derrière la maison qui nous fournit de quoi tenir toute l'année. Est-ce que dans l'autre vie l'odeur du café brûlant perdurera ? Serrer la timbale entre mes deux mains me procure un plaisir intense. Je repense à la sensation d'étouffement que ressent Éléonore (et d'autres gens d'ici-là) et j'ai beau tourner-retourner ses mots dans ma tête, j'avoue ne pas très bien saisir de quoi il en retourne. Bel-Évent est vaste, si vaste, qu'il me faut parfois plus de deux jours pour arpenter ses coins et recoins, et encore en me servant de temps à autre de ma fidèle La Reine. Et puis elle est si diverse aussi ! Pièce Romanette ne ressemble pas à Pièce Courbaril et que dire de Fond-Savon à la frontière de la mangrove où se terre Ababa Gueule Coulée, ce sourd-muet qui n'en sort que pour vendre ses crabes à l'approche de Pâques ? Ne se sent-il pas, lui, prisonnier de l'entrelacement des racines échassières, toutes semblables, à tel point qu'il est vain de tenter d'y reconnaître sa route lorsqu'on s'y aventure ? Autant se diriger à l'instinct. Tout le contraire donc de la plantation où l'ordonnancement du monde est si à l'équerre qu'on s'y sent rassuré à chaque pas mais qui, c'est vrai, foutre !, ne réserve aucune surprise.

— La femme a besoin de surprises dans sa vie, songe cet homme qui regarde les ténèbres céder la place à la lumière, cet homme qui se trouve être moi, Firmin Léandor, commandeur d'habitation dans la commune de Rivière-Salée.

4

Quatre heures et demie de beau matin. Les coupeurs sont fin prêts pour l'assaut des pièces de canne, le coutelas farouchement brandi, le chapeau-bakoua enfoncé jusqu'aux oreilles. Une fois que le commandeur a distribué à chacun sa tâche, il n'y a plus à discutailler. Il faut serrer les dents et affronter sans mollir d'une maille les longues tiges gainées de vert de leurs feuilles et la paille grise qui l'enserre. Certains cachent une fiole de tafia dans la poche de leur chemise-kaki et s'envoient une goulée bien appuyée dont ils recrachent la moitié dans leurs mains qu'ils frottent plat contre plat. Maintenant le coutelas peut obéir au poignet, les reins doivent suivre la volonté de l'esprit. À l'assaut, marmaille !

L'habitation s'ébroue. Si ce jour-là il est matineux, Firmin Léandor passe à la rue Cases-Nègres, trace de terre rouge séparant les cases individuelles d'un long bâtiment, également en bois-ti-baume, dont chaque famille occupe une pièce et s'écrie :

— Les gens, debout ! Debout, s'il vous plaît, la récolte n'attend pas !

Gesner et ses compères cabrouettiers jettent un ultime coup d'œil à leurs attelages, flattent le cou des bœufs ou les gratifient d'amarres fraîches. Chaque roue est vérifiée avec soin car un chargement de canne renversé c'est une grappe d'heures gaspillées. C'est une réprimande des commandeurs, pis du géreur. C'est un retrait sur la paye de la semaine. Un lot inumérable d'emmerdations. Un bougre chantonne déjà une « voix-bœuf », sorte de mélopée ayant le pouvoir d'entraîner les bœufs à avancer avec ardeur même quand on leur a chargé un trop-plein de piles de cannes. Si tout le monde connaît les paroles de ces chanters, peu fort peu savent prendre ce tremblé de la gorge et des lèvres qui fait que chaque mot semble déclencher une frissonade dans les membres des animaux de trait. Le chanteur de voix-bœuf a des penchants sorciers : c'est un nègre qui détient des secrets qui restent à jamais hermétiques pour le commun des mortels. Alcide Fleurimont, le flatteur du patron, combien qu'il soit un fainéantiseur de la première espèce, possède l'instinct des animaux. De même qu'il parle aux coqs-game et les enjoint de combattre jusqu'à la mort, de même il a pouvoir de commander aux bœufs les plus rétifs, si-tellement que Firmin Léandor, bien malgré lui, est parfois obligé de faire appel à ses services.

Huit cabrouets pour Pièce Courbaril. Cinq pour Pièce Romanette, la préférée du commandeur, deux pour chacune des trois autres. Des amarreuses s'empressent d'y embarquer des dames-jeannes ou des calebasses d'eau de source ainsi que des gamelles pour le manger des coupeurs. La pause a lieu à onze heures, au moment où la bourrique jette son long cri déchirant qui semble fendre l'air en deux morceaux et qui saisit le monde en pleine action. Et voici le roulement des tombereaux dans le chemin de roches. Les exclamations allègres des négresses couvertes des cheveux aux orteils de vieilles hardes qui les protégeront des morsures de la canne. Les rires argentins des négrillons qui s'aligneront en petites-bandes derrière les amarreuses pour ramasser les cannes oubliées ou enfouies sous les feuilles et les hampes des flèches de canne. Cet équipage part bien avant cette catégorie de coupeurs qui se savent mâles-hommes et traînent volontiers, pour montrer que sans eux, rien ne peut rouler. Ils aiguisent leurs coutelas de manière interminable sur les meules de l'habitation, en brocantant des esbroufades ou voltigeant des défis à l'univers entier. Le nègre Télémaque fut l'un d'entre eux avant que la vieillesse ne lui scie les jarrets. Samson, le débarqué du nord du pays, est devenu un membre de cette confrérie-là alors même qu'il n'est ni un casé ni même un authentique travailleur des champs. Par défiance, les autres coupeurs les qualifient de « Congos » et attribuent d'insoupçonnables vertus à la noirceur exceptionnelle de leur peau. D'ailleurs, eux-mêmes vantardisent :

— Nous sommes des nègres-Congo, foutre !

Mais, c'est une fois plongé dans l'enfer de la canne que l'on sait qui possède deux graines entre les jambes et qui n'est au contraire qu'un sacré petit ma-commère. Man Sélénis, la manieuse de philtres qui connaît l'herbe-à-tous-maux et ses mille emplois, s'assoit sur le pas de sa case et, contemplant ce défilé d'un air plein de pitié, s'écrie :

— *Nèg sé an ras ki ni modisyon, wi !* (Le nègre est une race sur laquelle pèse la maudition !)

Maudition de la canne. Maudition de la coupe sans jamais s'arrêter pour interroger le ciel ou entrevisager un compagnon de misère. Maudition de la sueur, de la chaleur, des fourmis rouges, de la gratelle, de l'engourdi qui s'appesantit sur vos épaules. Maudition de père en fils à laquelle n'échappent que de rares bougres nés coiffés. À cette apostrophe quotidienne, personne qui ose rétorquer. Les nègres-Congo eux-mêmes arborent un air moins major comme s'ils viennent de réaliser soudain que, tout vaillants et impitoyables qu'ils sont, ils demeureraient, jusqu'à la fin de la récolte et pire, jusqu'à la fin de leur vie, les poches gonflées de courants d'air. Car ce qu'ils gagnent, c'est un « petit argent sale », selon leur propre expression. Tout juste de quoi acheter deux livres de morue salée, une roquille d'huile, une musse de rafla et un paquet de cigarettes Mélia.

— *Kann sé modisyon! Mo-di-syon O!* (La canne est maudition ! Mau-di-tion Ô !), entonne la quimboiseuse de sa voix cassée, indifférente aux regards sombres du géreur d'habitation, le sieur Baudoin Louvier de Laguarrande.

Firmin Léandor, cahier à la main, distribue les tâches à chacun. Ceux-là prendront la tête de ligne des coupeurs à Pièce Romanette parce qu'ils démarrent toujours très fort, chose qui entraîne l'ensemble de l'atelier. D'autres se rendront à Pièce Fond-Savon affronter la terre boueuse et il faut rappeler à leurs attacheuses d'étaler un matelas de bouts de bois par terre avant d'empiler les paquets. Sinon, posée à même l'eau, la canne coupée pourrit vite. Avant de frapper le premier coup de coutelas, chacun en mignonne le fil d'un doigt expert car toute la journée dépendra de cette première attaque. Si la lame glisse sur le bas de la tige au lieu de l'entailler nettement et proprement, le coupeur risque un « forcement », une décharge électrique qui se propagera dans tout son corps et en bridera les mouvements quoi qu'il fasse. En général, un seul cri, un « Aaah ! Patate de ta mère ! », révèle que le coutelas a trahi son maître et que ce dernier devra travailler deux journées, voire trois, pour obtenir la paye d'une seule. Le nègre Télémaque, si vieux qu'aucun livre d'état civil ne recueille son âge, a la réputation de ne jamais faillir et c'est pourquoi certains s'arrangent, avec discrétion, pour s'aligner à ses côtés au moment où le travail va commencer, à l'insu des commandeurs. Télémaque n'en est pas dupe. Il sourit de toutes ces dents étonnamment bien conservées tout en feignant d'essuyer Durandal avec un bout de toile. Il sait que des paquets de nègres surveillent le jour où il mourra pour s'en emparer, persuadés qu'ils sont que celui qui manie Durandal est invincible. Que la canne ne peut ni l'intimider ni le contraindre à mettre genoux à terre comme à son habitude. La canne plie et se laisse sectionner par Durandal. Et les tronçons de s'empiler par terre à une vitesse démentielle, chose qui laisse pantois les coupeurs plus jeunes que Télémaque.

Le commandeur Firmin Léandor a décidé qu'aujourd'hui il fera un sort à Alcide Fleurimont. Le soigneur de coqs ne s'est pas présenté à l'appel hier mais cela n'avait rien d'étonnant : monsieur a la réputation d'abhorrer le lundi.

— Je veux aller au travail de moi-même, répétait-il à qui voulait l'entendre, le lundi, ils vous halent comme des bœufs à l'abattoir. Ça ne va pas avec ma santé, foutre !

Quand l'amarreuse qui d'ordinaire s'alignait derrière Fleurimont se présenta, le commandeur annonça qu'il la changeait de pièce de canne. Elle s'appliqua à ne montrer aucune surprise mais ce n'était pas à un vieux macaque de la trempe de Firmin qu'on apprendrait à monter à un arbre. La négresse avait deviné qu'il préparait quelque chose contre le coupeur. Quoi ? Elle ne le savait pas encore, bien qu'au léger remuement de ses lèvres, elle dénonçât sa complicité avec Fleurimont. Le commandeur héla Clémencia, amarreuse superbe et énigmatique, à la peau noire moirée, d'une stature égale à celle d'un homme, et la plaça dans la rangée du soigneur de coqs de combat. En attente donc puisque le forfantier n'avait pas encore daigné amener son auguste personne.

— *Ansanm i rivé, kriyé mwen* (Dès qu'il arrive, tu m'appelles), fit le commandeur à l'amarreuse.

Cahier et crayon en main, sa toise pliable dépassant de la poche de devant de sa chemise, il continua à arpenter la pièce, répondant sèchement aux bonjours pourtant appuyés des travailleurs. De temps à autre, il soulevait un paquet pour voir s'il avait son poids, c'est-à-dire son compte de canne. Un paquet doit contenir dix bouts de canne d'un mètre de longueur chacun. Pas un de plus, pas un de moins. Telle était la règle depuis le temps des grands-grands-parents, depuis trois siècles que l'on coupait la canne en Martinique. Ce n'était pas lui, Firmin Léandor, qui avait instauré cette loi. Dix bouts d'un mètre de long. Par routine, il s'arrêtait devant un coupeur et disait :

— *Man ka miziré ba'w, konpè !* (Je mesure ton paquet, mon vieux !)

Le travailleur s'arrêtait tout net, son amarreuse également. Muets et dignes, ils regardaient le commandeur s'accroupir, détacher les deux amarres qui retenaient le paquet de cannes, sortir son décamètre et abouter les dix tronçons un à un sur le sol. Cet assemblage devait mesurer dix mètres au minimum. Peu importe que tel bout eût quatre-vingts centimètres et tel autre un mètre vingt-cinq. Peu importe que le coupeur ne respectât pas la norme d'un bout d'un mètre de longueur, l'essentiel était qu'au mesurage le commandeur trouvât la longueur exigée de dix mètres. À ces moments-là, Firmin Léandor éprouvait sur sa nuque tout un poids de haïssance émanant de celui qu'il était en train de contrôler et de son attacheuse. Le bougre était immanquablement vexé que le commandeur se soit arrêté à sa hauteur. Cela signifiait qu'il était un traînard ou qu'on le soupçonnait de tricher ou tout simplement qu'on n'avait pas confiance en lui. Et il ne pouvait pas ruader contre de telles vérifications ! Le commandeur était maître de ses décisions. Il pouvait contrôler le même coupeur ou la même amarreuse tous les jours si ça lui chantait et personne n'aurait rien à redire. Il était payé par le Blanc pour faire ce djob-là, un point c'est tout.

Firmin évitait, en général, de demeurer accroupi trop longtemps devant le coupeur. Il n'avait pas oublié la mésaventure de ce commandeur d'habitation du Gros-Morne qui allait au vice avec la femme d'un travailleur tout en l'humiliant par des contrôles incessants. Fou furieux, le bougre lui avait tranché de peu le cou et s'était escampé à Sainte-Lucie ou à Bénézuèle. Aussi dès qu'il avait désamarré le paquet, Firmin se redressait et lançait à l'amarreuse :

— Mets-moi ça bout à bout, s'il te plaît.

Puis il prenait son cahier et apposait une croix devant le nom de celui qu'il contrôlait, dans la colonne du jour correspondant. Les autres coupeurs continuaient à travailler comme si de rien n'était. Dès que l'aboutage était terminé, il déployait son décamètre et annonçait le chiffre à haute voix :

— Dix mètres vingt ! Ça va !...

Sauf si le compte n'y était pas. À ce moment-là, il faisait signe au contrevenant de s'approcher, de s'accroupir à ses côtés et pointait son doigt à l'extrémité du décamètre :

— Normalement, ta canne doit arriver jusqu'ici, mon bougre. Qu'est-ce que tu dis ?

— *Gadé an lôt patjé, koumandè* (Vérifie un autre paquet, commandeur), répondait-il d'une voix mal assurée.

En fait, plus souvent que rarement, l'autre ou les autres paquets se trouvaient avoir la longueur réglementaire de dix mètres et le coupeur en était quitte pour une légère réprimande. À moins que Firmin ne décelât quelque ruse de l'amarreuse pour protéger celui qui était, en général, son mari ou son concubin ou alors son amant. Il devait frapper sans pitié dans ce cas-là, les sanctionner tous deux avec énergie car une éventuelle complaisance de sa part les aurait encouragés à cochonner le travail. Cela n'allait pas sans drame. Firmin, au tout début de la récolte, avait pris Sonson, un petit neveu à Da Nènesse ou son fils (on n'avait pas de certitude sur leur lien de parenté), la main dans le sac. Trois paquets vérifiés avaient baillé le premier : huit mètres soixante, le deuxième neuf mètres et des miettes et le troisième, neuf mètres vingt-cinq. Il était rarissime qu'un commandeur vérifiât trois paquets d'un même coupeur mais Firmin avait ouï-dire que Sonson maudissait la coupe de la canne et vantardisait partout qu'aucun commandeur, fût-il mulâtre, ne lui marcherait sur les pieds.

— *Manman mwen, sé'y ki élivé bétjé-a, sé'y ki élivé yich bétjé-a, alô laten an moun vini fè djèz anlè Sonson ! Laten !* (Ma mère a élevé le Blanc, c'est elle qui élève les enfants du Blanc, alors je mets au défi quiconque de me montrer de la morgue ! Au défi !)

À la paye du samedi, le premier économe, suivant les indications qu'il avait recopiées sur le cahier du commandeur Firmin, avait ôté deux piles à Sonson, chose qui réduisit sa paye de près d'un cinquième. Le coupeur refusa de l'empocher et courut à Château-L'Étang se plaindre à sa mère. Cette dernière le rebuffa vertement :

— Respectez le travail des Blancs, petit nègre ! grandiloqua la nounou des Duplan. Tu es déjà bien content que Papa Béké t'a fait embaucher et malgré ça, tu veux lui causer du tort. Si chaque coupeur agissait comme toi, une fois notre canne arrivée à l'usine, c'est nous qui serions débiteurs, oui !

Da Nènesse, qui papillotait les cheveux blonds de l'une des fillettes du béké, lui tourna le dos et se retira aux cuisines. Elle disait « notre canne », « notre terre », comme si elle, la nounou, avait possédé quoi que ce soit dans sa vie. Justine, la lavandeuse, prétendait même que les Blancs avaient oublié de lui remettre ses gages depuis la fin de la guerre de 1914 et que la vieille femme ne protestait pas de peur de leur faire de la peine. Justine était bien placée pour savoir : Duplan de Montaubert fréquentait sa couche deux soirs par semaine. Et puis Da Nènesse ne clamait-elle pas que « les Duplan sont de bons békés, aussi bons que du pain-doux ». Sonson dut donc se faire une raison. Le pire fut que le premier économe refusa de retourner au bureau de paye et que le neveu de Da Nènesse dut attendre le samedi suivant pour toucher son maigre argent. Inutile de dire qu'il se mit à détester Firmin Léandor et qu'il ne le saluait plus. Quand Alcide Fleurimont se mit à salir l'honneur des mulâtres, Sonson prit l'habitude de se joindre à son concert de récriminations. Mais Firmin Léandor n'en avait cure. Un commandeur d'habitation n'est pas fait pour être aimé mais pour se faire obéir et faire les nègres marcher droit. D'où le pistolet à six coups qu'il porte dans la poche arrière de son pantalon. Il n'avait jamais eu vraiment à s'en servir dans sa carrière, hormis contre cette hystérique qui lui avait lancé une casserole d'huile bouillante à la figure, mais chacun savait que l'arme était chargée et que si d'aventure Firmin en venait à faire feu sur quelqu'un, pièce gendarme ne viendrait le jeter à la geôle. Sur l'habitation, le commandeur et lui seul édicte la loi, surtout en période de récolte.

En cette année 1936 donc, Bel-Évent promettait un tonnage fastueux, celui que Firmin avait annoncé à l'administrateur De Melville, ce qui veut dire sept cents barriques de canne. Sept cents fois huit mille kilos de cannes ! Dans la plaine de Rivière-Salée, l'aller-virer bleuté du chemin de fer était incessant. Une activité fiévreuse régnait aux deux gares qui aboutissaient chez Duplan. Les cabrouets et les mulets, chargés de leurs paquets, y faisaient moult rotations. Sur les wagons, les arrimeurs ne chômaient pas non plus. Leur tâche consistait à réceptionner les paquets, à leur ôter prestement leurs amarres et à ranger les tronçons de canne dans les wagons. La tâche réglementaire d'un arrimeur était de cinquante piles par jour. Une pile bien coupée pèse deux cents kilos, aussi un arrimeur consciencieux manipule-t-il mille kilos de canne dans la journée. Le commandeur Firmin, sans être pointilleux à l'excès comme son collègue Jérôme, gardait tous ces chiffres à l'esprit, les répétant telle une prière à mesure qu'il accomplissait sa tournée sur les deux pièces dont il avait la charge.

En effet, une récolte qui s'annonce pleine de promesses peut pourtant s'avérer moyenne à la longue, voire médiocre, si les coupeurs tirent la jambe ou s'ils trichent. Firmin avait l'intime conviction qu'Alcide Fleurimont était un couillonneur et aujourd'hui même, il était décidé à le démasquer. Le bougre badgeulait au moment où il surgit derrière son dos. Il racontait dans son français ampoulé, fortement teinté de créole, comment Coco l'Enfer avait démantibulé, dans un gallodrome du Vauclin, le fameux coq Tête L'Or du béké Assin de Belleville, l'un des plus prospères du sud de la Martinique. Aux sourires qui se figèrent sur la face de ses compagnons de souffrance, il comprit que quelque danger se profilait. Il se retourna et s'entendit dire d'une voix qui claqua comme un paraviret :

— Je mesure pour toi, Fleurimont !

Le commandeur Firmin était surpris lui-même de la dureté de son ton, point du tout feinte mais si inhabituelle chez lui que les coupeurs de canne l'observèrent à l'en-bas des yeux en reprenant leur travail.

— *Miziré miziré'w !* (Eh bien, mesurez donc !), rétorqua Alcide.

Clémencia se tenait roide à ses côtés, les yeux perdus dans le lointain, telle qu'à l'accoutumée, plus noire et belle qu'elle ne l'avait jamais été. Firmin n'avait pas tendance à abuser de son pouvoir pour obtenir que les travailleuses lui ouvrent le plus secret de leur chair d'un simple claquement de doigt. Il était suffisamment bel homme et mulâtre aux cheveux plats de surcroît, ce qui faisait de lui un objet de convoitise. Toutefois, dans le cas de Clémencia, il aurait baillé n'importe quoi pour arracher un demi-quart d'intérêt à cette bougresse-là. On ne lui connaissait pas d'amoureux. Elle semblait vivre hors du monde et du temps tout à la fois. Se pouvait-il qu'elle fût complice de ce farandoleur de Fleurimont ? Celui-ci détacha de sa propre main l'une de ses bottes de canne. Par défi. Il se croisa les bras et attendit. Le commandeur ordonna à Clémencia de placer les dix bouts un à un, essayant au jugé de savoir s'il avait eu raison de soupçonner le soigneur de coqs de combat. Les bouts étaient étrangement coupés, certains trop courts, d'autres trop longs, signe de la désinvolture de l'individu, et il était difficile d'apprécier sa performance sans la mesurer. Dix mètres et trois centimètres ! Le premier paquet mesurait presque exactement la longueur exigée. Une fifine de sueur froide parcourut la raie du dos du commandeur bien qu'on fût dans les grandes chaleurs de dix heures du matin.

— *Ou pa lé wè an lôt, koumandè ?* (Tu ne veux pas en examiner une autre, commandeur ?), ironisa Fleurimont.

Deux coupeurs de Petit-Bourg tirèrent Firmin d'embarras en annonçant qu'ils avaient fini leur tâche et qu'ils s'en allaient. Deux bonnes heures avant le gros des coupeurs et des attacheuses ! De vaillants travailleurs ceux-là, songea Firmin en notant leurs noms sur son cahier. Le coupeur de canne n'a, en effet, pas d'horaire, il roule à la tâche. Une fois qu'il a coupé ses vingt piles, qu'il soit neuf heures du matin ou une heure de l'après-midi, peu importe, il a le droit de retirer ses pieds de la plantation et d'aller rincer sa gorge avec un petit rhum sec. Firmin réfléchissait à toute vitesse, profitant de cette diversion bienheureuse pour se remettre de l'ordre dans les idées. Un cabrouettier le héla à la pointe sud de Pièce Courbaril pour l'avertir qu'il fallait réparer le chemin car il avait failli verser par deux fois. Ce chemin-là embêtait le commandeur : il se crevassait à la moindre pluie ou alors devenait si glissant que les mulets risquaient de se rompre le cou une fois qu'ils avaient été bien bâtés et chargés. Il se promit d'en faire empierrer les trous et revint à Fleurimont qui n'avait pas bougé. Simplement savourait-il une cigarette Mélia en susurrant des cochoncetés à Clémencia qui jouait à celle qui n'a point d'oreilles. Le jour où quelqu'un extirpera cette négresse de son mutisme, pensa le commandeur, il aura gagné son cœur. Firmin Léandor renonça à détacher d'autres paquets. Le soigneur de coqs était trop sûr de lui. Ce n'est pas là que Firmin le prendrait en défaut. Il devait exercer sa coquinerie d'une autre manière mais laquelle ? Laquelle, s'il vous plaît ? En tout cas, le commandeur avait la conviction qu'un jour ou l'autre, il le prendrait sur le fait.

Firmin était le plus exposé des commandeurs de l'habitation Bel-Évent puisqu'il était chargé de la coupe de la canne. Ses compères Jérôme et Félicien, outre les pièces qu'ils plantaient le moment venu, avaient la responsabilité le premier de la livraison des piles à l'usine, l'autre des petites-bandes, des mulets et de l'entretien des rails menant aux deux gares de la plantation. Parfois, Firmin fermait les yeux sur certaines salopetés mais quand il notait une volonté évidente de ralentir la récolte, il était bel et bien forcé de sévir. C'est ainsi qu'à la fin de février, il avait remarqué que les paquets amarrés par la compagne de Sonson, le fils de Da Nénesse, comportaient très souvent de la paille. Une première fois il l'interpella :

— Man Sonson, ce travail-là est malpropre !

— Pour… pourquoi, commandeur ?

— Ne fais pas la sosotte ! Allez détache-moi ces deux paquets. Non pas ceux-là, ceux qui sont tout en haut de la pile.

— Commandeur, ne me fatigue pas davantage que je ne le suis déjà, pleurnicha-t-elle en se tenant le haut des cuisses.

Firmin s'y employa lui-même et désigna à Man Sonson la paille qui encombrait les paquets. Il ré-attacha les bouts et reforma la pile sous l'œil mi-goguenard mi-aigri des autres travailleurs. Une deuxième fois, quelques jours plus tard, la négresse récidiva, prenant un air de martyre.

— Si tu as mal au ventre, va voir un docteur, ma fille, lui dit-il en constatant qu'elle se le tenait à deux mains.

Il lui infligea la sanction habituelle : deux piles de canne en moins sur sa journée. Il entendit derrière son dos tout un maugrément de « Mulâtre sans mère ! », de « Chien-fer ! », de « Scélérat en âme » et d'autres gentillesses qu'il affecta de ne point relever. Le ballottement de son pistolet dans sa poche arrière avait un effet dissuasif. Et puis s'il commençait à faire du sentiment pour Man Sonson, tout le monde profiterait de la situation pour le tourner en bourrique. Aide un nègre à ôter la chique qui lui grignote le pied, assure le proverbe, et voilà que l'instant d'après il te défie à la course. Un matin, avant que les travailleurs ne quittent les cases, il cria à la cantonade sans désigner personne en particulier :

— À partir de dorénavant, je ne veux plus un seul brin de paille dans mes paquets de canne ! Après, c'est l'usine qui se plaint et le béké rouspète comme quoi je vous paye pour tuer son travail.

Quinze jours plus tard, au tournant de février-mars, il comprit la raison de la langueur de Man Sonson : elle était enceinte-gros-boudin et la bougresse ne l'en avait pas informé ! Elle avait accepté ses reproches sans broncher. Elle s'était complu dans le rôle de la pauvresse torturée par un méchant commandeur alors qu'il aurait suffi d'une seule parole pour qu'il s'adoucisse. Il comprenait quand même qu'une « femme-en-situation », comme on disait à la campagne, ne pouvait fournir le même rendement que d'habitude ou bien qu'elle soit moins veillative à la tâche. Il n'était pas d'usage que les amarreuses cessassent de travailler quand elles portaient un enfant. Les sept francs qu'elles gagnaient par jour étaient indispensables à leur ménage, surtout si leur concubin gaspillait ses dix francs à la case-à-rhum de Dame Yvette. De toute façon, il fallait régler le crédit qu'on avait pris auprès d'elle sinon elle cesserait net de vous sourire et vous seriez contraint de vous acclienter dans l'une des deux boutiques de Petit-Bourg, mieux achalandées certes, mais dirigées d'une poigne plus regardante. Chez Dame Yvette, selon son humeur ou son bon vouloir, un carnet de crédit pouvait demeurer en souffrance trois ou quatre mois qu'elle n'en continuait pas moins à vous servir votre quart de beurre rouge ou votre livre de lentilles.

— Je sais que la vie est raide mais moi itou, je purge. Un effort, ma commère ! lançait-elle aux mauvais payeurs lesquels prenaient un air si contrit que cela tuait dans l'œuf toute discussion.

Et puis, on n'avait pas à crapahuter des kilomètres. Sa boutique se trouvait sur la plantation « Bel-Évent » elle-même. En plus de la morue séchée, de la queue de cochon salé, des pois rouges, du gros sel ou du hareng sauré, on y brocantait aussi tous les commérages du quartier. Dame Yvette connaissait les secrets les plus intimes sans avoir à déplacer son imposante croupière et s'en délectait. Si d'aventure on se retrouvait débanqué, incapable de lui faire miroiter le moindre sou, on pouvait fort bien l'emberlificoter en lui racontant la dernière frasque de Justine, la favorite de Papa Béké, ou en lui révélant le nom de ceux qui étaient venus consulter nuitamment Man Sélénis pendant la semaine écoulée. Elle soliloquait d'un air mystérieux :

— Tu vois ça, hein. C'est ça la vie, oui.

Mais dans le même temps, et sans en avoir l'air, elle vous enveloppait votre marchandise et vous la tendait tout en sollicitant de vous de plus amples précisions à l'aide de « Eh ben Bondieu-la Vierge-Marie-tous les Saints du Ciel » faussement indignés. Man Sonson était la dernière à pouvoir bénéficier de la sollicitude de Dame Yvette pour la bonne raison que son homme était un sacré modèle de malotru, un ours-mamé, qui lorsqu'il était fin saoul, n'hésitait pas à vomir sur le plancher de la case-à-rhum en s'esclaffant. Comme il était un nègre gros-gras-vaillant, il jouissait d'une impunité qui faisait dire tout bas à la boutiquière :

— Hon ! Le monde n'est plus le monde. À l'époque où il y avait des majors, ce Sonson-là ne se serait jamais livré à ce genre de vagabondageries.

Les nègres-majors des deux camps rivaux de la commune de Rivière-Salée, Grand-Bourg au sud et Petit-Bourg au nord, étaient aujourd'hui au bord du grand âge. Leur sens de l'honneur et du respect n'avait pas été transmis aux nouvelles générations et ceux qui auraient pu leur succéder, tels que Sonson, préféraient exhiber de mauvaises mœurs de nègre-marron. Celui-ci, qui avait déjà fait sept marmailles à sa femme, frêle créature d'à peine vingt-quatre ans, n'aurait pas admis qu'elle cessât d'amarrer la canne pour si peu. Dès qu'il l'avait mise en case, chaque année que le Bondieu faisait, il l'engrossait, chose qui lui permettait de courir la prétentaine aussitôt que le ventre de la malheureuse devenait trop proéminent pour pouvoir supporter ses assauts que l'on devinait de la même nature que lui c'est-à-dire brutaux. Firmin, qui désirait se racheter du harcèlement qu'il avait fait subir à Man Sonson pour de la simple paille de canne, lui proposa de passer sous les ordres du commandeur Félicien.

— Tout ce que tu auras à faire c'est éplucher du fruit-à-pain et charroyer des boquittes d'eau, ma fille.

— Merci monsieur le commandeur mais...

— Mais quoi ?

— Pour... pour ma paye, c'est pareil ?

— Tu sais bien que non. Trois francs, c'est tout ce que je peux faire pour toi. Le géreur ne joue pas avec ces choses-là. Pour lui, un sou est un sou.

— Eh ben... commandeur, je ne peux pas accepter. Merci quand même ! Dieu te le rendra, commandeur...

Très vite, Firmin ne put plus supporter de la voir ployer à la fois sous le poids de son ventre qui était devenu énorme et des paquets de canne qu'il lui fallait soulever pour les empiler. Il la mit à la place de la négresse Clothilde dont la tâche consistait à ravitailler coupeurs et amarreuses en demi-calebasses d'eau à la demande et renvoya cette dernière aux champs. Quelle erreur n'avait-il pas commise ! Clothilde, disputarde dans l'âme, se mit à héler à moué :

— Qu'est-ce que j'ai fait au commandeur ? prenait-elle le monde à témoin, dites-le-moi ! Je n'ai jamais dérespecté monsieur Firmin Léandor, je n'ai pas mal-parlé de sa manman et voilà qu'il trouve le moyen de me jeter à nouveau dans la canne où j'ai usé mes os pendant quatorze ans. Firmin, qu'est-ce que je vous ai fait ?

Comme personne ne réagissait à sa vindicte, un ordre du commandeur étant un ordre, et jugeant qu'elle n'avait plus rien à perdre, elle abandonna toute retenue :

— *Sé wou ka koké Man Sonson ? Sé'y ka wouvè bonda santi'y'la ba'w, sakré manawa ki i yé ! Lè Sonson ké sav sa zôt ké wè wotè konba zôt !* (C'est toi qui baises madame Sonson ? Elle t'ouvre son cul puant, cette espèce de putaine ! Quand Sonson sera au courant, il vous réglera votre compte.)

Puis elle lâcha la « bombe » d'eau dans laquelle elle s'apprêtait à mettre à cuire les carreaux de fruit-à-pain qu'elle venait d'éplucher et courut vers Pièce Romanette en hurlant :

— Ouaille, manman, au secours ! Secours ! Secours ! Qu'est-ce que j'ai fait au Bondieu ?

La nouvelle, qui dans le cas d'une travailleuse ordinaire n'aurait été connue que plusieurs jours après et n'aurait même pas été commentée — après tout le commandeur Firmin, le géreur Baudoin et l'administrateur De Melville étaient les conducteurs du travail sur la plantation —, fila à la vitesse d'une mèche, poudroyant dans les coins les plus reculés. Elle mit l'esprit des gens sens dessus dessous.

— À ce qu'il paraît, répétaient les plus vermineuses, l'enfant que Man Sonson porte dans son boudin a pour père le commandeur Firmin, mes amis.

— Ouais, Ouais, Ouais ! Quelle femelle hypocrite ! Et dire qu'on lui aurait baillé le Bondieu sans confession à cette maigre-zoquelette ! ajoutaient d'autres.

Les femmes se montraient les plus vipérines à l'endroit de la pauvresse. Comme si elles avaient un compte personnel à régler avec elle. Sonson solutionna la question en moins de temps que la culbute d'une puce. Il se planta à la devanture de la paillote où les travailleuses préparaient le manger et gueula :

— Négresse, tire tes fesses d'ici immédiatement ! C'est moi qui suis ton homme. Ton commandeur c'est moi, foutre !

— Elle va sur ses sept mois et demi de grossesse, tenta d'intercéder une femme d'âge mûr, baille-lui une petite chance, non !

— Jamais pas ! Je n'ai pas mis une demoiselle-jambes-serrées en case mais une mâle-femme, tonnerre du sort ! La canne n'est pas trop raide pour mes bras, je ne vois pas pourquoi elle le serait pour madame. Qu'elle retourne dans les champs !

Firmin aurait pu faire jouer son autorité de chef-commandeur mais il ne voulait pas être obligé de remettre un « billet-ce-n'est-pas-la-peine » à Sonson. Le bougre était un formidable coupeur de canne qui demandait parfois deux amarreuses pour lui tout seul parce qu'une seule ne suffisait pas à attacher l'et cætera de pieds de canne qu'il abattait. Les amarreuses redoutaient d'ailleurs d'être placées derrière lui car elles savaient qu'elles ne disposeraient pas d'une miette de répit tant que la tâche du bougre ne serait pas achevée. Il avait la réputation de compter dans sa tête chaque tronçon de canne et, quand il lançait à ses amarreuses « Ma journée est finie ! », il n'y avait pas à discutailler. Ses vingt piles de canne étaient dûment coupées et tant pis pour elles qui n'arrivaient pas à s'agripper à son ballant. Un jour, une attacheuse, froissée de le voir quitter le champ alors qu'elle avait à vue d'œil encore deux bonnes heures d'amarrage devant elle, déclara au commandeur Jérôme qu'il allait lui manquer des cannes.

— S'il part actuellement, comment je vais faire pour avoir ma journée ?

Sonson lâcha son coutelas par terre et lui lança :

— Va chercher toutes les cannes qui sont cachées sous la paille et tu verras que je ne fais pas de coquinage !

Et de s'en aller, théâtral, sans daigner jeter un regard au commandeur qui savait que Sonson disait vrai. L'infortunée amarreuse, pressée de prendre le coupeur de canne en défaut, fouilla avec excitation sous l'amas de paille et de feuilles qui jonchaient le champ. Au bout d'une vingtaine de minutes, elle dut se rendre à l'évidence : il y avait là de quoi attacher plus que le nombre de piles réglementaire.

— Tu ne sais pas, lui reprocha le commandeur Jérôme, qu'il existe deux coupeurs qu'il ne faut jamais contredire. Odilon Bastaraud et Sonson sont des champions ! Maintenant tu as pris du retard pour rien. Ça te regarde !

Sonson exigea donc que sa femme soit l'une de ses deux amarreuses à compter de la réintégration de celle-ci dans ladite besogne. De temps à autre, il se retournait pour l'invectiver :

— Allez, dépêche-toi, espèce de salope ! Lorsque Firmin Léandor te grimpait sur le ventre, je suis sûr que tu n'éprouvais aucune fatigue !

La calomnie concernant les relations charnelles entre Firmin et Man Sonson débordèrent vite l'espace restreint de Bel-Évent, arracha un sourire de De Melville et des sourcillements à Duplan de Montaubert, enjamba la rivière à bord du bac et gagna Grand-Bourg où elle laissa perplexe l'instituteur radical-socialiste Hildevert. Éléonore était la seule à porter foi aux dénégations de son mari quoiqu'une légère crainte lui chatouillât le cœur. Jusqu'à présent, elle avait plutôt soupçonné la négresse Clémencia dont l'impassibilité et le hiératisme lui paraissaient suspects mais peut-être bien qu'une fois, une toute petite fois, Firmin avait pu glisser. La vie d'un commandeur d'habitation est si pleine de tentations de toute nature ! Pourtant le mulâtre gardait tête haute, affectant de mépriser les chui-chui-chui qui se déclenchaient sur son passage, combien qu'il souffrît en son for intérieur, davantage pour Man Sonson qu'il avait prise en affection, que pour sa propre personne.

Ayant toujours près d'une soixantaine de travailleurs sous sa direction en période de récolte, pour moitié des coupeurs de canne et pour l'autre des attacheuses, il n'avait guère le loisir de les considérer en particulier. Dès que le travail roulait à la flouze, qu'il ne constatait aucune faute, il n'y avait pas lieu de s'intéresser à un tel plutôt qu'à une telle. Bien souvent, coupeurs et amarreuses n'étaient que des noms aux côtés desquels il inscrivait, sur son cahier, le nombre de piles de canne qui leur revenait. Il se souvenait davantage de ceux que le destin avait fauchés. Ainsi d'Anselme piqué au cou par un serpent-fer-de-lance et qui décéda dans la demi-heure qui suivit ; d'Émilienne qu'un mal-caduc secoua comme une girouette avant de la paralyser à vie ; de Victorin de Trois-Rivières qui tomba fou dans un vaste éclat de rire qui à son tour déclencha l'hilarité de toute la plantation interrompant le travail un bon moment et d'Idoménée, d'Hector, de Servius, de Médard et de tas d'autres figures ravagées par la dureté de leur tâche quotidienne, figures ravinées par la tristesse, le désarroi, marquées par la résignation ironique ou imbécile, figures vite oubliées au fil du temps et qui resurgissaient au détour d'une réminiscence ou d'une plaisanterie à la case-à-rhum de Dame Yvette.

Quand Firmin découvrit le rythme d'enfer que Sonson imposait à sa femme, il sut qu'il ne parviendrait plus à oublier cette créature pétrie dans la chétiveté qui n'avait fait de mal à personne ni au Bondieu et qui vivait le martyre sur terre. Il médita sur la cruauté du destin, maudit son imprévisibilité et sa mauvaiseté gratuite. Mais, il arborait un masque d'indifférence hautaine qui empêchait ses plus proches compères, Jérôme et Félicien, de l'entretenir de cette question. Chaque jour, Man Sonson se courbait un peu plus en avant. Elle attrapait les amarres d'un air hagard, les passait sous les dix bouts de canne pour les lier d'un tour de main saccadé. Une fine bave coloriait le coin de ses lèvres et elle éprouvait du mal à respirer. Parfois, elle s'empêtrait dans ses hardes et manquait de tomber à la renverse ou elle titubait comme une automate entre les piles de canne et les mulets. Un présage traversa l'esprit du commandeur : la mort était en chemin pour chercher cette femme. Il en était sûr. Cela était écrit en toutes lettres sur son front enfiévré. La mort, debout, en plein travail, bravant un soleil maréchalesque, foutre ! Mais, Dieu soit loué, un grand cri de délivrance finit par strider à travers la plantation. Man Sonson s'était allongée sur la paille de canne et avait baillé naissance à un bébé joufflu suffisamment foncé de peau pour que les langues des maquerelleuses cessassent aussitôt de baliverner sur le compte de Firmin. L'accouchée sembla revivre d'un coup. Elle coupa à l'aide de ses dents la corde du nombril de l'enfant, porta celui-ci à son père interloqué en lui disant : « Voilà ton paquet ! » et s'en alla enterrer le moignon de chair rosâtre, encore dégoulinant de sang, au pied d'un des frangipaniers qui ornait l'allée conduisant à Château-L'Étang.

— Ne vous avais-je pas avertis que cette négresse-là était plus vaillante que n'importe lequel d'entre vous ? se gonflait d'aise Sonson.

Man Sonson partit se baigner à la rivière des Coulisses et s'en revint en fin de matinée reprendre le travail comme si de rien n'était. Son homme était encore planté là, embarrassé, avec tout un entourage de négresses jacassantes qui se disputaient pour embrasser le nouveau-né. Il se résolut à aller le remettre à sa tante, Man Sélénis, et quand il réapparut, sa mante religieuse d'épouse l'espérait les bras croisés, ayant en peu de temps amarré toutes les cannes qu'il avait jetées bas. Firmin Léandor, qui observait la scène de loin, ne put s'empêcher de proférer à haute voix :

— Tonnerre de Brest ! Le nègre est une race que rien ne pourra jamais dérailler.

L'ARRÊT DE PÂQUES

Aux approchants du mois où les fleurs de glissérias tapissent les chemins de leurs jonchées mauves, un pauser dans le ballant de la récolte devient obligation.

Bêtes et hommes ont bourriqué sans discontinuer depuis le Nouvel An. Les pièces de canne ont commencé à s'éclaircir de leur toison verte et des nuées de merles tournoient au-dessus de la terre dénudée en quête de nourriture. Les cannes encore debout tigent des flèches nacrées. Leur scintillement baille à la plaine de Rivière-Salée des arrogances de princesse d'Orient.

Soufflons, mes frères, avant de nous engager dans l'ultime combat !

5

Y a-t-il un nègre par ici qui croit pouvoir couillonner le commandeur Firmin Léandor ? Que ce nègre-là se lève et qu'il vienne me regarder dans le beau mitan des yeux ! Hon ! Personne qui remue un seul poil d'yeux. Personne qui ose me défier en face. Je suis commandeur d'habitation et je me dois d'avoir l'œil. Je connais comme B. A.-BA tous les vices de ceux qui roulent sous mes ordres. Ils n'ont cesse d'inventer de quoi adoucir leur existence. Ma défunte mère, qui n'avait jamais voulu s'éreinter au profit des Blancs, nous répétait :

— Canne c'est maudition !

Maudition sur l'écale du dos de la race nègre. Maudition sur la tête de sa marmaille jusqu'à la énième génération. Si-tant-tellement que faute de pouvoir l'écarter, on ruse, on emprunte des chemins-découpés, on cherche une réchappe ou au contraire, on baisse les bras. Comme Samson, ce bougre natal du nord du pays qui avait débarqué ici à la fin de l'hivernage, six ans auparavant. Personne ne lui avait demandé le nom de son père ni de sa mère. Sa puissante membrature avait suffi pour que le géreur Baudoin lui baille une embauche immédiate. Samson ne souriait presque jamais et ne prenait pas part aux rigoladeries des autres coupeurs de canne mais lorsqu'il se mettait à chanter du bel-air, toute la plantation tressaillait, les causements s'arrêtaient et cela enduisait le cœur de chacun d'une sorte de baume. Hélas ! Un matin, il demeura cloué à la devanture de sa case et ne répondit pas à notre appel. Les commandeurs Jérôme et Félicien eurent beau parlementer avec lui, le supplier de révéler la nature de son mal, Samson ne débâillonna pas les dents. L'administrateur en entendit parler qui s'en référa à Baudoin, le géreur en chef, lequel s'en remit à son premier économe qui à son tour se déchargea de l'affaire sur ma personne. Dès qu'il y avait un démêlé-sans-comprendre, un embrouillamini à Bel-Évent, une affaire qui n'était pas directement liée à la plantation de la canne ou à sa récolte, la hiérarchie, d'un commun accord semble-t-il, trouvait normal de me laisser le résoudre à ma guise.

Dans le cas de Samson, je ne pus rien faire du tout. Gesner, le conducteur de tombereau, émit l'idée, pas saugrenue à bien regarder, que tout malabar, musclé et bel-beau-nègre qu'il était, eh ben ce Samson s'était fait « prendre son esprit » par quelque mamzelle. On le disait grossement en amour avec une câpresse des Trois-Îlets qui ne daignait pas prendre sa hauteur à cause de la noirceur de son teint, or il finit par épouser ma cousine Justine. Puis, sans crier gare, Samson dévira dans sa commune d'origine car on trouva sa case désertée, complètement vide et, ô étrange, nettoyée nette-et-propre. Je le regrettai beaucoup car il était un travailleur consciencieux, pas roublard ni compère Lapin pour deux sous et ce n'était pas lui qui se triturerait le cerveau pour dénicher quelque ruse qui lui permettrait de ne pas fournir le compte de travail qui était exigé de lui.

Les Samson n'étaient pas foison à Bel-Évent et, en cette récolte de l'année 1936, j'avais le sentiment que quelqu'un, et aussi quelqu'une, me couillonnaient à

Pièce Courbaril ou à Pièce Romanette. Un coupeur travaille en couple avec une amarreuse. Dans la canne comme dans la vie le plus souvent. Ils sont soit mari et femme soit concubins. Soit cousin-cousine ou ami-camarade. Rarement, ils ne se connaissent pas au départ mais ils finissent toujours par devenir complices. L'amarreuse avance derrière son coupeur, à son rythme, assemble les tronçons de canne coupée pour les lier en paquets à l'aide de deux amarres. Parfois, ils brocantent un morceau de regard ou une miette de parole et cela crée des liens, une solidarité instinctive. J'ai trente-deux travailleurs qui besognent sur les vingt-deux hectares de Pièce Courbaril et quinze sur les neuf hectares de Pièce Romanette. Les autres pièces ne sont pas de mon ressort. Deux autres commandeurs, compères Jérôme et Félicien, s'en occupent, hormis Fond-Savon où ce têtu d'administrateur a cru bon d'imposer sa Big-Tana, cette canne nouvelle qu'il se vante d'avoir vue pousser à plus de six mètres de hauteur dans un pays qu'il nomme Louisiane. Il faut l'entendre :

— En Louisiane, on sait travailler. Ce n'est pas comme en Martinique où l'on passe son temps à geingeoler. D'ailleurs, ils utilisent de moins en moins de bras. Ils ont des machines qui ne crient pas fatigue et ne se mettent pas en grève pour rien.

À force de prononcer « Louisiane », l'administrateur, sans qu'il le sache (les Blancs ne connaissent pas les affaires privées des nègres), fut l'introducteur de ce prénom dans nos campagnes de Rivière-Salée. Si la Louisiane était si merveilleuse, si travaillante, si riche, eh ben bailler ce nom à une nouvelle-née ne pouvait que lui porter chance ! Tout ça me faisait rire : où a-t-on déjà vu un pied de canne dépasser trois mètres de hauteur ? Où ? Dans l'imagination de l'administrateur de l'habitation Bel-Évent. Depuis que je lui ai annoncé sept cents barriques pour cette année, monsieur ne tient pas en place. Lui qui venait par ici uniquement quand il avait à faire, se promène maintenant, le chapeau-bakoua bien enfoncé dans le crâne, aux quatre coins de la plantation, chose qui irrite fort le chef-géreur, ce Blanc désargenté de Baudoin Louvier de Laguarrande qui mange son âme en salade chaque jour que le Bondieu fait. Occuper un tel poste lui était une forme de déchéance car il devait passer plus de temps avec les économes et moi-même qui faisais fonction de chef-commandeur qu'avec les Blancs. Nous sentions qu'il souffrait du mépris de ces derniers lesquels ne mettaient jamais les pieds dans la (pourtant) coquette maison qu'il s'était fait construire sur les hauteurs de Petit-Bourg.

Pour moi, Baudoin n'était plus un Blanc mais un nègre, même s'il ne le savait pas. En tout cas, il était devenu plus nègre que blanc au déroulé du temps. La preuve : personne ne connaissait mieux que lui les simagrées des saisons. Je me souviens de l'année où il nous avait prédit un féroce « carême nègre ». C'était en 1928. Nous avions haussé les épaules car cette année-là, le carême avait été d'une sécheresse effroyable et il n'y avait aucune raison de penser qu'il ferait un brusque dévirement au mois d'octobre. Carême ça dure de janvier à juin au maximum. Après c'est la pluie, c'est l'hivernage, l'humidité. Sauf si, dans le courant d'octobre justement apparaît un carême nègre (que les Grands Blancs nomment en leur langage précieux « été de la Saint-Jean »). On voit le feuillage des manguiers se flétrir, les nuages disparaissent soudainement du ciel, le vent lui-même tombe comme si les marais de Génipa n'avaient plus la force de lui frayer un passage et le charger de leurs miasmes. La terre se craquelle du jour au lendemain et impossible de marcher tête nue au soleil sous peine de tomber raide dans le chemin. Et celle qui souffre le plus c'est la canne, ce sont les boutures que l'on a mises en terre deux mois auparavant et qui commencent à peine à germer.

En 1928, le carême nègre fut si plein de mauvaiseté qu'il ratatina les cannaies de Bel-Évent. Nous produisîmes un médiocre deux cents barriques à la grande fureur de l'administrateur et de notre patron, le béké Duplan de Montaubert. Baudoin, qui pour sa part avait entrepris de neïer sa déchéance dans le rhum, goguenardait partout :

— *Sa man té di zôt ?* (Que vous avais-je dit ?)

C'est après cette formidable prédiction que notre homme se mit à boissonner à toute heure du jour, sans vraiment être saoul ni perdre tout à fait le contrôle de sa personne. Quand je lui demandais s'il comptait venir dans les champs aujourd'hui, il me répondait, la bouche pâteuse, l'air énigmatique :

— C'est selon la carte marine, mon vieux. C'est selon…

Au bout d'un certain nombre d'années, ses yeux ne dérougirent plus, même à son réveil et sa femme le quitta pour aller vivre au Plateau Didier, quartier blanc créole de Fort-de-France, avec, médisait-on, un administrateur métropolitain. En homme maniaque, Baudoin ne souffrait pas l'imprévisible. Ce n'est pas lui qui féliciterait un coupeur d'avoir abattu vingt-deux ou vingt trois piles au lieu des vingt réglementaires. Ce n'est pas lui qui augmenterait la paye d'un arrimeur qui aurait rempli plus que ses deux wagons quotidiens. La paresse l'irritait autant que l'excès de zèle, tout cela dérangeant ses calculs établis une fois pour toutes ou plutôt « jusqu'à la fin des temps » comme il aimait à dire en ricanant. Je devinais qu'il n'avait point apprécié l'introduction de la Big-Tana parce qu'il lui était impossible de prévoir son rendement exact. Aussi ne pouvait-il qu'être pris d'une folle enrageaison à l'idée que j'avais annoncé une fabuleuse récolte à l'administrateur en cette année 1936. Il nous réunissait, les économes, les deux autres commandeurs et moi-même, à la brune du soir, afin d'évaluer l'état d'avancement des tâches. Cela se passait debout, dans une petite salle attenante au bureau de l'administrateur, dans une bâtisse en pierre qui fut jadis une dépendance de Château-L'Étang, la demeure principale de maître Honoré Duplan de Montaubert. La famille ayant rétréci, celui-ci diminua le nombre de ses serviteurs et n'eut plus besoin de cette construction qui faisait à la fois office de buanderie, de case à eau et de magasin. Quand les travailleurs disaient « chez le géreur », il ne fallait pas comprendre sa maison personnelle à Petit-Bourg mais cette salle pénombreuse où d'ailleurs il passait certaines de ses nuits, lorsqu'il était trop chargé de tafia.

Baudoin Louvier de Laguarrande, tout blanc et chef-géreur qu'il était, savait fort bien qu'il ne pouvait pas s'affronter à ma personne sans biaiser. Jamais je n'ai baissé les yeux devant les siens bien qu'ils fussent bleus car j'avais été habitué à ceux de ma mère dès mon plus jeune âge. Si, comme dit le proverbe, les yeux des békés brûlent ceux des nègres, tel n'était pas mon cas. Et puis, en tant que mulâtre, du sang blanc coulait aussi dans mes veines. J'étais par conséquent le seul commandeur à qui le géreur ne faisait pas de remontrance devant les travailleurs. Je faisais à la fois fonction de commandeur et de géreur et si je n'avais pas grimpé à l'échelon de géreur en second, cela était dû à la malveillance de Baudoin qui faisait courir le bruit que je lorgnais Virginie, l'épouse de maître Duplan. Il était malin : il ne détruisait ma réputation qu'auprès des nègres et des mulâtres lesquels rapportaient cette malparlance à De Melville et Duplan qui ne lui accordaient aucun crédit. Autrement elle m'eût valu un billet « ce-n'est-plus-la-peine » immédiat. Le chef-géreur savait qu'il n'était pas en mesure de se priver de mes services et que souventes fois, je passais derrière lui pour corriger les fautes ou les oublis qu'il commettait. Il ne m'en a jamais remercié mais cela instaura une sorte de non-belligérance entre nous qui faisait, pourquoi ne pas le reconnaître, davantage mon affaire que la sienne.

— Je sais que les communistes ont pris le pouvoir en France, serinait-il, mais ce n'est pas pour autant qu'ici le monde va chavirer. La France est la France. La colonie est la colonie, messieurs !

Le commandeur Jérôme, qui s'occupait de Pièce L'Étoile, esquissait un sourire faussement poli. Ce bougre longiligne, long comme le Mississippi, frayait avec les bolcheviques et les antichrétiens. On l'avait vu conciliabuler à plusieurs reprises avec ce journaliste de *Justice*, organe de la Fédération communiste de la Martinique, qui ne cessait de tisonner les grands planteurs et sucriers békés. Jérôme m'avait lancé une après-midi, à la gare de Ravine Pierre :

— *Man bouzwen wè'w, konpè.* (J'ai besoin de te parler, compère.)

Baudoin, qui nous observait de bisque-en-coin, réajusta le col de sa chemise comme pour se bailler plus d'autorité sur nous autres. Il eut un étrange brillement dans le grain des yeux qui m'alerta :

— Quand notre canne arrive sur la balance de l'usine ces jours-ci, elle pèse moins que ce qui est annoncé, les hommes, beaucoup moins ! Alors surveillez-moi ceux qui font les coquins...

Il n'y avait pas de façon plus claire de nous avertir que certains de nos coupeurs et de nos amarreuses nous endormaient et cette mise en garde s'adressait à moi en tout premier lieu qui avais la responsabilité des deux pièces les plus productives de l'habitation Bel-Évent. Celles dont les cannes en tout cas allaient aux deux usines de Rivière-Salée. La production des autres pièces, celles dirigées par les commandeurs Jérôme et Félicien, était réservée à certaines distilleries parmi les six que comptait la commune, notamment Ranlin et Balmelle. Ma réputation risquait donc d'en être ternie. Il me fallait réagir vite et fort. Pour l'exemple. Foutre aux contrevenants une peur-cacarelle qui pourrait tenir tous les autres en respect pendant la deuxième partie de la récolte, après le bienfaisant arrêt de Pâques.

Une idée fixe m'habitait : débusquer le sieur Alcide Fleurimont qui se croyait tout permis parce qu'il avait la garde des coqs de combat de maître Duplan. Ce bougre-là s'embesognait à sa guise, sans prévenir ni géreur ni commandeur. On le voyait débarquer, comme je l'ai déjà dit, un mardi ou un mercredi, et il s'approchait de vous en vous glissant avec une suffisance calculée : « Hé ! Marque mon nom sur ton cahier. J'étais occupé avec Coco L'Enfer ! » Et puis le lendemain ou le surlendemain, il disparaissait. Sur mes pièces, Fleurimont n'avait jamais accompli une semaine entière. J'avais, en outre, observé qu'il taillait la canne à la s'en-foutre-pas-mal et que ses bouts avaient rarement la longueur requise d'un mètre. Aucun commandeur, vu ses accointances avec le béké, n'avait osé le contrôler jusqu'à maintenant mais moi, Firmin Léandor, je le ferais. Tant pis s'il soignait le coq favori du maître ! Tant pis si Duplan chérissait Coco L'Enfer plus que sa propre femme et ses enfants ! Je n'aurais aucune pitié à coincer le soigneur de coqs parce qu'en plus, monsieur vouait une haïssance débornée aux mulâtres. À la case-à-rhum, il fallait l'entendre débagouler un lot d'injuriées à notre encontre, feignant d'être entafiaté :

— Dès qu'un mulâtre possède un vieux cheval, il nie que sa mère soit une négresse.

— Mulâtre c'est frère de serpent.

— Mulâtre fait des manières pleines de gamme et de dièse mais sur son front est marqué « Enfant de père inconnu ».

Aucun mulâtre ne se risquait à riposter aux égrafignages du maître-coqueur car il rapporterait sur-le-champ au patron une invraisemblable raconterie sur votre compte qui eût pu vous procurer les pires avanies. Duplan croyait dur comme fer que Fleurimont détenait la recette d'une mixture magique qui avait permis à Coco L'Enfer de plumer tous les coqs qu'il avait affrontés dans les gallodromes de Rivière-Salée, Ducos et Lamentin. Sa renommée commençait à atteindre le nord du pays où le béké ne tarderait pas à le mettre en compétition avec les redoutables coqs espagnols d'un Grand Blanc de Basse-Pointe, possesseur de cinq cents hectares de canne, dont le nom comportait une triple particule. Or, en ce temps-là, notre maître ne vivait que pour ses coqs de combat.

La carrière du sieur Fleurimont avait débuté d'une manière légendaire, alors qu'il n'était qu'un jeune mouscouillon plus hardi que les autres au point de rôdailler autour des caloges des coqs du patron. Il se tenait à distance respectueuse du nègre chargé de les nourrir et de leur frotter les cuisses mais observait chacun de ses gestes, apprenait les incantations qui s'échappaient de sa bouche édentée, l'épiait lorsqu'il parcourait les bois à la recherche de plantes rares, notait mentalement les mélanges qu'il préparait. Parfois, l'homme s'apercevait de sa présence et le pourchassait à coups de roche en hurlant :

— Sacré vaurien ! Va à l'école au lieu d'emmerder les grandes personnes. L'école n'est pas faite pour les chiens, non !

Final de compte, le soigneur prit Alcide en bonne passion. Son manège l'amusait et il se promettait d'entretenir Duplan de Montaubert à ce sujet. Si ce négrillon avait quelque disposition pour l'art d'élever les coqs-game, il ne fallait pas le décourager. Ce qui l'avait retenu jusqu'à présent, c'est qu'il savait que le Blanc pouvait fort bien, du jour où il sentirait qu'Alcide était en passe de devenir un vaillant coqueur, le renvoyer, lui, le nègre vieillissant, sans même songer à lui signer l'acte de donation des deux cents ares de terres aux confins de Bel-Évent qu'il lui avait promis en récompense de son dévouement. Or, le soigneur était trop ensouché dans sa fierté pour le lui remémorer et il y avait risque qu'il finisse comme un chien tout nu, dans sa case délabrée en gaulettes de bois-ti-baume, sans un sou pour s'éclaircir la gorge à l'aide d'une roquille de tafia. Sans un sou pour s'acheter son tabac à chiquer. Il répétait tout bas à Alcide :

— Tu sais, petit garçon, les Blancs ne sont pas bons. Il ne faut pas croire, ils ont figure humaine mais leur âme est noire.

Alcide apprit les ruses des coqs espagnols, la prestance des coqs-calabraille, le dandinement des coqs cendrés, la hargne des coqs-faisans. Il devint grand-grec dans la préparation de potions qui décuplaient leur force au moment du combat ou celles qui les maintenaient introublés en plein mitan de la chaleur et des criaillements des gallodromes. Il se mua à son tour en maître-coqueur, sans même que le vieux nègre vît à quel moment. Ce dernier se gardait bien d'informer Duplan qu'il s'était trouvé un jeune adjoint dont le talent promettait d'être incommensurablement supérieur au sien. Il se contentait de glisser à Alcide une poignée de sous blancs après chaque combat, chose qui faisait le bonheur du garçon et dispensait sa mère de lui poser trop de questions dans la case. Il lui avait menti en affirmant avoir été embauché comme petite-bande sur l'habitation « La Thoraille », du côté de Grand-Bourg.

Sa chance vint à lui sans qu'il l'ait le moins du monde sollicitée, une après-midi de carême au cours de laquelle Duplan, sur son cheval, se rendait seul au pitte-à-coqs de Morne Acajou, endroit où à l'époque se faisaient les plus gros paris. Alcide, qui d'ordinaire suivait le béké et son vieux soigneur de coqs à travers champs, prenant des chemins-découpés et des traces de canne, enjambant savanes et mornes comme un possédé, glissadant sur le dos ou à califourchon-kalibantcho sur des feuilles sèches de cocotier le long de ravines obscures, perdant de vue les deux hommes, l'un à cheval, l'autre à mulet, les rattrapant par moments, toujours à leur insu, s'étonna que ce jour-là le vieux nègre n'ait point accompagné son maître. Il devait apprendre plus tard que Duplan comptait parier une somme rondelette — près de soixante-quinze mille francs qu'il charroyait dans une sacoche cachée dans sa selle — et que, n'ayant confiance en aucun nègre, il avait préféré accorder son congé au soigneur. Comme en plus il refusait d'augmenter les travailleurs agricoles, si par malheur ces derniers avaient pu prendre connaissance du montant de la somme qu'il comptait miser, inutile de dire qu'une grève sans-manman aurait pété sur l'habitation Bel-Évent. Alcide vit, non sans effroi, que le Blanc portait aussi un fusil à deux coups en travers de sa selle et qu'il éperonnait sa monture jusqu'au sang. Le négrillon eu un mal fou à le pister mais un incident, sans doute provoqué par le destin, lui permit d'entrer dans les bonnes grâces de Papa Béké. Le cheval de ce dernier, le célébrissime Monseigneur, celui devant lequel maints nègres tiraient leur chapeau quand il broutait au bord du chemin, se cassa une patte dans un trou masqué par un amas de feuilles mortes. Duplan chuta lourdement pour se relever aussitôt, s'écriant :

— C'est à moi que tu fais cette méchantise, Monseigneur ? Pourquoi me faire ça à moi ?

Des larmes ruisselaient sur sa figure couverte de sueur et de poussière. Sa peau était effrayante de rougeur. Alcide, n'écoutant que sa conscience, jaillit des halliers, lui prit le volatile des mains et se mit à courir dans le chemin mal empierré en criant :

— Suivez-moi, papa ! Suivez-moi ! Je l'emmène à Morne Acajou pour toi.

Le Blanc-pays, ahuri, ne sut que répondre. Il regardait son cheval couché sur le flanc qui soufflait des gémissements par les naseaux. Quand la silhouette du gamin eut disparu dans un tournant, il se mit en route, sa sacoche d'argent d'une main et son fusil de l'autre. À un moment, il entendit le grincement d'un cabrouet derrière lui et s'en étonna : un cabrouet le dimanche après-midi, c'est comme un éclat de soleil à la Toussaint. Le cabrouettier était un mulâtre inconnu de lui qui le salua bien bas et se présenta comme l'économe d'une habitation des Anses d'Arlet dont il ne dit pas le nom. Il se proposa d'emblée pour conduire Duplan de Montaubert au gallodrome de Morne Acajou bien que ce ne fût pas sa destination finale. Lui aussi se déclarait grand amateur de coqs-game mais préférait s'en tenir à l'écart depuis qu'un adversaire malveillant avait proprement quimboisé le coq sur lequel il avait fondé d'excellents espoirs. Il bavarda tant et si bien que Duplan ne vit pas passer le temps. Il se remit même de ses émotions et se promit de récompenser son sauveur. Dans l'ultime raidillon menant au pitte-à-coqs, ils arrivèrent à hauteur d'Alcide qui continuait à courir, visiblement exténué, le coq sous le bras, les pieds martyrisés par les roches, encouragé par les coqueurs qu'il dépassait. Le cabrouettier lui demanda de grimper dans le tombereau au côté de Duplan. Le négrillon regarda le maître dans le blanc des yeux et lui dit :

— Non... non... ce bougre-là n'est peut-être pas sain.

— Que racontes-tu là ? s'énerva Papa Béké.

— Demande-le-lui !

— Tu as touché à ta femme hier soir ?

— Heu... je ne m'en rappelle pas. Peut-être que oui, peut-être que non...

Duplan de Montaubert sauta aussitôt du tombereau et trottina auprès d'Alcide. De toute façon, ils étaient arrivés dans la cour du gallodrome, quelques minutes seulement avant l'ouverture des paris du premier combat. Duplan saisit le négrillon par l'avant-bras et l'assit à sa droite, sur le banc d'en haut de l'arène réservé aux Blancs créoles, cela au grand écarquillement de sourcils de la négraille. Quand le tour de son coq se présenta, celui-ci foutut par terre quatre de ses opposants en un virement d'aile et rapporta à son propriétaire et cætera de fois la somme que ce dernier avait misée. Duplan eut un soudain regain de richesse qui lui permit de racheter certaines parcelles de Bel-Évent que le Crédit Foncier Colonial avait saisies des mains de son père à la fin du siècle dernier.

Alcide Fleurimont l'avait sauvé par deux fois et il en fit son favori. Une première fois parce que lorsqu'un coq s'en va se battre, il ne doit sous aucun prétexte s'arrêter en chemin et une deuxième fois parce qu'un homme qui a eu compagnie charnelle avec une femme la veille ou le jour même du combat ne doit aucunement s'approcher du volatile. Telle est en tout cas l'histoire que le bougre chansonne dans la case-à-rhum de Dame Yvette avant que le tafia ne lui ait embrouillardé l'esprit. « Yééé-Krik ! Yééé-Krak ! » dérisionne l'assistance en reprenant le cri des conteurs de veillées.

— Pourquoi tu ne nous révèles pas plutôt comment tu es devenu borgne, Fleurimont ? le gouaillait Sonson.

6

Firmin Léandor ne s'approchait guère de l'usine dite de Petit-Bourg, située curieusement au quartier Génipa. Encore moins de l'usine de Rivière-Salée, installée, elle, en plein mitan de Petit-Bourg, sur les berges de la rivière. Pourtant, toutes deux broyaient la canne qu'il avait, avec tant d'amour, fait mettre en terre, sarcler, angréyer et couper des mois et des mois durant. L'usine était un autre monde. Une manière différente d'organiser la journée et de dérouler le travail. Son rythme n'était pas celui de l'habitation bien que toutes deux fussent liées à-quoi-dire deux sœurs jumelles. Et puis ces chaudronniers, forgerons, cuiseurs, mécaniciens, ajusteurs et chauffeurs de locomotives étaient si pleins de hautaineté à l'endroit des nègres restés fidèles au travail de la terre ! Ils se proclamaient tous « mécaniciens » même quand ils n'étaient que de simples manœuvres chargés, par exemple, d'assurer l'alimentation du monte-canne ou des entraîneurs à bagasse. Ils aimaient à rappeler que leur solde était plus importante que celle des ouvriers agricoles. Pourtant, il y avait une période de l'année où géreurs, économes et commandeurs étaient bien obligés de frayer avec ces gens-là sous la houlette des administrateurs. Au terme du mois de mars, il fallait bien, en effet, songer à l'arrêt de Pâques. Non pas seulement pour des raisons religieuses mais parce que c'était le moment où l'on faisait le point, réévaluait les tonnages annoncés à l'usine, prenait des mesures pour enrayer un éventuel retard sur telle ou telle parcelle. Les mécaniciens, quant à eux, en profitaient pour démonter les pièces de leurs différents appareillages et réparer ce qui demandait à l'être.

Firmin savait que ces derniers espéraient l'approche de la trêve pour péter des grèves qui rendaient caduques toutes les prévisions et baillaient des sueurs froides aux planteurs et aux usiniers. Il se souvenait du terrible mouvement de 1921, époque où il n'était encore que patron-cabrouettier. Les deux usines de la commune avaient été paralysées parce que Simon Duplan de Montaubert, propriétaire de l'usine de Petit-Bourg, un scélérat de la pire espèce, qui considérait son cousin de Bel-Évent comme un chef-capon, un pleutre, voire un « ami des nègres », avait essayé de couillonner son personnel. Ce Blanc-là semait la terreur sur son passage, qu'il galopât à travers la campagne, ses cheveux rouge feu au vent, ou qu'il passât dans sa Dodge noire conduite par un nègre anglais de l'île de Sainte-Lucie auquel il s'adressait comme à un chien. Son habitation à lui s'appelait Rivière La Manche et se trouvait entre les territoires de Trou-au-Chat et de Rivière-Salée mais ce hobereau considérait qu'il avait droit de regard sur les propriétés de ses frères et de ses cousins. Il clamait à la ronde :

— Je suis le seul à m'intéresser à l'avenir de la colonie. Ces messieurs-dames ne pensent qu'à bambocher à longueur d'année.

Il avait derrière lui toute une meute de petits planteurs de couleur et de colons nègres qui lui étaient entièrement dévoués parce qu'il leur garantissait l'achat de leurs cannes quel que soit le prix du sucre en métropole, du moins le prétendait-il car personne n'avait les moyens de vérifier ses dires. Quand il faisait sa tournée à Bel-Évent, Baudoin, le géreur, pourtant lointainement apparenté à lui, jouait au nègre d'habitation :

— Géreur, je ne comprends pas, tes cannes de Pièce Romanette sont de premier rejeton et tu en as tiré seulement soixante barriques. C'est quoi ce manger-cochon-là, hein ?

— La sécheresse, monsieur...

— Couillonnades, géreur ! Mes terres sont moins grasses qu'ici et pourtant, j'ai réalisé un meilleur tonnage que l'an dernier. Je m'en vais voir tes cannes de deuxième rejeton. Attention à vos fesses, mes petits bonshommes de Bel-Évent !

— Ces cannes-là ont baillé satisfaction, monsieur...

— C'est ce qu'on verra. En tout cas, dis à ce macommère de Melville de passer me voir au plus vite à l'usine.

— Oui, monsieur... Bonne journée, monsieur.

Simon Duplan de Montaubert s'en allait sans saluer personne. Nous les nègres et les mulâtres n'existions pas à ses yeux. On était au ras des mulets ou des tombereaux. Nous tremblions lorsque le vent de son cheval nous touchait. Or donc, en 1921, il avait refusé d'accorder un troisième quart à ses ouvriers pour les soulager un peu. Une sucrerie fonctionne à feu continu c'est-à-dire vingt-quatre heures sur vingt-quatre et emploie deux quarts d'ouvriers faisant chacun huit heures de travail. Il manquait donc un quart et le syndicat avait demandé l'ouverture d'un troisième.

— Impossible ! avait argué Simon Duplan de Montaubert. Où on ira comme ça ? D'abord, il n'y a pas assez d'ouvriers qualifiés pour une telle tâche dans les parages. Vous voulez que je mette des coupeurs de canne à la chaudronnerie, hein ?

Final de compte, le rusé béké avait proposé un marché aux nègres : ils travailleraient en deux quarts de douze heures chacun contre une augmentation de salaire de vingt pour cent. Certains, alléchés à la perspective d'éteindre leurs dettes ou de s'acheter un bœuf ou de refaire la toiture de leurs maisons, s'étaient laissé tenter. On bourriqua d'arrache-barbe à l'usine de Petit-Bourg. Les ouvriers, hagards, titubaient entre le plancher à bagasse, la bascule et les moulins. Aux turbines, un nommé Tertulien du quartier Petit-Morne se fit surprendre par une courroie qui lui happa les deux bras. Le gauche fut sectionné net, le droit à moitié broyé. L'infortuné n'eut pas le temps de pousser un seul cri : il tomba évanoui dans un bain de sang. Simon accourut, lui banda ses blessures et le transporta lui-même à l'hôpital du Lamentin. À son retour, il déclara :

— Allons, activez, les hommes ! C'est pas parce qu'un rêveur a freiné ma turbine que vous devez rester la gueule ouverte à attendre le Messie. Tertulien ira mieux dans quinze jours. D'ailleurs, je lui avais promis un bout de terre à Bonne-Mère. C'est le moment de le lui offrir. Allez-allez ! Roulez, messieurs !

Gesner, qui était cuiseur et que l'épisode dégoûta à jamais du travail à l'usine, déposa ses outils, se déshabilla et partit sans demander sa solde sous les menaces de Simon Duplan. Il demeura trois longues années sans trouver de djob dans la région, même pas de sarcleur et puis on oublia son outrecuidance (c'est le mot qu'utilisa Simon Duplan) et il fut réembauché patron-cabrouettier à Bel-Évent. Ses camarades d'atelier ne l'imitèrent pas mais au moment de la paye, tonnerre de braise, ils constatèrent que Simon le Terrible avait amblousé le monde : il paya sur la base de huit heures et non de douze comme convenu. Les ouvriers, non seulement se croisèrent les bras mais tentèrent d'empêcher l'évacuation des sacs de sucre de l'usine. Ils firent barrage aux deux-trois nègres maquereaux qui s'escrimaient à charger les camions en partance pour Fort-de-France. Simon devint comme fou. Il plongea au cœur du groupe de grévistes et fit la gueule forte, leur intimant de libérer sur-le-champ l'entrée et les aires de circulation. On commença par lui rire au nez, puis un bougre plus hardi que les autres le bouscula, insufflant du courage aux autres qui l'attrapèrent par le collet, firent son casque colonial prendre l'envol.

— Béké, mets-toi bien avec nous, oui ! le menaçait-on de partout.

Une femme, employée aux sorties de bagasse, était déchaînée :

— Monsieur Simon, je n'ai pas esquinté mon corps pour toi pendant quatre mois pour accepter qu'aujourd'hui tu nous traites comme des imbéciles. Je te coupe les graines, oui !

Elle moulinait un coutelas devant le Blanc pétrifié. Simon le Terrible s'était mué en Simon la Tremblade en une fraction de seconde. Son teint était devenu livide, ses lèvres asséchées tentaient de balbutier des excuses. Un ouvrier proposa de le balancer dans un chaudron. Un autre de le passer au moulin à bagasse ou de l'attacher sur les rails et de faire la locomotive lui écrabouiller le corps. Simon génuflexa aux pieds des nègres, le plat des mains tendu en avant à la manière d'un dévot devant la statue de saint Michel.

— *Man... manmay, padon... padon man ka mandé zôt...* (Mar... marmaille, pardon... je vous demande pardon...)

Simon était pitoyable. Abasourdi. Terrassé. Il croyait sa dernière heure venue. Les grévistes se faisaient de plus en plus grondants. Il se traîna sur les genoux, dans la poussière de la cour de l'usine, jusqu'à Joinville

Saint-Prix, le responsable du syndicat, prêt à tout lui promettre lorsque dans le lointain on entendit une galopade effrénée. Une horde de gendarmes blancs arrivaient à bride avalée sur l'usine, sabre au clair et mousquetons en joue. La peur brocanta aussitôt de camp. Une grappe de grévistes s'enfuit à travers champs sans demander son reste. D'autres se figèrent sur place, levant les bras au ciel. Seuls quatre hommes déterminés entourèrent de leur corps Joinville Saint-Prix, le plus farouche d'entre eux lançant au capitaine des gendarmes :

— Si c'est lui que vous êtes venus chercher, il vous faut faire trois cadavres avant.

Firmin s'était ce jour-là rendu à l'usine de Petit-Bourg pour contrôler le pesage d'un chargement de cannes de Bel-Évent. Il avait été embarqué dès le départ dans la tourmente et prêtait une oreille plus qu'attentive aux revendications des travailleurs d'usine. Certains le tançaient :

— Vous les nègres d'habitation, vous êtes toujours les derniers à vous soulever ! Le béké est votre papa ou quoi ?

— Les casés n'attendent pas sur la paye pour manger. Ils ont leur jardin créole, riposta-t-il. Vous autres…

— Ah oui ! On sait, nous les ouvriers d'usine, on n'est pas libres, on est enchaînés au maigre salaire que nous verse le patron, s'énerva un cuiseur, mais à bien regarder, c'est vous les gens de la terre qui êtes des esclaves. Les casés travaillent pour rien parce que le Blanc leur prête deux carreaux de terre. Vous oubliez qu'il peut vous les enlever du jour au lendemain ?

Éternelle querelle entre les nègres de la terre et les nègres d'usine à laquelle Firmin ne tenait pas vraiment à prendre part. Les simagrées de Simon le Terrible lui permirent d'esquiver le débat. Le bougre avait repris du poil de la bête à l'apparition des gendarmes à cheval. Il se redressa et dit à leur capitaine :

— Ils m'ont jeté à terre, les lâches. C'est une tentative d'assassinat. Le nègre n'est fort qu'à cinquante contre un. Foutez-moi tout ça à la geôle et vite !

— Monsieur Duplan, nous avons mission du gouverneur d'assurer le libre convoiement du sucre, rien de plus, fit le capitaine en disposant ses hommes de part et d'autre de l'entrée de l'usine.

Simon talochait les grévistes, bourradait les femmes, insultait le groupe d'irréductibles qui entourait Joinville Saint-Prix. Il avait retrouvé son panache et paradait au mitan des gendarmes imperturbables. Quelques nègres sans fierté s'approchèrent de lui, l'air très humble, et murmurèrent :

— Patron, nous reprenons le travail...

Simon Duplan de Montaubert exulta :

— Ha-ha ! Voilà le nègre, messieurs de France ! Apprenez à connaître le nègre. Il fanfaronne quand il se croit gagnant mais dès que le vent tourne, il se déculotte comme un petit garçon. Allez, entrez, vous êtes mes enfants. Je ne vous en veux pas. Entrez travailler ! Ceux qui reprennent le travail sur l'heure seront pardonnés...

Un à un, les ouvriers cédèrent à la pression et reprirent leur poste. Les sacs de sucre furent chargés à bord des camions sous la garde vigilante des gendarmes à cheval. Firmin fut envahi par une sensation d'écœurement. Il ne savait plus à qui en vouloir. Aux ouvriers qui avaient cru en la parole de Simon de leur bailler une gratification de vingt pour cent sur leurs salaires. Aux dirigeants du syndicat qui n'avaient pas exigé un accord écrit. Aux journaliers et casés de Bel-Évent, Petit-Morne, Rivière La Manche et d'ailleurs qui ne montraient aucune solidarité avec les nègres d'usine. À lui-même, patron-cabrouettier, qui ne demandait rien à la vie et à qui Dieu semblait bailler une existence somme toute acceptable. Firmin se détesta. Il détesta son corps mulâtre. Son insouciance. La routine à laquelle il abandonnait ses jours. D'autant que les ouvriers d'usine finirent par obtenir satisfaction quelques semaines plus tard suite à un arbitrage du gouverneur. Telles étaient les pensées qui occupaient l'esprit de Firmin le jour où, en compagnie de l'administrateur De Melville, du géreur Baudoin et du premier économe, mari de Dame Yvette, la boutiquière, il se dirigeait à l'usine de Petit-Bourg pour y rencontrer Simon Duplan.

— J'ai annoncé sept cents barriques, se disait le commandeur, il faut que je tienne parole, saperlipopette !

D'après ce qu'il avait noté au cours des trois mois écoulés, les trois premiers de la récolte, à savoir janvier-février-mars, l'habitation Bel-Évent avait déjà produit environ deux cent soixante à deux cent soixante-dix barriques. Peut-être légèrement plus. Mieux en tout cas que les années précédentes. Mais était-ce suffisant pour atteindre l'estimation annoncée à l'usine en novembre de l'année précédente ? Car il n'y avait pas que des nègres à crampe, des traînards et des grandiseurs sur l'habitation Bel-Évent. L'œil du commandeur s'intéressait surtout à eux parce qu'il était de son devoir de les empêcher de nuire mais il se gardait d'oublier ceux auxquels il n'avait aucun reproche à faire, ceux qui abattaient un travail démentiel sans resquiller ni regarder à droite ou à gauche. Ils représentaient la majorité des coupeurs de canne, des amarreuses, des muletiers et conducteurs de cabrouets. Des nègres d'une conscience professionnelle exemplaire qui savaient qu'ils seraient enchaînés toute leur vie à la canne et qui avaient pris leur parti d'en découdre avec elle chaque matin, qu'il plût à ciel crevé ou qu'un chaud soleil écorchât la surface de la terre. Ceux-là étaient des gens avares de paroles. Des gens qui mangeaient leur petite misère sans lui tenir grief, tout commandeur qu'il était, parce qu'ils admettaient que si Dieu a placé le Blanc en haut, le mulâtre au mitan, le nègre en bas et le couli au fond, c'est qu'il avait ses raisons. De toute façon, monsieur l'abbé le leur serinait chaque dimanche à la messe de neuf heures : « Les premiers seront les derniers. » Firmin Léandor les admirait en son for intérieur. Quand il arrivait sur la plantation à l'improviste et découvrait ces imposantes piles de canne méticuleusement coupées et alignées dans l'attente d'être charroyées qui à mulet qui en cabrouet, il se disait que s'il y avait une justice divine, elle ne manquerait pas de récompenser semblable dévotion au travail.

Il n'y avait que le chef-géreur, Baudoin Louvier de Laguarrande, à n'être jamais satisfait. Dans ce pays où nul Blanc n'avait coupé un seul pied de canne en trois siècles, il se permettait de houspiller les meilleurs travailleurs ou de les accuser de négligence, cela avec une mauvaise foi presque amusante qui, fort heureusement, avait fini par indifférer le monde. L'instituteur Hildevert avait d'ailleurs appris à Firmin que Baudoin avait refusé de participer à la première grève des géreurs et économes au tout début du siècle. À cette époque-là, le laïc possédait une jeune sœur d'une belleté capiteuse qui avait frappé le cœur d'un géreur de l'habitation La Palun. Celui-ci venait lui faire la cour à la brune du soir comme c'était la coutume, c'est-à-dire qu'il s'asseyait à la devanture de la case avec le père de l'élue de son cœur et l'entretenait à perte de vue des questions de la récolte de la canne. La jeune fille se tenait immobile à l'écart des deux hommes, interdite de parole, autorisée seulement à dévorer du regard celui qui deviendrait selon toute probabilité son homme sans lui avoir jamais adressé un traître mot. Le gamin Hildevert, caché derrière une porte, buvait les propos du géreur, s'émerveillant de la belleté de son français en comparaison du créole grossier dont usait son père.

— Je n'ai point honte de révéler le montant de mon salaire annuel, tonnait-il. Huit cents francs, pas un sou de plus. Les nègres s'imaginent que nous autres géreurs et économes roulons sur l'or. Légende que tout cela, cher monsieur ! Légende, hélas bien fausse, que mes collègues n'osent pas démentir afin de conserver leur superbe. Ah ! Je sais qu'à côté la paye du journalier est dérisoire, infime, mais que font-ils pour s'opposer à cette infamie ? Rien ou pas grand-chose. Quelques mouvements d'humeur en début de récolte, vite apaisés par les promesses fallacieuses des Grands Blancs ! Parfois, des débordements inconsidérés qui aboutissent à des morts inutiles qui, final de compte, arrangent les planteurs. Je vous rappelle que ce sont nous, géreurs et économes, qui en 1916 avons fait mettre genou à terre à ces messieurs pour la première fois. Cela, on l'oublie trop souvent à mon gré. On baliverne un peu trop sur notre compte : béké et géreur, c'est même race ! Béké et économe, c'est voleurs Mis ! Les coupeurs de canne et amarreuses n'ont que cette antienne à la bouche. S'ils savaient, les pauvres !

Le père d'Hildevert, humble muletier sans éducation, était déjà bien trop ravi qu'un géreur s'intéressât à sa fille pour tenter de faire valoir ses propres vues sur la question. Il n'avait pas la moindre idée de ce que pouvait présenter la somme de huit cents francs. Sans doute plusieurs années de charroyage de la canne à dos de mulet. Il préférait vanter les bonnes dispositions de son fils qui « apprenait bien à l'école et ne manquerait pas de devenir grand-grec un jour ». Si on lui avait dit que le garçon échapperait à la tourmente de la canne, franchirait sans encombre l'examen des bourses, irait à

Fort-de-France étudier, réussirait haut la main au brevet supérieur et intégrerait l'École normale, il aurait pété de rire. Lui, il n'était qu'un pauvre nègre d'habitation qui laissait aux nègres d'En-Ville les tâches de grand-grec. Le père d'Hildevert avait d'ailleurs une crainte quasi superstitieuse des livres. Quand son fils en oubliait un sur la table de la case, il évitait de s'y asseoir pour manger. Il s'asseyait à même le sol, sur le pas de la porte, sa demi-calebasse retenue par ses cuisses et puisait le manger avec ses doigts, gonflé d'orgueil d'avoir mis au monde une telle merveille. Mais il n'avait pas envisagé pour lui d'avenir en dehors de la plantation. À son sens, devenir muletier ou géreur revenait déjà à gravir l'une des plus hautes marches de la gloire.

— Le Grand Blanc possède la terre mais il ne connaît pas la canne comme nous. Pour lui, la canne n'est qu'une quantité de barriques, un tonnage de sacs de sucre ou un contingent d'hectolitres de rhum. Des chiffres abstraits ! Alors que nous autres géreurs nous pouvons apprécier et la canne et ses chiffres, soliloquait le prétendant de la sœur d'Hildevert. Quand, à la fin de la récolte je mesure la sueur que les nègres ont transpirée, les wagons de canne que l'usine a avalés, les tracas que je me suis baillés pour que tout roule sans la moindre faute et puis de l'autre côté, les millions qui rentrent dans la poche du patron, il me prend de rêver. Ah ! Bien entendu, il a longtemps voulu acheter notre silence. On avait droit à des gratifications si la récolte avait été florissante mais là encore, il n'y avait pas de quoi pavoiser : cent ou cent cinquante francs en supplément sur notre solde de l'année, une misère, foutre ! Je croyais être le seul à entretenir de semblables pensées et n'en parlais pas à mes pairs jusqu'au jour où les langues se sont déliées. Grâce au rhum ! Ah, le rhum a au moins ça de bon. Il nous permet de ne plus craindre d'exprimer ce qui bouillit dans notre cœur. Nous avons découvert que le géreur de l'habitation La Thoraille pensait la même chose que le géreur de l'habitation Petit-Morne lequel était habité des mêmes idées que le géreur de l'habitation Rivière La Manche ou que moi-même, géreur de La Palun. Un véritable miracle que cette communion de pensée ! On était d'accord : les bénéfices que réalisaient les plantations étaient scandaleusement disproportionnés par rapport aux maigres salaires et gratifications qu'on nous accordait. Alors, cher monsieur, du jamais vu : des géreurs et des économes déclenchent une grève ! Les planteurs n'en revenaient pas. Voilà que les bougres privilégiés entreprenaient de saper leur omnipotence ! Quels ingrats ! Mon patron a tenté de me prendre par les sentiments : il m'a offert une paire de bœufs que j'ai refusée. Celui de La Thoraille a fait le méchant : il a licencié son géreur. Celui de Petit-Morne l'a accusé de vol. Celui de Rivière La Manche avait perdu toute retenue : il galopait à travers la campagne en hurlant : « Les géreurs ont constitué un syndicat, voyez-vous ça, messieurs et dames ! »

« Le président de notre syndicat, Cornette de Saint-Cyr, fut renvoyé de son poste par les propriétaires de l'usine du Soudon, au Lamentin. Les békés acceptaient le bras de fer. À nous de ne pas mollir. Nous exigions une augmentation de salaire de cinquante pour cent et même là, on était encore gentils. Ils ne voulurent pas céder. Ils nous rabrouaient dans leurs journaux : “Le nègre n'est plus patriote. Il arrête la récolte alors que notre mère-patrie est en pleine guerre contre l'ennemi teuton.” Ils insultaient notre patriotisme bien que nombre de gens de couleur eussent exigé d'être enrôlés afin d'aller payer l'impôt du sang à la France sur les champs de bataille d'Europe. Mon propre papa est parti en nous disant : “Je préfère mourir sur le champ de mines que dans un champ de canne à sucre.” Il n’est pas revenu. Son nom est inscrit noir sur blanc au mitan du monument aux morts de Rivière-Salée. Or, justement, si nous demandions une hausse de nos rémunérations c’est bien parce que le rhum et le sucre avaient été réquisitionnés au profit de nos armées en métropole et que les Grands Blancs se remplissaient les poches depuis la fin de l’an 1914. Hon ! Mais vous connaissez le nègre, cher monsieur, vous connaissez le mulâtre. Leurs complots c’est complot de chiens : ça ne tient pas ! Ici, à Rivière-Salée, nous tenions raides-et-durs mais ailleurs, au François, au Robert et même au Lamentin, les békés réussirent à débaucher plusieurs géreurs. Avec de belles promesses le plus souvent. Ou parce que certains aimaient se faire bien voir et flatter les patrons. Ou par caponnerie tout bonnement. Que je n’oublie pas Baudoin Louvier de Laguarrande ! Celui-là nous méprisait et ne se gênait pas pour le montrer. Il a refusé dès le départ de se joindre à notre grève et Bel-Évent a été la seule habitation de Rivière-Salée à fonctionner. J’étais allé le trouver personnellement. À l’époque, il ne boissonnait pas encore autant. Il était plein d’arrogance envers moi bien que je fusse plus aisé que lui. Il n’avait pas une graine de terre à lui. Son père avait tout dilapidé au baccara. Tout Blanc qu’il était, il ne disposait pour toute ressource que sa seule solde de géreur. Il aurait dû au contraire être le premier à se rebeller. Rien à faire pourtant. Il m’a rabroué : “Affaires de Blancs c’est affaires de Blancs, affaires de nègres c’est pas mon affaire !” Quand nous avons tous collectivement démissionné de nos postes de géreurs et d’économes, ce monsieur Baudoin ricanait : “Baillez-moi la responsabilité de toutes les habitations de la Martinique et vous verrez qu’à moi tout seul je ferai les nègres marcher à la baguette !" Mais ce chien-fer n'a pas refusé la modique augmentation que les patrons finirent par nous accorder. De ce jour, nous avions cessé de lui dire bonjour et je crois qu'il en était touché même s'il n'en montrait rien. »

Sans avoir jamais travaillé dans la canne, le futur instituteur Hildevert sut tout d'elle grâce aux plaidoiries que tenait l'amoureux de sa sœur. La pauvresse était terrorisée par la différence d'âge entre elle, au bord de la trentaine, et lui qui venait sans doute d'atteindre la cinquantaine. Ses craintes se révélèrent infondées car le géreur de La Palun se montra un bon mari pour elle, même s'il fut frappé de paralysie une dizaine d'années plus tard. Cet homme-là avait si-tellement marqué l'imagination d'Hildevert qu'il ne pouvait s'empêcher de l'évoquer chaque fois qu'il rencontrait Firmin Léandor. Ce dernier avait fini par le considérer comme un être familier, combien qu'il ne l'eût point connu. Un être d'exception, bâti dans le marbre de la droiture et de l'honneur et, sans en avoir une claire conscience, Firmin s'efforçait de conformer son comportement quotidien à l'aune du géreur de La Palun. Si bien que lorsqu'ils arrivèrent à l'usine de Petit-Bourg où Simon le Terrible faisait les cent pas, cravache à la main, visiblement excédé, il garda le plus grand calme. L'administrateur de Bel-Évent, De Melville, lui, était nerveux Il tentait de se rassurer en sifflotant d'un ton guilleret. La chevelure rousse du cousin de Papa Béké flottait dans le vent, menaçante elle aussi.

— Messieurs les commandeurs et les géreurs, vous laissez saboter le travail sur l'habitation et les engueulades à l'usine c'est pour nous, lança De Melville à l'instant de descendre de leurs montures.

Simon le Terrible ne permit à aucun d'entre eux d'esquisser la moindre défense. Il tendit sa cravache en direction d'une pile de cannes qui semblait avoir été déchargée d'un wagon depuis au moins trois jours. La canne semblait racornie. L'usinier s'écria :

— *Sa sé ki sa ? Di mwen tibwen !* (Qu'est-ce que c'est ça ? Dites-le-moi un peu !)

— C'est… c'est notre canne, monsieur ? murmura notre administrateur.

— Et comment que c'est la canne de Bel-Évent, mon cher De Melville ! Je surveille personnellement le déchargement des wagons depuis quinze jours et je peux vous dire que c'est la seule canne dont j'ai eu à me plaindre. Approchez donc !

Ils emboîtèrent le pas à Simon Duplan de Montaubert, cousin du patron Honoré, alignés l'un derrière l'autre à-quoi-dire des écoliers tout bonnement. Un sentiment d'humiliation les étreignait tous, aussi bien les Blancs De Melville et Baudoin, que le premier économe, chabin aux poils suris, que les commandeurs Jérôme et Félicien, nègres noirs et lui-même le mulâtre. Ils étaient tous embarqués dans la déveine. Leur canne les avait donc trahis ! Pourtant que de soins ils lui avaient prodigués ! Firmin n'avait-il pas fait effectuer deux sarclages en novembre de l'an passé ? Les femmes et les petites-bandes s'en étaient baillé à cœur joie d'autant qu'il avait pris sur lui de diminuer le nombre de pieds de canne à désherber par chacun. Cela, nul ne l'avait su dans la hiérarchie de Bel-Évent. C'était une petite faveur qu'il octroyait à ses journaliers les plus assidus : deux cent vingt pieds au lieu de deux cent cinquante pour les mauvaises tâches, c'est-à-dire aux endroits tels que Pièce Fond-Savon où le travail était difficile et trois cents pieds au lieu de trois cent vingt-cinq partout ailleurs, à Pièce Courbaril, Romanette et L'Étoile, pour les bonnes tâches.

Au tout début de décembre, il avait fait procéder à une nouvelle mise d'engrais avec le même personnel et avait lui-même supervisé cette tâche. Les négresses y travaillent par groupes de trois : une qui charroie l'engrais dans un panier, une autre qui fouille un trou au pied de chaque touffe de canne à l'aide d'une barre à mine, la troisième qui y déverse un pot d'engrais. Quand elles ont de l'expérience, on peut engréyer une pièce de la taille de Pièce Romanette en une seule journée. Décidément, seul le nettoyage des boutures avec le sulfate de cuivre avait échappé à son contrôle ! Il observait le commandeur Jérôme à l'en-bas des yeux. Ce dernier paraissait le moins effrayé d'entre eux, le moins concerné de toute façon. Ses lèvres mâchouillaient avec nonchalance une tige d'herbe-cabouillat. De Melville blêmissait, lui, et avec raison car son salaire d'administrateur était fonction du résultat de la fabrication du sucre. Il n'était pas payé à la canne coupée comme les autres mais à la quantité de sucre produite par l'usine, au nombre de barriques atteint par Bel-Évent. Simon s'accroupit devant la pile de cannes, en saisit une tige et déclara :

— Messieurs, votre canne a la maladie du charbon ! Regardez voir, s'il vous plaît.

Pour de vrai, une fine poudre noire courait entre les nœuds de la tige, des striures effrayantes qui semblaient en étouffer l'écorce. Firmin était resté bec cloué devant un tel spectacle. Le charbon ! Où donc cette salopeté avait-elle pu s'infiltrer sur la plantation ? Il est vrai qu'il pensait cette maladie éradiquée depuis un siècle de temps. Plus personne ne l'évoquait, chacun étant davantage préoccupé par la gommose, ce microbe qui dévorait la canne de l'intérieur et lui faisait perdre jusqu'à la moitié de son poids. Avec cette canne-là, on était bon pour vingt-cinq pour cent de sucre en moins. Une vraie catastrophe ! Il avait été très veillatif au moindre signe de son apparition et avait fait arracher une parcelle à Pièce L'Étoile parce que les raies jaunes et parallèles qui avaient commencé à décorer l'écorce de la canne lui avaient paru suspectes ainsi que l'espèce de gomme marron qu'exsudaient les feuilles. Le charbon, il est vrai, est moins facile à détecter que la gommose ou la mosaïque. Il est plus vicieux, plus traître et si dans le nord, à ce qu'on lui en avait dit, ses dégâts étaient moins importants à cause des pluies incessantes qui lavaient la canne, ici, à Rivière-Salée, il avait des effets redoutables.

— Quel jour est arrivé ce chargement ? demanda De Melvillc.

— J'ai tout noté là, fit Simon le Terrible, en ôtant un petit carnet de sa poche de chemise. Elle a été déchargée jeudi matin vers une heure de l'après-midi. Mes gens n'avaient pas remarqué qu'elle était pourrie. C'est quand on l'a mise sur la bascule que son poids nous a surpris.

— Commandeur Firmin, de quel endroit provient cette canne ? reprit De Melville en se tournant vers le mulâtre, le sourcil froncé.

Firmin calculait dans sa tête à grand ballant. Jeudi, Pièce Romanette était déjà entièrement coupée, Pièce L'Étoile aussi. Restait Pièce Courbaril, sa préférée, mais il était sûre d'elle et l'écarta aussitôt. Plus de doutes : ce foutu charbon provenait soit de Pièce Fond-Savon soit de Pièce L'Étoile dont monsieur le commandeur Félicien avait la responsabilité.

— Firmin Léandor, je vous ai posé une question, oui ? insista l'administrateur au bord de l'explosion.

— De Fond-Savon, monsieur, avança le premier commandeur de Bel-Évent pour sauver Félicien.

— Ha-Ha ! Je m'y attendais ! De Fond-Savon, dites-vous, eh ben sachez monsieur Léandor que si j'ai introduit la Big-Tana à Bel-Évent, c'est parce que c'est l'une des variétés de canne les plus résistantes au monde. Oui, monsieur ! Le charbon n'a aucun effet sur elle, ni l'échaudement, ni la maladie de Fidji, ni la mosaïque. Elle n'est sujette qu'au rabougrissement des repousses mais ce n'est que l'année prochaine qu'on y sera exposé. À Fond-Savon, il ne s'agissait pas de repousses mais de plants neufs, monsieur Léandor.

— Allons dans mon bureau, fit Simon Duplan, satisfait d'avoir créé la zizanie entre les gens de Bel-Évent.

L'endroit, à l'étage de l'usine, n'était qu'une pièce mal éclairée qui ne comportait qu'une table à tiroirs couverte de dossiers et de documents de toutes sortes dans le désordre le plus absolu. Une chaleur de four montait des cuves toutes proches dans lesquelles fumait un vesou noirâtre couvert d'énormes bulles. Les ouvriers s'activaient à hisser la canne sur les bascules dans un vacarme de treuils, de poulies et de turbines. Les broyeurs tordaient les tiges de canne en faisant un bruit de succion qui n'avait cesse de les impressionner. Quel univers différent de celui de la plantation ! pensait Firmin. Pourtant usine et champ de canne faisaient allégeance au même dieu. Ils étaient soudés l'un à l'autre, unis par le même but : extraire le sucre et le rhum dont la majeure partie était exportée en métropole. Simon fut le seul à s'asseoir pour la bonne raison que son bureau ne comportait qu'une chaise, la sienne.

— Alors ? jubilait-il. Qu'avez-vous à me dire pour votre défense, messieurs ?

— Félicien, Pièce L'Étoile est bien sur votre compte, il me semble ? demanda De Melville avec rudesse.

— Oui… oui, monsieur…

— C'est de là que provient cette chiennerie de charbon. Inutile de discuter !

Le commandeur Félicien ne fit rien pour se disculper. Il baissa la tête, tortillant les bords de son chapeau-bakoua qu'il tenait entre ses mains. Il savait qu'il avait intérêt à jouer à l'imbécile devant le Blanc au lieu de chercher à lui tenir tête. Et puis Simon le Terrible ne demandait que ça pour repasser à l'attaque en s'exclamant : « De Melville, vous direz à mon bon cousin Honoré qu'il ne sait pas tenir son monde, foutre ! Il ne sait pas mener ses nègres. » Pourtant cette année-là, le cousin de Duplan semblait ne pas en avoir directement contre eux, le premier économe, les trois commandeurs de Bel-Évent. Il nourrissait une soif de vengeance inavouée envers l'administrateur De Melville pour une raison inconnue (affaires de Blancs !) et qui n'avait de toute évidence rien à voir avec la canne à sucre. Il se leva, tapota l'épaule du commandeur Félicien en déclarant, très paternel :

— Mon bougre, c'est pas de ta faute. Le charbon n'attaque la canne que là où la terre n'est pas assez riche pour la sustenter et lui bailler des forces suffisantes. De Melville, vous auriez dû éviter les cannes de troisième rejeton en cet endroit-là ou bien mettre deux fois plus d'engrais que d'habitude. Enfin bref ! C'est pas moi qui vais vous apprendre votre travail, je ne suis qu'usinier après tout. Mon habitation de Rivière La Manche est dirigée par un excellent géreur et je n'ai aucun souci à me faire de ce côté-là.

De Melville était au bord de lui foutre une calotte et de le défier en duel. Au fond, peut-être était-ce ce que recherchait Simon le Terrible. Il voulait profiter de cette histoire de charbon pour en découdre avec l'administrateur. Firmin rassembla tout son courage et vola au secours de ce dernier.

— Monsieur Simon, à part cette mauvaise canne-là, on vous a livré davantage que l'année dernière à pareille époque, déclara-t-il du ton le plus neutre possible.

Si les yeux avaient été des balles, il aurait été fusillé sur l'heure. La chevelure, si abondante pour un homme, de l'usinier frémit. Il voulut riposter mais Firmin se dépêcha de profiter de son avantage.

— Moi aussi, j'ai noté des choses. On vous a livré près de cent cinquante barriques de plus. Cent si l'on enlève les piles charbonnées. Nous ne sommes pas en retard, patron. Nous sommes bel et bien en avance.

— Même avec votre estimation de sept cents barriques ! se défendit Simon Duplan.

— Tout à fait ! Je suis même prêt à parier que Bel-Évent dépassera ce chiffre-là, patron.

Simon le Terrible se rengorgea car il savait que Firmin n'avait pas l'habitude de servir du « patron » aux Blancs. Il l'avait maintes fois entendu dire monsieur qui à Honoré Duplan qui à De Melville qui au géreur Baudoin. Si bien qu'il décida de se montrer magnanime :

— Fort bien, mes amis. Je passe dessus pour cette fois d'autant qu'effectivement, je crois moi aussi que vous atteindrez votre tonnage. Au fait, Firmin Léandor, si jamais un jour, tu en as assez de travailler avec un incapable comme De Melville et un saoulard comme Baudoin, tu me fais signe. Je t'embauche aussitôt comme géreur à Rivière La Manche, mon bougre. Ha-Ha-Ha !

Et de les pousser hors de son bureau avec de grandes claques dans le dos…

7

Je savais qu'un jour ou l'autre je devrais céder aux injonctions de Duplan de Montaubert, qui voulait m'impliquer encore davantage dans la bonne marche de la plantation. Injonctions à chaque saison de carême plus pressantes au fur et à mesure que le grand âge montait sur la tête du planteur (il bordillait la soixantaine) et surtout que le négoce de la canne lui devenait d'un rapport insupportablement médiocre. Bien que moi, Firmin Léandor, ne fusse pas responsable d'une situation qui affectait l'ensemble de la colonie et que personne n'eût pu me faire le moindre reproche quant à la qualité de mon travail, j'éprouvais une gêne indéfinissable à l'endroit de mon patron. Il m'avait fallu plusieurs armées pour me décider à sortir un tant soit peu de son emprise et je n'avais pas franchi le pas sans que tout le monde — des plus miséreux des nègres d'habitation aux plus riches d'entre les Blancs-pays — m'apposât le sceau de la trahison. Da Nènesse, la nounou de Château-L'Étang, de sa voix chevrotante quoique doucineuse, m'avait demandé :

— Qu'est-ce que Papa Béké t'a fait, hein, mulâtre ?

J'avais alors passé mon enrageaison d'une matinée entière sur un pied de quénettes qui était soudainement devenu bréhaigne à la suite d'un cyclone qui s'était annoncé méchant avant de se dissoudre en écharpes nuageuses. Puis j'avais dédaigné la queue de cochon salé aux pois rouges, mon plat préféré pourtant, pour me contenter de fruit-à-pain cuit à l'eau avec une aile de morue chez Lætitia, ma femme-sur-le-côté. Mais rien ni personne ne pourrait me faire brocanter d'avis : je prendrais une parcelle en bail à colonat des mains de ce richard d'En-Ville qui me sollicitait depuis bon nombre de mois. Le bougre, qui s'appelait Marceau Duplessis, était avocat de son état et avait hérité d'une propriété de petite conséquence d'une sienne grand-tante à Caféière. Il y avait bien huit kilomètres entre Bel-Évent et cet endroit, huit kilomètres de montée en lacets, mais je me sentais capable de les affronter au moins tous les deux jours, d'autant que ma femme n'y verrait que promesse de félicité. Ne se plaignait-elle pas de devoir supplier les négresses de Lamberton de lui vendre leurs légumes afin qu'elle aille les proposer aux bourgadins ? De ce petit commerce, elle ne tirait à vrai dire que de la menue monnaie : de quoi s'acheter trois mètres de popeline pour ses robes du dimanche ou de la vaseline parfumée en provenance d'Amérique pour ses cheveux dont aucun peigne n'avait encore pu dompter l'ébouriffure.

Je m'en étais ouvert à Gesner, le conteur, qui m'était ordinairement d'un bon conseil. Ce dernier, qui affectait un air idiot pour que personne ne farfouille dans ses affaires, hocha la tête :

— Hon !... Hon !... un bail à colonat ? Ça c'est esclavitude et liberté emmêlées, mon bougre. Esclavitude parce qu'il te faut surveiller ce que tu plantes et tu sais bien que dès que tu seras dans la canne de Papa Béké à diriger sa récolte, il se trouvera toujours une compagnie de maraudeurs pour te charroyer-aller tes ignames. Hon !... mais c'est aussi liberté, foutre ! Le jour où tu voudras envoyer le béké chier, tu n'auras aucune crainte : ta famille aura de quoi manger.

J'avais trois marmailles de ma première femme et en désirais autant d'Éléonore dont le ventre se refusait de grossir. J'ignorais s'il fallait en accuser mon épouse ou ma propre personne. C'était un causer que nous évitions à tout prix d'aborder car nous savions, de manière confuse, que ce battre-manman pourrait provoquer une déchirure dans notre vie. Pour dire la franche vérité, ni elle ni moi n'avions de soucis à nous faire pour l'avenir. Ce n'était pas une question d'argent, ce bail à colonat. C'était question de ne plus être le fructificateur des seuls biens d'autrui mais des miens également. J'avais une formule qui résumait à merveille mon idée :

— *Man lé man mèt kô mwen.* (Je veux être le maître de mon corps.)

Le plus gros débat n'avait pas été avec ce fameux Duplessis, ridicule personnage à col à jabot et français brodé, qui signa les papiers de manière expéditive, sans même s'asseoir ni se dévester dans la case où sa lointaine parente avait coulé ses ultimes journées. Tout semblait l'écœurer : la boue du chemin, les hurlades des travailleurs et même le verre dans lequel il se contraignit à ingurgiter deux-trois gouttes de tafia avec moi. Je ne pris conscience de mon geste qu'à mon retour de Bel-Évent. Le bail était caché sous ma chemise-kaki que mouillait une sueur dont l'émotionnement, plus que la chaleur, était responsable. Je savais qu'en tant que commandeur d'habitation, il ne m'était pas loisible, comme certains coupeurs de canne ou cabrouettiers, de cultiver un lopin de terre à l'insu de mon patron. Je n'étais pas un simple rouage dans cette formidable machinerie mais l'une des trois têtes pensantes, celle sans laquelle d'ailleurs aucun ordre n'aurait pu être transmis et donc exécuté. Duplan de Montaubert saurait la vérité par ses espions, nègres-maquereaux de tout acabit, surtout cet éborgné d'Alcide Fleurimont auquel il baillait le droit de drivailler à travers tout le nord du pays, sous prétexte que le bougre lui achetait des coqs espagnols d'une férocité sans égale. Or, ce Fleurimont-là, nègre d'une noirceur bleutée, me haïssait, comme il a déjà été dit, parce que j'étais mulâtre et rien que pour cela. Autant le maroufle montrait de l'équanimité envers ses congénères noirs, de la condescendance envers les Indiens et de l'obséquiosité envers les Blancs, autant il véhémentait chaque fois qu'un mulâtre avait le malheur de croiser sa route. Il disait plus volontiers « sang-mêlé » au lieu de « mulâtre » comme s'il s'agissait de l'injure suprême. Ma femme avait coutume de me répéter :

— Dès que j'aperçois l'ombrage de ce diable vivant dans le chemin, je prends une autre trace. Je ne veux pas que son œil bute sur moi. Quant à l'œil crevé, il est terrible, oui !

— Alcide Fleurimont dispose de soixante-douze mépris sous sa langue, avait sentencié Man Sélénis, cette bougresse qui s'était établie quimboiseuse autrement dit manieuse de philtres, dès son plus jeune âge.

De fait, chaque fois qu'il arrivait à Bel-Évent, ployant sous deux caloges en bambou contenant des coqs de combat, il cherchait mes pas et me fichait un traitement devant la négraille ébahie, faisant mine d'être ivre :

— Sacrée vermine de ver de terre qui se nourrit de caca-mouches et de vomi de serpent ! Ta mère était une championne dans la bordelle et y'a pas un homme par ici qui ne l'a pas chevauchée. Si le Blanc a eu le temps de lâcher sa semence dans son boudin et te mettre au monde, toi, chien de mulâtre prétentieux et sans sentiment que tu es, c'est qu'elle tuait tous les enfants que les nègres déposaient en elle. Elle buvait des médecines pour accoucher avant l'heure de peur d'avoir à porter un petit négrillon-tête-coco-sec dans ses bras. Firmin Léandor, tu devrais périr de vergogne, tu n'aurais jamais dû accepter ce titre de commandeur qu'on t'a baillé uniquement parce que tes cheveux sont d'huile. Tire ton tchou devant moi là, oui ! Va coquer ta mère !

Je subissais sans broncher ce que je considérais comme l'une des avanies de ma condition. Un commandeur est fait pour être tancé par les Blancs et mauditionné par les nègres et les Indiens-coulis. Être du mitan, il recevait des coups de partout et n'avait qu'à coudre sa bouche ou alors accepter de descendre de son piédestal pour rejoindre les mulâtres à pieds-de-chiques que rien, sauf la claireté du teint, ne distinguait plus de la valetaille. On s'en gaussait d'un méprisant « Ce mulâtre a tourné en nègre ». Plus d'une fois, j'avais eu la tentation de me fondre dans la masse de ces figures inexpressives qui, le matin, se pressaient aux abords de ma maison pour recevoir mes directives. Elles menaient une vie raide comme un coup de rhum sec mais au moins, le soir, quand elles posaient leur tête sur leur paillasse, le sommeil ne prenait pas un siècle de temps avant de leur procurer apaisement et enchantement. Il fallait entendre toutes ces belletés de rêves qu'ils s'entreracontaient en se rendant à leurs tâches. Moi, j'avais le sentiment d'avoir rêvé dans une autre existence car, dans celle-ci, les soucis me tenaient parfois éveillé jusqu'au plus extrême de la nuit.

L'un de mes plus pesants soucis était sans conteste l'instituteur radical-socialiste Hildevert, non point parce que nous différions quant aux idées politiques (au contraire, c'est moi-même qui le guidais à travers la campagne en période électorale) mais parce que le bougre s'était mis dans l'idée d'enchaîner à l'école tout ce que la commune comptait de petits nègres. Pour les filles, monsieur se montrait moins exigeant, ses trois salles de classe où il officiait seul (se déplaçant d'un groupe à l'autre au cours de la journée) ne pouvant, il est vrai, contenir tant de monde. Janvier annonçait d'inévitables et homériques affrontailles entre nous, sur la route de Petit-Bourg, à la grande joie de la populace toujours avide de distraction sans payer et surtout d'étalage de beau et bel français collet-monté comme ils disaient dans leur parjure créole.

Sur les sept heures trente du matin, je quittais les champs où les adultes avaient commencé à couper et à amarrer depuis le réveil des merles et me postais près du débarcadère. Les écoliers embarquaient à bord du bac pour se rendre sur l'autre rive de la rivière Salée où ils devaient abattre encore cinq bons kilomètres au travers des traces de canne. Ma propre marmaille, Jean-André, Géraud et Mathurine, était partie pour l'école une demi-heure auparavant par le chemin des mornes, plus long mais plus sûr, à dos de mulet et conduite par un valet de cabrouet. Malgré les admonestations de Duplan et de l'administrateur De Melville, je ne détournais que les garçons suffisamment âgés pour que leur assiduité à l'école fût une perte de temps. Ceux-ci faisaient la fine bouche afin d'obtenir d'avance quelques sous qu'ils se dépêcheraient de dépenser en sucreries ou en gâteau-coco :

— *Manman mwen vréyé mwen lékôl* (Ma mère m'a envoyé à l'école), minaudaient-ils, la tête penchée vers le sol.

Je n'étais point dupe de leur subit intérêt pour la chose scolaire. Il me suffisait de lancer au pillage une poignée de pièces blanches pour que les plus costauds se démènent à coups de coude et de pied pour s'en emparer. Parfois, un petit bout de chou débrouillard enfermait une grosse pièce de cinq francs dans son poing et réclamait son embauche à l'instar des autres mais je le renvoyais, lui laissant le bénéfice de cette menue monnaie. Il me fallait en général une quinzaine de petites-bandes, qu'on appelait aussi petits-ateliers, qui iraient rejoindre leurs parents dans les différentes pièces de Bel-Évent. Leur tâche, somme toute peu éreintante, consistait à ramasser et assembler les tronçons de canne que les amarreuses avaient oubliés ou n'avaient pas remarqués sous l'amas de feuilles qui jonchaient la plantation. Leurs parents étaient, plus souvent que rarement, partagés entre l'envie de voir leur progéniture réussir sur les bancs de l'école et l'appât d'une somme qui, même modeste, viendrait s'ajouter aux deux francs-quatre sous qu'on leur remettait le samedi à midi à l'économat. Quelques-uns préféraient se péter les reins plutôt que de savoir leurs enfants dans l'enfer de la canne. J'avais ainsi supporté un sacré modèle de tonnerre-de-Dieu de la part de la fille de Télémaque. Elle s'était, dans ses fureurs, débarrassée du harnachement qui la protégeait des coupures des feuilles de canne et de la hargne du soleil pour se planter devant moi et m'abreuver d'injures :

— Mulâtre, à partir du jour d'aujourd'hui, tu laisses mon fils tranquille ! Espèce de mâle-vérat que tu es ! C'est toi qui es monté sur mon ventre me coquer pour le mettre au monde ou quoi ? C'est toi qui lui bailles à manger ? C'est toi qui lui achètes son linge ? Je n'ai besoin d'aucun homme, tu m'entends ? Vous n'êtes que caca-chien dans ce pays. Si j'avais une fille, je la marierais à un Blanc-France. Firmin, écoute-moi bien, mon fils ira à l'école et personne, pas même Papa Béké, ne l'en empêchera !

— Et puis, tes enfants à toi, ils vont bien à l'école, hein ? me lança un journalier.

Mais de telles réactions étaient aussi rares que la floraison d'un pied de letchi. Les mêmes qui avaient décrassé les oreilles de leur marmaille avec soin, repassé leur uniforme, décrêpé les cheveux à coups de peigne énergiques en leur recommandant d'être respectueux envers le maître d'école, les accueillaient deux heures après dans le champ de canne avec un mélange surprenant d'équanimité et de fatalisme. Ils ne haussaient le ton que lorsqu'un petit-je-m'en-fous-ben prétendait ramasser la canne, vêtu de sa chemise ou de son corsage blanc, encore que la plupart d'entre ces parents n'avaient pas les moyens d'en acheter (ils les taillaient dans des sacs de farine-France) et que la lubie d'uniforme de l'instituteur Hildevert fut le plus souvent un vœu pieu. Ce dernier, quoique handicapé par une bedondaine imposante qui l'essoufflait dès qu'il s'avisait de presser le pas et d'un double menton, s'arrangeait pour se trouver au débarcadère, côté Grand-Bourg, aux premières heures du jour. Il aidait les marchandes de légumes à débarquer du bac, prodiguait des conseils aux vieux-corps déjà trop chargés en rhum tout en surveillant du coin de l'œil mon arrivée. Notre brocantage de paroles amères se faisait donc de part et d'autre de la rivière Salée. Moi du côté Petit-Bourg, Hildevert du côté Grand-Bourg.

— Laïc, bien le bonjour ! lui lançais-je avec une sourde irritation dans la voix.

Le gros bonhomme esquissait un petit geste sec au rebord de son feutre sans se dérider. Il était agacé par mes familiarités, moi en qui il ne voyait qu'un mulâtre au service d'une des familles de Blancs-pays les plus réactionnaires de la Martinique dont il était persuadé qu'elle mourait d'envie de rétablir l'esclavage. Hildevert était intarissable sur le sujet dès qu'il se trouvait sur des tréteaux électoraux et son verbe ampoulé était redoutable. À la première volée d'enfants, brandissant leurs souliers à bout de bras pour éviter que la boue ne les salisse ou plus simplement parce qu'ils n'avaient guère l'habitude d'emprisonner leurs orteils, le combat-de-gueule pétait :

— Marmaille, n'écoutez pas ce suborneur d'âmes innocentes ! s'élançait l'instituteur avec des trémolos dans la voix. L'école est l'avenir du nègre, le seul moyen pour vous d'échapper à la canne. Embarquez-embarquez !

— *Pa fout kouté misyé !* (N'écoutez pas ce bougre !), ripostais-je. *Bèl pawôl i ni anba lanng li ! Bétjé ki bétjé pa ka pèd tan yo vréyé yich yo lékôl davwè sé lajan ki mèt* (Il n'a que de belles paroles ! Les Blancs-pays eux-mêmes ne perdent pas leur temps à envoyer leurs enfants à l'école car c'est l'argent qui est le maître de toutes choses.)

Le conducteur du bac participait avec joie à cette guerre matinale, y mettant un grain de sel comique qui tantôt était favorable au laïc tantôt à moi, le commandeur. Les marchandes de légumes et de charbon de bois, elles, étaient unanimement opposées à mes agissements. Beaucoup d'entre elles avaient eu l'occasion d'amarrer la canne à Bel-Évent au cours de leur jeunesse et n'avaient pas gardé un souvenir impérissable des champs de canne. D'autorité, certaines faisaient monter sur le bac les enfants auxquels elles étaient apparentées ou dont les parents entretenaient quelque relation d'amicalité avec elles. Quand l'instituteur me voyait chercher des pièces de monnaie au fond de ma poche, il trépignait, la bave aux lèvres :

— Au nom de Jules Ferry et de l'instruction gratuite, obligatoire et laïque, je vous somme, monsieur Firmin Léandor, d'ouvrir le passage à ces valeureuses jeunes âmes qui s'en vont s'abreuver aux sources vivifiantes du savoir français ! La République une et indivisible a institué l'école pour tous afin que les fils de la plèbe puissent accéder aux lumières de la lecture et de l'écriture et ainsi grimper, pour les plus doués d'entre eux, au firmament du savoir. Et je…

— *Pé djôl ou la, Ildèvè !* (La ferme, Hildevert !), tonnais-je, soudain hors de moi. *Balan nèg ki sa li épi ékri adan péyitaa èk sé pa an patat sa ka sèvi yo !* (Le nombre de nègres qui savent lire et écrire dans ce pays sans que cela leur serve à quoi que ce soit !)

Puis je voltigeais sa poignée de pièces en l'air, provoquant aussitôt un indescriptible barouf.

— Honte sur ta tête, mulâtre ! se déchaînait Hildevert. Que la femme qui t'a mis au monde soit maudite ! Tu bafoues la justice républicaine parce que tes maîtres blancs jouissent d'une impunité totale mais un jour viendra où la Martinique ne sera plus une colonie et nous serons tous égaux quelle que soit la couleur de notre peau.

Cessant de réagir, désormais préoccupé de noter sur mon cahier les noms des petites-bandes que je venais de circonvenir, je tournais le dos à l'autre rive de la rivière Salée comme si l'instituteur n'avait jamais existé. S'estimant une fois de plus vaincu, le laïc attendait, stoïque, le contingent d'élèves que le sort lui avait accordé ce jour-là, les alignait deux par deux et les conduisait au pas cadencé à travers les champs de canne. Quand le cœur y était, il leur faisait chanter un vibrant « Allons z'enfants de la patri-i-e ! ».

Cependant, en dehors des cent et quelques jours que durait la récolte, Hildevert et moi étions les meilleurs compères du monde. L'instituteur m'avait convaincu d'adhérer au syndicat des géreurs et employés d'usine dont le fameux Iréné Suréna, lui-même contremaître à l'usine de Rivière-Salée, était le secrétaire général. Du finissement d'avril à la balancée de décembre, nous nous rabibochions au bar « Doudou Manman », à la Rue-Derrière de Grand-Bourg, pour comploter contre nos adversaires politiques. Nous savions d'expérience que gagner les élections ne suffisait pas à gagner les cœurs lesquels succombaient aux tentations de toutes sortes, surtout pécuniaires, que les sbires de la caste blanche ne décessaient de semer sur leur route. Elle avait renoncé à contrôler par elle-même mairies et conseil général autrement qu'en sous-main, achetant des bulletins par paquets, truquant le vote, sapant l'influence des élus qu'elle tenait en déplaisir, quand elle ne les faisait pas assassiner comme André Aliker, le premier gérant du journal communiste *Justice*.

Hildevert était l'animateur principal de la section socialiste de Rivière-Salée (bien qu'à titre personnel, il ajouta le mot « radical » à sa conviction) qui comptait près de deux cent soixante adhérents très assidus aux réunions qu'il organisait sous le préau de l'école, le jeudi après-midi. Ils aimaient l'entendre vocaliser les mots de Fraternité, de Justice sociale, d'Égalité, tous ces nobles mots français qu'ils devinaient chargés d'un sens plus profond qu'eux, nègres de médiocre extraction et de peu de savoir, leur baillaient. Hildevert et moi insufflions à nos partisans notre passion commune pour Victor Hugo. Pas une réunion qui ne se terminât par la déclamation enflammée d'un passage de *La Légende des Siècles*. Connaissant quasiment tout l'ouvrage par cœur, je sautais sur une table, non sans m'être ragaillardi avec une solide lampée de tafia, et commençais :

Ils combattent, versant à flots leur sang vermeil.
Le jour entier se passe ainsi. Mais le soleil
Baisse vers l'horizon. La nuit vient.

Le laïc, moins démonstratif et de toute façon moins agile, se contentait de se dresser sur son siège, droit comme un piquet, réajustant son gilet, époussetant sa veste, une vive émotion dans la voix et continuait :

Camarade,
Dit Roland, je ne sais mais je me sens malade.
Je ne me soutiens plus, et je voudrais un peu
De repos...

Quand il y avait une présence féminine dans l'assemblée, Hildevert citait également Lamartine, plus rarement Nerval, avec moins de succès. Le commandeur Jérôme, qui tentait de constituer une section communiste à Rivière-Salée, se gaussait de cet appétit pour la poésie. Il allait partout déclarant :

— Mon collègue Firmin possède deux livres chez lui : la Bible et Victor Hugo. Vous croyez que c'est avec ça qu'on fait de la politique ? Qu'on fera reculer les dix familles békées de la Martinique ?

— Et toi, de quel livre disposes-tu, hein ? contre-attaquais-je.

— Du *Manifeste du Parti Communiste*, monsieur !

— Et c'est qui qui l'a écrit ? C'est qui d'après ce qu'on m'a dit ?

Après une légère hésitation, Jérôme répondait :

— Marx... Karl Marx...

— Ha-Ha ! Un Allemand, messieurs et dames ! Vous voyez qui nous propose de suivre ce bougre-là, jubilais-je, il veut mettre notre confiance dans les paroles d'un Allemand, d'un ennemi de la France ! Moi, j'ai un oncle, deux frères, une quantité de connaissances qui ont péri sur le front en 14-18 contre cette race de chiens-fer et jamais, tant que je porterai le titre de Firmin Léandor sur ma tête, je ne ferai confiance à un Allemand, fût-il un vrai papa-gâteau.

La joute tournait le plus souvent en ma faveur, chacun ayant eu aussi un parent ou un ami enseveli dans la terre de France au cours de ladite guerre et si, par malheur pour le commandeur Jérôme, il y avait quelque ancien combattant dans la salle, il se faisait houspiller si raidement qu'il boudait des jours durant quand il me rencontrait sur la plantation. Il se consolait en songeant que dans le reste du pays, au Lamentin notamment et bien sûr à Fort-de-France, les idéaux communistes progressaient avec un ballant qui terrifiait les gros propriétaires fonciers. Ici, à Rivière-Salée, viendrait bien l'heure où il rabattrait leur caquetoire à ces verbeux de socialistes d'Hildevert et de Firmin. Lui non plus n'approuvait pas que je détournasse la marmaille de l'école au moment de la récolte, mais il ne pouvait pas s'y opposer parce qu'en tant que deuxième commandeur de Bel-Évent, il éprouvait chaque jour cette impérieuse nécessité. Plus grave : les dirigeants du mouvement communiste d'En-Ville n'avaient pas, eux non plus, de solution à cette question. Ils se contentaient de répondre : « Installons la société sans classes et ce jour-là, il n'y aura plus de telles injustices. » Si bien que je continuais mon manège sans entraves jusqu'à ce jour de mars où celui-ci tomba sous les yeux de Virginie Duplan de Montaubert, l'épouse du patron. Elle ne sortait de la grand case que pour se rendre à la messe du matin lorsque l'abbé de Trou-au-Chat n'avait pu se rendre à sa chapelle privée. Da Nènesse, la nounou de la famille depuis trois générations, vantardisait auprès de la négraille sur sa certitude d'accéder directement au paradis.

— Les Blancs sont plus pieux que nous autres. Chaque matin Papa Béké, sa femme et leurs enfants assistent à un office, messieurs et dames. Chaque beau matin, vous m'entendez ! Et ma dame Virginie communie trois fois par semaine. Moi-même, quand je n'ai pas péché par gourmandise, je le fais deux fois. Ah ! Cette madame est une sainte, je vous assure. Vivre près d'elle c'est comme qui dirait respirer la sainteté.

— Moi, je suis trop sale, j'ai trop de sueur qui me dégouline sur la peau pour que le Bondieu se penche sur mon sort, la gouaillait quelque amarreuse.

— J'aurais foutu ta madame dans un champ de canne sous le gros soleil de dix heures du matin, s'énervait Sonson, et à ce moment-là, on verrait si elle continue à être une sainte.

Or donc, un matin où quelque inondation ou éboulement de terrain avait barré la route à l'abbé de Trou-au-Chat, madame Duplan se fit conduire en tilbury jusqu'au bac de Petit-Bourg afin d'assister à l'office à l'église de Grand-Bourg. Un émissaire avait été envoyé à l'ecclésiastique de cet endroit afin qu'il retardât sa messe d'une demi-heure. Cet insigne honneur, au dire des bondieuseuses de couleur qui assiégeaient le presbytère afin de lui faire offrande de légumes ou de volaille, mettait le bougre aux anges. L'abbé avait guerroyé à l'arrachée-coupée contre l'athéisme et le socialisme dans diverses paroisses de sa contrée natale et n'avait fait que continuer, sans changer un iota dans ses méthodes et son langage, lorsqu'il fut expédié aux colonies pour un motif que son diocèse n'avait pas jugé bon de lui communiquer. D'aucuns parmi les partisans de l'instituteur Hildevert pensaient que sa hargne à pourfendre les « partageux », comme il disait drôlement, n'était point étrangère à cette nomination lointaine.

Bien entendu l'abbé était du dernier mieux avec la caste blanche créole et souffrait que l'un des planteurs les plus importants de Rivière-Salée, monsieur Honoré Duplan de Montaubert, seigneur de l'habitation Bel-Évent, fût dans l'impossibilité de fréquenter son église. La plantation se trouvait, en effet, en amont de Petit-Bourg, quartier dont les relations avec Grand-Bourg dépendaient des sautes d'humeur du ciel et par conséquent des eaux de la rivière Salée qui, en un battement d'yeux, noyait la terre, déjà marécageuse par endroits, sous une dévalaison de boue, d'eaux rougeâtres, de troncs d'arbres et d'animaux morts, empêchant durablement le passage des chevaux et des cabrouets.

Ce matin-là, le conducteur du bac, qui boissonnait plus que de raison, n'avait pas encore fait son apparition et des passagers fébriles se pressaient sur le petit ponton surplombant le lit de la rivière. Un peu à l'écart, assise à l'arrière de son tilbury, vêtue de blanc de la tête aux pieds, Virginie Duplan s'éventait à l'aide d'un de ses gants, le regard apparemment perdu dans le vague. Sa seule présence modérait la canaillerie habituelle des marchandes de légumes et les injuriées gratuites que s'envoyaient les hommes pour marquer qu'ils étaient en bonne santé et toujours parés à affronter les duretés de l'existence.

Au lieu du brouhaha qui m'accueillait de loin, avant même que je n'atteigne le débarcadère, je perçus une espèce de rumeur entrecoupée d'insolites silences dont je saisis aussitôt le sens. À la vue du tilbury, prenant garde de ne pas envisager madame Duplan, j'ôtai mon casque et fis un profond signe de tête. Je m'en voulais de n'avoir pas demandé à Éléonore de repasser l'escampe de mon pantalon-kaki. Le portant depuis quatre jours, il devait être bougrement chiffonné et l'idée que je pusse bailler à la Blanche l'image d'un mulâtre débraillé me contraria très fort. Je m'approchai des passagers qui étaient en train de se cabrer contre l'absence de ponctualité du conducteur du bac, sans trop toutefois élever le ton. Je ressentais tout le poids du malaise créé par l'épouse du patron aux rires nerveux des négresses qui tentaient furtivement de jauger sa toilette, au maintien faussement martial des hommes. À ma propre gaucherie puisque je manquai de tomber de cheval en descendant de sa selle. La Reine, bonne tête, n'avait pas bougé et je pus me rattraper à sa crinière. Je pestai contre moi-même :

— *Sa ka rivé mwen, fout ?* (Que m'arrive-t-il, foutre ?)

Ce qui tournait-virait en moi, je le savais fort bien. Même si je ne voulais pas me l'avouer. Le visage altier de madame Duplan, le noir d'obsidienne de ses cheveux, l'étincellement du grain de ses yeux également noir profond, le délicat de ses lèvres faisaient ressortir son teint de lys des rivières. Cette fleur sauvage, qui affectionnait les ravines envahies par les halliers, arborait une blancheur avec laquelle ni les nuages de beau temps ni la farine de manioc ne pouvaient rivaliser. Fleur que pourtant personne ne cueillait pour orner les tables des cases ou des demeures bourgeoises parce que trop imprévisible dans ses apparitions ou trop fragile, le lys des rivières symbolisait la douceur sauvage, indomptée. C'est ce que je lisais dans le regard de l'épouse du maître : douceur et frénésie tout à la fois. Virginie paraissait interloquée de me voir aguicher la marmaille. Cela se devinait aux conciliabules qu'elle avait avec son cocher, un vieux nègre un peu dur d'oreille et obéissant comme un mouton. Des nègres comme on n'en faisait plus de nos jours, soumis, acquiesçant à toute parole émanant d'une personne de race blanche. Il clopina jusqu'à moi et me dit :

— Commandeur... hé commandeur ! La maîtresse veut s'entretenir avec toi.

Occupé à noter les noms des négrillons sur mon cahier je ne pus réprimer un sursautement. En règle générale, les femmes des planteurs ne se mêlaient pas à la marche des habitations. Elles n'avaient aucun pouvoir sur les coupeurs de canne ou les amarreuses, allez voir les commandeurs ! Elles ne régnaient que sur leur propre domesticité et elle seule. Je fus agacé de cette intrusion dans mon travail d'autant que je n'exécutais pas cette tâche de recrutement des petites-bandes de gaieté de cœur. Je lui lancerais à la figure la riposte imparable que je servais à tous ceux qui tentaient de me bailler mauvaise conscience :

— Qui va ramasser les cannes oubliées ? Vous peut-être ?

Virginie Duplan de Montaubert triturait sa mantille bleu nuit qui tentait de dompter ses boucles rebelles.

— Vous êtes bien... le commandeur Léandor ?

— Oui, madame.

— La canne va bien cette année ?

— Oui, madame. Elle se présente comme il faut.

Le conducteur du bac corna l'annonce de la première traversée de la journée. Les marchandes se bousculèrent sur le ponton, leurs lourds paniers juchés sur la tête qu'elles protégeaient à l'aide de « torches », sortes de mouchoirs-de-tête roulés en boule. Les hommes prenaient un air plus flegmatique, n'ayant pas pour la plupart de besogne urgente à accomplir à Grand-Bourg. Tout un chacun avait grand soin de ne pas se mêler au causement de la femme de Papa Béké et du commandeur. Nul ne voulait risquer d'encourir le déplaisir de la maîtresse de Bel-Évent que l'on s'imaginait d'autant plus redoutable qu'elle se montrait fort peu. Pour ma part, j'avais hâte de m'en aller mais je ne savais comment rompre sans me montrer mal éduqué. Je fixais quelque chose, très haut au-dessus de la tête de mon interlocutrice qui n'avait pas l'air de se rendre compte de ma gêne.

— Merci pour les cannes créoles que vous m'avez fait parvenir la semaine passée, fit-elle.

— Pas... pas de quoi.

Je n'avais envoyé aucune botte de cannes créoles à madame Duplan. Je calculai très vite dans ma caboche et en conclus que cela devait être à nouveau une manigance de ce faux-jeton d'Alcide Fleurimont, le soigneur de coqs de Papa Béké. Rien ne lui était plus facile que de graisser la patte du premier gamin venu en lui demandant de porter un présent à la madame de Château-L'Étang au nom du commandeur Firmin Léandor. Rien de plus facile pour de vrai. Je m'encolérai contre moi-même de n'avoir pas eu suffisamment de présence d'esprit pour nier être l'auteur d'un tel envoi. Le trouble qui s'était emparé de moi dès qu'elle m'eut mandé allait grandissant et je craignais qu'elle ne s'en aperçût et ne l'interprétât mal. Pourquoi prenais-je cet air à la fois penaud et coupable alors que je n'avais affaire à cette créature qu'une fois l'an, lorsque je venais, comme tout un chacun, présenter mes vœux du jour de l'An aux maîtres de Bel-Évent ?

— Pourquoi ne plantez-vous pas davantage de cannes créoles ? Elles sont si juteuses. J'ai goûté cette canne BH dont mon mari parle tout le temps. On n'arrive même pas à en arracher la peau avec les dents, demanda-t-elle.

— Ah ! On ne plante la canne créole que dans les jardins.

— Mais pourquoi donc ?

— C'est simple, madame. Si on la plantait dans les champs, ce ne serait pas seulement un dessert pour les rats et les petits bougres bandits, même les grandes personnes se serviraient. Bel-Évent serait dévasté.

La békée rit aux éclats à l'idée que des adultes pussent se jeter à belles dents sur les cannaies. Puis, elle se rembrunit et dit d'un ton grave :

— Je comprends pourquoi on prétend que certaines femmes sont douces comme des cannes créoles...

Je tressaillis en pensant à ma cousine Justine, la lavandeuse qui partageait sa couche avec Duplan de Montaubert depuis au moins quinze ans sans que cela fût un secret d'État. Je me sentis encore plus mal à l'aise et balbutiai quelque chose que Virginie Duplan n'entendit pas. Elle était devenue rêveuse. Je resongeai au lys des rivières. Tout le contraire de la canne créole qu'on avait envie de goûter irrésistiblement. Le lys n'invite pas à la paillardise, il n'évoque pas vraiment la douceur en final de compte mais plutôt la hautaineté, l'immaculé, la froide belleté.

— Merci encore pour vos cannes créoles, reprit-elle, commandeur, je ne suis pas certaine que vous aidiez ces enfants en agissant de la sorte.

— Il nous faut bien des petites-bandes, madame.

— Je sais, je sais... mais pourquoi ne pas embaucher des plus âgés ? Il y a toute une jeunesse oisive qui traînaille à Grand-Bourg

— Hon ! Ceux-là ne veulent pas s'estropier dans la canne, madame. Ils se considèrent comme des nègres du bourg. Ils préfèrent demander un quignon de pain aux chiens au lieu de remettre les pieds à la campagne. Moi, c'est à peine s'ils me saluent dans la rue.

L'épouse de Duplan redevint songeuse. Elle fit signe au cocher pour qu'il l'aide à descendre du tilbury. Arrivée à ma hauteur, elle me tint l'avant-bras et lâcha :

— Merci, commandeur…

Je regardai, comme hypnotisé, sa silhouette blanche qui s'éloignait vers l'autre rive. Un contentement étrange monta en moi…

8

Nul n'avait jamais songé que le nègre Télémaque pouvait un jour non seulement passer de vie à trépas mais souffrir d'une si interminable agonie. Il était le plus vieil homme de toutes les plantations de Rivière-Salée et s'enorgueillissait de son surnom de « Fils de l'Abolition ». Il racontait des époques qui semblaient à la fois inouïes et immémoriales. Son langage était parsemé d'expressions créoles incomprenables qui déclenchaient de vastes rigoladeries lorsqu'il se mettait à tancer les jeunes bougres sur leur fainéantise déshonorante. Télémaque avait, il faut le reconnaître, le culte du travail : cocher du maître, palefrenier, aide-cuisinier quand la valetaille était débordée par l'ouvrage à cause d'une bamboche de Grands Blancs, jardinier qui avait planté des haies de bougainvillées, de jacarandas, d'alamandas et de coquelicots jaunes tout autour de Château-L'Étang, maître en apothicairerie soignant les fièvres les plus raides et toute une tralée d'autres fonctions qui en faisait le nègre le plus grandipotent de l'habitation Bel-Évent. N'eût été leur couleur, on aurait pu prendre Télémaque et Duplan pour père et fils tant ils cheminaient souvent quant-et-quant, le nègre silencieux et le Blanc volubile.

— Télémaque et Fleurimont sont les seuls nègres qui savent se faire entendre ici, murmurait-on.

À ce qu'il paraît, le vieux-corps n'avait jamais franchi les bornes de l'habitation et ne s'était jamais rendu ni à Petit-Bourg, tout proche, ni à Grand-Bourg pour lequel il fallait traverser la rivière Salée en bac. Quand Éléonore, l'épouse du commandeur Firmin, l'interbolisait avec ses désirs de voyage, ce dernier rétorquait :

— Regarde-moi Télémaque, il n'a jamais respiré d'autre air que celui d'ici, ses yeux n'ont jamais vu d'autre horizon que les champs de canne et pourtant le bougre se porte mieux que toi et moi.

Le dimanche, Télémaque était autorisé à suivre, au-dehors, par une fenêtre entrebâillée, la messe que venait dire l'abbé de Trou-au-Chat dans la chapelle privée des maîtres. Tandis que la valetaille, abonnée à l'église de Grand-Bourg, se vêtait de ses plus rutilants atours, que les femmes s'enveloppaient dans des robes de mousseline et que les hommes époussetaient leurs pantalons de drill immaculé, lui, il se postait, vêtu en kaki comme tous les jours, près de la chapelle, son chapeau-bakoua entre ses mains, espérant humblement l'arrivée de l'ecclésiastique. Une boquitte d'eau salée et un paquet d'amarres de canne étaient aussitôt offertes à sa monture que Télémaque conduisait à l'écurie. Le Fils de l'Abolition n'avait aucun goût pour la liberté, cette sensation tumultueuse qui faisait du dimanche un jour si-tellement désirable que ceux qui par malheur se trouvaient malades en pleuraient de rage.

À la saison de la récolte, Télémaque s'embesognait n'importe où sans demander leur avis à aucun des trois commandeurs lesquels feignaient de ne rien remarquer. Fleurimont le soigneur de coqs, Samson le nègre venu du nord et lui formaient un beau trio de têtes-raides, chacun à leur manière et pour des raisons qui leur étaient propres. Une sorte de paix armée régnait entre Firmin Léandor et Télémaque qui ne brocantaient que des « hon ! » dont ils étaient les seuls à saisir le sens. D'ailleurs, on s'écartait prudemment d'eux dès qu'on les voyait conciliabules Et si le vieux-corps coupait la canne à Pièce Fond-Savon, ce n'était pas dû à une quelconque sanction mais bien parce qu'il aimait gonfler son estomac sur la frayeur que sa personne inspirait aux serpents-fer-de-lance qu'il n'appelait jamais que par leur nom secret dc « bêtes-longues ». La canne y poussait courbée, dans un fouillis de feuilles sèches qui gênait la lame des coutelas et contraignait les journaliers à déployer deux fois plus de sueur qu'ailleurs. Le nègre centenaire abattait trente piles de canne sans demander pardon à qui que ce soit et refusait de laisser le commandeur inscrire son nom sur son carnet. Aussi Baudoin et De Melville prêtèrent-ils l'oreille lorsqu'il marmonna cette année-là :

— La Big-Tana, elle est dure…

Dure ! Raide ! Scélérate ! Les autres coupeurs avaient déjà baillé leur verdict contre cette nouvelle variété mais se plaindre étant une seconde nature chez eux, ils n'avaient trouvé aucun écho. Télémaque ressassa sa plainte des jours durant :

— Big-Tana est une punition pour le nègre. Lequel pourra faire une tâche en une journée ? Allez voir même deux journées !

Firmin se rendit sur place et découvrit que le vieil homme avait cent fois raison : le bras du coupeur s'y reprenait souvent à deux fois pour entailler la tige tant son écorce était rêche. Normalement, quatre coups de coutelas rapides suffisaient à faire un sort à n'importe quel pied de canne. Le premier la sectionnait à la base, le deuxième sautait le bout-blanc et sa flèche, les deux autres coupaient la tige en trois tronçons égaux. Ce geste que Firmin avait accompli trente-douze mille fois à l'époque où il n'était pas encore commandeur demandait de l'adresse mais une fois qu'on y était habitué, il ne prenait pas plus de temps que de boutonner une chemise. Il se souvint qu'un jour d'élections, le député socialiste du nord, Joseph Lagrosillière, était venu faire un discours à Rivière-Salée et avait épaté le monde :

— Camarades, je ne vous apprendrai rien en vous disant qu'un coupeur doit donner dix mille coups de coutelas par jour, dix mille pour accomplir une tâche de vingt piles de cannes ! clama-t-il, et si on aboutait tous les tronçons, savez-vous que cela ferait une distance de cinq kilomètres ?

Ces deux chiffres, dix mille coups de coutelas et cinq kilomètres, avaient frappé l'esprit naturellement porté sur les chiffres de Firmin Léandor et devant le problème de Fond-Savon, le péter-tête de cette foutue canne Big-Tana qu'avait imposée l'administrateur De Melville, il se les répétait telle une prière qui aurait eu le pouvoir de lui faire entrevoir un remède miracle. Pour l'heure, il n'en trouva aucun qui le satisfît. Il se rassurait à l'idée que tant que Télémaque ne jetterait pas bas son coutelas, les autres travailleurs étaient trop fiers pour capituler, même si le plat de leurs mains se déchirait sous l'effort. Télémaque était une sorte d'institution à Bel-Évent. Le samedi venu, il ne s'alignait pas devant la petite table où le premier économe remettait à chacun les deux francs-quatre sous qui lui étaient dus. Goguenardant au pied d'un immense manguier-bassignac dont les racines sortaient de terre et semblaient avoir été sculptées, il fumait une pipe en terre avec délectation.

— Baillez-moi l'argent de Télémaque puisque monsieur crache dessus ! plaisantait parfois un nègre-Congo.

— Télémaque ? ripostait une amarreuse, il veut prouver au béké qu'il est un nègre parfait, ne comprenez-vous pas ça ? Nous autres, on n'est qu'une bande de malfaiteurs et des fainéantiseurs. Hon !

Alors le vieux-corps se dressait de toute sa longueur basaltique et entreprenait de tracer les générations de l'imprudente depuis son arrière-arrière-grand-mère qui aurait ribaudé aux quatre coins de la plantation contre une assiettée de soupe-calalou ou un bout de toile en madras usagé. Rituel qui n'émouvait personne. Ni l'économe qui continuait, imperturbable, à appeler son monde, ni les nègres pressés d'aller dépenser leur salaire à la case-à-rhum de la boutique ni même l'impudente qui causait déjà à voix basse avec une sienne compagnonne de misère. Quand, sur les cinq heures du soir, l'économe avait terminé la paye, il laissait sur la table le dû de Télémaque et tournait les talons sans même le saluer. La somme demeurait là jusqu'au matin où une servante de Château-L'Étang venait récupérer la table et déposait les pièces de monnaie dans un bocal qui trônait aux cuisines, s'emplissant de récolte en récolte.

Virginie Duplan de Montaubert, la maîtresse de maison, s'en était étonnée à maintes reprises mais personne n'avait voulu se risquer à lui révéler la vérité sur « l'argent-Télémaque » que l'on croyait maudit ou plus exactement « monté » par quelque esprit malfaisant. Les Blancs ne s'intéressant guère aux secrets des nègres, elle ne revint plus sur le sujet bien que le bocal fût posé bien en évidence sur un beau garde-manger en mahogany. Il est vrai que Télémaque avait la charge de laver le linge de madame qui n'avait aucune confiance dans la gent féminine et se méfiait comme de la peste des mulâtresses qui officiaient comme lavandeuses sur la plantation. Le malesprit était si vite placé dans le repli d'un jupon et voilà la victime s'abîmant peu à peu dans une langueur que les docteurs ne parvenaient pas à guérir, ni d'ailleurs à identifier. Les maladies sorcières ne faisant point partie de leur science médicale et l'éventualité pour une Blanche créole d'aller consulter un quimboiseur nègre étant exclue, livrer ses vêtements aux mulâtresses eût été, pour Virginie, une recherche délibérée de la mort lente. Aussi voyait-on Télémaque, le lundi de beau matin, emprunter la trace qui menait à la rivière, seul homme parmi une trentaine de femmes babillardes, son ballot sur la tête, hiératique et pénétré de l'importance de sa tâche. Les bassins se trouvaient en amont de Bel-Évent, là où la rivière s'appelle encore rivière des Coulisses et n'était point du tout salée. Plus bas, elle recevait les remontées de la marée et brocantait donc de nom.

Si Télémaque avait été quelqu'un d'autre, sûrement et pas peut-être qu'on l'aurait accablé de sarcasmes, voire accusé d'être un ma-commère, un pédéraste si l'on préfère, catégorie d'hommes rarissime sous nos cieux et donc unanimement mise à l'index. Télémaque ne s'accroupissait pas dans l'eau à côté des lavandeuses mais se rendait très à l'en-haut de la rivière, dans une ravine profonde que peu de gens, sauf les chasseurs de poules d'eau, fréquentaient. Son linge était impeccablement nettoyé et mis à blanchir au soleil, non loin de la véranda de Château-L'Étang, sous l'œil attentif de Virginie qui, à l'étage, rêvassait en chemise de nuit.

Le premier signe annonciateur de la déliquescence d'esprit de Télémaque fut une culotte déchirée (certainement par lui-même) qui dériva jusqu'à l'endroit où les mulâtresses propretaient leurs vêtements. Justine, la plus opulente d'entre elles, qui avait déjà porté deux garçons pour Duplan de Montaubert et s'imaginait avoir des droits sur le monde entier, fut la première à s'en saisir. Sur le coup de l'émotion, elle observa sans mot dire les circonvolutions du lambeau de toile entre les roches et se surprit à trembler. Ses amies-ma-cocotte étaient embarquées dans un maquerellage si captivant — il s'agissait de deviner qui pouvait bien être l'homme dont on soupçonnait leur maîtresse d'être éprise — que pas une ne remarqua son trouble. La culotte s'approcha de ses pieds et, happée par un petit courant, s'enfuit à l'en-bas de la rivière. Justine s'écria :

— Mes amies, excusez, juste un besoin ! Un petit besoin !

Et de redresser ses jupes sur ses cuisses fermes pour poursuivre ce qu'elle venait de reconnaître comme étant la lingerie si fine de madame de Montaubert. Cette dernière la faisait venir de La Nouvelle-Orléans, à ce qu'il paraît, et rien qu'à la palper, on sentait qu'elle était plus douce que le plus doux des velours. Les oreilles toujours aux aguets, elle avait entendu sa maîtresse parler un jour de « tulle », mot inconnu par ici-là mais qui allait à merveille à cette toilerie presque diaphane qui devait bailler au corps de n'importe quelle femme une aura incomparable. Rien à voir avec la grossière cotonnade que l'on vendait au bourg ou ces tissus moirés que trafiquaient les colporteurs syriens à grand renfort de compliments mais qui vous flanquaient, à cause de la chaleur, des gratelles effroyables. Justine s'empara de la culotte et constata, incrédule, qu'elle avait été lardée de coups de coutelas.

— Monsieur Télémaque est tombé fou, oui, déclara-t-elle à haute voix.

Elle garda sa découverte pour elle qu'elle rapiéceta avec minutie et s'habilla elle aussi en tulle. Son amant de cœur, le cabrouettier Bérard, ouvrit des yeux admiratifs sur ce fabuleux dessous qui décupla son ardeur. Toutefois, elle n'en eut l'apanage qu'une courte semaine puisqu'au lundi suivant, des lavandeuses récupérèrent d'autres vêtements, également lacérés, qui ne pouvaient provenir que du ballot de linge que lavait en amont le nègre Télémaque. Elles se gourmèrent entre elles pour s'approprier qui un corsage qui une longue robe de soirée qui une jupe mais aucune n'osa les arborer en public.

— Madame va tomber en fâcherie, oui, fit Amandine, la deuxième mulâtresse qui avait la réputation d'être un peu sosotte.

— Pas après nous en tout cas ! rétorqua une lavandeuse. Nous, on ne s'occupe que des hardes des hommes et de la marmaille. Et puis est-ce que moi, je possède une jupe en popeline aussi bien coupée, hein ?

— Il faut l'avertir..., hasarda une autre.

Justine régla la question d'un retentissant « Ce n'est pas notre affaire, eh ben Bondieu ! » et tout le monde se remit à battre avec force le linge sur les grosses pierres plates de la rivière. Pour de bon, au jour de lavandage de la semaine suivante, on ne vit plus la haute silhouette de Télémaque remonter le dédale des Coulisses. Qui désormais s'occupait du linge de Madame ? Cela aussi demeura longtemps un mystère absolu. Duplan de Montaubert avait mis sa figure de monstre si bien que pas un nègre n'osait se renseigner sur l'étrange mal qui frappait son fidèle serviteur. Simplement le bruit avait-il couru que « Télémaque était désormais un sac vide », ce qui veut dire dans notre parjure qu'il ne tenait plus sur ses jambes. Il s'était couché sur la paillasse qui lui servait de lit, à même le sol nu, pour ne plus s'en relever. Les comprimés apportés d'En-Ville par le béké, les décoctions compliquées du quimboiseur, les bouillons de poule de Da Nènesse, tout cela ne lui avait été d'aucun secours. De plus, il avait refusé l'intervention de Vidrassamy, le prêtre couli qui dansait sur la lame effilée d'un coutelas au cours de cérémonies qui glaçaient d'effroi tous ceux qui n'appartenaient pas à la communauté indienne. Télémaque préférait la mort au déshonneur car, à ses yeux, cette race-là était la lie de l'humanité. Il ne voulait sans doute pas devoir le restant de ses jours à un couli-mangeur-de-chien.

Le commandeur Firmin Léandor fut le premier, après Duplan de Montaubert, à pénétrer dans l'antre de l'agonisant à la rue Cases-Nègres. En sortant, il plissa les yeux comme si la lumière lui blessait les yeux avant de déclarer :

— Il est en train de déparler... Télémaque déparle, messieurs et dames.

— Aille-ya-yaille ! Bondieu-Seigneur-la Vierge Marie-tous les Saints du Ciel, s'exclama Justine, les poings sur les hanches, voilà que la vie de chacun ici va être mise à l'envers, foutre ! Qui peut arrêter ce déparlage, mes amis ?

— Un vieux nègre comme ça, si tant et tellement vieux, ça ne se servira que du langage-Congo, dit quelqu'un, déjà qu'on avait des difficultés à le comprendre de son vivant, allez voir à l'article de la mort. Basile ne rigole pas, non ! C'est à savoir si Télémaque peut encore distinguer la figure de son maître.

L'antique nègre n'ayant jamais piété dans une église (ses dévotions par la fenêtre de la chapelle privée de ses maîtres ne comptant pas), monsieur l'abbé refusa de venir lui porter l'extrême-onction. Au septième jour de son agonie, le géreur Baudoin Louvier de Laguarrande — il exigeait que les gens de couleur l'appelassent de toute l'étendue de son patronyme sous peine de sanction — proposa à Duplan d'abréger cette macabre situation en précipitant la fin de Télémaque. Baudoin avait une peur-cacarelle de tout ce qui ressemblait de près ou de loin à la mort. Quand un cortège d'enterrement passait dans le chemin, il commençait à suer d'une mauvaise sueur et détournait le regard. Seules deux ou trois goulées de tafia le remettaient d'aplomb, surtout s'il était sur son cheval. De toute façon, le géreur de Bel-Évent était un tafiateur né, un biberoneur de rhum à faire perdre leur superbe aux clients les plus assidus de débits de la Régie. On le ramassait parfois au matin, dans un dallot, rouge comme écrevisse, la bave aux lèvres et les doigts tremblotants.

— Télémaque peut déparler pendant cent cinquante ans, fit-il valoir à Duplan.

— Laissez mon nègre s'éteindre en paix, monsieur, lui répondit sèchement le planteur.

— Papa Béké, commença Justine, personne n'a envie d'entendre les divaguements de Télémaque. Je t'en supplie à genoux, épargne-nous son agonie !

Le Blanc-pays la toisa de haut en bas comme pour lui signifier qu'elle n'avait aucun droit de le contredire, fût-elle la mère de ses deux garçons et la chair encore dodue qui le recevait plusieurs fois par semaine, à la nuit tombée. Duplan n'aimait pas qu'elle rappelât cela au monde parce qu'il était persuadé que s'il révélait aux nègres le moindre signe de faiblesse, ceux-ci n'hésiteraient pas à s'y engouffrer pour le détruire. Il vivait dans la terreur d'être empoisonné alors que cette pratique avait disparu depuis le temps du marquis d'Antin. Il est vrai qu'il consacrait énormément de temps à déchiffrer, dans sa bibliothèque, de vieux livres de comptes et des registres d'habitation sur lesquels ses aïeux avaient consigné les heurs et malheurs de leur existence, depuis, s'en vantait-il, l'an de grâce 1678, Henri roi de France régnant. Sa fierté était moins la plantation Bel-Évent qui, au fil des ans, n'avait cessé de rétrécir que ce passé bel et bien prestigieux que personne n'avait pouvoir de lui contester. Lorsqu'il comprit vraiment que Télémaque était en train de glisser à bride avalée vers la mort, il s'emmuraílla dans un silence si lourd qu'il figea la valetaille de la grand case tout le temps que dura l'agonie du vieux nègre. Il accepta toutefois que l'on couvrît les miroirs de draps blancs et que Da Nènesse passât le plus clair de son temps agenouillée à prier Dieu. Le soir, il s'asseyait dans une berceuse, sous sa véranda, prêtant une oreille soucieuse aux délires de son vieux serviteur.

DÉPARLAGE DE TÉLÉMAQUE

On grage manioc pour tirer farine plus blanche que rêve d'avant-réveil mais on ne grage pas la chair d'un homme. J'ai mémoire d'époques à vous autres inimaginables, vous ne le pouvez pas car chaque miette de temps s'épelait férocité. Chaque parole équivalait coup de fouet. Nous ne marchions pas, non, non pas, nous trébuchions, nous avancions à quatre pattes, nous rampions et notre bouche avalait de l'air crocheté de fourmis rouges et de poux-de-bois. Posé sur mon dos, sur l'écale de mon dos, le poids de cent mille piles de cannes. Oh, mes frères! Au premier lever du coutelas, au premier « Han! » tigeant de ta poitrine, à la première dévalée de sueur contre tes hardes, au premier lancinement de tes reins, ton esprit s'égare de chemin. Ton esprit ne reste pas là à contempler les tiges de canne qui s'affaissent dans la lumière. Si ton esprit ne part pas en drivaille là-même, tu n'auras pas assez de cœur pour continuer le combat. Tu es battu avant même d'avoir vu ton adversaire. Celui-là qui se permet cette faiblesse, il est prisonnier dans un tonneau. Il se débat, il crie à moué ! à moué !, il implore la miséricorde de ses tortionnaires mais le tonneau est bouché. On entend ses cris étouffés. Comme des chignements d'enfant nouveau-né. Le Blanc ordonne : Charpentier, clouez ! La longueur des clous te baille frissonade, même si c'est pas tes os à toi qui vont les recevoir. Charpentier martèle chaque clou plus fort que la douleur hurlée dedans le tonneau. Final de compte, mes frères, ça ressemble comme un portrait à un poisson-boubouf que l'on pêche aux Salines. Une boule de piquants effilés autour d'une panse qui s'essouffle. Et puis, le Blanc crie à sa marmaille, à sa madame, à nous autres, venez, accourez, voici comment on punit un bougre récalcitrant. Son bras ne voulait pas se lever assez vite. Les feuilles de la canne éraflaient sa figure de petite fille. Ha-ha-ha ! Pourtant sa figure, je ne la vois pas rose. On dirait plutôt une écaille de tortue-môlôcoye. Qu'on me hale ce tonneau à la tête de ce morne plein de bois qui n'a pas de nom ! Je ne veux pas de sang sur ma propriété. Là-bas, c'est terre domaniale, c'est à tout le monde et à personne donc roulez, messieurs ! Roulez ! Le tonneau se met à gigoter tout seul. Des filets de sang s'échappent de ses pores. Son bois s'empourpre par endroits. Les criaillements ont cessé. Ils sont devenus une plainte longuissime, si monotone et si ténue qu'elle vous assaille au mitan de l'estomac. On détourne son regard du regard des autres. Notre émoi demeure bouche bée. Amarré de longues cordes, le tonneau est halé par quatre nègres épais jusqu'à l'endroit que nous baptiserions l'instant d'après Morne Portes L'Enfer. La pente jusqu'à la ravine inviolée est si droite que le tonneau cavalcade dans un silence. Même le Blanc semble surpris. Je lis sur ses traits : Vous n'avez pas enfoncé les clous assez profonds, sacrébleu ! Il aura péri étouffé, ce que je ne voulais pas. Étouffer n'est pas chrétien. C'est vilaine façon de mahométan ou de Juif. Mais sa bouche ne bat pas, aucun reproche ne franchit la minceur fiévreuse de ses lèvres. Il refuse de montrer sa colère. Après tout, ce nègre-là a été puni et ceux qui veulent punition n'ont qu'à recommencer à fainéanter. La canne ne supporte pas fainéantise ni pause-tête. Canne veut dire coupez-coupez-coupez-coupez, sans arrêt sans manman sans pitié et c'est pourquoi tu vis deux vies, oui. Une vie dans ton corps, dans ton cadavre-corps, qui obéit et une vie dans la calebasse de ton esprit qui part en bordée et ne revient qu'à la chute du jour. Qui parmi vous autres a supporté la raideur de ces temps-là ? Et les temps qui ont marché après ces temps-là ? On les a prétendus plus pleins de doucine, ces temps d'après-tonneau. Les nègres couraient aux quatre vents des plantations au nom de « Liberté ! » ou de « Vive Papa Schœlcher ! ». Ils montaient dans les bois que personne n'avait jamais défrichés ou au contraire dans les approchants des bourgs. Ils ramassaient planches pourries, feuilles de coco, fûts d'huile ou barres à mine et s'empressaient de mettre debout des cases à eux. Mon titre de propriété, c'est la sueur de mon front désormais, clamaient-ils d'allégresse. Moi, Télémaque, arrière-petit-fils de la négresse Nyabé natale de l'Afrique-Guinée, de l'autre côté de l'océan, je n'ai pas retiré mes pieds de l'habitation. Je savais que tout ça n'avait pas grand sens. Depuis le commencement du monde, le Bondieu a inscrit notre malheur dans l'envers du bonheur du Blanc et il n'existe rien au monde qui puisse chavirer cet ordonnancement. Je ne suis pas de votre engeance qui vous rendez à l'église dans l'unique but d'exhiber vos atours criards. Même si mon corps n'a pas pénétré dans l'enceinte d'une maison de Dieu, j'ai toujours grand ouvert mes oreilles pour écouter l'Évangile. Je connais des morceaux plus bien que Gesner ne connaît ses contes de compère Tigre et compère Lapin. À force de les entendre, de la fenêtre de la chapelle, j'ai compris que le Bondieu n'avait aucune pitié pour notre race. Le Bondieu des Blancs en tout cas. Abo-bidim-bo lagadem !

Et en prononçant ces mots à l'héritage inconnu, l'esprit de Télémaque repartit à tire-d'aile vers le pays de Guinée…

TEMPS DE FUMURE

À la sécheresse du carême, ô saison implacable, succèdent, dès la mi-mai, les pluies bienfaisantes de l'hivernage en ses débuts. La récolte est sur le point d'être achevée et une sorte de langueur s'empare du monde. Le bras se saisit du coutelas avec moins d'emballement. La canne est amarrée plus souple. Le chargement et l'arrimage dans les wagons semblent s'éterniser. Les nègres ont la tête ailleurs.

Les mangles de la rivière Salée, gorgées d'eau, se dressent plus haut sur leurs racines échassières. Leur boue d'où émanent d'étranges grouillis est le royaume des crabes-mantous qui ont pu réchapper au ratiboisage de Pâques.

Il est temps de préparer la terre à recevoir la canne nouvelle…

9

Avant que le Diable ne visitât de sa colère le planteur Honoré Duplan de Montaubert (grand joueur de baccara devant l'éternel et amateur fou de combats de coqs), l'habitation Bel-Évent courait à dos de morne sur les terres les plus riches de la campagne de Rivière-Salée. Firmin se remémorait l'époque où le maître se promenait, vainglorieux et magnanime, dans son tilbury halé par deux chevaux fringants qu'il avait fait venir de Bénézuèle. Il s'arrêtait à la devanture de ses nègres casés et se mêlait aux caquetades des vieilles bougresses qui lui baillaient sans répit le titre affectueux de « Papa Béké ». Il partageait, à même la fiole, un coup de rhum cœur-de-chauffe avec les laboureurs dont il aimait à entendre les chanters de travail. Jamais un cherche-pain ne pouvait se plaindre de ne point trouver auprès de lui une oreille bienveillante : il s'ingéniait à lui procurer un djob quelconque, au grand dam de son commandeur d'antan qui avait déjà bien du mal à embesogner tout le monde. C'est d'ailleurs au cours d'une de ces tournées flamboyantes qu'il me découvrit, alors en la fleur de mon âge, et qu'il décida de me nommer à ce poste si convoité. Personne n'eut à souffrir de ce brusque changement puisqu'il fit don à l'ancien commandeur de vingt carreaux de terre à Belvédère, à l'écart des grands chemins certes mais non loin d'une petite rivière qui affraîchissait le sol tant que l'atmosphère. Quelques jappeurs émirent des critiques en leur for intérieur, démangés qu'ils étaient par la jalouseté mais mon destin à moi, Firmin Léandor, fut scellé de la plus faraude manière. Je n'avais que vingt-six ans sur ma tête.

Aujourd'hui, après que les débiteurs des Duplan (le Crédit Foncier Colonial pour le père au siècle dernier et les partenaires de jeu du fils) eurent fait saisir plus du quart de ses propriétés, Bel-Évent ne possédait plus que cinq pièces de canne. J'avais bataillé pied à pied pour que Pièce Courbaril, la plus fertile, ne soit pas bradée d'autant qu'elle s'étendait sur une bonne trentaine d'hectares de terres plates comme la main et d'un seul tenant. En tant que nouveau commandeur, j'avais fait valoir qu'on pourrait y expérimenter avec le plus grand profit cette variété de canne issue d'un croisement de la Bourbon et d'une canne asiatique dénommée Oshima qui rendait si bien dans les plantations du Lamentin et du Robert. La Bourbon s'affaiblissait d'année en année, ses troisièmes rejetons n'offrant que des tiges maigres-zoquelettes et ratatinées, terrassée qu'elle était par les attaques de cette maladie tenace qu'est la mosaïque. Duplan avait su raison garder et Bel-Évent, outre Pièce Courbaril, se composa désormais de Pièce Romanette, dix-sept hectares, Pièce L'Étoile, douze hectares, Pièce Corrossol, neuf hectares et Pièce Fond-Savon, quatre hectares et demi. Le planteur avait coutume de rigoler lorsqu'il recevait ses pairs, notamment son terrible cousin Simon à la chevelure rousse :

— Ma maisonnée dispose de cinq pièces, pas une de plus. Ha-Ha !

Pourtant en janvier de chaque année, Pièce Courbaril était l'objet de soucis inumérables pour moi parce que les nègres casés estimaient avoir une sorte de droit imprescriptible d'y travailler. Beaucoup rechignaient à s'exiler sur les pièces qui bordillaient les hauts bois, là où le serpent-fer-de-lance règne en seigneur et maître et où on doit s'échiner à flanc de morne sous de terribles grains de pluie frette. La coupe était, franche vérité, oui, moins forçante à Pièce Courbaril qu'ailleurs et les journaliers pouvaient abattre les rangées à la galopée, gagnant ainsi une double journée en une seule. Mais allez donc réaliser les vingt piles réglementaires à Pièce L'Étoile ou pire à Pièce Fond-Savon, presque à l'embouchure de la mangrove, là où les pailles de la canne, drues et envahissantes, accoraient le ballant de votre coutelas ! Il faut dire aussi que j'y plaçais ceux que je soupçonnais de commettre des brigandageries ou de s'acagnarder dès que j'avais tourné le dos. Ainsi les rares fois où le sieur Alcide Fleurimont se présentait à l'embauche, il tempêtait parce que je prétextais n'avoir plus de tâches qu'à Pièce Fond-Savon. Le favori du maître baissait la garde lorsque la saison des combats de coqs était encore loin et qu'il devait compter sur ses propres ressources pour tenir la brise. De jour en jour, d'année en année, sa haïssance pour moi, le commandeur, grandissait et il rêvait de me défier au combat du damier afin de m'humilier en public. Voire de m'estropier à vie ou même, encore que ce fût de nos jours éventualité peu souhaitable, de me placer un bon coup de pied qui distendrait définitivement le fil de mon cœur. Aubin, le frère de Man Sélénis, la quimboiseuse, major de céans, ne purgeait-il pas une peine de combien d'années dans les geôles d'En-Ville pour avoir arrêté le cours de la vie d'un fier-à-bras de Monésie qui avait eu la témérité de venir le défier à Bel-Évent ?

Alcide Fleurimont se targuait donc d'être l'un des rares hommes libres de la campagne de Rivière-Salée.

Il avait construit sa case en lisière de l'habitation de Duplan de Montaubert en ayant grand soin de ne pas empiéter sur le territoire de cette dernière ni sur celui du gouvernement. Le morceau de terre dont il s'était approprié n'avait pas de maître, n'en avait jamais eu, puisqu'il se situait dans un coude de la rivière, à l'écart de l'endroit où, le lundi, les lavandeuses, sous la conduite de Justine, venaient propreter leurs chargements de linge. Il avait créé un jardin de plantes médicinales derrière sa case où herbes-à-tous-maux voisinaient avec remèdes-de-halliers, qui lui servaient à préparer les mixtures secrètes dont il gavait les coqs de combat ou bien les onguents avec lesquels il leur frottait leurs cuisses préalablement plumées. Sans qu'il ait eu besoin d'en interdire l'accès aux gens des environs, chacun savait d'instinct qu'il fallait bailler honneur et respect aux « affaires » de monsieur Alcide Florimont.

On ne lui connaissait pas de concubine et il ne jetait guère de regards ni de paroles sucrées aux mamzelles qui passaient au ras de sa case. Quand il se rendait au gallodrome, volatiles sous le bras, et qu'il rencontrait une femelle sur sa route, il pénétrait dans les sous-bois au motif que son odeur, surtout si elle se trouvait en ses périodes, risquait d'hébéter ses combattants. Depuis plusieurs mois, le soigneur rêvait d'un coq-calabraille démoniaque, Coco L'Enfer, qu'il avait entraîné pour maître Duplan et qui décimait les coqs-majors de tout le sud de l'île et quelques coqs vaillants du nord. Cette région lui était encore inconnue et redoutée parce que là-bas, du côté de Grand-Anse du Lorrain et de Basse-Pointe en particulier, régnaient d'imployables maîtres-coqueurs. On parlait beaucoup d'un nègre rouge de Morne Carabin et de son coq, Sirop L'Amour, de race croisée espagnole et créole, qui attaquait ses adversaires droit dans les yeux dès les premières minutes du combat. Aveuglés, ceux-ci étaient aussitôt déclarés perdants.

— Sirop L'Amour n'est pas plus fort qu'un autre coq puisqu'il n'a jamais fait un vrai combat, arguait Fleurimont à la case-à-rhum où les coupeurs de canne et les muletiers étaient trop heureux de lui rabattre sa caquetoire.

— Qu'est-ce que tu attends, non ? lui lançait-on. Tu as peur ou quoi ?

Fleurimont ne pouvait pas répondre à ces moqueries. Il rongeait son frein. En effet, Duplan n'avait pas l'air pressé d'affronter le champion du nord, très attaché qu'il était à Coco L'Enfer. Pas un jour ne s'écoulait sans qu'il lui rendît une visite chez le soigneur, le gâtant avec du miel ou du sirop-batterie. À peine jetait-il un œil à la dizaine d'autres volatiles, pourtant resplendissants de santé, qui s'agitaient dans leurs caloges, serrés les uns contre les autres comme si Fleurimont avait l'obscur besoin de les sentir tout proches de lui pendant la nuit. Un autre motif de la hâte du bougre à lancer un défi à Sirop L'Amour était qu'il avait soif de m'en remontrer à moi, qu'il qualifiait de mulâtre prétentieux. Il se voyait déjà revenir du nord, caracolant sur son cheval à Petit-Bourg, puis à Bel-Évent, le coq vainqueur sous le bras, un feutre flambant neuf sur le chef, acclamé par le monde, adulé par la jeunesse. Ce jour-là, je n'aurais plus qu'à m'incliner devant une telle gloire et cesser du même coup de le harceler dans les champs de canne. Fleurimont deviendrait le fils chéri de Papa Béké et moi, le commandeur, tout détenteur de l'autorité que j'étais, tout armé d'un revolver que je me pavanais, je ne pourrais plus lui faire l'ombre d'une remontrance. Ah ! Il avait grand soif de ce jour-là ! Pour l'heure, hélas, il devait se résigner à faire combattre des coqs de moindre importance, gagnant à l'aise des parties dont il ne pouvait tirer nulle fierté particulière. L'argent qu'il amassait était aussitôt dépensé en rhum pour sa personne et en médicaments pour les coqs.

Averti, pour ma part, des rodomontades de Fleurimont, je savais qu'il me fallait prendre le soigneur en défaut avant la fin de la récolte de cette année 1936. Si je laissais passer le début du mois de juin, c'était bel et bien fichu. Le problème c'est que Fleurimont ne venait pas travailler régulièrement et qu'il était presque impossible de lui préparer une attrape. J'avais bien fait jouer la règle qui voulait que, pour être payé, un coupeur devait consacrer à Bel-Évent au minimum cinq jours dans la semaine mais une exception avait été consentie pour Fleurimont suite à une intervention de Duplan lui-même. Un matin pourtant, je crus avoir enfin trouvé la faille. J'avais remarqué que la veille, à Pièce Romanette, une vingtaine de paquets de canne n'avaient pas eu le temps d'être transportés à la gare par les muletiers. Il m'avait semblé que ces cannes avaient été coupées par un nègre du quartier La Médecin dont je ne connaissais pas le nom. Son prénom était Rosambert. Le soigneur de coqs, qui avait travaillé près de lui, ne pouvait pas, à mes yeux, avoir déployé une énergie telle qu'il avait coupé plus de paquets que nécessaires pour constituer les vingt piles exigées de chaque coupeur. Au contraire, Fleurimont était toujours en deçà de ce seuil, peut-être parce qu'il trouvait le plus souvent un journalier complaisant pour lui faire don des cinq ou six paquets manquants à sa dernière pile. Certaines fois où il avait fainéanté d'importance, il avait eu recours à deux coupeurs qui sacrifiaient leurs paquets du lendemain pour lui faire plaisir. Ces couillons-là espéraient qu'en retour Fleurimont dirait du bien d'eux au béké et que ce dernier leur accorderait une petite faveur comme de les passer muletiers ou de les autoriser à utiliser l'herbe des savanes en jachère pour leurs bœufs. Le soigneur de coqs entretenait leurs illusions en leur susurrant à l'oreille :

— Papa Béké m'a dit qu'un de ces jours il aura besoin de te voir, mon nègre.

Bien entendu, ce jour ne venait jamais mais dans l'intervalle, Fleurimont avait largement le temps de profiter de leurs paquets de canne pour être en règle avec moi. Au vu d'un manège aussi indigne qui, en outre, ne faisait guère avancer la coupe de la canne, je lui avais proposé de réaliser sa tâche sur deux jours, chose tout à fait possible et légale. On pouvait fort bien couper ses vingt piles en une journée ou bien en deux journées, parfois trois si on était maladif. Cela dépendait de son courage du moment ou de la force dont on disposait dans les bras. Évidemment, la paye de samedi était moins grosse pour les traînards et ça, Alcide Fleurimont ne pouvait s'y résoudre. Il lui fallait ses vingt piles journalières coûte que coûte, quitte à exploiter la crédulité des pauvres bougres qui djobaient à ses côtés.

Ainsi un matin, sur les neuf heures et quelques, je vis Fleurimont s'avancer vers moi, l'air triomphal, en me demandant de venir lui compter ses piles.

— *Jounen mwen bout!* (Ma journée est terminée !), annonça-t-il.

Une onde de joie me parcourut le corps. Je le tenais ! Je tenais enfin ce coquineur qui me narguait depuis des années à chaque récolte et qui m'empêchait parfois de trouver le sommeil. Je me dépêchai de me rendre à la parcelle où le soigneur de coqs s'était embesogné. Les autres coupeurs, réputés vaillants, s'escrimaient toujours contre les longues tiges rubannées, leurs figures accablées par la sueur.

— Comptez pour moi, je suis pressé, commandeur !

Je jaugeai les piles que me désignait mon ennemi intime. Elles avaient bien l'air d'être au nombre de vingt ! J'avais trop l'œil, depuis les dix-sept saisons que l'officiais à Bel-Évent, pour ne pas m'apercevoir immédiatement que le soigneur avait réalisé une tâche complète. Bien entendu, j'avais la possibilité de chicaner, de lui faire ouvrir deux-trois paquets, de mettre les bouts de canne en longueur et de vérifier s'ils avaient bien les dix mètres réglementaires mais c'eût été une mesquinerie qui ne m'aurait rien rapporté du tout. Il me fallait une victoire nette et propre sur Fleurimont, une victoire éclatante qui pourrait lui faire perdre la face devant le monde. Je sortis mon cahier et mon crayon de la poche de ma chemise-kaki, prêt à noter le travail de Fleurimont quand je me souvins des paquets de la veille qui n'avaient pas été ramassés à temps. Le soigneur était tout à fait capable de les avoir dérobés et joints aux piles qu'il venait de couper le matin même. Je m'approchai de la première pile et ordonnai à l'amarreuse de Fleurimont de mettre à terre les paquets qui la recouvraient. La femme s'exécuta mollement, inquiète tout de même. Les paquets du dessous étaient de la canne fraîchement coupée, verte et marron, bien en chair. Je désignai une deuxième, une troisième puis une quatrième pile, obtenant chaque fois le même résultat. Une fois de plus je me retrouvai bec à l'eau devant le soigneur de coqs de combat.

— *Lè an nèg kouyon sa lèd* (Quand un nègre est couillon, c'est laid), s'écria Fleurimont aux coupeurs qui s'étaient arrêtés afin d'observer cette scène insolite. *Mé lè an milat kouyon, sa kité lèd ka alé !* (Mais lorsqu'un mulâtre se montre couillon, la laideur est archidépassée !)

Je ne me démontai point. À la sixième pile, je découvris enfin les paquets coupés et amarrés la veille. La canne est une plante qui vieillit vite. Une fois coupée, elle se nourrit de son sucre jusqu'à l'épuisement puis s'étiole, se racornit, prend une vilaine teinte brunâtre, cela en l'espace d'une nuit. C'est pourquoi, elle doit être transportée sans tarder à la gare et convoyée à l'usine afin d'y être broyée. Je n'avais jamais pu effacer de mon esprit la terrifiante année 1928 au cours de laquelle l'usine de Petit-Bourg tomba deux fois en panne. Ni le mécanicien en chef de l'endroit ni le maître-mécanicien venu tout exprès de l'usine du Lareinty, dans la commune du Lamentin, ne purent la faire redémarrer. Des pièces que l'on ne fabriquait pas sur place s'étaient abîmées et durent être importées de La Barbade, ce qui mit bien dix jours. Duplan, De Melville, Baudoin le géreur, les économes et les commandeurs de Bel-Évent se mettaient la main à la tête de désespoir. La canne s'amoncela à la devanture de l'usine, sans même qu'on jugeât bon de la peser, se dessécha et perdit irrémédiablement de sa richesse. Dans les champs, les coupeurs de canne se décourageaient :

— À quoi bon continuer à couper ? demandaient-ils. Est-ce qu'on va être payés ?

Cette année-là le rendement sucrier fut catastrophique et même si les habitations firent porter aux usiniers la responsabilité de ce désastre, il en résulta un appauvrissement généralisé. J'en avais gardé une sainte horreur de la canne rassie. Je ne faisais guère de remarque à ceux d'entre les coupeurs qui, désirant avoir une journée plus courte le lendemain, coupaient plus de vingt piles mais, la seule vue de paquets coupés la veille me faisait mal au cœur. À la sixième pile donc, j'exultai :

— Alcide Fleurimont, la canne que tu as cachée là n'est pas à toi.

— Qui a dit ça ? Ce sont mes paquets !

— C'est ce qu'on verra, fis-je en consultant mon cahier.

J'y lus que la veille, sur la Pièce Courbaril, avaient travaillé vingt-sept coupeurs dont quatre seulement, si ma mémoire demeurait fraîche, pouvaient avoir été les auteurs de ces paquets coupés et amarrés avec soin. J'avais vu ceux-ci près de l'endroit où besognaient les quatre hommes. Je les fis aussitôt mander. Sonson, le fils de Da Nénesse, la nounou des Duplan, dénia qu'il eût taillé ces cannes-là. Rien d'étonnant, pensai-je, ces deux bougres, Fleurimont et Sonson, ne vivent que dans la haine du mulâtre. Mais, songeai-je, si Man Sélénis pouvait inventer un breuvage qui les eût transformés en mulâtres en un battement d'yeux, assurément qu'ils l'auraient bu les yeux fermés. Le deuxième, un pauvre hère qui vivait dans une hutte, non loin de rivière Du Haroc, joua à l'imbécile. Quelles que soient les questions que je lui posais, il répondait :

— *Man pa konnèt, koumandè !* (Je ne sais pas, commandeur !)

Ce petit jeu-là, j'avais à l'affronter quotidiennement. N'était-ce pas la seule parade du nègre ? Une parade infaillible que ni les Blancs-pays ni les géreurs ni les commandeurs n'avaient pouvoir de démonter. Je m'étonnais de voir à quel point ces macaqueries étaient efficaces. À quoi bon, en effet, punir un bougre aussi couillon que ses deux pieds ? Seulement le lendemain ou quinze jours après, le nègre-macaque sortait de son idiotie et vous manigançait un coup à vous casser les bras. Un coup digne d'un esprit subtil et rusé. Le troisième coupeur convoqué et son amarreuse tremblaient. Ils avaient beau se momifier pour masquer leur déquiétude, j'avais la conviction que je tenais les complices d'Alcide Fleurimont. Les complices contraints et forcés très certainement, jugeai-je.

— *Sé wou ki koupé sé patjé kann tala ? Sé'w ki maré yo ?* (C'est toi qui as coupé ces paquets de canne ? Et toi, tu les as attachés ?)

— *An-an*... (Non...)

— Répondez-moi ! Je veux une réponse claire et nette, m'énervai-je. Je ne comprends pas vos *an-an*.

— *Sé... sé pa nou, koumandè* (Ce... ce n'est pas nous, commandeur), balbutia le coupeur de canne qui mentait comme il respirait.

Le soigneur de coqs, goguenard, s'était assis par terre, buvait du tafia au goulot d'une petite fiole dont il ne se séparait jamais. Ce n'était pas aujourd'hui que ce coquecidrouille de mulâtre de Firmin Léandor parviendrait à le déconfire, devait-il se gausser en son for intérieur. D'ailleurs, je renonçai à interroger le quatrième coupeur et son attacheuse et renvoyai tout le monde à l'ouvrage.

— *Matjé jounen mwen ba mwen, wi !* (Inscrivez-moi ma journée !), me lança Fleurimont avant de tourner les talons.

La rage au ventre, je le regardai s'éloigner à travers champs. Une fois de plus, mon instinct ne m'avait pas trompé. Je savais que les paquets de la veille n'appartenaient pas à cette salope de soigneur de coqs mais je ne disposais d'aucun moyen pour le prouver. Le bougre avait probablement monnayé cette canne contre deux francs-quatre sous. Ou peut-être s'en était-il emparé d'autorité et que le journalier qui l'avait coupée avait eu peur de le dénoncer. Son commerce étroit avec Papa Béké faisait de lui un être dangereux avec lequel il valait mieux être bon zigue. Cette nouvelle défaite devant Fleurimont avait fragilisé ma position ou en tout cas avait fait accroire à maints coupeurs que je serais désormais mieux disposé à accepter leurs éventuels manquements. C'est pourquoi le nègre de rivière

Du Haroc, revenu comme par miracle de son imbécillité, ne me crut pas lorsque je notai sur mon cahier qu'après contrôle, plusieurs paquets du bougre n'atteignaient pas les dis mètres réglementaires.

— Léandor fait son intéressant sur moi ! répéta-t-il toute la semaine à la case-à-rhum, d'un ton sceptique, mais le samedi venu, il dut déchanter.

La paye se déroulait à l'économat, bâtiment de pierre attenant à Château-L'Étang. Les travailleurs s'alignaient dans la cour, devant une guérite par laquelle le premier économe (ou moi-même) leur remettait leur solde après vérification sur le cahier où avaient été recopiées les indications des trois commandeurs. En attendant leur tour, les coupeurs de canne et les amarreuses pestaient contre la modicité de l'argent qu'ils s'apprêtaient à recevoir, argent dont plus de la moitié servirait à régler le carnet de crédit qu'ils avaient contracté à la boutique de Dame Yvette. L'atmosphère était pesante car certains avaient commencé à s'enivrer dès le devant-jour et ne lâcheraient le rhum que le dimanche tard dans la nuit. Le nègre de rivière Du Haroc sursauta lorsque je lui annonçai trente-deux francs. On lui avait ôté deux piles messieurs et dames ! Il se saisit de son coutelas qu'il fila sur le rebord de la guérite tout en vociférant. Le premier économe et le commandeur Jérôme tentèrent de le calmer. Je mis la main à mon revolver et m'écriai :

— *S'ou brennen, ou mô jôdijou-taa !* (Si tu bouges, tu es mort aujourd'hui !)

La queue de travailleurs s'éparpilla derrière l'économat ou la haie de coquelicots qui cachait la grand-case aux regards fouailleurs. Un silence terrible s'instaura qui dura un siècle de temps. Le nègre de rivière Du Haroc continuait à injurier ma mère, à mauditionner le béké et sa canne de maudition. J'ôtai mon revolver d'un geste assuré et le posai sur la table où étaient empilées les liasses de billets de banque et les pièces de monnaie. Puis je m'éclaircis la voix et appelai :

— Albert Mondélice, cinq journées, trente-cinq francs soixante !

Devançant l'appelé, le nègre de rivière Du Haroc revint à la raison et, se plantant face à la guérite, cria :

— Me voilà ! Qu'on me baille le salaire qu'on me doit !

— Mondélice, approchez ! fis-je comme si l'excité avait été aussi invisible qu'un incube.

Ce dernier fut repris par la folie et les commissures de ses lèvres écumèrent. Son coutelas haut brandi, comme paré à sauter ma tête, il avançait en titubant. Des amarreuses poussèrent des cris de mangouste, se jetant par terre. Le commandeur Félicien dégaina et mit le bougre en joue.

— *Rété'w !* (Arrête-toi !), hurla-t-il.

Je dus, final de compte, tirer en l'air par deux fois, réveillant le géreur Baudoin Louvier de Laguarrande qui faisait la sieste dans la pièce d'à côté. Chef-commandeur de Bel-Évent, j'avais gardé un sang-froid qui m'émerveillait moi-même chaque fois que j'y repensais. J'abaissai brusquement la fenêtre coulissante de la guérite sur le cou du nègre de Du Haroc, l'emprisonnant net et m'emparant de la lourde barre qui servait à la fermer de l'intérieur, je fracassai le front du récalcitrant. La table et les billets furent maculés de sang. Plusieurs personnes ceinturèrent celui-ci et le ramenèrent à l'ombre d'un manguier tout proche. Il ne s'était pas évanoui mais semblait avoir perdu la mémoire. Il ne comprenait plus ce qu'on lui disait, que ce soit en créole ou en français, et débitait des propos indéchiffrables pour le commun des mortels.

— Faut le porter à Man Sélénis, proposa une amarreuse compatissante. Elle seule peut faire quelque chose pour lui, pauvre diable.

La paye continua sans anicroche. Au visage fermé des travailleurs, au maigre salut qu'ils me lançaient, je compris qu'ils me haïssaient, non pas moi, Firmin en tant que tel, mais la fonction que j'occupais, les ordres définitifs que je leur baillais chaque jour, les vérifications sourcilleuses que je faisais de leur travail, l'amour tout compte fait que j'éprouvais pour cette canne maudite qui ne m'appartenait pourtant pas. Et pour de vrai que je l'aimais cette plantation ! Peu importait qu'elle fût la propriété du Blanc-pays Honoré Duplan de Montaubert car ce dernier ne la connaissait que d'une manière superficielle, indirecte. Il ne saurait pas distinguer les odeurs chaudes de ces terres noires de la plaine de Rivière-Salée, gorgées de sel et de boue remontée de mangroves de celles des terres des hauteurs, rouges et fraîches. En bas, la terre était plutôt propice à la canne, en haut aux cultures vivrières, à l'igname-Saint-Martin, aux choux de Chine, au manioc et aux fruits. Bien que j'eusse loué un lopin, en bail à colonat, pour ne pas me sentir enchaîné à Bel-Évent, je demeurais dans le tréfonds de mon âme un commandeur du sucre. Je ne deviendrais jamais un petit cultivateur. Nul mieux que moi ne sentait le mystère de la canne qui pousse, insouciante des saisons, indifférente aux soins dont l'homme l'entourait. La canne ne craint pas les cyclones comme les bananiers ou les avocatiers. Elle sait se courber sous la démesure des vents atlantiques et s'entrelacer pour résister aux inondations si fréquentes dès que l'hivernage est en route.

À Rivière-Salée, personne ne voyait la mer, personne ne l'entendait, à l'inverse du nord du pays d'où venait le nègre Samson, mais chacun la savait présente, proche et pénétrante, derrière les hautes statures carnavalesques des mangles. On la sentait se mêler aux eaux de la rivière pour remonter loin dans Petit-Bourg. Pourtant, elle paraissait si immobile et innocente lorsque le yacht vous transportait à Fort-de-France. L'eau salée ne dérangeait pas non plus la canne. Je m'émerveillais qu'elle n'eût pas besoin d'être désherbée, dépaillée ou de recevoir de l'engrais. Ces attouchements lui faisaient certes le plus grand bien, elle levait plus drue et plus belle mais elle n'en avait pas vitalement besoin. La canne est une force de la nature. Elle n'était pas responsable de la déveine qui pesait sur la tête du nègre. Elle n'était pas maudition pure comme il l'affirmait. Ce qui était maudition, c'est que la terre appartînt depuis des siècles aux Blancs et que le nègre pouvait y bourriquer jusqu'à la fin de ses jours sans jamais espérer pouvoir grimper un seul barreau de l'échelle du monde. La grande majorité des coupeurs et des amarreuses mouraient coupeurs et amarreuses et c'est pourquoi ils ne souhaitaient pas que leur progéniture subît le même sort. Je rechignais à admettre les plaidoiries communistes de mon compère Jérôme, mais je savais que le second commandeur de Bel-Évent avait raison : le jour où la terre sera partagée équitablement, la Martinique sera riche à en crever. On n'aura plus besoin d'imposer des quotas aux coupeurs, ils abattront trente piles, quarante piles dans la journée. Les amarreuses, les muletiers, les cabrouettiers, les arrimeurs, toute cette masse de travailleurs loqueteux se démènerait sans qu'il y ait nécessité de contrôler leur sérieusité.

Souvent, à la nuit tombée, quand le sommeil tardait à s'emparer de moi, je me levais de ma couche avec mille précautions pour ne pas remuer le matelas, mon épouse Éléonore ayant le sommeil léger, et me rendais sur la plantation, marchant dans les traces de canne avec pour seul éclairement la lumière de la lune. Les cannes ressemblaient à des êtres humains accroupis en septembre, agenouillés en novembre et debout en janvier, occupés à chuchoter dans le vent ou à se chamailler. Il m'arrivait de sursauter et de me retourner. J'étais sûr d'avoir entendu les cannes parler. Me parler. Alors je m'approchais d'une touffe pour la palper, mesurer sous mes doigts sa charnure et, stupéfait, je me rendais compte qu'elle n'entretenait aucune complicité avec moi. Elles vivaient de leur vie propre, les cannes. Se reproduisaient par rejetons successifs sans qu'on ait obligément besoin de les couper. La forme compacte de la plantation, Pièce Romanette, Courbaril, L'Étoile, Corossol, Fond-Savon, constituaient un univers à elles seules, différent de celui de la rue Cases-Nègres, du bâtiment de l'économat, de la grand-case de Château-L'Étang et de la boutique de Dame Yvette. Différent du monde des hommes affairés à occuper leur séjour terrestre pourtant si court.

Pourtant, il n'y avait qu'au plus obscur de la nuit que je ressentais le poids des cannaies. Au grand jour, elles n'étaient que des cohortes serrées de roseaux plus ou moins chevelus, à l'aspect presque humble, soumis à la volonté implacable des humains. Pendant les cent jours que durait la récolte, pas une maille n'était laissée à la divagation du corps ou de l'esprit. Ils étaient tous deux totalement occupés du devant-jour à la nuit close. Car, même au repos, le nègre de canne songe à la canne, est habité par la canne.

Hanté même…

10

Le Blanc-pays ne sait pas qu'il faut bailler à la terre un brin de repos. Ou s'il le sait son porte-monnaie ne le sait pas. Firmin Léandor n'était pas chaud partisan de replanter la canne au fur et à mesure que les pièces étaient dégagées, du moins pas avant fin février-début mars. Tel n'était pas l'avis de l'administrateur De Melville et du chef-géreur Baudoin qui exigeaient que dès janvier, dès qu'une dizaine à peine de carreaux avaient été coupés, on alignât les petites-bandes pour mettre les boutures en terre. Bien qu'une canne pût repousser cinq à six années de suite rien qu'en faisant surgir de ses rejetons une somptueuse canne créole ou rubannée bien juteuse (et Firmin avait même ouï-dire qu'à Champigny il y avait des touffes de canne datant de plus de vingt ans !), ces messieurs de Bel-Évent la faisaient remplacer tous les trois ans. Nul n'avait vu aucun effet bénéfique à cette singulière pratique : le nombre de barriques demeurait quasiment le même que celui des plantations voisines. Bien entendu, Baudoin rejetait ces résultats modestes sur le peu de soin apporté par les travailleurs à la plantée puis à la récolte. En cette année 1936, le moment de replanter Pièce Courbaril et Pièce Romanette était venu. Arracher de si prometteurs rejetons égrafignait le cœur du commandeur d'habitation mais les ordres étaient les ordres. Quand le Blanc a parlé, le nègre ou le mulâtre obéit ou bien il se démet. L'esclavage est aboli ce me semble, jacotait De Melville, ceux qui sentent que je leur mets des fers aux pieds, eh ben ils n'ont qu'à aller respirer ailleurs ! Ce ne sont pas les champs de canne qui manquent en Martinique. Et puis, si vous vous sentez trop grand-gens pour couper de la canne, descendez en ville ! Là, à ce qu'il paraît, le travail foisonne : dockers, maçons, djobeurs, ramasseurs de tinette, peintres en bâtiment. La seule chose c'est qu'ils vous demanderont de savoir lire et écrire. Ha-Ha-Ha !

À vrai dire, Firmin Léandor adorait la préparation de nouvelles plantations. Laisser repousser les rejetons ne demande que sarcler la mauvaise herbe tout autour, à mettre du caca-bœuf en guise de fumier et à refaire les canaux qui entourent les carreaux. De la routine quoi ! Tandis que remettre la terre à nu, la labourer, la retourner, redessiner carreau après carreau, aligner les longues chaînes qui permettront de planter les boutures en lignes parfaitement droites, cela c'était du travail ! À ces moments-là, il ne se sentait plus maître d'école des champs de canne comme en période de récolte où il devait sillonner la plantation de Bel-Évent, crayon, cahier et décamètre en main, mais bien ébéniste. Ébéniste de la terre noire de Rivière-Salée. Le carreau devenait l'unité de mesure en lieu et place du mètre. Pièce Courbaril est divisée en six carreaux et Pièce Romanette en deux. Mesuré à l'équerre, le carreau comporte des billons d'égale dimension et se trouve entouré de canaux. Pour ce faire, coupeurs et amarreuses se muent en bombeurs et canaliers.

Télémaque — que son âme ait fait bon retour en Afrique-Guinée ! — fut un maître bombeur qui avait une perfection dans le geste de prendre la terre par pelletées pour l'envoyer sur le dos du carreau, qui faisait l'admiration de tout le monde. Il calculait au jugé les six mètres de large et les cinquante mètres de long de chaque carreau et, lorsqu'on venait mesurer son travail, il était impossible de le prendre en défaut. Il possédait une équerre dans la tête, le nègre centenaire ! Les canaliers, pour leur part, une fois le carreau délimité, tracent des canaux de quarante centimètres de large sur quarante de long, sauf sur le can de certains mornes où il vaut mieux pratiquer le trente-six-quarante ou le trente-huit-quarante. Les canaux étaient indispensables à l'évacuation des eaux de pluies, fort abondantes dès la mi-septembre, lesquelles auraient pu, en s'accumulant, pourrir les boutures de canne. Tous les canaux de Bel-Évent se jetaient dans la rivière Salée, sauf ceux de Fond-Savon qui aboutissaient directement à la mangrove. Une fois les canaux fouillés, les bombeurs revenaient à la charge pour faire le « cabannage », ce qui veut dire qu'ils répartissaient sur les billons la terre enlevée par les canaliers. Travail d'artiste là aussi que Firmin ne confiait qu'aux journaliers les plus habiles. Le cabannage est un autre djob que le bombage même si ce dernier est plus cher payé car plus éreintant.

Parfois, il lui arrivait d'escalader, à cheval, le petit morne boisé qui surplombait Bel-Évent et qu'on surnommait Haut-Morne, pour contempler l'agencement impeccable des carreaux sur la plaine de Rivière-Salée. On aurait juré le crâne d'une négresse dont on aurait partagé la crêpelure des cheveux afin de lui mettre des papillotes, les canaux faisant figure de raies. Il lui avait fallu, en cette fameuse année 1936, reprendre complètement ses deux pièces selon les vœux des patrons tandis que celles des commandeurs Jérôme et Félicien se contenteraient d'un simple désherbage et d'un reprofilage des canaux. Du travail tout cuit que leurs travailleurs accompliraient en six-quatre-deux, ce qui signifie qu'en novembre, leurs parcelles seraient devenues désertes, tandis que la plupart de ses travailleurs seraient encore à pied d'œuvre dans les siennes.

Firmin avait fait réparer les trois chaînes de cent mètres de long qui lui servaient à tracer des lignes droites où les petites-bandes et les amarreuses profondaient les boutures de canne. À chaque un mètre vingt, le long de ces chaînes, il avait fait attacher un bout de toile, une sorte de repère, qu'on appelait « bèbelle », qui indiquait l'endroit exact où il fallait enfoncer la bouture en terre. Sac de guano en bandoulière, négrillons et amarreuses se disposaient en file de part et d'autre du carreau et avançaient avec une régularité qui ne souffrait d'aucun écart. Lorsque toute la chaîne avait été parcourue, il demandait qu'on l'enlevât et se plaçait à hauteur de la première bouture du premier sillon, l'œil gauche fermé. Il ne devait voir qu'un seul et même plant jusqu'à l'autre bout du carreau, sinon quelqu'un avait mal travaillé. Quelqu'un avait planté une bouture de travers. Ou pas assez profondément. Certains commandeurs tels que Félicien n'accordaient guère d'importance à ce genre de choses. Il se souvenait d'avoir vertement repris un nègre de Rivière-Pilote et exigé qu'il aille remettre droit plusieurs boutures. Il s'en était plaint à Félicien qui dérisionna Léandor à la case-à-rhum :

— Mettre des plants en terre c'est du travail de femme ou de petit garçon, lui dit-il, déjà que ce bougre avait accepté de…

— Il avait accepté parce qu'il crevait de faim, mon cher. T'avait-il dit qu'il a été renvoyé de l'habitation Fougainville dans sa commune natale ?

— Passe pour ça, Firmin ! Mais moi, tu sais, je dis que si la canne ne pousse pas droit dans le champ, elle sera droite sur la balance de l'usine. Ha-Ha-Ha ! Et surtout droite dans le boucaut de sucre !

Il avait quelque peu raison : un plant, ou deux, mis en terre de travers poussait quand même et n'occasionnait qu'une légère gêne au moment de la coupe. L'insistance de Firmin à avoir des lignes parfaitement droites, et donc des carreaux irréprochables, relevait de son tempérament d'artiste de la terre. Plus graves par contre étaient les petits bonshommes qui, par étourderie ou m'en-fous-ben, sautaient une ou plusieurs « bèbelle ». Chaque bouture doit être placée à un mètre vingt de la suivante, pas à deux mètres quarante, foutre ! Il lui arrivait donc assez souvent d'arpenter les billons pour vérifier si la totalité de la longueur de la chaîne avait été plantée. Une année, il avait eu affaire à un garnement qui, vers le mitan du carreau, s'amusait à enjamber un « bèbelle » sur deux. Firmin disait « s'amusait » mais peut-être que, sans le savoir, le négrillon faisait déjà montre de cette résistance têtue, inébranlable qui caractérise le travailleur de la canne et qui le pousse à toujours faire une entorse aux biens du béké. S'il ne le faisait pas dans la plantation même, il s'en prenait aux jachères ou aux arbres fruitiers. Ou au bétail. Il ne fallait pas que le Blanc-pays bénéficiât en aucune façon de l'entièreté de la sueur du nègre puisqu'il le payait avec de la monnaie-corde.

Venait ensuite le temps de la fumure. Caca-bœuf ou caca-cheval faisaient l'affaire, encore que, dès 1930, l'administrateur eût converti tout le monde à l'engrais chimique. Firmin utilisait aussi les feuilles de canne coupées sur les deux autres pièces, qui aideraient à fertiliser le sol. Ce travail nécessitait peu de bras et de fait la moitié de ses travailleurs étaient sans emploi dès le mois de juin. Ils tournaient le dos à la plantation et s'occupaient de leurs jardins créoles, de leur volaille et de leurs cochons. Pour les nègres casés, c'était toute l'année une nécessité : ils n'étaient payés que trois jours par semaine pendant la coupe, les deux autres étaient offerts au béké en contrepartie de l'étroite bande de terrain, aux abords de la rue Cases-Nègres, dont le patron leur laissait la libre jouissance. Quoi qu'il en soit, casés ou nègres libres, ils n'auraient plus cette paye hebdomadaire qui leur permettait de prendre des commissions à crédit à la boutique de l'habitation. Maintenant, Dame Yvette exigeait qu'ils paient de suite car elle n'avait pas confiance en l'avenir.

— *Ou ké péyé mwen lanné pwochenn* (Tu me paieras l'année prochaine), lançait-elle à Sonson ou à Gesner, *mé sa ki ka di'w man pé ké za mô ?* (Mais qui t'assure que je ne serai pas déjà morte ?)

« *Movè zèb ka viv lontan* » (La mauvaise herbe vit longtemps), maugréait-on dans son dos.

Ainsi donc, pendant la seconde partie de l'année, les femmes des coupeurs de canne, des muletiers, cabrouettiers et arrimeurs se muaient en marchandes. Elles charroyaient d'énormes paniers de fruits et légumes au Lamentin ou à Fort-de-France, par le yacht. Elles frappaient aussi à la porte des bourgeois de Rivière-Salée. Les instituteurs, l'inspecteur des contributions, les gendarmes européens, monsieur l'abbé Miremont, tout ce monde-là était fort content d'avoir des christophines, des bananes jaunes, des avocats, des ignames et des poules livrés à domicile pour un prix somme toute modique. Clémencia, la négresse ensouchée dans le mutisme, qui n'avait personne à nourrir d'autre qu'elle-même, avait décidé que Firmin était son client attitré. Elle déposait des provisions dans sa véranda deux fois par semaine sans un mot d'explication et ne réclamait pas son dû. Lorsque Éléonore et elle se rencontraient en chemin, elles réglaient ces affaires entre femmes selon ce que le commandeur avait pu comprendre. Il est vrai que Clémencia était une sarcleuse émérite qui savait une fois pour toutes qu'il la sélectionnerait avec quatre autres négresses pour arracher à la main les mauvaises herbes qui avaient profité de la fraîcheur des nuits de septembre pour s'élancer plus haut que les jeunes cannes, recouvrant parfois les rails du chemin de fer. Cette tâche était plus délicate qu'il n'y paraît car au moindre geste trop brusque, on risquait d'affaiblir les racines encore peu assurées des cannes, chose qui ralentirait leur croissance ou les ferait pousser de travers.

Pourtant mauvaises herbes et touffes de cannes étaient mariées ensemble. Inextricablement mariées. Pas pour Clémencia et ses compagnes qui, avec doigté, écartaient en douceur les feuilles tendres des cannes avant d'arracher les herbes d'un coup sec. Gestes qu'elles renouvelaient à l'identique et sans se fatiguer une matinée entière, tantôt brûlées par un soleil sans pardon tantôt rousinées par ces soudaines pluies d'hivernage qui vous glacent le sang. En plus de vingt années sur l'habitation Bel-Évent, Firmin n'en avait jamais vu une seule mollir et il avait respecté une femme — Dieu lui en est témoin ! —, le jour où Man Gesner, la femme du conducteur de tombereau et maître-conteur, préféra mourir debout au beau mitan de la canne au lieu de capituler. Son harnachement d'amarreuse, composé d'une gaule rapiécetée surmontée d'un corsage usagé et d'un madras-coco-zaloye qui lui descendait dans le cou, lui baillait l'air d'un pantin de carnaval, de ceux que l'on voit aux mariages burlesques du lundi gras. Pour protéger son ventre, elle avait entortillé des hardes hétéroclites autour de ses reins, chemises en kaki à la teinte passée, jambes de pantalon d'homme découpées, qui accentuaient le grotesque de sa personne. Depuis deux mois, lorsqu'elle arrivait à Pièce Courbaril, tôt le matin, avant de faire ses salutations aux commandeurs, elle s'écriait :

— *Pa di mwen ayen !* (Qu'on ne me dise rien !)

Il avait connu de telles bougresses qui avaient accouché sans difficultés au mitan des champs de canne mais ça, c'était dans le temps passé, quand la race créole était encore vaillante et vigoureuse. Quand on marchait des kilomètres et des kilomètres à pied sans chigner. Aujourd'hui, chacun pouvait avoir recours qui à un mulet qui au taxi-pays qui au bon vouloir d'un de ces mulâtres, de plus en plus nombreux, qui s'achetaient des automobiles. Firmin tenta de la dissuader d'aller jusqu'au terme de sa grossesse dans ce travail pénible d'amarrage qui nécessitait qu'on se baissât et se levât sans cesse. Se baisser pour ramasser les amarres, rassembler les six bouts de canne et les lier raide-et-dur entre eux des deux côtés du paquet. Puis se remettre droite en le soulevant et en le voltigeant sur la pile en préparation. Amarrer n'était point aussi simple que de tirer chaise au bord d'une table, foutre ! On en revenait épuisé en fin d'après-midi, sans un souffle pour s'occuper de la marmaille ou faire un brin de causer avec le voisinage. Entre deux heures et cinq heures, le mieux était de s'affaisser tout au long sur sa paillasse en laissant porte et fenêtre grandes ouvertes afin qu'une brise vous aide à trouver un sommeil réparateur. À condition également d'envoyer la marmaille jouer ailleurs, cette marmaille en bas âge que l'on laissait seule à la rue Cases-Nègres quand on se trouvait aux champs.

Firmin avait souvenance de la fois où il lui avait fallu s'y rendre parce qu'une fumée étrange montait de la toiture des cases. Les journaliers avaient arrêté le travail et s'étaient figés d'un air fataliste, implorant le ciel du regard ou fixant d'un air stupide leurs demeures en proie aux flammes. Il n'y eut que Clothilde, l'actuelle serveuse de la case-à-rhum, à s'écrier :

— *Yich mwen an kay brilé ! Wa-a-a-y !* (Mon fils va brûler ! Ouaille !)

Mais elle était tout-à-faitement incapable de courir lui porter secours. Ses jambes s'étaient comme qui dirait pétrifiées. Un muletier, hébété, murmura à Firmin :

— Commandeur, son enfant va brûler, oui !

Le mulâtre galopa à la rue Cases-Nègres, manquant de faire La Reine se rompre une jambe dans les fossés glissants qui entouraient l'endroit. Une idée lui traversa l'esprit : cet incendie ne pouvait avoir d'autre auteur qu'Albert Nègre-Marron. Il le sentait, il le devinait, il en était sûr, il aurait pu le jurer sur la tête de sa mère. D'instinct, il déboutonna la poche arrière de son pantalon et en ôta son revolver. Cette fois-ci, pas de pitié ! Firmin lui transpercerait les tripes avec deux balles de 7.65 et ce bandit de grand chemin comprendrait une fois pour toutes qu'il ne devrait plus rôdailler dans les parages de Bel-Évent. Pourtant, la rue-Cases-Nègres était déserte. Aucune case n'était la proie des flammes. En contre-bas du plateau où elle se situait, un homme avait allumé un grand boucan de bois de campêche et de pruniers-mombin qui dégageait une odeur fort agréable. C'était l'Indien Soupamah qui invoquait, dans son idiome tamoul, les dieux de la pluie afin qu'ils daignent arroser davantage les champs de canne. Des flammes bleues grimpaient à l'assaut du ciel, pures et diaphanes, comme guidées par les mains dressées du couli ou par ses psalmodies. Ce spectacle ne manquait jamais d'étonner Firmin et de l'irriter tout à la fois. Il avait dû être commandité par le géreur Baudoin qui détenait le flair des saisons. L'hivernage s'était annoncé tôt, lourd de pluies fortes et de brouillards, qui balayaient la plaine de Génipa au nord, à La Médecin au sud mais on n'était pas à l'abri de ses caprices. Déjà, il avait ralenti depuis une charge de jours sans que cela inquiétât, ce en quoi on avait tort. Bien qu'ils fussent amis, Soupamah lui semblait, en ce moment-là, un étranger, le receleur d'un savoir qui n'était d'ici et qui dormait en lui la plupart du temps. Cela signifiait que ce nègre-là — combien qu'il fût indien, nous l'appelions ainsi dans notre parjure créole de même que les Blancs-pays ou les Syriens, manière de montrer que « c'était nous-mêmes-nous-mêmes » — qui buvait son sec avec nous, tapait les dominos, maugréait contre les injustices de la vie ou rêvait de s'établir petit planteur, eh ben cela signifiait qu'il relevait dans le même temps d'une autre engeance que celle du commun. Engeance secrète, effrayante qu'on ne pouvait deviner qu'à travers les éclairs brefs qui certains soirs démonisaient son regard. Phénomène que le commandeur Jérôme résumait de la façon suivante :

— *Soupama sé kanmarad mwen men sé pa tout lè.* (Soupamah est mon camarade mais pas tout le temps.)

Firmin s'apprêtait à faire demi-tour vers Pièce Courbaril quand un criaillement insolite retint son attention. Indiscutablement, il s'agissait d'un gazouillis, d'un cri de bébé. Il descendit de cheval et visita une à une les cases individuelles puis les chambrettes de la longue case qui leur faisait face. Plus un bruit. Pas même un remuement d'air. Avait-il rêvé ? Une grappe de négrillons jouaient aux agates à l'ombre d'un quénettier et ne prêtèrent pas attention à sa personne. En réalité, il leur inspirait une franche terreur car au moment où il s'approcha d'eux, ils s'escampèrent à l'en-bas du plateau en hurlant :

— *Pa kité koumandè-a trapé zôt !* (Ne laissez pas le commandeur vous attraper !)

Sans doute s'imaginaient-ils que Firmin était en train d'enquêter sur quelque chapardage de cannes dont ils s'étaient probablement rendus coupables. Or, celui-ci ne s'en souciait guère contrairement au commandeur Félicien ou à ce flatteur d'Alcide Fleurimont qui, lorsqu'ils tenaient un voleur sur le fait, l'obligeaient à se déculotter en public pour lui flanquer une radée de coups de ceinture. La canne, surtout la rubannée de jaune strié de noir, est si tentante en septembre qu'il arrivait à Firmin lui-même d'être tenté d'en cueillir une pour la dévorer à belles dents. Souvent, la tentation était si puissante qu'il se laissait aller, prenant garde à ce qu'il n'y ait aucune langue maquerelleuse dans les parages. Perplexe, il repartit au petit trot mais il n'avait pas fait trente mètres qu'il entendit de nouveau le gazouillis. Il lui fallait en avoir le cœur net. Il attacha La Reine à un piquet et entreprit de revisiter les cases une à une. Soudain une barrique attira son attention, dans un coin de la chambrette de la négresse Clothilde. Se pouvait-il qu'elle fût pleine de linge sale et qu'une chatte y eût déposé sa portée ? Il s'en approcha et, stupeur, y découvrit les yeux rieurs d'un magnifique négrillon d'environ trois ans qui grignotait un morceau de cassave. Il prit le bébé dans ses bras et ne put résister à l'envie d'embrasser sa merveilleuse peau couleur de caïmite. Les petits grains de ses cheveux lui chatouillaient le menton, si-tellement doux qu'il avait le sentiment d'avoir de la mousse sous les doigts quand il les tapota. Pourquoi décriait-on tant les cheveux crépus ? Pourtant, le cheveu nègre n'est ni « raide » ni « dur » comme on l'en accusait mais exactement inverse à savoir mou, spongieux chez certains. Le Blanc avait infecté l'œil du nègre de haïssance envers sa propre race. Son œil le voyait laid. Plus on s'éloignait du nègre, plus on devenait mulâtre, moins on était laid. De confuses pensées l'avaient toujours agité à ce sujet : tantôt il vomissait les Blancs tantôt il abhorrait les nègres. Tantôt ils l'indifféraient, dans leur couleur en tout cas, ne l'intéressant que par leurs faits et gestes. Il redéposa le bébé à regret et regagna la plantation où les travailleurs avaient été rassurés par leurs enfants. Ils ricanaient des simagrées de l'Indien Soupamah tout en sachant fort bien que si le moindre grain de pluie en venait à tomber en fin d'après-midi, ils fuiraient sa personne plusieurs jours d'affilée, effrayés par l'étendue de son pouvoir.

— Quand j'étais petit bonhomme, dit Firmin à la négresse Clothilde, ma manman nous attachait avec une corde au pied de la table avant de partir aux champs.

— Ah ! Tu as vu mon bébé, commandeur. Qui va me le garder, hein ?

— Déjà que tu ne sais même pas qui en est le papa ! plaisanta une attacheuse.

— Quoi ! Mais le papa, c'est le commandeur Félicien, ma chère, rétorqua Clothilde. Mon bébé a son front, sa bouche, tout de sa figure, oui.

Pour de bon, Félicien avait coutume de forcer Clothilde au sortir du travail. Pas pendant la récolte où elle sentirait la sueur mais en cette période-là justement, celle que l'on vivait, l'hivernage, où les femmes ne s'adonnaient qu'aux tâches peu pénibles du sarclage ou de la mise d'engrais au pied des touffes de cannes. Clothilde damait son refus de Félicien mais c'était protestation de pure forme car elle tenait trop à son djob sur la plantation. L'amarreuse est donc une mâle-femme. À trente ans, elle possède des muscles aussi durs que du bois de goyavier. À quarante, sa figure affiche un masque de basalte, souvent impénétrable. À cinquante, les plis à son front ne se comptent plus et sa bouche s'ourle d'amertume. Man Gesner, elle, était sans âge. La souffrance avait effacé de ses traits les repères habituels, rabotant jusqu'à la lueur de son regard, pourtant l'ultime coquetterie des amarreuses. Elle mourut d'un chaud-froid, debout dans le champ de cannes, stoïque, sans une plainte, sans appel à l'aide et Gesner vida son cabrouet afin de la transporter jusqu'à leur case, une stupeur lui étreignant la gorge. On s'écarta sur leur passage. Les coupeurs se déchapeautèrent, les attacheuses firent une manière de haie d'honneur, une main sur leur cœur déjà gros de tristesse. Le commandeur Jérôme s'écriait :

— Ouvrez pour eux, s'il vous plaît, baillez-leur le passage !

Lorsque Man Sélénis s'approcha du corps de la défunte avec sa bassine d'herbes odorantes pour le laver, Gesner la repoussa gentillement. Il s'enferma dans sa case et procéda lui-même à cette ultime ferveur. On l'avait toujours connu grandement attentionné à sa femme, même si aucun d'eux n'avait jamais laissé percer en public le moindre signe de cette tendresse qui avait duré près de quarante ans. Quand il l'eut parfumée, revêtue de son linge d'enterrement qu'elle cachait au fond de son armoire depuis longtemps, le cabrouettier s'assit sur le pas de sa porte et se mit à fumer la pipe, une vieille pipe en terre qu'il n'exhibait que dans les grandes occasions. Quand ses enfants rentrèrent des quatre coins de la plantation, il leur interdit l'entrée de la case.

— Préparez la veillée ! leur ordonna-t-il.

Un tel courut acheter bouteilles de rhum, de vin doux et d'anisette à la boutique de Dame Yvette. Unetelle tua deux poules, mit à dessaler des tranches de viande de cochon. Un autre s'occupa de débarrasser la cour de terre battue des feuilles de manguier et des bûchettes de cocotier avec un balai-zo. Peu à peu, les nègres casés qui rentraient des champs s'embesognèrent dans la préparation de la veillée, la bouche cousue afin de respecter le chagrin de Gesner. Les hommes venaient lui serrer la main qu'ils purgeaient longuement dans les leurs réunies. Papa Béké fit annoncer sa venue, à la brune du soir, par Ti Youte, le négrillon qui halait droit les bœufs de charrue à la saison du labourage. Il s'était costumé de noir pour la circonstance et son affliction semblait sincère. Gesner l'autorisa, sans un mot, à pénétrer dans la case et quand le Blanc s'en retourna, le conducteur ne répondit pas à ses condoléances. Il attendait que la nuit étendît son empire sur le monde. Des parentes de la défunte, accourues de diverses plantations de Rivière-Pilote et d'ailleurs, mirent une entreprise de pleurer sur leur compte. Elles égrenaient de lourds chapelets, les mains jointes sur le ventre et, de temps à autre, l'une d'entre elles, terrassée par l'affliction, demandait :

— Man Gesner, qu'as-tu fait au Bondieu, chère ?

Le veuf, prostré, continuait à recevoir ses amis, ses ennemis, ses lointaines connaissances, ou même des inconnus attirés par la bamboche de la veillée, ôtant brièvement sa pipe de sa bouche en guise de respect et de remerciement. Bientôt la rue Cases-Nègres s'anima de rires, d'exclamations de toutes sortes. On alluma des flambeaux aux hautes branches des arbres. La veillée pouvait commencer. Un impatient lança :

— *Yé-Krik !*

Personne ne fit écho au cri rituel d'ouverture des contes. Les nègres évoquaient leur vie, cette canne insatiable qui engloutissait la vaillantise de leur jeunesse, le temps qui semblait n'avoir plus d'allée droite devant lui et vous infligeait gros soleil au beau mitan de l'hivernage et inversement, la cherté des marchandises à la boutique de Dame Yvette, la marmaille qui n'apprenait pas bien à l'école et ne parvenait pas à dompter le français et une quantité inumérable d'autres soucis dont on savait bien qu'ils ne trouveraient jamais remède. Puis Gesner ouvrit la case au vent venu des mangles de Génipa qui remontait, vicieux, par le lit de la rivière. Les plus proches parents entourèrent la paillasse où reposait la défunte pour chanter des psaumes. Une odeur délicieuse de colombo de poulet s'insinua dans la petite foule de veilleurs. Les épouses des trois commandeurs s'étaient improvisées serveuses et distribuaient à tour de bras des assiettées de viande de cochon salé et de pois rouges. Alcide Fleurimont roulait des dés d'une blancheur crue avec son compère Sonson. Leur table de jeu était le tray dans lequel Man Gesner allait écouler le dimanche matin les légumes qu'elle cultivait dans le jardin créole de la rue Cases-Nègres. Duplan de Montaubert avait accordé une lèche de terre sur le pourtour des cases où tout un chacun pouvait mettre en terre ignames, gombos, pois d'Angole, persil, oignon-pays ou patates douces. Il n'existait aucune délimitation entre les minuscules portions de jardin de chacun mais tous savaient qui avait planté quoi et à quelle date untel devait récolter tel légume. Agrippant le tray, très excité, Alcide Fleurimont criait:

— Onze ! Que les dés me baillent le chiffre onze, foutre !

Le chiffre magique se refusait à lui avec obstination tout en le faisant languir: les dés feignaient de s'immobiliser sur un six et un cinq et puis à l'ultime seconde, l'un d'eux roulait-matait sur le côté.

— *Tjou manman'w !* (Par le cul de ta mère !), pestait-il pas vraiment fâché puisqu'il n'y avait aucun argent en jeu.

Quelques veilleurs, qui n'avaient plus toute leur tête à cause du tafia, cognaient sur leur timbale dans un joyeux ouélélé d'où émergeaient des bouts de chanters mal élevés ou franchement paillards. La vertu de Man Gesner en prenait pour son grade. Ce que nul n'avait osé lui dire face de son vivant était déballé maintenant sans le moindre égard pour son mari lequel ne tarda pas à se joindre avec débonnaireté à la rigoladerie ambiante. Il esquissa même deux pas de danse du ladja avec quelque major, pichonna les hanches des négresses plantureuses qui glissaient comme des pucelles, se servit dans le fait-tout de viande de cochon salé et de colombo de poulet, en proie à un appétit gargantuesque. À chacun, il proclamait :

— Merci ! Je ne savais pas que j'avais tant d'amis.

Un conteur descendu des hauteurs de Desmarinières lança :

— Devinette !

— Bois-sec ! fit l'assemblée.

— Eau qui grimpe les mornes ?

— Eau de coco !

Aussitôt un formidable battement de mains claqua dans la nuit : la veillée pouvait s'ébattre maintenant sans contraintes. La mort pouvait faire son intéressante, elle n'empêcherait pas les humains de célébrer la vie, de s'esbaudir ? de galantiser, ni de se bailler une sacrée belle ventrée de poulet-riz-colombo, mes amis ! Même le couli Vedramestry était de la partie bien qu'il se tînt dans un coin, incapable sans doute de vaincre la taciturnité naturelle de sa race. Quelques conteurs de médiocre gabarit égayèrent l'assistance avec les péripéties de Compère Lapin et Compère Tigre et des moyens utilisés par le premier pour couillonner le second. Furent convoqués aussi sous leur langue qui emportait les mots dans un tourbillon fascinant Ma Commère Tortue, Monsieur Le Roi, Compère Mulet, Mademoiselle Colibri sans oublier Ti Jean l'Horizon.

Man Gesner devait être bien contente sous son masque de mort. Aucun conteur émérite ne s'enhardissait toutefois à se saisir de la parole tant que le maître de maison, le plus talentueux d'entre eux, tant à Rivière-Salée que dans l'ensemble du sud de la Martinique, ne dresserait sa stature bancroche au mitan de la cour de terre battue, à la fois terrifiant et transfiguré, receleur d'une mémoire plongeant ses racines dans un antan si éloigné que le seul fait d'y songer vous baillait une frissonade. Il énoncerait alors :

— La compagnie, me voici ! Ce n'est pas Gesner qui vous parle. Yé-é-é-é Krik ! C'est le conte qui parle dans ma bouche et ma langue n'est qu'un cabrouet pour transporter les paroles. Yé-é-é-Krak !...

Mais ce soir-là, il demeura obstinément assis sur le pas de sa porte, ne décessant de tirer sur sa pipe. On supputait qu'il devait être accablé par le chagrin, tellement que la parole avait dû être accorée au fond de sa gorge. Ou au contraire qu'il ruminait trente-sept douleurs et que les mots se chamaillaient dans sa tête sans qu'il parvienne à trouver un commencement. De la chambre, on entendait les prier-dieu exaltés des parentes de la morte. La pièce avait été illuminée par des lampes tempête, des bougies et, aux fenêtres, on avait disposé des lumignons. Elle était une trouée de lumière presque aveuglante dans l'immensité de la nuit. Ainsi la mort, cette salopé, était tenue en respect par les chrétiens-vivants. Ils jouaient à son entour, ils la dérisionnaient, ils lui clamaient haut et fort qu'ils ne reconnaissaient point son règne sur le monde et que jamais-jamais-jamais ils ne le reconnaîtraient.

Le commandeur Firmin avait été entraîné dans le jeu de « roulette » par un coupeur de canne dont c'était la spécialité. Il avait fourgué deux bâtons en bambou au mulâtre, lui avait demandé de s'accroupir devant lui et posant le plat de ses mains sur le sol lui avait intimé l'ordre de frapper. Craignant de rompre les doigts du bougre, Firmin baillait de petits coups timides, ce qui déclencha l'hilarité des plus proches spectateurs.

— Allez, commandeur, plus fort et plus vite !

Les mains du coupeur de canne se déplaçaient sans jamais quitter le sol avec une telle habileté qu'aucun des deux bâtons ne parvenait à les toucher. Encouragé par les éclats de voix des veilleurs, Firmin accéléra ses gestes et y mit toutes ses forces. En vain ! Le pire était que le champion en roulette ne suivait pas les virevoltes des bambous mais fixait le commandeur droit dans les yeux, un ricanement au coin des lèvres. Il était proprement diabolique, ce nègre-là. Firmin, qui se livrait pour la première fois à ce qu'il avait jusqu'à ce jour considéré comme de la négrerie, n'eut pas le temps de se demander, comme à l'ordinaire, ce que la roulette pouvait bien signifier. C'était affaire de nègres ! Mais au même moment, une fièvre montant dans ses jambes emprisonnait ses reins, s'insinuait dans ses bras, une fièvre inconnue qui le poussa à tambouriner avec les deux bambous comme s'il battait un tambour, si bien qu'il ne se rendit même pas compte que le coupeur de canne s'était retiré et que lui, continuait à scander la mesure. Autour de lui, on tapait des mains, on dansait et dans l'ombre, le lancinement d'un bois-ronflé agrémentait la veillée de vieilles nostalgies. Un homme frottait un bout de bois mouillé contre la paroi de la case, et de cet insolite instrument, s'élevaient des sons auxquels aucun être humain, fût-il mulâtre et bien éduqué à la manière de Firmin Léandor, ne pouvait demeurer insensible. Il était en train de devenir nègre. Ou exactement la part nègre de sa personne, si longtemps brimée, se réveillait et il dut reconnaître que cela lui procurait un sentiment de force inouïe.

— Je m'en vais… vous raconter ceci… qui m'arriva voici vingt ans déjà…, commença-t-il d'une voix d'abord mal assurée.

Une stupeur s'empara de l'assistance. On le connaissait récitateur de poésies françaises dont on ne comprenait goutte, admirateur patenté d'un certain monsieur Victor Hugo, grand phraseur en bel français cravaté-laineté, pas conteur nègre-Guinée, dégobillant des rafales de créole sauvage et des litanies de chanters obscurs. Pour la première fois depuis le décès de sa femme, Gesner se dérida, les dix mille plis de son front se dissipèrent. Lui, le maître-conteur, se mit à boire les paroles du commandeur.

— Voici vingt ans, reprit ce dernier, alors que je m'en allais chasser à l'en-haut de la rivière des Coulisses, je me perdis dans les grands bois. J'errai et cætera de jours et me crus envolé, emporté par une Maman d'Eau. Je mangeais des pommes-roses, j'abattais des palmistes pour en dévorer le cœur mais la maigreur s'était emparée de mon corps. Je désespérais pouvoir retrouver le chemin de ma chère maison, à Lamberton. Mes hardes s'étaient faites haillons.

— Yé-é-é-é Krik ! lança-t-on dans la foule.

— Yé-é-é-é Krak ! Je dormais dans les branches d'arbres dont je ne connaissais pas le nom, m'avoisinant avec serpents et mannicous. J'avais beau supplier le Bondieu, il n'entendait pas. Un soir, un rêve m'indiqua que ma pénitence était achevée. Va, dit une voix, au pied du premier pied de fromager que tu rencontreras, fouille entre ses racines et tu découvriras une épée en or ainsi qu'un miroir. J'allai et pour de bon je les trouvai. L'épée était fine et brillante, le miroir en or massif. Dès que je les mis dans ma sacoche, l'esprit m'indiqua mon chemin. Je voyais la route, les traces dans lesquelles il ne fallait pas se perdre, les ravines à éviter. Je marchais-marchais-marchais et me trouvai au bout du compte dans ma véranda à faire un petit brin de causer avec ma chère Éléonore. C'est la franche vérité que je vous baille là, mes amis !

— Krik !

— Krak ! Ma marmaille me couvrit de baisers. Les nègres de mon voisinage s'offrirent pour m'organiser un boire-manger du tonnerre-de-Dieu mais cette même nuit, la voix résonna à nouveau dans mon rêve et m'ordonna : « Va à travers le monde, Firmin Léandor ! Tu t'armeras de l'épée en or et du miroir en guise de viatique. Chaque fois que tu rencontreras un être humain, tu le feras se contempler dans le miroir : si une tête de démon y apparaît, transperce la personne sur-le-champ avec ton épée ; si une tête de bon ange te sourit, laisse la personne tranquille. Pars demain matin au devant-jour ! » J'ai bien tenté d'oublier cette injonction, de la feinter, mais, hélas, le rêve revenait chaque nuit plus pressant, me réveillant brutalement, m'arrachant des cris de cochon qui sent approcher la Noël, Mistikrik !

— Mistikrak !

— J'embrassai donc tout mon monde et me mis en route de par le monde muni du miroir et de l'épée en or. Obéissant à la lettre à la mission qui m'avait été confiée, je demandais aux travailleurs des champs et aux cantonniers de se mettre en face du miroir et je trucidais les méchants sans pitié. Des têtes effrayantes, cornues, hérissées de poils gluants, de dents longues et taillées en scie-égorine, des yeux globuleux d'où saillaient des flammèches rouges apparaissaient dans le miroir. Mon cœur chamadait mais mon bras ne tremblait point. D'autres fois se montraient des figures angéliques qui contrastaient fort avec les coupeurs de canne ou les muletiers à tête de brute auxquels j'avais affaire. Mon étonnement allait d'ailleurs grandissant : souvent à une bonne tête correspondait une face de diable et inversement. Je traversai des rivières en crue, charroyant des troncs d'arbres immenses fraîchement arrachés. Je franchis des montagnes d'où on distinguait par-delà l'horizon, jusque derrière le dos du Bondieu si vous préférez, des contrées inouïes. Je me surpris à parler des langages chatoyants, de ceux qui sifflaient, d'autres qui chuintaient, ou qui se servaient du nez ou au contraire du fin fond de la gorge.

— Mistikrik ! s'écria l'assistance.

— Mistikrak ! J'arpentais des chapelets d'îles verdoyantes comme la nôtre ou sèches comme Saba ou Haïti, exterminant à tour de bras la vermine humaine. Je fis le rond de continents sans bornes où, sur des milliers de kilomètres, on ne voyait pas un morne, pas une montagne, rien que du plat à vous angoisser les membres. Dans une de ces contrées-là, un roi me reçut à sa table. Il avait trente ans. Il me combla de faveurs et m'affubla de « mon gendre » doucereux. Quand je voulus m'escamper, il me fit cerner par ses gardes et je ne dus la vie sauve qu'au miroir et à l'épée en or. Tous des démons, hormis la fille qui recouvra un aspect désirable et quitta la région sur un coursier ailé après m'avoir accueilli en ses intimités. Ô suavité ! À sa suite, je fus transporté au pays des glaces par un arc-en-ciel uniformément rouge orangé. Sacré pays, mes amis ! De la glace partout, une lumière qui semble monter du sol bien qu'il n'y ait pas de soleil. C'est merveille ! Une horde de créatures mi-hommes mi-bêtes y vivaient, gisant dans des sortes de cahutes en glace. Des poils couvraient leurs bras et jambes, des poils longs comme qui dirait des queues de cheval. Leur idiome n'était qu'un infâme grognassement. Ils erraient, faméliques, livides, grattant la glace de leurs ongles démesurés pour dénicher de minuscules mousses verdâtres qu'ils engloutissaient avec un appétit bestial. Tantôt ils se gourmaient pour cette étrange nourriture. Tantôt ils m'observaient, une hébétude dans leur regard. Je brandis aussitôt mes armes magiques, paré à les exterminer. Miracle ! Le miroir ne refléta que de bons anges. Aucun d'eux ne méritait l'épée. Tonnerre de Brest ! Ma bouche ne vous conte pas de menteries, les amis. Ils pétèrent de rire en me voyant embarquer sur un bateau sans équipage qui était amarré sur la rive d'un fleuve à moitié gelé.

« J'étais devenu bien vieux. Les souvenirs du pays mien s'étaient peu à peu estompés. Je ne parvenais même plus à crier mon nom. J'étais devenu monsieur Personne. Une douleur pourtant me rongeait l'esprit : quand finirait cette quête exterminatrice ? Tout ce sang versé, ces cous tranchés, ces estomacs transpercés me baillaient la nausée. Certaines nuits, la voix revenait : Courage, Firmin Léandor ! Ta mission est sur le point d'être accomplie. Pourtant rien n'annonçait cet heureux événement. Les détours du monde n'avaient plus de secrets pour moi. Jusqu'à ce que le miroir s'obscurcisse, devenant du même coup inutile. Je compris que l'heure du retour au pays avait sonné. Je chaussai des bottes de sept lieues, m'agrippai à la queue d'une comète, montai à dos de mulet, à bord de camions de marchandises, dans des trains foule-back de gens affairés, sur les ailes d'un hydravion sans pilote.

« Au bout de quatre mois qui durèrent huit secondes, je me retrouvai au mitan du bourg de Rivière-Salée où pas une âme ne me reconnaissait. J'avais beau les arrêter, leur crier : “Je suis Firmin Léandor, ancien commandeur sur l'habitation Bel-Évent”, ils me repoussaient à grands coups de pied. Pour eux, cet homme-là était mort depuis un siècle de temps et le vagabond qui leur faisait face n'était qu'un imposteur. La maréchaussée mit fin à mon errance en m'arrêtant. Une fois décrassé et baigné, après qu'on m'eut taillé les cheveux, elle fut forcée d'admettre que j'étais bien celui que je prétendais être. Elle me conduisit en tilbury jusqu'au débarcadère de Petit-Bourg où m'espéraient ma femme Éléonore et mes trois marmailles. Papa Béké avait accordé aux travailleurs l'après-midi afin d'aller m'accueillir.

« On me fit une bamboche encore plus belle que celle qui roule ici en ce moment pour la mort de Man Gesner. On dansa jusqu'au jour suivant. Mais quand j'allai me reposer, la voix réapparut et me dit : Firmin, il te manque une dernière chose pour achever complètement ta mission. Réfléchis bien ! À mon réveil, le miroir s'était désobscurci. Il avait repris son aspect antérieur. Gêné et craignant qu'il ne tombe entre les mains de ces fouillallards de Jean-André et Géraud, je le cachai avec soin. Deux nuits passèrent, la voix à chaque fois me harcela. Au troisième jour, je me frappai le front : Bondieu-Seigneur, mais oui ! Mais oui ! J'avais présenté le miroir devant la figure de tous ceux que je rencontrais sauf la mienne. Je me précipitai à l'écurie et tirai les objets magiques de dessous une botte d'herbe de Guinée où je les avais serrés et là, les doigts tremblants, je tournai le miroir vers moi. Ooooh ! Mes amis, ne me croyez pas si vous voulez ! Je vis... je vis une énorme tête de démon. Aussitôt, je me transperçai le cœur avec l'épée en or et jaillis de mon rêve en hurlant. J'avais rêvé tout cela, mes amis. Cette histoire a pris fin. Yé-é-é-é Mistikrik ! »

Les veilleurs, perplexes, ne réagirent pas. Ce conte n'avait aucune semblance avec ceux de Compère Lapin ou de Ti Jean l'Horizon. C'était un péter-tête, une énigme.

— Mes amis, reprit Firmin Léandor d'un ton faussement enjoué, sachez que je fais ce vieux rêve-là plusieurs fois par an et… et pourtant je suis toujours vivant ! Ha-Ha-Ha !

Cette conclusion ramena la joie au sein de la veillée mortuaire. Gesner jeta sa pipe et, comme électrisé par le dire de Firmin, entreprit de conter tout le restant de la nuit une enfilade de contes tous plus éblouissants les uns que les autres…

11

Un grand bruit de grève roulait à travers le pays.

À Bel-Évent n'en parvenait encore, en ce mois d'avril, qu'une rumeur qu'on aurait juré apportée par les cannaies en pleine floraison. Moi le premier, je l'avais devinée à l'insolite lenteur des gestes des coupeurs à Pièce Courbaril, au léger tremblé dans l'envol du coutelas dont le choc contre la chair des tiges semblait s'amortir de lui-même. Bien entendu, personne qui ait ouvert sa bouche pour proférer le mot interdit ni défié mon regard lorsque j'avais déplacé quelque fainéantiseur dans les parties les plus raides de l'habitation. Odilon Bastaraud, qui d'ordinaire abattait en un virement d'yeux ses vingt piles de canne sans tricher, Odilon lui-même, se contentait d'à peine une dizaine et empochait la modeste paye qui y correspondait sans ronchonner comme à l'accoutumée. Quant à Alcide Fleurimont, le nègre à Blanc, il avait cessé d'être l'ombre d'Honoré Duplan de Montaubert aux quatre coins de l'habitation et simulait une profonde douleur à l'aine qui ne couillonnait que son maître. Sa dégaine était peu assurée depuis un bon paquet de jours et on le voyait traînasser près des cases dès le lever du soleil, distillant des questions sournoises ou des menaces voilées dont personne ne semblait tenir compte. Chacun arborait un masque grave sous les dehors de la docilité la plus extrême mais je devinais bien que l'explosion ne pouvait plus tarder. Une grève au deuxième décours de la récolte, voilà qui ne m'était pas arrivé depuis un bon paquet de temps ! Pourtant les champs portaient beau depuis le commencement de la saison du carême. Jamais les cannes n'avaient poussé si drues, même à Pièce Fond-Savon où l'on avait renoncé à répandre du caca-cheval en guise d'engrais tant ce morceau de terre envasé était l'ingratitude même.

— Une sacrée belle année ! avait déclaré Duplan de Montaubert, rompant pour une fois avec cette morosité qui l'habitait depuis qu'il avait dû vendre le quart au moins de ses terres deux décennies plus tôt.

D'ailleurs, un concours inhabituel de nègres venus de tout-partout, même des lointaines communes du Robert et de Trinité, était venu lui proposer de se caser sur son habitation. Il avait fallu construire à la hâte une dizaine d'abris pour leur permettre de passer la nuit car ils avaient amené leurs concubines, leur marmaille et leur bagage. Ils avaient entendu publier qu'Honoré Duplan de Montaubert était un « Papa Béké » qui avait pitié de la gueusaille et acceptait la charge de parrainer les négrillons avec la même facilité que s'il s'était agi de boire un verre d'eau. J'avais dû, à regret, faire ouvrir les caisses que je serrais précieusement dans le hangar à outils afin de leur distribuer des coutelas flambant neufs importés de Saint-Domingue. J'avais projeté d'en faire cadeau à mes plus assidus coupeurs de canne au finissement de la récolte, qui donc au mois de juin. N'y avait-il pas, en effet, quelque injustice à voir ces derniers s'échiner le matin à aiguiser le fil de leur lame sur la meule de l'habitation ployant d'une fatigue ancestrale sur sa manivelle alors que ces nouveaux venus, ces nègres conduits par le vent, pouvaient presque miroiter leur figure sur la lame vierge de la leur ? Toutefois, je savais bien qu'il eût été impossible de brocanter les coutelas usagés contre les Saint-Domingue, surtout si c'était pour s'offrir les premiers aux journaliers nouveaux venus. Chaque nègre vit en intimité avec son coutelas, lui baille un nom et connaît par cœur ses ruses. Car le coutelas finit par s'habituer au plat de votre main, à la force de votre poignet. Il prend, à mesure-à mesure, des vices que seul son manieur connaît comme de glisser-descendre soudain sur la tige d'une canne trop broussailleuse pour venir vous érafler la cuisse ou fendiller le talon. Raison pour laquelle on ne prête pas son coutelas, surtout pas à son meilleur compère. En outre, il existait des coutelas montés par quelque esprit maléfique qui avait pouvoir d'entraîner votre corps dans un ballant inarrêtable et la canne tombait-la canne tombait-la canne tombait. Les amarreuses avaient peine à suivre et dès onze heures du matin, avant même les cris de parturiente de la bourrique, vous aviez gagné votre journée. Gesner était réputé avoir fait monter le sien par un nègre sorcier de l'île de la Dominique qui fréquentait les côtes de Basse-Pointe et Macouba. Et puis, on ne jette pas son coutelas dans les halliers, même lorsqu'il est si ébréché qu'il est devenu incapable de trancher le bout de canne que l'on veut sucer ou offrir à une bougresse que l'on envisage de dulciner.

La récolte avait donc atteint son mitan dans un tourbillon de cabrouets chargés de canne qui déboulaient vers la distillerie Balmelle, insoucieux des énormes crevasses qui parsemaient des traces dont le rouge semblait veiner la plantation. Même Baudoin Louvier de Laguarrande, le géreur, avait jugé utile de diminuer ses saoulaisons et on le rencontrait à Pièce L'Étoile ou à Pièce Corrossol, lieux que d'ordinaire il désertait du fait de leur médiocre rapport et de la présence en trop grand nombre de travailleurs récalcitrants qui n'auraient pas manqué de lui « traiter le cul » comme on disait dans notre parlure. S'amadouant avec moi, il m'avait annoncé :

— On atteindra vos sept cents barriques, mulâtre !

— J'aurais parlé comme vous s'il n'y avait pas eu Pièce Romanette, répondis-je.

— Hein ? Qu'est-ce qui se passe là-bas ? Tu ne m'as jamais signalé quoi que ce soit à ce sujet-là. Duplan est-il au courant ?

— Pas encore. Suivez-moi, monsieur…

Nous cheminâmes à l'ouest de l'habitation, entre deux haies de lourds manguiers dont la générosité était connue des kilomètres à la ronde et dont les premiers fruits diffusaient déjà leur senteur de térébenthine. Deuxième plus belle pièce de Bel-Évent, Romanette ne réservait d'ordinaire aucune surprise. Elle s'étendait en pente douce sur trois hectares de bonne terre rougeâtre que n'encombraient pas ces roches qu'on n'avait jamais fini d'ôter de Pièce L'Étoile ou Fond-Savon. Le soleil s'y couchait plus tard qu'ailleurs et les attacheuses pouvaient s'y attarder plus longtemps, préparant ainsi certaines de leurs piles de canne du lendemain. Elle était aussi réputée pour la tendreté de ses amarres que le béké, pas safre pour un sou, laissait à la libre disposition de ses nègres et ses coulis. Régulièrement, j'y trouvais trois belles bottées que quelqu'un m'avait préparées pour les bœufs que ma femme, Éléonore, élevait non loin de notre maison. J'éprouvais une tendresse particulière pour Pièce Romanette bien qu'elle fût d'un moins bon rendement que Pièce Courbaril. Cette dernière, trop plate à mon gré, n'ayant aucune courbure qui pût accrocher l'œil, distillait une ennuyance indéfinissable que je n'avais jamais vraiment pu surmonter en vingt et quelques années de présence à Bel-Évent.

— Regardez ici ! fis-je au géreur qui coquilla les yeux.

— *Sa ka rivé mwen an ?* (Qu'est-ce que c'est que ce bordel ?), murmura Baudoin, incrédule.

— C'est bien ce que vous voyez. On a coupé notre canne, monsieur.

— Quoi ! Mais qui a osé faire ça ? QUI ?... Ha-Ha-Ha ! Première nouvelle, mesdames-messieurs ! Voilà qu'au jour d'aujourd'hui des gens se permettent de chaparder la récolte de Duplan de Montaubert !... Hon ! Je vois-je vois... je vois d'où ça proviendrait, Firmin. Ces bougres de Désinoir et d'Hildevert qui sèment partout leurs idées socialisses et qui vous couillonnent tous, c'est leur bande à eux qui est responsable de ces dégâts. Ils ont réussi à corrompre un bougre aussi serviable qu'Odilon Bastaraud !

Je ne pus que réprimer un sourire.

— Désinoir ne plante pas la canne, dis-je, il a travaillé, c'est vrai, sur plusieurs habitations avant de partir à la guerre mais depuis son retour, il s'est établi charpentier à Grand-Bourg.

— C'est un socialisse, je te dis ! Il a dû faire entailler Pièce Romanette exprès pour emmerder les patrons. À l'heure qu'il est, notre canne est digérée par le bétail des nègres des mornes. Il a dû faire une distribution gratuite en bon socialisse qu'il est. Je m'en vais avertir Duplan. La gendarmerie sera mêlée à cette affaire, Firmin. Il n'y aura pas de pardon-musieu-Béké qui tienne !

Je ne m'émus pas des fulminations du petit Blanc. J'avais une autre idée : je soupçonnais un moyen planteur mulâtre du quartier Féral, un nommé Morisseau, d'avoir envoyé ses journaliers dévaster Pièce Romanette, de nuit sans doute, parce qu'il ne parvenait pas à fournir le quota de canne que lui avait attribué la distillerie Ranlin. Ce Morisseau était un modèle d'ambitieux, comme on n'en voyait pas deux par génération, qui avait envoyé ses fils étudier au prestigieux lycée Schœlcher de Fort-de-France, « pour en faire des grands-grecs » vantardisait-il à tout bout de champ. Quand la Commission consultative du travail se réunissait, au début de la récolte, il glapissait de concert avec les gros planteurs blancs contre la plus infime revendication salariale. On le disait plus implacable que Duplan et que la plupart des békés avec ses travailleurs tout en nourrissant une haïssance inexpuisible envers la couleur blanche. Il prophétisait qu'un jour prochain la race mulâtre dirigerait la Martinique parce que « les Blancs-pays sont des sangsues, des profiteurs et les nègres des nés-couillons. Quant aux Coulis, foutre ! qu'ils se contentent de manger des chiens en cachette ! ».

Sa demeure rivalisait en belleté et prestance avec les plus anciennes du sud du pays et d'aucuns avaient fini par le considérer comme une sorte de béké. Le titre de « Papa Morisseau » lui était souvent accordé, en particulier par les nègres-Congo. Il avait fait peindre un panneau démesuré à l'entrée de son habitation, qui indiquait « Propriété La France », sans qu'on sache s'il avait inventé le nom ou s'il s'agissait d'un vrai lieu-dit figurant au cadastre. Sa dévotion envers la France (« le Blanc-France est fait d'une tout autre farine que le Blanc-pays », proclamait-il) laissait soupçonner la première hypothèse d'autant que, juste derrière le panneau, un bambou longiligne faisait flotter un magnifique drapeau bleu-blanc-rouge. Bien qu'il clamât à qui voulait l'entendre que « les mulâtres sont des gens qui respectent les lois de la République », bien qu'il s'indignât à chaque élection des fraudes grossières organisées par les békés, il était fort loin d'être un honnête citoyen. Je me promis d'enquêter discrètement auprès de deux travailleurs de Morisseau que j'avais eu l'occasion de dépendre de leur déveine quelques années auparavant.

« Mais mulâtre pour mulâtre, je ne pourrai pas le dénoncer », songeai-je en me remémorant les discussions que j'avais eues avec le maître de « Propriété La France » au soir des dernières élections cantonales au cabaret « Doudou-Manman » sis à la Rue-Devant, à Grand-Bourg.

Certes, les mulâtres n'étaient plus aussi unis qu'à l'époque d'avant l'éruption de la montagne Pelée en 1902, où Saint-Pierre était encore la capitale de la Martinique. Ils n'avaient plus de parti à eux tous seuls et cohabitaient avec les nègres dans des organisations apparentées à celles d'En-France, mais l'esprit mulâtre n'en continuait pas moins à prospérer dans les têtes. La fierté mulâtre — celle des cheveux bouclés, du nez pincé et de la peau à peine cuivrée — continuait à impressionner la grande masse et les docteurs ou avocats n'avaient qu'une idée dans l'esprit, celle de convoler avec une mulâtresse afin d'éclaircir la race. S'appliquant à tenir la dragée haute aux békés, quelles que soient les circonstances et n'étant pas homme à reculer devant un coup de chien à leur égard, Morisseau pouvait fort bien être l'auteur du vol de cannes de Pièce Romanette.

Ce ne fut que deux-trois jours après cette découverte, premier signe du malaise, que je pris conscience que des événements sérieux étaient en préparation à travers la campagne. Un vendredi, je repérai une traînée de lumière qui anguillait à flanc de morne, au sud de Bel-Évent, sur les onze heures du soir ou à peu près. Des gens qui marchaient en brandissant des flambeaux ! Cela se passait sur l'habitation Petit-Morne dont le béké, Assier de Montbrand, cousin éloigné de Duplan, avait la réputation d'être un dur-à-cuire. Pour lui, comme pour Simon Duplan, autre cousin de Duplan, tout travail accompli par un nègre était cochonné d'avance et soit il exigeait qu'on le ré-exécute soit il refusait de vous payer la totalité de votre dû. Le contraire d'Honoré Duplan, quoi ! De plus, il avait enchaîné ses nègres pour au moins deux générations en feignant de leur ouvrir large crédit à la boutique de l'habitation dont il multipliait le prix des marchandises d'une saison à l'autre. Quand un nègre courageux osait se plaindre, il lui lançait :

— Va doléancer à la Compagnie générale transatlantique, mon bougre ! C'est elle qui augmente le prix du fret, pas moi !

En fait, la paye de votre samedi servait à régler une partie de vos dettes des trois mois précédents. Autant dire que les coupeurs de canne, amarreuses et muletiers voyaient simplement l'argent transiter entre leurs mains. On avait d'ailleurs coutume de répéter que « les nègres à Assier, ils marchent une main allongée devant-une main allongée derrière », manière de dire qu'ils en étaient réduits au mendiannage. Bien que je n'éprouvasse aucune crainte quant à l'assiduité de ses journaliers avec lesquels j'entretenais, pour la plupart, des rapports corrects, je crus bon de m'en ouvrir à Duplan de Montaubert en dépit de l'heure tardive. Je me dirigeai d'un pas pressé jusqu'à Château-L'Étang où, tonnerre du sort !, toutes les lumières étaient déjà éteintes. Les chiens du maître rôdaillaient aux alentours et, connaissant tous parfaitement mon odeur, ne firent que remuer leur queue d'une manière amicale. Je me plantai, indécis, sous la fenêtre de la chambre du Blanc-pays et cherchai dans ma caboche quelque moyen de le haler de son sommeil sans vacarmer, chose qui ne manquerait pas de provoquer un véritable branle-bas de combat chez la valetaille qui dormait dans un bâtiment proche de l'économat. Da Nènesse, la nounou, se mettrait à pousser les hauts cris, les cuisinières, peureuses en âme, ameuteraient la Vierge Marie et saint Michel avant de se protectionner contre ce qu'elles croiraient être une attaque de zombis ou d'incubes. Quant à Gesner-fils, le remplaçant de Télémaque comme homme à tout faire, assurément qu'il tirerait des coups de fusil à sel pour effrayer d'éventuels voleurs. Il était pourtant indispensable que Duplan sût qu'une méchante grève menaçait Bel-Évent. Le Blanc-pays ne me pardonnerait pas de ne l'en avoir pas averti à temps. Jamais il ne l'accepterait. Et puis n'agissait-il pas bien avec moi ? Ne fermait-il pas les yeux sur les terres en colonage que j'avais louées sur les hauteurs de Caféière et qui m'accaparaient bien deux jours par semaine ?

— Patron !... Hé patron ! murmurai-je sans grande conviction.

Une rousinée s'abattit sur la terre, sans doute descendue des grands bois. Je frissonnai dans ma chemise soudainement trempée. À la fin des fins, j'attrapai une petite roche ronde que je lançai contre l'abat-vent de la chambre de Duplan, puis une deuxième et une troisième. Une main entrebâilla l'abat-vent, une main frêle et lisse, une main de femme. Je me sentis glacé de la tête aux orteils. Une chevelure vaporeuse se profila dans la clarté de la lune et une voix à moitié endormie demanda :

— Si vous êtes une âme en peine, passez votre chemin. Si vous êtes un chrétien-vivant, que désirez-vous ?

— ....

— Fir... Firmin, oui... qu'y a-t-il ? Approchez, je ne vous entends point.

Je contemplai le visage adoré qui se penchait dans ma direction et esquissait un faible sourire. Ma langue demeura nouée dans ma gorge. Mes mains devinrent frettes d'un seul coup, puis humectées de sueur l'instant d'après.

— Man Duplan... Madame Duplan, je viens causer à monsieur.

La Blanche créole se redressa et, dans ce mouvement, la cordelette qui retenait ses cheveux s'échappa, fut happée par le vent du soir et vint choir à six pas de moi.

— Vous me la ferez tenir demain matin, Firmin. Monsieur est sûrement avec sa mulâtresse, à moins qu'il ne se soit déjà rassasié de cette lavandeuse. Baillez-moi la commission !

— Madame, une grève est en train de marcher sur Bel-Évent.

— Ah ! Ce n'est que cela. Bon... eh ben, je l'informerai de votre visite. Bonne nuit, commandeur.

L'abat-vent se referma avec lenteur. Je me précipitai sur la cordelette que j'hésitai à ramasser comme s'il se fût agi de quelque quimbois du diable ou pire d'une mygale-matoutou-falaise. J'effleurai la toile de couleur violine qui se froissa sous mes doigts. De la tulle ! J'avais si-tellement entendu les négresses commérer au sujet de ce tissu venu de Louisiane que je l'avais reconnu d'emblée. La cordelette se froissait avec tendresse au simple toucher. Je la portai à mon nez et en humai le parfum inouï dont Virginie Duplan de Montaubert l'avait aspergé. Ses vaporisateurs en cristal ornementés de dorures faisaient aussi l'admiration de ses femmes de chambre. Une brusque grinçure me fit sursauter. Je levai les yeux et découvris que l'épouse du planteur avait entrouvert à nouveau l'abat-vent et qu'elle m'observait depuis un moment. Une bouffée de vergogne m'échauffa les joues mais je me sentis incapable de jeter la cordelette de tulle par terre. La femme s'était déjà claquemurée, non sans que je crusse l'entendre, assez distinctement, prononcer un mot. Un seul :

— Firmin…

Tout mon être tumultua. Une allégresse incontrôlable monta en moi, me poussant à regagner ma maisonnette à grands pas. À hauteur de l'économat, je devinai un mouvement d'ombres et me cachai vitement-pressé derrière le tronc d'un flamboyant. Des nègres de Bel-Évent, des casés, conciliabulaient avec un bougre que je n'avais jamais vu dans les parages, un bougre mince, sec même, les yeux injectés de sang qui n'avait pas crainte de se tenir sous les rayons de la lune. Je songeai qu'il devait être minuit dépassé et qu'à cette heure-là tout le personnel de l'habitation, les nègres et négresses de la rue Cases-Nègres, sommeillaient raide-et-dur dans l'attente de la prochaine journée d'éreintement dans la canne. Même en cette période de fin de récolte, il faut monter à l'abordage de chaque journée si l'on veut espérer gagner deux francs et quatre sous pour nourrir sa marmaille. Les farandoleurs et autres souleveurs de jupon, eux-mêmes, mettaient un frein à leur ardeur. Je me rapprochai du groupe qui buvait les paroles de l'agitateur. Ce dernier s'exprimait de façon trépidante, comme s'il avait à la fois soif de délivrer son message et hâte de retirer ses pieds de Bel-Évent.

— Il n'est pas question de bon béké, camarades. Bon comme Honoré Duplan ou méchant comme son cousin Simon, les békés sont des exploiteurs de nègres. Les terres qu'ils possèdent, ils les ont héritées de l'esclavage, faut pas oublier ça ! On n'a jamais vu un seul Blanc s'armer d'un coutelas pour couper ne serait-ce qu'un seul pied de canne, camarades. Leur richesse c'est nos bras et notre sueur et contre ça qu'est-ce qu'ils nous offrent, hein ? Juste de quoi ne pas mourir de faim. Regardez comment nous marchons en haillons, vous croyez que ça dérange leur conscience ? Pourtant ils sont les premiers à communier à l'église. Les premiers !

— La gendarmerie s'en est déjà mêlée ? questionna une voix en laquelle je reconnus celle de Sonson.

— Hon ! Quant à ces Blancs-France, ils sont là pour aider les békés à nous purger le foie, rien de plus. Je ne comprends pas pourquoi vous autres, nègres de la campagne, leur faites toutes ces simagrées lorsqu'ils sont en tournée. C'est à qui leur ouvrira le plus beau coco ou remplira leur Jeep du plus beau régime de banane-makandja. Ils doivent rigoler de nous quand ils se retrouvent entre eux.

— Tu n'as pas répondu..., fit une voix si étouffée que je ne parvins pas à l'identifier.

— Si les gendarmes sont sur le pied de guerre ? Mais le gouverneur lui-même est déjà au courant, camarades. Au conseil général, nos défenseurs se font prendre à partie par des béni-oui-oui vendus aux usiniers et aux planteurs. Avez-vous peur ou bien quoi ?

Un court silence s'instaura, puis les quatre hommes continuèrent leur causer à voix plus basse. Je réalisai que j'avais noué la cordelette autour de mon poignet sans m'en rendre compte. Je la détachai prestement et l'enfouis dans l'une des poches de ma chemise-kaki. Ainsi il y avait belle heure que la grève avait contaminé Bel-Évent, peut-être même plusieurs jours, et moi, le commandeur, le chef des travaux, l'homme qui, après le géreur, dirigeait la récolte, je n'en savais rien, n'en aurais rien su, n'eût été cette insomnie qui m'avait poussé à aller respirer la nuit au-dehors et donc à découvrir cette traînée de lumière sur la crête des mornes avoisinants. Sans doute devenais-je moins veillatif avec l'âge ou faisais-je trop confiance à ceux qui m'entouraient. Un jour ou l'autre, je finirais avec un poil de bambou dans l'intestin, glissé subrepticement dans un verre de rhum soi-disant amical, et adieu l'existence, foutre ! Mon épouse n'avait cesse de me mettre en garde :

— *Firmen, ou ka aji two byen épi nèg. Tiré chik nan pyé nèg i ka mandé'w kouskouri.* (Firmin, tu te comportes avec trop de bonté envers les nègres. Dès que tu ôtes une épine du pied d'un nègre, il te défie à la course l'instant d'après.)

Paroles en l'air ! Paroles de femme enquiquineuse qui se méfiait de tout et qui interprétait chaque geste, le moindre coup d'yeux comme la preuve que l'on fomentait un complot contre son mari. « Le mal », elle n'avait que ce mot à la bouche. À l'entendre, le nègre était né pour faire le mal car la jalouseté, surtout envers le mulâtre, lui était une seconde nature. Elle ne sortait jamais de notre maisonnette le matin, à Lamberton, sans avoir inspecté la cour par la fenêtre pour s'assurer que quelque paquet suspect n'y avait pas été placé à la faveur de la nuit. Un jour, elle avait arrosé avec du pétrole un de ces objets maléfiques et l'avait brûlé. Dans les cendres de la « chose envoyée », elle avait cru déceler un morceau de la robe qu'elle avait mise à sécher derrière la case à eau. Elle soupçonna longtemps que cette bougresse de Clémencia voulait lui bailler un gros-pied, un éléphantiasis, jusqu'à ce qu'en consultant Man Sélénis, la séancière, elle apprît que c'était une vengeance d'une des lavandeuses de Duplan de Montaubert, très probablement Amandine. À ce qu'il paraissait, Éléonore avait omis de lui dire le bonjour deux fois de suite au cours de la même semaine, ce qui était la confirmation que l'épouse du commandeur la considérait comme du caca de chien.

Je n'avais jamais pris très au sérieux ses mises en garde mais dans les circonstances actuelles, je venais de découvrir par moi-même à quel point j'étais vulnérable. Il est vrai que j'affrontais ma première grève dure en dix-sept ans, les autres pouvant être considérées comme des bouffées d'aigritude normales en début de récolte. La magnanimité de Papa Béké et son sens de la justice n'étant pas pour rien dans ces deux décennies d'harmonie apparente. Certes, des mouvements d'humeur épataient parfois sur l'habitation, alors même que la roulaison s'accomplissait sans anicroche, soit que Mano, le cabrouettier, refusât de réparer sans cesse la carcasse de son tombereau et exigeât qu'on lui en procurât un tout neuf, soit que des amarreuses accoutumées à jouer de la croupière à tout venant s'imaginassent qu'elles pouvaient distraire les commandeurs de leur mesurage par la seule magie de leurs dandinements. Je n'étais pas un homme pétri d'eau, insensible à leurs avances et j'y cédais parfois mais pas au point d'entraver la bonne marche de la récolte.

Le plus gros trafalgar qui eût jamais éclaté à Bel-Évent concerna ce fou dans le beau mitan de la tête de Julien Bonvent, au sortir de la grande guerre en Europe à laquelle il avait vaillamment participé et était revenu en héros moult fois médaillé mais pleurant sa jambe droite déchiquetée par un obus allemand. Il clopinait sur ses béquilles toute la sainte journée, de plus en plus amer à mesure qu'il lisait de la pitié dans le regard d'autrui et de la mauvaiseté dans les quolibets des gamins désœuvrés. Ceux-ci l'avaient affublé du titre de « Dèkdèk » qui, dans notre parler naturel, signifie « dérangé d'esprit » et, s'embusquant dans les halliers, hurlaient : « C'est nous les Allemands, à l'assaut ! » dès qu'il avait le malheur de passer dans le chemin. Ce contre quoi il fulminait, dérisoire et solitaire, tourniquant sur sa propre personne tel un pantin de carnaval qu'on aurait sorti du galetas hors de saison. Il finissait invariablement au privé qui jouxtait la boutique de Dame Yvette et, s'installant à une table, ingurgitait d'incroyables coulées de tafia ou d'absinthe. Mais ce qui devait arriver arriva : à force de l'interboliser, le monde finit par mettre Julien dans une enrageaison sans papa ni manman. Une enrageaison qui le poussait à tout détruire autour de lui pour l'unique plaisir de voir les gens se prendre la tête entre les mains de désespoir. Il avait ainsi damé d'un pied rageur le jardin créole de la rue Cases-Nègres, arrachant les cordes de giraumons encore verts, déchiquetant laitue et persil, piquant la chair des ignames dans la terre à l'aide d'une barre à mine. N'avait-il pas aussi mis le feu à un cabrouet ? Ouvert la porte d'une lapinière et donc livré trois belles femelles-lapins à la voracité des chiens de Duplan ? Pissé dans la grange du moulin à manioc, ce qui bailla à la farine un goût de suri dont on mit du temps à saisir la provenance ? Bref une vraie calamité que ce Julien Dèkdèk ! Ni Duplan ni le géreur Baudoin ne s'intéressaient à régler une question qu'ils jugeaient être de mon seul ressort. « Histoire de nègres se règle entre nègres », avait marmonné le maître lorsque je lui avais proposé de sévir. Cela était tout à fait impossible parce que le héros de 14-18 avait été pendant un temps inumérable l'un des plus extraordinaires coupeurs de canne de Bel-Évent, que sa concubine continuait d'être une solide amarreuse et que leur marmaille se chiffrait à quatorze dont plusieurs fort jeunes qui auraient plongé dans la misère bleue au cas où leur père eût été expulsé de l'habitation Bel-Évent. La solution était venue d'Éléonore, mon épouse. Elle était certes perverse mais efficace. Cela consistait à déposer, au pipiri du jour, une bouteille de rhum à 55° sur la devanture de la case de

Dèkdèk pour qu'au premier pas qu'il fit, il trébuchât nettement-et-proprement et n'allât pas empoisonner l'existence des gens. Méthode infaillible dont le seul inconvénient consistait à devoir supporter les plaidoiries embarbouillées du bonhomme s'il parvenait à se traîner au ras de la boutique ou du moulin à manioc.

Qui donc, de grève je n'en avais jamais connu et j'éprouvais l'étrange sentiment que, cette fois-ci, l'habitation ne pourrait pas y échapper belle. Dès le lendemain du jour où j'avais surpris Gesner et deux autres compères en train de manigancer avec un étranger, j'entrepris de sonder les travailleurs.

D'abord et pour un, je renonçai à me déplacer à pied et sellai La Reine, le cheval prestancieux que j'avais acheté lors d'une brocantagerie au Lamentin, tout à l'orée du siècle, avec un petit argent légué par un grand-oncle. À l'époque, j'étais encore un jeune homme fringant, un mulâtre qui en imposait par sa façon autoritaire de s'exprimer. Je pouvais abattre des kilomètres pour faire une coulée de charme auprès d'une câpresse couleur de sapotille ou une chabine piquante, plus rarement après une négresse noire comme hier soir au visage angélique. J'étais réputé être un coq en matière de femmes dans la région et dès qu'on apercevait la robe marron clair de La Reine dans le lointain, certaines mères s'empressaient de rentrer leurs filles pubères au fin fond des cases.

Altier sur mon cheval, le regard volontairement vide, j'inspectai Pièce Romanette et Pièce Corrossol, sans un salut pour quiconque, mon revolver à la crosse lustrée pour une fois bien visible sur la hanche. Comme ce n'est pas à un vieux macaque que l'on apprend comment grimper aux arbres, je m'aperçus fort bien de la lente mais inexorable réticence qui s'incrustait dans la besogne en cours. Aucun coupeur n'avait encore déposé son coutelas mais au peu d'enthousiasme qui animait leur bras, au faible empressement qu'ils montraient à tronçonner chaque tige en trois morceaux, j'eus désormais la certitude que quelque chose était en train de se tramer. Un silence inquiétant régnait dans les champs, ponctué fort étrangement par une chanson qu'une jeunôte s'égosillait à chanter du haut d'une petite éminence qui surplombait la dizaine de cases des nègres-Congo. Son cahier de romances sur les genoux, elle égrenait sans fin :

Il est l'heure que l'on doit m'attendre
dans le silence de la nuit
la sérénade se fit entendre
Minuit, minuit, minuit.
Jeune fille de la sérénade
Mes instants reviennent à toi
Ma tendresse, c'est la sérénade
C'est moi, c'est moi, c'est moi.

Le tilbury de Duplan de Montaubert se profila au bout de l'allée de cocotiers qui menait à la grand case, soulevant un nuage de poussière si intense que je compris que son voiturier le menait au galop. Je me dirigeai vers le perron, talonnant les flancs de La Reine et dès que le planteur et moi nous nous entrevisagâmes, je sus que la situation était beaucoup plus sérieuse que je ne le pressentais. Duplan sauta à pieds joints sur la première marche du perron, épousseta son pantalon avec soin et me lança d'un ton qui ne souffrait aucune réplique :

— À compter d'aujourd'hui, tu ne fais plus d'embauche. Tous les nègres d'Assier vont débarquer ici mais c'est tant pis pour eux !

— Les nègres d'Assier ?

— Firmin, mon cher, ne me fais pas croire que tu ignores qu'hier soir des grévistes ont mis le feu à son habitation.

Je manquai de chanceler.

— Comment ça ? Du feu, ça se voit de chez nous, patron ?

— Hon ! Tu as le sommeil trop lourd. Va à Pièce Romanette et regarde droit devant toi : du brûlé partout ! Assier est devenu comme qui dirait un vaste four à charbon. Assez baliverné, foutre ! Hé LOUVIER, LOU-VIER !... Amène-toi, il faut qu'on se prépare à nous défendre. Firmin, rassemble tous les travailleurs dans un quart d'heure. Je veux leur dire deux mots-quatre paroles.

Le géreur apparut de derrière la cuisine de Château-L'Étang où il cuvait son rhum, les yeux rougis et l'élocution pâteuse. Il ne sembla pas comprendre pourquoi Duplan faisait arrêter la récolte avant midi. Il se dirigea vers une chaudière d'usine hors d'usage qui servait à recueillir les eaux pluviales, depuis les gouttières de la grand case, et s'y ébroua comme un cheval. Je hélai un cabrouettier pour lui demander de corner le rassemblement, Pièce L'Étoile et Fond-Savon n'étant pas à portée de voix. Un nègre flatteur, venu de Monésie, quartier d'une commune voisine, se présenta le premier, l'air ahuri. La sueur, mêlée à la mousse des jeunes feuilles de canne, lui composait une figure de mort-vivant. En d'autres circonstances, Duplan se serait plié de rire mais il ne prit pas sa hauteur et se mit à bourrer sa pipe de ce pétun délicieusement odorant qu'il faisait planter à l'endroit où la plantation de Bel-Évent faisait l'alignement avec les terres domaniales couvertes d'une épaisse forêt. Le gouvernement avait interdit une telle pratique depuis un siècle de temps mais maints planteurs refusaient d'admettre que l'État possédait désormais le monopole de la culture du tabac. D'ailleurs, ils continuaient à lui bailler son vieux nom de « pétun ». Soudain, pris de panique, le nègre de Monésie se prosterna devant Duplan, le crâne presque contre ses bottes et le plat de sa main gauche tourné vers le ciel :

— Papa Béké, pardonne à un nègre qui a dérespecté ta loi ! Je sais que tu es la bonté faite homme et le dimanche, je prie à l'église pour que le Bondieu te prête vie jusqu'à l'âge de cent ans. Quand je suis arrivé ici, la peau de mes fesses elles-mêmes ne m'appartenait pas, j'étais un bougre maigre-zoquelette couvert de pians et grâce à toi, je suis devenu un homme à qui le monde baille bien le bonjour le matin. Papa Béké, s'il y a quelqu'un à Bel-Évent qui drivaille tout-partout-partout, chantant tes louanges, c'est bien moi. Merci pour la case en fibrociment que tu m'as permis de construire ! Merci pour le petit djob que tu m'accordes dans tes cannes ! Merci-merci-merci, Papa Béké ! Je veux que tu sois le parrain de mon prochain garçon et...

Baudoin Louvier, le géreur, l'agrippa par le collet et lui cria :

— C'est comme ça que tu aimes le béké, hein ? En faisant des grèves alors que c'est lui qui te baille à manger. Chien sans pouèles que tu es !

— Laissez-le... qu'il dise ce qu'il sait ! intervint Duplan, étonnamment calme.

Le nègre s'agenouilla à nouveau. Il semblait pétrifié par l'incrédulité.

— Grève ? Grève, tu dis ? Je suis pas dedans, non. Je suis pas au courant de cette nouvelle... je suis venu parce que c'est moi qui ai... qui ai volé le jeune taureau qu'on avait amarré vendredi passé au bord de la rivière. Un boucher des Anses d'Arlets avait chauffé mes oreilles : le béké possède tellement de bétail qu'il ne sait pas combien de têtes paissent sur ses terres. Le béké fait les taureaux grossir plus qu'il ne faut et après ils dépérissent. Pour de bon, Papa Béké, depuis et cætera de temps, tu n'as pas fait tuer une seule bête par ici. Je croyais que tu n'en avais plus besoin. Mais grève, je te jure, je connais pas, non...

Les coupeurs de canne, les amarreuses, les petites-bandes de négrillons ramasseurs de canne oubliée, les cabrouettiers, les muletiers, les vieux-corps qui ne s'embesognaient qu'une fois par semaine, commençaient à se rassembler devant Château-L'Étang. Ils observaient les macaqueries du nègre de Monésie sans paraître prendre fait et cause pour lui. Il n'était pas d'ici, c'était un nègre d'une commune étrangère et donc à lui de faire un débrouillard pour sauver sa peau. Il ne fallait pas confondre coco et abricot. Eh ben ! Ici se produisit un événement qui s'imprima à jamais à la fable du béké magnanime et généreux que l'on tympanisait à propos d'Honoré Duplan bien avant qu'il eût succédé à son père à la tête de la plantation Bel-Évent. Je ne pouvais témoigner d'aucune injustice commise sous mes yeux par mon patron et confrontant les dires des nègres occasionnels qui s'échinaient sur d'autres habitations avec ce qui se passait chez Duplan, je n'avais jamais douté que ce dernier fût différent de ses congénères de la caste supérieure. Le bougre tenait son rang sans morguer quiconque et, dès qu'il en avait le loisir, il faisait un acte de présence, bref il est vrai, dans les bamboches des nègres. Personne qui eût pu se souvenir que le maître ait refusé une invitation à un baptême ou à un mariage. Aux enterrements de sa valetaille, il était toujours au premier rang, même s'il n'accompagnait pas le corps jusqu'au cimetière avec le cortège.

Oui, Honoré Duplan de Montaubert était un Blanc-pays plein de débonnaireté ! Mais qui était cette autre personne en lui qu'il avait toujours tenue cachée et qui se déchaînait à l'instant sur un pauvre nègre trop servile pour être réellement méchant ? Qui était cet être d'une pâleur de christophine-qui-a-mûri-au-cours-de-la-semaine-sainte que l'on voyait bourrader à coups de pied et de poing un médiocre voleur, tout en l'injuriant en créole avec une véhémence qui fit passer un souffle de frayeur sur les nègres convoqués par lui ? Du sang se mit à couler des deux côtés de la bouche du nègre de Monésie lequel tentait de se protéger avec maladresse des bottes pointues de son patron. Je compris une fois pour toutes cette phrase que ma mère n'avait eu cesse de me bassiner, surtout dans les derniers temps, lorsqu'elle sut que la mort ne tarderait pas à l'emporter et que je me retrouverais seul à affronter cette chiennerie d'existence :

— *Tout bétjé sé bétjé, monfi.* (Tous les Blancs créoles sont pareils, mon fils.)

Baudoin se réjouissait du spectacle, pas tout à fait désaoulé mais avide de prendre le relais de Duplan qu'il jugeait bien trop mou. Au moment où il s'apprêtait à succéder à celui-ci sur le corps meurtri du nègre, une grappe de travailleurs arriva de Fond-Savon, la pièce la plus éloignée de la plantation chantant :

— *Manmay, lagrèv baré nou ! Misyé Michèl pa lé ba'y dé fwan !* (Mes amis, la grève a barré notre route ! Monsieur Michel ne veut pas nous accorder deux francs !)

En entendant ce chant traditionnel annonciateur de la grève, les nègres rassemblés devant le perron de la grand case émergèrent de leur torpeur. Des voix fusèrent ici et là, certains reprenant le chant avec timidité, puis avec plus d'assurance jusqu'à ce que les deux Blancs et moi-même fûmes encerclés par une petite foule excitée par sa propre audace. Louvier, capon comme une mangouste, blêmit. Il porta la main à la poche intérieure de sa veste de toile, s'affolant de ne point y trouver l'arme sans laquelle il ne se déplaçait jamais sur la plantation, un Remington à la crosse carrée qu'il avait acheté lors d'un séjour en Amérique du Nord. Duplan ne souffla mot. Il s'appliquait à regarder chacun à tour de rôle dans le mitan de l'œil. Nulle trace de frayeur ne semblait l'affecter. Au contraire, il se rapprocha du groupe de Fond-Savon et, allongeant un doigt lourd de reproche sur un coupeur de canne, lui jeta à la figure :

— *Etyèn, wou ka fè mwen sa ?* (Étienne, toi me faire ça ?)

Puis il passa de bougre en bougre, recommençant la même interrogation :

— *Jilo, wou ka fè mwen sa ?... Wobè, wou ?... Amandin, wou ?...* (Julot, toi me faire ça... Robert, toi ?... Amandine, toi ?)

Un silence tomba du ciel. La troupe des grévistes semblait désarçonnée, puis l'un d'eux s'interposa ainsi :

— Laissons Papa Duplan tranquille ! C'est un bon béké, camarades.

— *Manman, lagrèv baré mwen !* (Manman, la grève a barré ma route), reprirent en chœur les nègres d'un ton mal assuré avant de s'en aller un à un, ou par deux ou trois, sur les différentes pièces de Bel-Évent afin de reprendre le travail.

Duplan se tourna vers moi et me dit :

— Tu es payé à quoi faire, hein ?...

12

Or donc, Justine, la splendide mulâtresse qui officiait en tant que cheftaine-lavandeuse sur l'habitation Bel-Évent, partageait l'opulence de ses chairs entre son concubin, occasionnel il est vrai, le charpentier Antonin, son amant de cœur (le cabrouettier Bérard) et le béké Duplan de Montaubert, décida de se remarier un-deux-trois mois après la mort brutale du charpentier. Madame avait la réputation de s'adonner sans la moindre vergogne aux plaisirs vénériens mais elle savait tenir son rang et ne désirait point livrer son honneur à la malignité publique. Le nègre a la langue trop sale, mes amis ! Et puis ce que l'on pardonne à une femme qui arbore une bague au doigt, on le décrie chez celle qui vit seule dans sa case, soupçonnée qu'elle est d'y recevoir un homme différent tous les soirs. La cousine de Firmin Léandor n'amarrait jamais les longues touffes jaunes de ses cheveux, manière d'insinuer aux négresses qu'un cyclone pouvait ravager la terre sans qu'un seul des grains de poil qui couvraient leur crâne se mît à bouger. Quand elle se disputait avec l'une d'elles, surtout la fière attacheuse Clémencia, au regard fixe, qui était son ennemie intime et rivalisait de belleté avec elle, l'argument qui lui baillait le dernier mot était :

— Ma mère m'a fait mulâtresse, moi !

Cela impressionnait la négraille qui vouait le Bondieu aux gémonies pour n'avoir accordé aucune affriolance à sa race puisque ce nez, pourquoi a-t-il les ailes si évasées ? Ces lèvres, pourquoi sont-elles si charnues ? Et cette croupière ! Pourquoi est-elle si bombée ? À cette époque, il faut l'avouer, la race nègre se voyait plus laide qu'un péché mortel et ce parce qu'elle s'envisageait dans et par le regard du Blanc. Pour porter l'estocade, Justine se mettait les poings sur les hanches, se balançait de côté, toisait son adversaire avant de lui lancer :

— En plus, toi qui ne sais même pas coller deux mots de français entre eux, tu veux faire l'intéressante ? Sache que je ne suis pas une lavandeuse, ma chère ! En bon français d'En-France, on m'appelle une lessivière !

On la croyait sur parole parce qu'elle était l'une des rares femmes à savoir lire et écrire, savoir qui lui était d'ailleurs totalement inutile à moins qu'elle ne se décidât un jour à aller vivre dans l'En-Ville, fort loin de Rivière-Salée et de ses campagnes. Beaucoup lui baillaient le titre de Madame Justine à cause de son accointance avec Duplan de Montaubert (chose qui n'avait guère égrafigné feu Antonin mais indisposait Bérard), de ses cheveux et son teint clairs ainsi que de son beau français plein de gamme et de dièse. C'est pourquoi personne du pays ne comprit une patate lorsqu'elle s'agueusa avec Samson, le nègre venu du nord, dont la peau était si noire qu'elle avait les reflets violacés de la caïmite. Madame Justine qui ouvre ses cuisses à un nègre-noir, ouaille manman-la-Vierge-Marie-tous les Saints du Ciel ! Si bien que du jour où elle publia sur tous les toits qu'elle épouserait Samson devant monsieur le maire, on la dérisionna derrière son dos :

— Madame Justine fait une seconde jeunesse. Ça lui passera vous verrez. Elle a juste besoin d'un bâton de cacao dans sa foufoune pendant la nuit mais de là à s'alliancer avec un nègre-bleu qui n'a ni papa ni manman, c'est un autre bagage !

Au début, Duplan avait froncé les sourcils car s'il était à peu près du même âge qu'Antonin, s'il savait que Bérard n'était qu'un bougre grosso-modo qui forniquait à la chien qui pisse, il craignait que Justine, sa femme-en-dehors préférée, une fois dans la couche de ce jeune mâle-nègre de Samson, ne soit amenée à faire des comparaisons qui pourraient être en sa défaveur. Son cousin, Simon Duplan dit le Terrible, propriétaire de l'usine de Génipa, le rassura : Samson n'était point accoutumé à la paillardise. Il vivait seul dans un hangar qu'il lui louait sans commercer avec autrui. Justine le lui confirma lorsqu'il la rejoignit le jeudi soir dans la case qu'il avait fait construire tout exprès pour les lavandeuses mais qu'elles n'habitaient pas, chacune ayant trouvé soulier à son pied dans la campagne environnante.

— Je suis encore une femme jeune, avait plaidé la mulâtresse. Tu t'imagines que je peux rester six jours dans la semaine sans offrir une petite doucine à mon corps ?

Duplan de Montaubert hocha la tête. Il était encore, après quinze ans de relations charnelles, en admiration devant ce corps pulpeux et mordoré dont les seins à eux seuls étaient une invite au dérèglement des sens. Il commençait toujours par la dévêtir à ce niveau-là, titillant de sa langue ses bouts larges, les couvrant de grandes lippées qui faisaient tressaillir la femelle. Puis, il explorait à hauteur du nombril qu'il taquinait brièvement avant d'engouffrer sa tête entre ses jambes. Bien vite, la case des lavandeuses s'emplissait d'une rumeur hystérique qui réveillait tant la valetaille de Château-L'Étang (et donc Virginie Duplan) que les nègres casés qui demeuraient pourtant à deux cents pas de l'endroit. Jouait-elle la comédie ou plaisirait-elle d'être chevauchée par le maître de céans ? Cela était son secret bien que chacun devinât qu'il lui fallait d'autres satisfactions. Sinon comment expliquer qu'elle prêtait souvent une oreille attentive ainsi qu'une couche complaisante à maints coupeurs de canne ou cabrouettiers qui l'assiégeaient de leurs assiduités tout au long des six mois que durait la récolte ? En général, Justine ne s'attachait à aucun d'eux, elle ne faisait que les essayer une ou deux fois, ce qui lui offrait matière à des commentaires égrillards sur les capacités d'untel ou d'untel quand elle se retrouvait à la rivière, le lundi avec ses commères lavandeuses. Son corps et son cœur n'appartenaient qu'à son concubin Antonin, au béké Duplan et accessoirement au meneur de cabrouet Bérard et il ne fallait pas croire que tout autre auquel elle avait accordé ses faveurs fût autorisé le moins du monde à exercer des privautés à son endroit. Madame Justine, à l'instar de l'épouse légitime du maître, exigeait honneur et respectation. Bien imprécautionneux ou téméraire serait le nègre ou le mulâtre (elle refusait tout contact charnel avec la race indienne qu'elle jugeait « couli-mangeur-de-chien » et la levantine « Syrien-hâbleur-voleur ») qui aurait osé godelurer à propos de la nuit ou de la brève après-midi qu'elle lui avait consentie. La dame se métamorphosait en drôlesse à la langue vipérine qui enfilait à son encontre tout un chapelet d'injuriées d'où il ressortait que le bougre ne sait pas coquer, qu'en deux-trois coups de reins, elle l'avait mis en capilotade et que d'ailleurs son guilleris ne pouvait faire de mal à un maringouin vu qu'il n'était pas plus long que le petit doigt. L'impertinent aurait eu tort de s'opiniâtrer à défendre sa vigueur masculine car dans l'instant, il aurait été traité, ma-commère, de femme déguisée en homme, de monsieur l'abbé raté ou de vérat castré, cela avec une virtuosité dans la jacasserie qui laissait pantois même un conteur tel que Gesner, pourtant maître-pièce dans l'art de jongler avec les mots et les phrases. En fait, la vagabondagerie de Justine faisait partie intégrante de son charme et la sauvait de cette inexplicable fadeur qui terrassait les mulâtresses à l'approche de la trentaine, contrairement aux chabines et aux négresses que l'âge n'avait cesse d'embellir.

Final de compte, Duplan se résigna à son mariage avec le nègre-bleu Samson à condition que celui-ci ne prît point ses aises dans la case des lavandeuses. Le Blanc-pays avait une idée derrière la tête : il mettrait un « pont » à sa concubine, fabrication sorcière que l'on glissait subrepticement dans la matrice de son amante afin d'empoisonner le sexe de tout autre homme qui la pénétrerait. Man Sélénis, la vieille quimboiseuse, n'avait rien à refuser à Papa Béké et surtout elle saurait, mieux que quiconque, taire sa langue. Le maître ne tolérait-il pas sa présence sur l'habitation, dans une case à elle seule réservée combien qu'elle n'apportât plus guère son concours aux travaux des champs. À peine s'occupait-elle de nettoyer la lapinière et de cueillir de l'herbe-à-lapin aux abords des champs de canne. Quelque négrillon trouvait toujours quelque lapin en garogne qu'il rapportait à Télémaque contre un sou ou une canne créole. Quand ce dernier mourut, dans la plus extrême vieillesse, les lapins furent tout bonnement assommés et mis à cuire dans des canaris en terre, le dimanche à midi, sans que Papa Béké semblât s'en irriter (ni même remarquer qu'au fil des ans la lapinière se vidait, ce qui était tout de même extraordinaire étant donné la fertilité extrême des manmans-lapines de chez nous).

Si on ne révérait pas Man Sélénis — elle était trop noire pour cela et, en plus, elle n'avait plus une seule de ses dents de devant — on la craignait fort. Elle jetait des regards sombres à la marmaille et des imprécations incompréhensibles à l'endroit des travailleurs qui s'oubliaient à faire du désordre près de sa case. Et puis Man Sélénis était doctissime, oui ! Combien de nègres mordus par des serpents trigonocéphales n'avait-elle pas maintenus en vie ! Combien de parturientes, sur le point de défaillir dans le néant absolu, n'avait-elle pas ramenées à la lumière du grand jour ! Sa réputation avait dépassé et l'habitation Bel-Évent et la commune de Rivière-Salée pour se répandre au Diamant, à Trois-Îlets, à Sainte-Luce et à Saint-Esprit, atteignant même Rivière-Pilote, terre pourtant fertile en mentors et en gouverneurs de l'invisible. On venait la consulter dès avant le devant-jour : des grappes de gens accablés par la fièvre, l'éléphantiasis, le mal de poitrine, le pian, l'eczéma ou quelque supposée descente de matrice s'attroupaient autour de sa case, silencieux et disciplinés à attendre chacun son tour la consultation.

Justine fit donc publier les bans à la mairie de Rivière-Salée et des nègres du bourg qui savaient lire apprirent aux nègres d'habitation que le nom de Samson était tout simplement Suivant. Samson Suivant ! Nom courant, banal s'il en est, qui déconcerta les amateurs de mystère lesquels avaient parié que ce bougre venu du nord portait un patronyme singulier hérité soit de l'Afrique soit de la fantaisie d'un esclavagiste, au moment où, il y avait à peine soixante-dix ans de cela, on avait ôté les fers et les chaînes des chevilles des esclaves et les avait dotés d'un nom pour l'état civil. Samson Suivant, pfff ! Pas de quoi émotionner qui que ce soit ! Mais là où on l'attendait, ce taciturne, c'était à l'heure du mariage car on était sûr et certain qu'aucun soulier fermé ne parviendrait à emprisonner ses pieds. N'avait-il pas toujours marché les orteils à l'air, que l'on fût dans la fournaise du carême ou dans la boue de l'hivernage ?

— À ce qu'il paraît le Syrien Abdallah est descendu en ville exprès pour lui en trouver une paire, avait plaisanté Éléonore, la femme du commandeur.

— N'aie pas peur, ma chère ! avait rétorqué une amarreuse. Tu peux demander n'importe quoi à un Syrien, il se mettra en zombi s'il le faut pour te le dénicher, à condition que tu lui déposes une poignée de billets dans la main.

Pour de bon, Abdallah, qui écorchait affreusement le créole et ne paraissait pas affecté par les railleries des nègres, avait pour habitude, une fois par mois, de pousser au-devant de lui une énorme brouette de linge, chapeaux, ceintures et souliers qu'il écoulait à travers les plantations de Rivière-Salée. Les négresses adoraient l'entendre jargouiner et faire de grands gestes, la figure couverte de sueur, brunie par la poussière des routes.

— La Syrie, lui lançaient-elles. Je veux une robe qui met en valeur ma fraîcheur et ma belleté, qu'as-tu apporté pour ta doudou-chérie ?

Ou bien :

— Monsieur Syrien, si tu ramènes encore une fois tes cochonneries en toile-soussoune-clairée, va-t'en vite !

Abdallah avait un bon mot pour chacun, même ceux qui refusaient de lui acheter quoi que ce soit, intimement convaincus qu'ils étaient de la nature infiable des Levantins. Il savait si bien couillonner le monde qu'on ne s'apercevait pas au moment de l'essayage que la chemise qu'il vous avait fournie avec et cætera de salamalecs était trop ample pour vous ou le pantalon bien trop serré aux genoux. Il vous entourbillonnait de tant de propos mielleux, de supplications, le tout accompagné de tours de passe-passe dignes d'un prestidigitateur avec lesquels il feignait d'ajuster ledit vêtement sur votre corps, que vous finissiez par n'y voir que du feu. Si d'aventure vous vous avisiez, au cours de son passage du mois suivant, de lui en faire reproche, il écarquillait deux gros yeux étonnés et humides qui encadraient son nez si long que les nègres s'imaginaient qu'il devait parfois entraver sa vision. Il jouait, en fait, à l'idiot, faisait mine de ne plus saisir un traître mot de créole, vous glissait une flatterie pour retomber d'aplomb en vous proposant un nouvel article « venu dirrrectement de Parrrris » que vous finissiez toujours par acheter. D'où la légende selon laquelle Abdallah était aussi riche que n'importe quel planteur ou distillateur de rhum. Quoi qu'il en soit, les Blancs-pays faisaient montre d'un souverain mépris à son endroit et Honoré Duplan l'avait traité d'un mot que l'on n'employait pas ici, « sale timbanque ». Pour être sale, monsieur Abdallah l'était ! Une autre légende raconte que, lorsqu'il était plus jeune, il avait ravi le cœur de la mulâtresse Justine qu'il affirmait ressembler aux femmes du lointain pays natal de son père, la Syrie.

— En ville, les nôtres font venir des femmes de là-bas pour les épouser, clamait-il. Moi, je n'aurai besoin que de demander la main de mademoiselle Justine.

À l'époque où Duplan de Montaubert venait de s'établir en concubinage avec cette dernière, il ne supporta pas qu'elle pût équivoquer avec ce saltimbanque, ce déchet d'humanité. Il lui interdit l'entrée à Château-

L'Étang et renvoya Justine dans les champs de canne. C'était pitié de voir la merveilleuse mulâtresse se harnacher au petit matin de toutes sortes de hardes usagées afin de se protéger des coupures des feuilles de canne et de la gratelle. Elle semblait soudain si frêle, si saugrenue parmi ces vaillantes négresses joviales qui ne se plaignaient pas. Douze jours durant, douze jours dans sa vie, Justine expériença l'enfer de la canne. Elle s'échinait à rester sur la même rangée que les autres attacheuses, à l'arrière des bataillons de coupeurs, et ses reins ne furent plus qu'une formidable enflure à force de se pencher-se relever-se repencher pour ramasser par paquets de trois ou quatre les tronçons qui jonchaient le sol. Puis il fallait en faire des piles qu'elle devait lier solidement avec des amarres et lorsque le commandeur était en tournée (celui qui précéda Firmin Léandor à ce poste) il faisait montre d'une férocité démesurée envers Justine car, apprit-on plus tard, il avait reçu des ordres précis de Papa Béké. Il trouvait toujours un défaut aux piles de la mulâtresse, soit qu'elles contenaient des tiges avariées soit que le compte de canne n'y était pas soit encore que l'amarrage était trop lâche et se défaisait d'une chiquenaude. Justine supportait ces vexations sans mollir parce qu'elle était sûre de son destin et savait qu'elle ne pourrirait point dans la canne.

Le matin, elle apercevait Duplan qui l'observait de bisque-en-coin lorsqu'il passait à cheval et, à la fébrilité de ses gestes, elle comprit que son supplice ne durerait pas une éternité. Le nègre Télémaque était d'ailleurs intervenu plusieurs fois en sa faveur, craignant d'avoir à propreter une tonne de linge à lui tout seul puisqu'à l'époque Justine avait été embauchée comme unique lavandeuse de Bel-Évent. Les deux autres, encore dans l'adolescence, ne la rejoignirent qu'au moment où Firmin Léandor succéda au terrible commandeur Moreau. Un jour, Duplan ordonna qu'on mette Justine à la préparation des plants. Cette tâche se faisait pendant la récolte même : il s'agissait de couper l'extrémité supérieure de la tige, le « bout-blanc », partie la moins sucrée de la canne et à en mettre à nu les « yeux » en arrachant les feuilles qui engainent la tige. Duplan était encore un jeune planteur dynamique qui avait divisé son habitation en deux parties distinctes, celle où l'on plantait la canne à l'aide de boutures, comme c'est la tradition, et l'autre où l'on utilisait des graines, façon pour lui d'expérimenter de nouvelles espèces étrangères à la Martinique. La variété venue de Formose semblait devoir bailler de très grands espoirs de richesse saccharifère, surtout quand on la croisait aux espèces créoles telles que la Cristalline. Ce travail de préparation des plants, opéré à l'écart des champs, ne déplut pas à Justine qui y décela le premier signe annonciateur de sa prochaine félicité. Elle ne demeura pas très longtemps dans ladite position. À peine deux semaines. Le dernier jour, le maître s'approcha d'elle comme pour examiner son travail et lui saisit le poignet avec douceur alors qu'elle s'apprêtait à trancher une canne :

— On n'utilise jamais le bout-blanc d'une canne sur le point de flécher, lui enseigna-t-il, amusé.

Il en ôta la flèche, c'est-à-dire la fleur, cette chevelure couleur d'opale qui est si irréelle quand on la contemple de loin et lui demanda de la déposer dans sa case.

— Tu verras, elle décorera ton chez-toi pendant des mois et des mois sans se dessécher.

Pour de bon, ce qu'elle considéra comme le premier cadeau du Blanc-pays fit l'admiration de tous ceux qui la visitaient. Il faut dire qu'aucun nègre n'avait jamais eu l'idée absurde de considérer la flèche de canne à l'égal de la bougainvillée ou de l'alamanda. Ils haïssaient trop la canne pour encore en mettre, ne serait-ce que sa fleur, au mitan de leur case. Ce serait attirer la déveine éternelle sur leur tête et sur celle de leur descendance, à l'heure même où les socialisses promettaient de sauver la marmaille de ce servage grâce à l'école laïque et républicaine.

Ainsi donc, après la courte épreuve de la préparation des boutures de canne, Justine fut donc rétablie en grand dans ses fonctions de lavandeuse et on lui proposa de choisir deux mamzelles afin de l'aider. Sa semaine était parfaitement réglée. Lundi : charroi des lourds ballots de linge sale à la rivière des Coulisses et nettoyage sans s'arrêter jusqu'à deux heures de l'après-midi ; mardi, mise à « blanir » au soleil des draps de lit et des vêtements de messe ainsi que séchage, sur des lignes installées dans la case à eau, des hardes de tous les jours ; mercredi, repassage au fer à charbon du linge le plus urgent selon la saison ; jeudi, repos ; vendredi, collecte des hardes sales pour en faire des ballots et rapiècetage des chemises et des pantalons abîmés ; samedi matin, fin de la préparation des ballots ; dimanche, grand repos. Beaucoup d'attacheuses enviaient le sort de Justine parce qu'elle n'avait guère à s'exposer à la hargne du soleil et surtout il n'y avait personne, aucun commandeur pour lui bailler des ordres ou tenter de la violenter. Elle était son propre chef et se permettait même de gagner de la clinquaille en lavant le linge des nègres de louage qui habitaient trop loin de Bel-Évent pour rentrer chez eux le soir en période de récolte. Ceux-ci préféraient accomplir d'une traite la tâche pour laquelle le géreur Baudoin ou le commandeur Firmin les avait embauchés — en juillet le labourage ou en octobre le sillonnage des champs de canne — et s'aubergeaient qui dans les écuries ou la case à outils, qui chez une négresse-concubine ou, pour les plus en déveine, à la clairеté de la lune.

D'année en année, cette menue monnaie se transforma en pécule qu'elle serrait sous une des planches de sa chambre, bien enveloppé dans un mouchoir de tête. Ne sachant de quoi serait fait le lendemain, parfaitement avertie de la duplicité des papas békés eu égard à leurs femmes-en-dehors, elle économisa assez pour convoler avec Antonin, un honnête et terne charpentier mulâtre de Grand-Bourg. Celui-ci accepta sans faire de gros sauts les deux petits bonshommes que Duplan de Montaubert avait eu le temps de faire à Justine allant même jusqu'à les reconnaître. Au reste, personne n'était absolument sûr qu'ils fussent tous les deux du même père, la mulâtresse ayant réputation d'affectionner la nouvelleté en ce qui avait trait à l'amour.

Pour le choix de ses aides-lavandeuses, elle fit montre d'une insupportable coquetterie, promettant ici et là, à telle mère ou marraine, de retenir sa fille ou filleule, sans jamais se décider. Elle éprouvait un intense plaisir à les voir s'achiennir devant elle, parées même à lui lécher les pieds pour qu'elle sauvât leur rejeton de la fatalité de la canne. Qui voudrait d'un djob si peu forçant ? Qui n'aimerait manger le même manger ou presque que les maîtres de Château-L'Étang, hériter des robes démodées de Virginie Duplan de Montaubert ? Tout le monde ! À si ! Si-si-si ! Clémencia, la négresse farouche qui ne clignait jamais les yeux et dont les pommettes étaient tellement hautes qu'on eût juré une Chinoise noire. Elle ne flagornait personne sur l'habitation, ni géreur ni commandeur ni nègre de maison. Elle ne disait pas « Papa Béké » comme tout un chacun mais « Mussieu Duplan ». Elle ne permettait à aucun bougre de lui conter des galanteries et ne prêtait l'oreille qu'aux ressassements de Télémaque, prodigieusement intéressée, à ce qu'il semblait, par les horreurs du temps de l'esclavage. Aussi se détourna-t-elle de Justine d'une croupade insolente quand celle-ci s'avisa de lui proposer en public de travailler avec elle au lavandage.

— Je ne lave pas les malpropretés des Blancs, moi ! lui lâcha-t-elle.

— Clémencia, tu es folle, ma fille ! mais tu es folle de la bonne qualité de folie ! protesta Man Sélénis qui était sa marraine et veillait, de loin, sur sa vie depuis que la mère de Clémencia s'en était allée mener la vie dans l'En-Ville avec un musicien qui la charma avec sept coups de mandoline et d'harmonica.

— *Ni sa ki jaja lanmizè, wi.* (Il y en a qui adorent la misère), commenta Gesner, le conteur.

Délaissant cette sauvagesse de Clémencia, Justine finit par embaucher la fille aînée de Morisseau, ce mulâtre qui se targuait d'être un planteur aussi pécunieux que n'importe quel Blanc ainsi que la sœur d'Éléonore, la femme du commandeur Firmin Léandor. Deux mulâtresses ! La couleur protège la couleur, bougonna-t-on à la rue Cases-Nègres, sachant qu'il n'y avait aucun recours contre un tel arbitraire. Peu après, Firmin s'étant vu confier la charge de l'habitation, Justine commença à entretenir des relations de marivaudage avec lui. Elle savait bien qu'il eût été impolitique de sa part d'affecter l'indifférence envers celui que tout un chacun considérait comme le troisième personnage de Bel-Évent, fût il son propre cousin, fût-il plus jeune qu'elle d'au moins cinq années. Elle feignait de s'émouvoir de sa présence, minaudait s'il lui adressait la parole et lui glissait des sous-entendus aisément déchiffrables que Firmin se gardait bien de prendre pour argent comptant puisqu'à l'évidence tout cela relevait de l'humaine macaquerie. Ou de comédie humaine en langage de Blanc-France. Et puis cela ne déplaisait pas à Firmin d'avoir une oreille si proche de la bouche de Duplan, une oreille qui lui rapportait les pensées du maître de Bel-Évent à mots couverts certes, codés même, mais tout à fait déchiffrables par le commandeur. En tant que cousin-cousine et mulâtre-mulâtresse, Firmin et Justine se soutenaient ainsi mutuellement sans avoir passé de pacte explicite dans cet univers d'arrache-barbe de la plantation où ne régnait que le chacun pour soi. Firmin la payait grassement pour nettoyer son linge, sa propre épouse ayant trop à faire avec son négoce de légumes.

Plusieurs fois, Firmin et Justine avaient été au bord de l'union charnelle mais ils avaient su raison garder et maintenir entre eux des liens plus forts et plus durables que ceux qu'ils eussent pu tisser en cédant à leurs sens. Ils étaient amis-camarades comme on disait en langage nègre. Aussi le commandeur n'apprit-il que sur le tard de sa vie à quel point Justine avait été sincère et avait nourri pour lui un grand amour secret. Elle s'en était ouverte à Da Nènesse, la nounou d'Eurydice, avec laquelle elle se retrouvait fréquemment aux cuisines de la grand-case. La vieille négresse lui avait conseillé de ne pas défier le maître qui n'aurait pas supporté que, sur ses propres terres, son propre commandeur rivalisât d'ardeur avec lui sur le corps de sa propre femme-en-dehors. Ça non ! Ça n'était pas supportable et pouvait dégénérer en un incontrôlable désastre qui n'aurait pas manqué de démantibuler l'existence de Firmin et celle de Justine tous deux à la fois.

— Regarde-moi, avait insisté Da Nènesse, tu crois que je n'ai pas eu envie de douciner mon corps du temps de ma jeunesse ? Eh ben, je me suis sacrifiée pour madame Virginie et maintenant pour sa fillette parce qu'elles me font confiance et que je ne veux pas les décevoir.

— Tu n'as jamais eu d'amoureux ?

— Je n'en ai pas eu le temps ! Ma manman m'avait placée chez les Duplan tout de suite après ma première communion. Je venais d'avoir neuf ans... Tu sais quand tu dois te lever avant Madame, courir dans sa chambre pour jeter son pot de chambre en faisant attention à ne pas la réveiller, lui préparer son café, rincer sa bassine pour qu'elle se rafraîchisse la figure, faire son lit et balayer sa chambre une fois qu'elle s'est installée sous la véranda pour déjeuner, l'aider ensuite à sa toilette et à s'habiller, l'accompagner partout où elle le veut, même en ville, tu n'as pas le temps de songer à un homme.

— Tu... tu es encore jeune-fille ? s'étonna Justine.

— Non... Ha-Ha-Ha ! Non, ma chère. Mussieu Télémaque était trop vicieux pour me laisser dans un coin. Je lui ai résisté pendant des années, le bougre. Hon !... il m'a dévirginée à quarante ans passés... Maintenant, je regrette. Si j'avais cédé plus tôt, peut-être que j'aurais eu un enfant qui viendrait fleurir ma tombe après ma mort. Qui va venir me voir à la Toussaint ? Mais en même temps, je me dis que si ça s'était produit, je n'aurais pas eu cette vieillesse douce qui est la mienne. Duplan m'aurait renvoyée dans la canne et j'y aurais laissé mes os. Enfin ! C'est le Bondieu qui choisit pour nous.

Outre celle de Duplan, il se fit grand tumulte de l'opposition du commandeur Firmin à l'union de Justine et du nègre Samson. En réalité, elle ne traduisait que de la circonspection devant l'étrange caractère de ce natal du nord du pays. Firmin s'inquiétait de savoir s'il abandonnerait sa hutte (située sur les terres de Simon le Terrible) pour s'installer à Bel-Évent, auquel cas il faudrait lui accorder un emplacement à la rue Cases-Nègres pour y construire une case. Nul n'avait jamais rien eu à reprocher à Samson les quelques fois où il s'embesognait dans la coupe de la canne, sauf que l'homme s'avérait imprévisible, quittant son poste quand cela lui chantait, disparaissant trois jours d'affilée et reprenant le travail sur la pièce qui lui plaisait sans avoir l'alibi, à l'instar d'Alcide Fleurimont, de soigner les coqs de combat du maître. Encore heureux qu'il ne choisît point les pièces les plus faciles telles que Pièce Courbaril et Romanette, préférant, chose fort drôle, les pièces Fond-Savon et Corrossol si pentues qu'elles vous pétaient l'écale au bout de deux coups de coutelas. Firmin cessa de brocanter des minauderies avec sa cousine. À peine répondait-il à son salut comme si quelque sentiment de jalouseté grandissait en lui. Craignant que cette atmosphère dissentieuse n'empirât et ne remontât jusqu'à Duplan, Justine, qui mesurait bien l'étendue du pouvoir dont disposait le commandeur, tenta de parlementer avec lui.

— Je ne savais pas que tu te souciais si fort de ma vertu, lui dit-elle.

— Moi-même ! On t'a rapporté des nigauderies, ma chère. Ta vertu est si mal en point depuis si longtemps qu'aucun docteur, je crois, ne serait assez fou pour te médicamenter.

— Tu acceptes d'être mon témoin, Firmin ?

— Ah ! Ça non ! Choisis quelqu'un qui soit sur un pied de familiarité avec toi. Le vieux Odilon Bastaraud par exemple. Il a le poids des ans et la sagesse pour lui. Ou pourquoi pas Gesner ? Il te récitera des contes tout au long de ta nuit de noces. Ha-Ha-Ha !... N'oublie pas que feu Antonin, ton mari, était mon bon compère.

La figure de la mulâtresse s'abrunit. Il n'était pas dans les habitudes du commandeur de dérisionner autrui sauf quand il voulait marquer sa réprobation. Elle s'approcha très près de lui, lui serra l'avant-bras avec nervosité, battit des lèvres pour prononcer une parole qui ne réussit pas à figer au-dehors et retira ses pieds à la vitesse d'une mèche. Firmin lui héla :

— Hé ! Justine, écoute-moi. Je n'ai rien contre ton Samson. C'est un nègre travaillant. Pour faire le témoin, tu peux compter sur moi. Tu me repasseras mon costume d'alpaga pour l'occasion.

Justine ne s'arrêta pas mais lui lança un balbutiement de « Merci-merci » en agitant la main, folle de joie. Le commandeur l'observa jusqu'à ce qu'elle tourne derrière la case à eau, taraudé par une sorte de perplexité qui mettrait des heures à le quitter. Il ne saisissait pas quel lien l'amarrait à cette femme-là, cet attrait moins puissant que l'amour mais plus fort que l'amicalité qui n'avait cesse d'intriguer le monde autour d'eux. Il fut cependant complètement rassuré quant à l'avenir de sa cousine lorsque le nègre Samson vint, pour la première fois en six ans de présence à Bel-Évent, lui présenter ses salutations, l'air à la fois humble et sincère.

— Commandeur, tu seras notre témoin, hein ?...

— J'ai promis, mon vieux.

— Je ne te dis pas merci, commandeur. Il faudrait un mot plus grand mais je ne connais pas assez de français pour ça.

— Oh ! Tu sais, connaître le français du dictionnaire n'est pas forcément signe ni d'intelligence ni de bonté.

Je ne te demande qu'une chose: que tu ne martyrises pas Justine sinon…

— Je ne bats pas les femmes, commandeur. Je ne fais pas de profitation sur elles. Je te le jure !

— J'espère pour toi.

Les épousailles s'accompagnèrent d'une bamboche du tonnerre. La mulâtresse s'était si bellement fanfreluchée que tous les hommes envièrent au fond de leur cœur ce chanceux de Samson et salivèrent sur les félicités qu'une telle chair lui dispenserait. Gesner tomba comme fou. Il but tant et tant que, trébuchant entre les rangées de tables que Duplan avait fait disposer dans la cour de la grand-case, il gueulait :

— *Sé mwen ka mayé jôdi-a !* (C'est moi qui me marie aujourd'hui !)

Firmin Léandor s'était montré très digne dans ses fonctions de témoin. Personne ne put lire sur ses traits d'autre sentiment qu'une saine satisfaction. N'avait-il pas offert des moutons et et cætera de bouteilles de vermouth et de vin mousseux ? Duplan de Montaubert se présenta au mitan de la ripaille, en grand arroi de guerre, son beau cheval espagnol caracolant dans le chemin, sa cravache frappant ses bottes vernies par intermittence tandis qu'il recevait les flatteries de ses nègres. Papa Béké trinqua à la santé des mariés et se retira lorsque le bal fut sur le point de commencer. Des mandolinistes venus de Grand-Bourg lançaient leurs premiers accords tandis qu'un joueur de violon s'essayait à une mazurka. Samson le supplia, à genoux presque, d'ouvrir le bal avec Justine, chose que le planteur refusa avec gentillesse. Cette douce corvée échut à Firmin qui ne se fit pas prier, nouvelle preuve de sa bénévolence. Il s'empara de la mariée à la venvole, ne lui laissa même pas le temps de déposer son verre et l'entraîna dans une valse créole qui la fit panteler. Elle s'abandonna dans ses bras, pourtant ostensiblement rigides, et tenta de capturer le regard du commandeur empreint d'une lointeur volontaire.

Les convives, sans aucun doute, sentirent dans l'air du soir le souffle de quelque chose d'indéfinissable, comme un frémillement de pureté qui fit se coudre les bouches, même les plus malparlantes. Vingt fois, cent fois, Justine chercha à coller son corps contre celui de son cavalier mais ce dernier la maintenait si fermement à distance convenable qu'elle en eut une légère douleur au bras. Elle aurait voulu que cette valse ne finisse jamais, que les musiciens soient eux aussi emballés par l'émoi qui s'était emparé d'elle, que la nuit les couvrît tous les deux de son lourd manteau pour les dérober à la vue des bambocheurs. Samson rompit le charme d'un battement de mains, ce qui entraîna les hommes à se choisir une partenaire et à entrer dans la danse. Le commandeur libéra Justine en une habile virevolte qui la fit presque choir dans les bras tendus de son mari et regagna sa table d'un pas étrangement lourd. Personne, pas même Éléonore, ne prêta attention à son accablement. La musique et la danse étaient désormais reines et seuls auraient droit de cité les jambes, les fesses, les bras, tous les mouvements du corps grâce auxquels le nègre dérobe à la déveine un petit brin de liberté. Samson démontra à tous ceux qui l'enviaient d'avoir ravi le cœur de la mulâtresse (et proclamaient ici et là) : « Vous verrez, ils vont se désaimer en un virement de main ! » qu'il était un fin danseur. Ses pas semblaient nouveaux, inventés exprès pour faire honneur à son épouse, sans ostentation ni extravagance pourtant. Rivé à Justine dont la longue robe de mousseline beige tournoyait au beau mitan de la cour, enguirlandant certains couples, le nègre du Nord menait le bal et on était obligé de le suivre, sous peine de ridicule.

Peu après minuit, les mariés s'éclipsèrent dans la case des lavandeuses que le maître avait fait repeindre pour l'occasion. Ce fut d'ailleurs son seul cadeau de mariage ! La bamboche ne s'éternisa pas : l'irrésistible attraction du charivari fut plus forte que celle des victuailles assemblées sur une bonne demi-douzaine de tables. Fait-touts de pâté-en-pot, côtelettes de mouton grillé, boudin créole, christophine au gratin, vins doux ainsi qu'une foultitude de gâteaux à la cannelle ou à la farine de coco, réjouissaient maints palais depuis le début de la soirée. Charivari ! Le mot fut d'abord prononcé à mots couverts par une compagnie de vieux-corps émoustillés que les rhumatismes empêchaient de remuer leurs hanches au son des mandolines. Il fut repris au fil de rigoladeries qu'enfilaient les femmes, non moins avides de connaître les capacités d'un gros nègre costaud tel que Samson. Toute veuve qui se remarie a droit au charivari, foutre ! Et ce n'était pas parce que Justine était la maîtresse préférée de Duplan de Montaubert qu'on ferait exception pour sa personne. Jamais ! Jamais pas ! On encercla la case des lavandeuses, les nègres sur un bord, sur l'autre bord les négresses et Gesner, le conteur, improvisa un chanter burlesque :

Jistin O ! Jistin Es ou chonjé défen Antonen ?
Es ou chonjé lanmannyè sa i té ka ba'w la té dous ?
Atjèman, atjèman, mannan Ô !
Mi wou nan bra lajénès, mi wou sé Dalila
Sa yo ka ba'w la nè ké pli djôk !
Jistin ! Jistin ! Lévé wôb ou wo, machè !

(Justine ! Justine ! Songes-tu à feu-Antonin ?
Songes-tu à la douceur de ce qu'il te baillait ?
Maintenant-maintenant, Ô manman !
Te voilà dans les bras de la jeunesse, te voilà Dalila
Ce qu'on te baillera sera sûrement plus vigoureux !
Justine ! Justine ! Soulève ta robe, ma chère !)

Et les convives de reprendre en chœur le refrain : « Justine ! Justine ! Soulève ta robe, ma chère ! », tout en cherchant un bon coin pour s'installer, sachant que le restant de la nuit serait consacré au charivari. Déjà certains rassemblaient des monticules de petites roches et de branches cassées ou sèches ou encore cueillaient des mangots verts aux basses branches des imposants pieds de bassignac qui ombrageaient la cour de Château-L'Étang. Le silence qui régnait dans la case des lavandeuses, hermétiquement close, déchaîna Clémencia, pourtant réputée pour sa taciturnité, qui se roula par terre en mimant des râles de plaisir et des postures lubriques, insensible à la rosée qui embuait le sol. Elle ponctuait ses croupades de longs « Aaah ! Aaaah ! » qui titillaient les mâles et agaçaient les femmes. Soudain, une volée de projectiles s'abattit sur le toit de tôle ondulée de la case et tout un chacun s'embarqua dans la même dévergondation que la négresse au regard fixe. Le charivari dura jusqu'aux scintillements du devant-jour sans un ième de repos ni de pitié pour la pudeur de la veuve remariée. On apprit les noms de ses amants successifs, les lieux et les circonstances de leurs fretinfretaillements, les coups de corne à la fidélité qu'elle avait baillés à untel ou les moqueries qu'elle avait proférées contre tel autre. On « mit sa vie dehors » comme on disait dans le langage d'ici-là.

Inutile d'ajouter que le charivari ne dérangea pas le moins du monde les ébats de Samson et de Justine. Le nègre bleu et la mulâtresse jaune s'unirent si profondément au cours de cette nuit que neuf mois plus tard, ils conçurent un petit mouscouillon dont le béké Duplan voulut à tout prix être le parrain. À aucun moment, on ne vit le couple capituler c'est-à-dire entrebâiller une fenêtre et demander grâce contre quelques bouteilles de vin doux. Ils résistèrent jusqu'au bout, au grand dam des bambocheurs dont l'imagination démesura encore davantage le pouvoir sexuel du nègre venu du Nord.

Allez comprendre pourquoi, quelques semaines plus tard, Samson regagna sa lointaine commune sans avertir quiconque, abandonnant Justine au pleurer-rire. Allez comprendre, messieurs et dames !...

GERMINATION DE LA CANNE

Les cyclones se nourrissent de la quiétude de septembre pour fomenter l'arasement des cases, l'étêtement des cocotiers et des manguiers, cela dans une sauvage indécence qui laisse la terre nue dans sa natureté.

Le cœur des hommes chamade d'affolement. Ils courent en tous sens tels des dévalades de fourmis-folles, invoquant la Vierge Marie, les esprits de la Guinée et les dieux à cheval de l'Inde lointaine. Les animaux sont statufiés par la terreur.

Seule la canne, qui commence à percer du ventre de la terre, demeure impavide ou plutôt stoïque comme si l'échevèlement des vents venus du Miquelon de la mer, les tourbillons de pluies, le tonnerre, les soudaines jonchées d'éclairs, n'étaient qu'un simple baptême.

Et dès octobre, le grisailleux, dès novembre, charroyeur de chimères, la canne s'élance droit pour resplendir dans la froidure bleutée du ciel de décembre.

13

Télémaque ne devait donc point voir la fin de la récolte de l'an 1936. Le bâton mystérieux qu'il avait sculpté sans discontinuer sa vie durant fut saisi par maître Honoré Duplan et vendu, au dire de Justine, la lavandeuse, à un musée de Fort-de-France. Les vieux nègres édentés, aux pieds couverts de chiques, ses plus proches compagnons, tentèrent en vain de l'escamoter. Ils nous suppliaient :

— Si nous le perdons, c'est toute la force d'Afrique-Guinée qui s'en ira.

Ils ignoraient que ce qu'ils nommaient pompeusement « l'Afrique-Guinée » n'avait guère de sens pour les nègres créoles du temps présent. Le nègre n'a pas de mémouère. Si bien que lorsque le maître de Bel-Évent promit une récompense d'et cætera de milliers de francs à celui qui lui rapporterait l'objet, la case de Télémaque fut mise à sac, le sol nu qui lui servait de plancher fouillé à la houe, les halliers des environs ratissés au millimètre près. Par bonheur, il n'avait pas de descendance avouée car nul doute que celle-ci eût été enquinaudée, tisonnée, voire torturée pour qu'elle révélât l'endroit où le centenaire avait caché son bâton. Dans l'affolement général qui avait accompagné son délire, personne ne s'était aperçu qu'une petite-bande du nom de Milo, ci-devant fils du commandeur Félicien, s'était faufilé au chevet de l'agonisant, entre les jambes des grandes personnes, afin de s'emparer du bâton grâce auquel, s'imaginait-il, il pourrait déplacer le pied de flamboyant de Pièce Corrossol jusque sous les fenêtres d'Eurydice, la fillette si capricieuse du maître. Du moins était-ce la raison qu'il fournit à sa mère lorsqu'elle le surprit en train de cogner le tronc de l'arbre aller-pour-virer, tout en essayant d'imiter le chantonnement en langue bossale qu'il avait eu l'occasion d'entendre de la bouche d'Oncle Télémaque quand ce dernier se croyait seul. Man Félicien ne fit ni une ni deux : elle s'empressa de remettre le bâton à Duplan de Montaubert et d'empocher la récompense en faisant jurer à Milo de ne jamais révéler ce qui s'était passé.

— Si tu fais ça, Oncle Télémaque viendra te tirer les pieds la nuit, mon petit bonhomme.

On ne sut donc jamais à Bel-Évent, en tout cas pas avant une quantité inumérable d'années (en fait, en 1947, après la deuxième guerre, un soir que Milo, devenu un jeune homme, s'était violemment disputé avec sa mère), comment le maître avait pu récupérer la « force d'Afrique-Guinée ». Cela renforça la croyance des nègres en la grandipotence des Blancs-pays puisqu'on clama partout que la magie de Duplan était bien plus puissante que les simagrées de quimbois de l'Oncle Télémaque ou de Man Sélénis. Seul Gesner, le conteur, qui avait hérité un peu des connaissances ancestrales, se douta de quelque chose à l'époque, sans pouvoir, à son grand dam, découvrir le comment du pourquoi.

Duplan de Montaubert se pavana un mois entier sur la plantation avec le bâton comme pour démontrer à tous sa suprématie sur ce que le nègre croyait posséder de plus invulnérable. Il corrigea même son favori, le soigneur de coqs de combat Alcide Fleurimont, à l'aide de l'objet sculpté. La scène se déroula à Pièce Fond-Savon, la plus rude de « Bel-Évent », aux avant-postes de la mangrove de Génipa, là où l'administrateur De Melville avait eu l'idée saugrenue de faire planter cette canne toute nouvelle appelée Big-Tana et dont le rendement s'avéra, en ce lieu en tout cas, pour le moins médiocre. Faute de pouvoir coincer le soigneur, je l'avais, en guise de punition, affecté à la coupe de cette pièce avec sept autres coupeurs et amarreuses. Lorsque le cheval de Duplan apparut à l'orée du chemin, Alcide lâcha son coutelas et vint flagorner le Blanc :

— Bonjour-bonjour, bien le bonjour Papa Béké ! Ton corps se porte bien ce matin ? Ah ! Foutre, que ton cheval est beau ! Et puis avec quelle prestance tu le montes !

Duplan ne prit pas sa hauteur. Il se contenta de lui indiquer avec ses rênes qu'il voulait descendre de sa monture et Alcide se précipita pour s'agenouiller sous sa selle. Duplan posa son pied sur son épaule et sauta lestement sur le sol.

— Bondieu-eu-eu ! Regardez-moi comment notre Papa Béké est vaillant, les amis ! reprit le soigneur. Il est aussi dur qu'une racine de cassier. Papa Béké, on travaille raide à Fond-Savon malgré que nos pieds pataugent dans la boue. J'ai déjà coupé neuf piles comme tu me vois là.

— Bien, mon cher, fit Duplan, plutôt frette.

Le Blanc-pays s'approcha du groupe de coupeurs de canne et d'amarreuses qui avaient cessé le travail et se tenaient figés, les yeux baissés ou regardant ailleurs, évitant avec soin en tout cas de soutenir le regard de leur patron. Les connaissant chacun par leur prénom, Duplan leur demanda, d'un ton plein d'enjouement, des nouvelles de leurs familles respectives. Serra quelques mains calleuses, tapota deux-trois épaules voûtées, rigola bruyamment avec une négresse avec laquelle il avait dû avoir quelque commerce charnel dans le passé puis s'approcha des fameuses piles désignées par son soigneur de coqs de combat. Ce dernier, pris de tremblade, continua à s'achiennir de plus belle :

— Ah ! Papa Béké, tu vois comment elles sont costaudes, nos cannes ! Rien à voir avec la canne créole que Firmin Léandor chérit tant ou avec la BH qui peine à pousser à Pièce Romanette.

Le Blanc n'avait jamais coupé un seul pied de canne de toute sa vie de hobereau mais il avait l'œil. La canne faisait partie de sa tête et de ses membres depuis sa haute enfance. Il la respirait lorsqu'il lui arrivait de s'éloigner de la Martinique. Ses senteurs têtues lui servaient de viatique à Caracas ou Miami, villes où il avait mis à l'abri une partie de sa fortune en cas d'un éventuel soulèvement général des nègres ou d'une avancée des socialistes et communistes sur la scène politique métropolitaine. Il disait souvent devant moi :

— J'aime la Martinique, c'est mon pays mais j'aime encore plus mes biens. C'est le fruit du travail de douze générations depuis 1640.

À l'estime, les piles avaient la hauteur habituelle. N'importe qui aurait été abusé. Pas Honoré Duplan de Montaubert, seigneur et maître de la plantation Bel-Évent depuis l'an de grâce 1922. Lui qui se targuait d'être plus macaque que le plus macaque des nègres, ne compta pas les paquets de canne ni ne mesura leur assemblage. La supercherie ne se situait point à ce niveau. Il ordonna à deux coupeurs de renverser complètement trois piles de côté lesquels s'exécutèrent, incrédules, croyant que le Blanc-pays voulait s'amuser avec la sueur de leur front. Alcide Fleurimont essaya de se faire tout petit sur lui-même. Si un tremblement de terre avait pu l'engloutir sur l'heure, il en aurait remercié le Ciel. Une fois les piles déplacées, Duplan pointa un doigt vengeur sur le sol en hurlant en créole :

— *Bagay-taa sé ki sa ?* (C'est quoi ça ?)

D'énormes souches avaient été habilement placées à l'en-bas des piles, si habilement qu'elles étaient invisibles une fois la pile constituée c'est-à-dire une fois les vingt-cinq paquets réglementaires empilés les uns sur les autres. Chaque pile avait, à vue d'œil, la hauteur requise mais il manquait à chacune d'elles quatre ou cinq paquets. Duplan de Montaubert demanda qu'on aille lui chercher et le géreur Baudoin et les deux autres commandeurs de Bel-Évent. La chaleur de la matinée lui rougissait la peau de la figure, ce qui lui baillait un aspect encore plus intimidant. Alcide Fleurimont et son amarreuse, coupables piteusement démasqués, semblaient se liquéfier. Le Blanc-pays les considéra de la tête aux pieds avec une méprisation non dissimulée et demanda une demi-calebasse d'eau fraîche avec laquelle il s'aspergea la nuque et le front. La blancheur de ses vêtements captait toute la clairté qui émanait du ciel, contrastant avec les hardes sombres et rapiécetées des journaliers. L'amarreuse d'Alcide se jeta à ses pieds en pleurnichant :

— Papa Béké, pitié sur ma tête ! Pitié pour une négresse qui abîme ses os à Bel-Évent depuis qu'elle a appris à marcher !

Elle se roula par terre, fit mine de s'arracher les cheveux, s'égrafigna les pommes de la figure, sanglota comme un bébé en attente du sein de sa mère sans que Duplan de Montaubert remuât d'un poil. Puis elle tomba, frappée par le haut-mal. Pas une seule de ses compagnonnes n'osa lui porter secours.

— Vous autres, reprenez moi le travail ! tonna le Blanc-pays. Je ne vous paye pas à vous acagnarder, foutre !

La plantation entière était en émoi. La nouvelle avait couru de pièce en pièce, comme charroyée par le vent venu de la mangrove : le maître était malcontent. Le roulement des cabrouets dans les traces se fit plus lent, les muletiers eux-mêmes, l'air absent d'ordinaire, ne fourgonnaient plus les flancs de leurs bêtes afin de les forcer à avancer. Baudoin à moitié saoul, la langue pâteuse, lançait des ordres incohérents à la volée. Le premier économe, les commandeurs Jérôme et Félicien et quelques coupeurs de canne plus bandits que leurs frères de misère accouraient dans une grande bacchanale à Fond-Savon. Duplan avait rassemblé les souches et les avait dressées les unes contre les autres comme s'il se préparait à faire un bûcher.

— On me vole, messieurs ! Mon argent est gaspillé au profit de nègres couillonneurs dans l'âme. Même Alcide, mon bon et cher Alcide, en qui j'ai mis toute ma confiance, ne me respecte pas. Où va la colonie, hein ?

Le géreur Baudoin avait l'esprit trop embué par l'alcool pour faire le moindre commentaire. Quant à moi, je jubilais tant et tellement que je dus faire mille contorsions sur moi-même pour ne pas péter de rire. Enfin ce fait-chier d'Alcide Fleurimont avait été pris la main dans le sac, comme ces gamins qui chapardaient les cannes à la gare de Ravine Pierre et qu'on châtiait à coups de liane de tamarinier sur le derrière. Mais, ma joie se dissipa presque aussitôt quand je compris la ruse utilisée. Je savais que le soigneur de coqs ne pouvait être tenu pour responsable des piles trafiquées. En effet, le coupeur de canne n'a la charge que de la coupe et il n'est contrôlé que sur la longueur des bouts composant chaque paquet. Aboutés, les tronçons devaient atteindre dix mètres de long. Le restant, c'est-à-dire l'amarrage, l'empilage étaient du ressort exclusif de son amarreuse. À chacun son travail sur la plantation.

Se gourmer avec les touffes de canne où gîtaient parfois des serpents-fer-de-lance était suffisamment dur pour qu'on exigeât encore du coupeur qu'il se préoccupât de l'assemblage des tronçons. L'amarreuse d'Alcide paierait donc les pots cassés. La malheureuse avait repris quelque peu ses esprits. Elle était prostrée au mitan des paquets de canne renversés, sa robe remontée sur le haut de ses cuisses qu'elle avait appétissantes. Je songeai à cette plaisanterie que j'avais souvent entendue à l'économat dans la bouche des békés : il ne faut pas se fier à la figure ridée de la négresse, à ses yeux décharnés, pas plus qu'à ses lèvres boursouflées, car sous le harnachement dont elle s'affuble pour se protéger des éraflures de la canne, elle cache un corps plus désirable que n'importe quelle Blanche. On savait, à Bel-Évent, que Duplan, De Melville l'administrateur et Baudoin le géreur (ce dernier avec dégoût) ne se privaient pas de s'approprier de cette chair-là, à même les champs de canne et sans demander leur avis aux négresses ainsi violentées. Certaines en prenaient d'ailleurs plaisir, d'autres y voyaient l'espoir de mettre au monde un petit mulâtre qui aurait peut-être la chance d'échapper à l'enfer de la plantation.

— *Zôt pa ka di ayen ? Bouch zôt koud kon sa yé a ?* (Vous ne dites mot ? Vous demeurez bouche cousue ?), reprit Duplan dont l'ire avait étrangement diminué.

Bien que placée sous ma responsabilité, Fond-Savon était une parcelle particulière de l'habitation pour deux raisons que tout un chacun connaissait. D'abord, elle mordait sur la terre fangeuse des mangées de Génipa, et la canne y poussait presque les pieds dans l'eau, chose qui était loin d'être propice à sa croissance. Ensuite, l'administrateur y avait introduit une variété inconnue dans l'île sans avoir vraiment sollicité l'accord du patron. Je ne sentais donc pas peser totalement sur l'écale de mon dos la faute commise par Alcide et son attacheuse. Je subis sans broncher les reproches du planteur car ils s'adressaient tout autant à Baudoin lequel ne pouvait être humilié devant des hommes de couleur. Personne n'ignorait que son tour viendrait, lorsqu'ils se retrouveraient plus tard entre Blancs et que les conséquences risquaient d'être encore plus sérieuses pour lui, tout Louvier de Laguarrande qu'il fût, que pour moi, le commandeur mulâtre Firmin Léandor. La sanction contre l'amarreuse tomba comme un couperet de la bouche pincée de Duplan :

— *Maré patjé'w dépi atjèman, mafi. Sé pa lapenn ankô !* (Va préparer tes affaires dès maintenant, ma fille. Ce n'est plus la peine !)

Sanction maximale et, pour dire vrai, inhabituelle en cette période de fin de récolte et de replantation où l'on avait besoin de tous les bras pour pouvoir fournir à l'usine les sept cents barriques de canne que Bel-Évent avait promises. Quelques jours auparavant, j'avais eu l'occasion de coller une amarreuse amoureuse de son coupeur qui, elle, ne trichait pas sur la hauteur des piles mais sur les paquets eux-mêmes. Normalement, l'amarreuse doit poser les dix tronçons les uns sur les autres avant de les lier avec deux amarres mais la bougresse, pour cacher le fait qu'ils n'avaient pas la longueur d'un mètre requise, les mettait bout à bout ou en quinconce, gonflant le mitan du paquet avec des feuilles roulées en boule. Sur quatre paquets contrôlés grâce à mon savoir-faire (pour repérer cette ruse, il suffisait de frapper le paquet suspect contre son genou replié : il sonnait creux ou alors les cannes s'en échappaient d'un côté ou de l'autre), j'avais mesuré, décamètre en main, des bouts variant entre soixante-quinze et quatre-vingt-dix centimètres. Il ne pouvait pas s'agir là d'un hasard mais d'une pratique délibérée de la part du coupeur et de l'amarreuse. J'appliquai à celle-ci la sanction prévue à savoir le retrait de deux piles sur leur travail de la journée et déplaçai le bougre sur la pièce dirigée par le commandeur Félicien dont on savait le caractère de nègre-Guinée. Mais de là à briser une vie de femme chargée d'une tiaulée de négrillons, il y avait un pas que je m'étais toujours refusé à franchir et qui faillit me coûter la vue le jour où, excédée, une certaine Floriane me voltigea une casserole d'huile chaude en pleine face.

N'ayant plus rien à perdre, l'amarreuse d'Alcide se redressa d'un bond et se mit à injurier le béké, à maudire la canne, à traiter Baudoin d'impuissant, à se débonder en cochoncetés sur les mères des commandeurs. Elle était tout-à-faitement déchaînée :

— *Landjèt manman zôt ! Bonda manman zôt tout ki la-a !* (Le clitoris de vos mères ! Le cul de vos mères à tous !)

Elle écarta les jambes et urina debout, défiant du regard les hommes qui l'entouraient. Puis, d'un pas hésitant, elle entreprit de remonter vers la rue Cases-Nègres où elle débagagerait la minuscule chambrette qui lui était allouée, à elle et sa marmaille, pour quitter, dans la journée même, l'habitation à la recherche d'un nouveau gagne-pain. Je voulus, ce temps durant, trouver une excuse qui la disculperait aux yeux du patron mais j'avais beau farfouiller aux quatre coins de mon esprit, l'évidence de la situation ne permettait aucune échappatoire. La terrible évidence de l'exploitation de la négresse des champs de canne, de sa détresse absolue. Irrémédiable. J'examinai les traits veules d'Alcide Fleurimont pour y découvrir ne serait-ce qu'une once de culpabilité : rien de rien. Je sentis une colère d'une vastitude inouïe m'envahir et ma main caressa la crosse de mon revolver. Le commandeur Jérôme me saisit le poignet en grognant :

— *Man za di'w kon sa man bizwen palé ba'w, konpè.* (Je t'ai déjà dit que j'ai besoin de te parler, compère.)

Duplan s'éventait de son chapeau-bakoua, plissant des yeux sous l'effet de la lumière crue de cette journée de juin. Il considérait, non sans orgueil, les cannaies hachurées par l'avancée de la coupe. Il n'y avait pas à dire : en dépit de la perte d'une importante superficie, l'habitation Bel-Évent gardait l'imposance d'une vraie terre békée. Aucune commune mesure avec la propriété de ce mulâtre de Morisseau qui se prenait pour un planteur avec ses ridicules huit hectares de canne. Tant que Duplan n'avait pas baillé à nouveau l'ordre de reprendre le travail, personne n'osait bouger. Le géreur Baudoin se tenait près de lui comme au garde-à-vous. Les économes et nous autres, commandeurs, avions un regard vide de toute expression. Le couillonneur d'Alcide, croyant avoir sauvé la peau de ses fesses, se dandina devant le planteur avant de recommencer ses flatteries :

— Papa Béké, tu es un mâle-bougre, oui ! Cette négresse-là pensait sans doute que la vie est aussi facile à vivre que de boire un bol de toloman. Je ne lui ai jamais demandé d'agir de la sorte.

Que se passa-t-il dans la tête du Blanc ? Pourquoi fut-il repris par une soudaine et brutale colère, semblable à celle qui l'avait conduit à éreinter le voleur de bœufs, quelques semaines auparavant ? Allez connaître ce qui se trame au cœur du giraumon si vous n'empoignez pas un couteau pour le trancher ! Toujours est-il que Duplan de Montaubert fondit sur son soigneur de coqs et le baigna de coups de bâton sur le crâne, les épaules, le dos, les jambes. L'étrange bâton sculpté par Télémaque était en bois de gayac, le plus dur qu'on possédât dans le pays et dans les îles circumvoisines. Le nègre ploya sous la raclée, gémit, se tordit. Du sang affleura à ses tempes. Ses os émirent des craquements effrayants. Il hurlait : « Je n'ai rien fait ! Je n'ai rien fait ! » et tentait vainement de parer les coups. Pour la première fois de ma vie, je fus content de voir un Blanc dérailler un homme de couleur, lui péter le fiel. D'ordinaire, l'extrême facilité qu'avaient les Grands Blancs de lever la main pour calotter des employés qui auraient pu avoir été leurs pères me mettait hors de moi mais dans le cas d'Alcide, je me surpris à murmurer :

— Fends-lui le foie à ce chien-fer, tonnerre de Brest !

Par tradition, on s'écartait de la scène de semblables corrections aussi vite que possible parce que le Blanc était capable de vous bailler votre ration à vous aussi, même si vous n'étiez coupable de quoi que ce soit. Pour l'exemple. Pour vous dissuader d'imiter un jour celui qui était en train de subir la correction. Les coupeurs et les amarreuses de Fond-Savon regagnèrent les cannes tandis que le commandeur Jérôme hélait un cabrouettier afin d'embarquer à bord de son tombereau jusqu'à la pièce dont il était le responsable. Compère Félicien, réputé intransigeant, voire parfois injuste avec ses journaliers, plaisirait intensément à contempler la déchéance d'Alcide Fleurimont. Il fallut que je le bouscule pour qu'il s'arrache à ce spectacle.

— Après ça, conclus-je, j'espère qu'il cessera ses manières d'esbroufeur.

— À ce qu'il paraît ! ironisa Félicien.

Quand son soigneur de coqs ne fut plus qu'une loque, Duplan reprit son quant-à-soi et entreprit de reconstituer lui-même les piles de canne qu'il avait fait choir. Au lieu de se saisir des paquets par les « oreilles » des amarres, il les empoignait par le mitan, ce qui lui demandait plus d'efforts et salissait son costume blanc.

— Qu'avez-vous à perdre vos yeux sur moi, messieurs et dames ? s'écria-t-il. Vous ne m'avez jamais vu peut-être ? Que plus aucun nègre ici n'ait l'audaceté d'essayer de me chansonner ! C'est compris ?

L'épisode mémorable de l'éreintement d'Alcide Fleurimont par le béké fit le tour de Rivière-Salée, de La Fayette à Guinée, de Petit-Bourg à Desmarinières, tomba dans la légende des conteurs, fut embelli, déformé, reformulé avant d'être sanctifié dans la bouche de ce grand maître de la parole qu'était le cabrouettier Gesner. Une charge de mois plus tard, pour regagner les faveurs du marâtre, le soigneur de coqs accusa Morisseau d'avoir volé les cannes de Pièce Romanette.

— Ce petit planteur veut péter plus haut que ses fesses. Les cent vingt barriques qu'il livre à l'usine ne lui suffisent pas pour peser sur Simon Duplan alors monsieur se sert dans les plantations d'autrui.

Or, le mulâtre Morisseau était le plus incorrigible bretteur de tout le sud de la Martinique. Pour un regard de travers ou une critique que vous auriez prononcée contre lui, il vous faisait tenir sur l'heure un « cartel » en des termes si ampoulés qu'ils vous arrachaient un demi-sourire avant de vous ficher un sacré modèle de peur-cacarelle. Car la réputation du bougre avait atteint les lieux les plus reculés et la seule évocation de son nom faisait tressaillir les nègres les plus hommes dans leur culotte. Il ne se battait qu'au devant-jour, dans des savanes isolées, pour que la maréchaussée, toujours avertie du duel par quelque maquereau, ne lui saisisse pas son épée (une Tolède magnifique qu'il avait fait venir de Colombie). Le gouverneur avait, en effet, à la fois interdit le combat de ladja entre les nègres et les gourmages à l'épée entre les mulâtres. Seul l'usage du pistolet était encore toléré, et encore entre les Blancs lesquels tiraient si mal que les protagonistes ne récoltaient au pire que des déchirures à l'épaule.

Le sieur Morisseau avait, à ce qu'il paraissait, fort mal pris le bruit selon lequel il aurait été l'auteur du vol de canne de Pièce Romanette. L'enquête du géreur de Bel-Évent n'avait conclu à rien de très probant mais il fallut bien reporter les soupçons sur l'ombrageux petit planteur. Nul n'ignorait qu'il avait juré de fabriquer le meilleur rhum grappe-blanche de Rivière-Salée depuis que, dans les caboulots de la commune, les tafiateurs s'étaient mis à recracher le sien. Sa distillerie artisanale n'était pourtant pas si vétuste qu'elle le paraissait de l'extérieur: grosse case circulaire couverte de paille, elle était actionnée par trois bœufs amarrés à des palants. Deux broyeurs engloutissaient la canne à belles dents, libérant un jus marron à l'écume si épaisse qu'on avait envie de la boire aussitôt. Le jus était recueilli dans deux platines où il était mis à fermenter pendant quelques jours avant d'être filtré et embouteillé ou mis dans des dames-jeannes. Morisseau avait coutume de se pavaner près de la distillerie, en costume blanc et haut-de-forme noir sur la tête, baillant des ordres à ses travailleurs tout en gardant un œil sur le chemin tout proche. Dès qu'un cavalier apparaissait, le voilà qui se rengorgeait, attendant le bonjour et les flatteries de l'inconnu car notre homme était pire qu'un béké : il ne pouvait pas vivre une seule seconde de sa vie sans qu'on le flattât. Il fallait voir ses nègres l'abreuver de « maître Morisseau », de « Papa Morisseau », « tu es frais et jeune ce matin » et de « Personne n'est aussi fringant que toi ». De même, les négresses faisaient semblant d'être séduites par les regards lourds de lubricité qu'il leur lançait et se laissaient pichonner les hanches ou mignonner la croupière par lui sans se cabrer. Aucune n'avait assez de courage pour le dépersuader de pousser plus avant ses privautés, et plus souvent que rarement, à tour de rôle, elles se retrouvaient matées sur le dos dans quelque hallier et chevauchées avec une vigueur étonnante, sans doute grâce à la bouteille de « Porter » agrémentée d'un jaune d'œuf cru qu'il ingurgitait le matin à jeun. Le bougre ne prenait même pas la peine de se dépantalonner, il ne faisait qu'ouvrir sa braguette et empaler celle qui avait eu le malheur (ou le bonheur) de croiser son désir qu'on disait irrassasiable.

En dépit de cette universelle révérence, de ce pouvoir qu'il exerçait partout, hormis sur les terres des Blancs, Morisseau souffrait dans sa chair de n'avoir jamais pu produire qu'un rhum de basse qualité. Au début de son établissement au quartier Petit-Morne, il n'avait pas été regardant sur le type de canne qu'il plantait ni sur le mode de labourage et de sillonnage de ses terres. Il n'avait qu'une idée dans sa caboche : produire de la canne. Il lui fallait beaucoup de canne pour livrer aussi à l'usine de Génipa à laquelle il était lié par contrat. Cependant, à mesure que l'âge montait, à mesure il prenait conscience qu'il ne pouvait continuer à vivre pieds et poings liés à la dynastie des Duplan de Montaubert. Aussi se décida-t-il, au tournant de 1920, à bâtir une petite distillerie dans les approchants de sa demeure. Alors qu'il n'était qu'un jeune cabrouettier, il avait vu de ses yeux vu le prix du rhum grimper jusqu'au ciel lorsque péta la guerre de 1914. Notre mère-patrie, la France, avait eu besoin de quantités faramineuses d'alcool pour soigner les blessés et dans un élan patriotique, tout le monde, du plus gros planteur blanc au plus miséreux petit planteur de couleur s'esquintant sur une lèche de terre abrupte, s'était mobilisé pour fournir les distilleries. Certes, à la fin de la guerre, la demande diminua mais, répétait-on partout, « cette guerre-là fut un mal pour un bien puisque c'est grâce à elle si notre rhum est connu et réputé en métropole ».

Morisseau savait pertinemment que les Grands Blancs ne verraient pas d'un bon œil la transformation d'un mulâtre en distillateur. Fabriquer du rhum c'est déjà être indépendant, quant à apposer une étiquette sur des bouteilles avec son propre nom, c'était quasiment une forme de noblesse coloniale. Morisseau ne prétendait pas péter plus haut que son cul contrairement à ce qu'affirmait Alcide Fleurimont. Sa production était trop faible pour qu'un jour il puisse rêver de voir s'aligner sur les étagères des débits de la Régie des bouteilles arborant la marque « Rhum Morisseau, Petit-Morne, Rivière-Salée, Martinique. 55° ». Que cette idée l'ait agréablement effleuré quelquefois, ce serait mentir sur la vérité que de le nier mais l'homme était raisonnable et n'ambitionnait que de livrer des dames-jeannes anonymes qui seraient bues à la venvole, sec, sans sirop ni citron vert par des gens pressés d'aller rejoindre leur djob. Or voilà que même cela, il n'y parvenait pas :

— Votre rhum pue le mannicou mort ! le tançait la redoutable tenancière du « Doudou-Manman », estaminet où l'on se secouait la croupière le samedi soir au son de violons en compagnie de ribaudes et de putaines peinturées de rouge criard des ongles des doigts à ceux des orteils.

Sentir le mannicou, passe encore ! Ce marsupial, qui ne sortait que la nuit parce qu'aveugle le jour, dévorait tout. Crapauds-ladres morts, rats, régimes de banane pourris, papayes et restes de manger aux abords des cuisines. Le mannicou mort puait à des kilomètres à la ronde et il fallait se dépêcher de brûler son cadavre quand on le découvrait. Morisseau avait maintes fois goûté à son rhum à l'insu de ses ouvriers et, en toute objectivité, il avait dû admettre que celui-ci n'était pas des meilleurs. D'abord, il avait songé à la médiocre qualité de ses cannes, sa variété préférée, la « Rubannée », étant peu résistante aux attaques des parasites. Il l'avait remplacé par la « Cristalline », puis par un subtil croisement de cette dernière avec la « Kavanzine », originaire de Chine. Le problème, en final de compte, relevait plus de sa manière de distiller le rhum, de son outillage ou alors du manque de soin de ses ouvriers. De toute manière, il s'était arrangé pour les piéger en poussant deux de ses plus fidèles coupeurs à dérober une bonne cinquantaine de piles au Blanc-pays Duplan de Montaubert. Les cannes de Pièce Romanette étaient réputées fournir un rhum si agréable que, disait-on, même les femmes en raffolaient. On verrait bien le résultat dans sa propre distillerie, foutre ! Menteur effronté, Morisseau clamait à tous vents :

— Je n'ai pas volé un seul pied de canne à qui que ce soit !

Je décidai alors de planter des cannes neuves sur la parcelle dévastée car la canne y avait été coupée tellement à la sauvette qu'il était hasardeux d'espérer que les rejetons pussent bailler autre chose que des tiges ratatinées. L'endroit, à vue d'œil, faisait un peu plus d'un demi-hectare. Hon ! Les scélérats avaient dû opérer presque une nuit entière, ils n'avaient pas pu être moins de vingt personnes, coupeurs, attacheuses mêlés, pour réussir cet exploit. Ce Morisseau devait avoir des complicités à Bel-Évent même. Peut-être que des travailleurs, qui y avaient normalement besogné pendant le jour, s'étaient laissé enguillebauder par la perspective de billets craquants dont la seule vue transformait n'importe quel nègre en un diable-djigidji, tressautant sur lui-même, faisant macaquerie sur macaquerie. Par temps de lune claire, songeai-je, il devait être agréable de récolter la canne : sans sueur ni souèf ni fourmis rouges sur le corps. Pourquoi aucun planteur n'y avait-il jamais pensé ? Peut-être que dans ce pays de Louisiane qu'affectionnait tant le géreur Baudoin, cette pratique était-elle courante. Je me promis de le questionner là-dessus. N'était-ce pas le seul sujet sur lequel ce Blanc-pays là était intarissable ? À l'en croire, La Nouvelle-Orléans qu'il visitait tous les trois ans était une manière de paradis sur terre. De toute façon, il s'y retirerait sur ses vieux jours pour ne pas être enterré dans cette foutue île de merde qu'était la Martinique.

L'herbe-para, envahisseuse invétérée du moindre bout de terre abandonnée, avait commencé la conquête de la pièce dévastée. Elle surplombait un fouillis d'herbe grasse, de pieds de piquants, d'herbe-à-Marie-Honte et d'orties. J'affectai Sonson, Gesner, Odilon Bastaraud et une grappe d'autres nègres costauds à cette tâche. À leur ébahissement devant les dégâts infligés à Pièce Romanette, j'en déduisis qu'aucun d'entre eux n'avait de responsabilité dans l'affaire. L'opération les occupa deux bons jours plus une matinée. Les bottes d'herbe furent rassemblées en bordure d'une trace et on y mit le feu. Personne ne fut assez audacieux pour en emporter quelques-unes à ses animaux car, dans leur tête, c'eût été doublement affecter le bien de Papa Béké. Ma figure était d'ailleurs si sombre qu'elle découragea à l'avance ceux qui, par hasard, auraient nourri semblable dessein. Je choisis le meilleur atelier de labourage de la plantation, la meilleure charrue comme si je lançais un défi à quelqu'un (insinua-t-on à la rue Cases-Nègres). Pour de vrai, moi, Firmin Léandor je m'étais juré de faire de cette portion de terre la plus resplendissante de tout Bel-Évent et je la surveillerais moi-même, dussé-je ne jamais dormir, mon fusil à deux coups en bandoulière, dès février de l'année prochaine, quand elle atteindrait sa maturité. Et là, pas de pitié pour les chapardeurs et pour celui qui les soudoierait !

Le meilleur atelier de labourage se composait des deux aiguillonneurs Alcide Fleurimont et Gesner-fils, du meneur de charrue Marcellin, fils putatif de feu Télémaque, le nègre qui avait dépassé cent ans, et d'un jeune petit bonhomme surnommé Ti Youte, qui dès qu'il se plaçait devant les bœufs n'avait même pas besoin de raidir sur leur licol pour qu'ils avancent droit devant eux. Ti Youte était une petite-bande remarquable que je n'avais nul besoin de circonvenir le matin au débarcadère de Petit-Bourg. Il se présentait spontanément aux champs avec ses pantalons trop longs, cousus et recousus de toiles de toutes provenances, souvent de sacs de guano dans lesquels on recevait la farine de froment dite farine-France. Dame Yvette, dont il était le commissionnaire attitré, les lui réservait en priorité et l'enfant avait fini par délaisser la case familiale pour trouver refuge dans le dépôt de la boutique. Il dormait à même les caisses de morue séchée, protégeant ce butin de l'avidité des rats.

La meilleure charrue, quant à elle, était faite de bois d'abricotier-pays, arbre trop rare dans le sud parce qu'on l'utilisait à la place du galba ou du poirier-pays qui foisonnaient. On avait oublié son fabricant car cette charrue semblait avoir toujours été sur l'habitation. Man Sélénis m'avait assuré qu'elle datait de l'époque du père d'Honoré Duplan, ce qui renvoyait à la fin du siècle dernier. Gesner-père qui n'était jamais en reste de goguenarderie l'appelait « Charrue-l'esclavitude ». Trois paires de bœufs étaient nécessaires pour la tirer, bœufs tout en muscles que l'on élevait dans une savane d'herbe de Guinée six mois l'an avec un soin méticuleux. Ti Youte passait le plus clair de son temps à cette tâche bien que personne ne le lui ait demandé et qu'il ne recevait aucun défraiement pour elle. Il avait suffi d'une rumeur, « Ti Youte sait parler aux bœufs », pour que le monde jugeât naturel que le petit bougre vécût en étroite accointance avec ces six animaux-là.

La pièce, une fois coutelassée à la perfection, était prête à recevoir les fouaillements du soc de Charrue-l'esclavitude. Le meneur Marcellin s'y asseyait avec une majesté qui eût paru comique à toute personne étrangère aux travaux des champs. Il ne regardait ni à droite ni à gauche et tenait les cordes-mahault de l'attelage d'une main ferme. Il attendait que les deux aiguillonneurs se placent de part et d'autre de la charrue et que la voix aiguë d'Alcide Fleurimont s'élève dans l'air déjà bourdonnant de chaleur de ce début de matinée. Chaque aiguillonneur (ils préféraient l'appellation moins agressive de « toucheurs ») s'était armé d'une longue gaulette en bois-ti-baume terminée par une pointe en fer à l'extrémité arrondie pour éviter toute blessure aux bêtes. Fleurimont avait son bœuf favori, celui qui l'écoutait mieux que les autres. Le soigneur de coqs était plus consciencieux à cette tâche que lorsqu'il coupait la canne.

— La Corbeille ! lançait-il. Devant ! Allez, devant ! Devant pour moi, s'il vous plaît, foutre !

Le bœuf La Corbeille qui était placé en tête de la charrue raclait la terre de ses pattes arrière avant de s'ébrouer. Ti Youte lui flattait les naseaux et lui parlait dans les oreilles. Gesner, pour sa part, aiguillonnait l'arrière de l'attelage en jurant :

— *Bann isalôp, vansé ! Vansé la ba mwen, tonnè di dyé !* (Bandes de salopes, avancez ! Allez, avancez, tonnerre-de-Dieu !)

Charrue-l'esclavitude était secouée d'un sourd tremblement qui ne cesserait qu'au moment où les six bœufs accorderaient leur élan. La chair noirâtre de la terre s'ouvrait comme une plaie béante, libérant des colonies de vers de terre et de moucherons qui gîtaient dans de petites flaques d'eau souterraines soudain mises à nu. Le chanter des deux toucheurs montait lui aussi à l'unisson, beau et entraînant, au point de distraire un bref instant les coupeurs et les amarreuses les plus proches :

La Corbeille Gaza Rouge ! Maurienne !
Roulez-roulez-roulez !
Java Corbeille, baille de l'avant Ho-o !
Roulez-roulez-roulez, mes amis !

À entendre ce chant qui enveloppait le monde de sa cadence, embarquant non seulement les bœufs dans une marche d'allégresse mais aussi, semblait-il, les cannaies qu'on avait négligé de récolter, les manguiers et les quénettiers, symboles pourtant du figement, je ne pouvais empêcher mes pieds de battre la mesure. D'ordinaire, je réprimais toute velléité de mon corps de se livrer aux rythmes obsédants du tambour et n'assistais même pas aux bamboulas organisées à la rue Cases-Nègres. L'idée que je faisais de ma personne était trop haute pour que je m'acoquine avec des gens qui remuaient leur arrière-train avec une telle indécence. Ma mère m'avait répété : « Tambour c'est sauvagerie », Éléonore ajoutait : « Tambour est bagage de nègre-Guinée » et Hildevert, l'instituteur radical-socialiste, concluait : « Mon cher, le tambour est l'exemple même de ce dont il faudrait que notre race se détache pour qu'elle accède aux plus hautes marches de la Civilisation. D'ailleurs, la négraille elle-même ne tient-elle pas cachés ces instruments que mandolinistes et joueurs de violons tiennent pour frustes ? » Avait-on jamais vu quelqu'un se promener fièrement avec un tambour comme Sonson le faisait avec son harmonica ou Gesner-fils avec sa mandoline ? Le nègre a honte lui aussi du tambour même s'il ne parvient pas à se déprendre de son ensorcellement. Mais le chant des bœufs de labourage n'avait point besoin d'accompagnement musical. Il était à la fois chant et musique, rythme et cadence, ouverture sur la bleuité du ciel et profondation au plus secret de l'être humain. Il activait la marche des bœufs tout en saupoudrant des petits paquets de plaisir muets au cœur des travailleurs.

Je demeurai deux heures d'affilée à contempler l'aller-venir de Charrue-l'esclavitude. Lorsque la parcelle fut complètement labourée dans le sens lever du soleil-coucher du soleil, je décidai d'ameublir encore plus la terre en invitant l'atelier à faire la même opération mais perpendiculairement cette fois. Ainsi pas un grain de terre, pas une motte qui n'aurait été remuée, renversée, foulée, malaxée et lorsque les petites-bandes y planteraient les boutures de canne, assurément (et pas peut-être !) qu'elles y pousseraient plus bellement que partout ailleurs à Bel-Évent. Je transformerais Pièce Romanette, du moins la partie saccagée par les nègres à Morisseau, en un bijou et celui qui l'avait maltraitée en serait pour ses frais. Il ne fallait pas qu'on colporte que le découragement s'était emparé de moi. Je poussai si loin cette volonté de dompter la terre que je fis procéder le lendemain au cabanage de toutes les parties qui n'avaient pas l'aspect du sable fin. Pour cela, j'embauchai des nègres de passage qui, à la fourche et à la houe-madjoumbé, brisèrent les mottes récalcitrantes pour les étendre de manière uniforme sur le sol. On murmurait dans mon dos :

— Le mulâtre caresse Pièce Romanette, oui !

Le surlendemain, j'entamai le sillonnage, toujours avec Charrue-l'esclavitude mais cette fois-ci avec un autre équipage plus habile à cette tâche que Sonson et

Gesner-fils. La terre ayant été préparée, La Corbeille et ses frères rechignaient moins à bailler de l'avant et Ti Youte, le seul inamovible, quelle que soit la tâche, n'avait plus à leur parler à l'oreille. Tracer sillon c'est travail d'orfèvre. Il faut précautionner l'avancée du soc pour ne pas dévier d'une maille et ne jamais hésiter à refaire la tâche si elle comporte quelque imperfection. Cette fois-là, je demandai les sillons les moins espacés possibles : un mètre seulement au lieu d'un mètre vingt ou un mètre cinquante comme d'habitude. De temps à autre, je me risquais à chanter :

La Rouge Ô ! La Rouge, remue ton corps pour moi !
Roulez-roulez-roulez, marmaille !

À cette attitude insolite, les travailleurs savaient que je voulais faire de cette parcelle un exemple d'abondance. Gesner-fils se rengorgeait à la case-à-rhum :

— Les amis, l'année qui vient là, eh ben Pièce Romanette livrera cent cinquante barriques. Retenez ça, je vous le certifie !

14

Man Sélénis, sans avoir été aussi vieille et vénérable que Télémaque, imposait à tous, nègres, mulâtres ou Blancs, un égal respect. Seul l'Indien Vedramestry n'avait jamais eu recours à ses services, probablement parce que sa religion, le « Bondieu-Couli », avec ses multiples dieux aux visages parfois terrifiants, venus du lointain pays tamoul, le gratifiaient de toutes les grâces qu'il lui demandait. Les deux fréquentateurs de l'invisible s'évitaient avec soin sur la plantation sans craindre le ridicule. Ainsi la négresse refusait d'arpenter une trace par laquelle l'Indien venait de passer. Ou ce dernier d'entrer dans la boutique de Dame Yvette tant que Man Sélénis n'avait pas terminé de faire ses commissions. Le monde en riait sous cape tout en redoutant le jour inévitable, où ils s'affronteraient de face. La manieuse de philtres était cependant mille fois plus achalandée que lui qui n'était point guérisseur ni « prêtre couli » et ne faisait qu'intercéder pour vous auprès de ceux-ci qu'il fallait aller trouver jusque dans la commune du Lamentin. Là-bas, au quartier Bauchette où la race indienne était nombreuse, ils vous infligeaient des jeûnes et des mortifications corporelles à la limite du supportable comme de vous priver de commerce charnel pendant trois semaines ou de ne pas boire ne serait-ce qu'un fifrelin de rhum. On ne se tournait vers Vedramestry qu'en désespoir de cause, quand les charmes et les breuvages de Man Sélénis puis les bondieuseries à l'église de Grand-Bourg s'étaient révélés impuissants.

La quimboiseuse avait le tour de taille d'un tonneau, les cheveux grisonnants serrés en grains de poivre sur son crâne, la peau chiffonnée par les ans mais ô miracle, une denture d'une perfection et d'une blancheur qui laissaient Duplan de Montaubert lui-même perplexe. Et surtout admiratif :

— Le Bondieu n'a rien baillé au nègre, avait-il coutume de dire, mi-sérieux mi-rigolard, ni belleté ni intelligence mais pour les dents, le nègre n'a pas à se plaindre, foutre !

Man Sélénis, qui avait été amarreuse de canne à Bel-Évent depuis des temps immémoriaux (elle avait vu naître le maître actuel), occupait une des sept cases individuelles en bois-ti-baume de la rue Cases-Nègres et personne n'aurait songé à l'en déloger une seule seconde. Le géreur Baudoin avait bougonné un jour que les nègres devenus inutiles sur la plantation n'avaient plus le droit d'y résider. Il jugeait que la manieuse de philtres occupait la place de quelque coupeur de canne ou muletier costaud, chose rare de nos jours puisque la négraille n'avait plus qu'une idée en tête : émigrer dans l'En-Ville pour que sa marmaille puisse aller à l'école.

— *Sa zôt bizwen apwann palé fwansé fè ki a ?* (Qu'avez-vous à vouloir tous apprendre le français ?), répétait-il lorsqu'il battait la campagne pour solliciter un renfort en petites-bandes et qu'on lui répondait qu'il n'y en avait point.

Mais le Blanc, qui faisait de fréquentes inspections et des cases individuelles et de la longue case d'un seul tenant partagée en douze piécettes par de simples cloisons, chacune accordée à une famille, n'avait jamais eu le courage de pousser la porte de celle de Man Sélénis, la seule pourtant à ne pas posséder de taquet. On savait, de notoriété publique, qu'il était allé la consulter en cachette lorsque son épouse s'était amourachée de ce Blanc-France, administrateur colonial de son état, lors d'une tournée effectuée par ce dernier dans la région de Rivière-Salée et Trois-Îlets. Certains qui possédaient une mémoire vive assuraient que l'affaire s'était déroulée en l'an 1927. D'autres qu'il fallait la placer bien plus tard, soit un an avant la fête du Tricentenaire du rattachement de la Martinique à la France qui occupa tout l'an 1935. Le géreur en avait perdu la raison ou presque. Il sifflait une demi-bouteille de rhum à 55° par jour. Ne se lavait ni ne se rasait plus guère. Baillait des ordres contradictoires aux travailleurs, ordres auxquels les commandeurs étaient forcés de contrevenir. Les autres Blancs de Bel-Évent, le maître et l'administrateur De Melville, semblaient se désintéresser complètement de son chagrin et faisaient mine de ne rien remarquer. Sans doute trouvaient-ils que le géreur se comportait comme un ma-commère, un pleutre. Qu'avait-il à s'accrocher aux basques de son épouse volage alors que la plantation regorgeait de négresses, de chabines et de mulâtresses désirables et surtout disponibles qui, en outre, ne seraient jamais refusées à un Blanc ?

Baudoin eut par conséquent recours à la savantise de Man Sélénis qui lui prépara une poudre-emmener-revenir qui devait contraindre son épouse à regagner le foyer conjugal. Cette poudre, infaillible quand il s'agissait des nègres, n'eut aucun effet dans ce cas-là, à moins que le géreur n'ait pas suivi à la lettre les prescriptions de la séancière. Elle vous demandait en tout premier lieu de vous purger le corps de ses impuretés et le breuvage qu'elle vous préparait, mixture d'huile de foie de morue, de graines de bois d'Inde, d'eau bénite et de sang menstruel d'une femme vierge, était si écœurant qu'il vous forçait à vomir vos tripes une journée entière. Le lendemain, elle vous faisait prendre des bains, à la composition mystérieuse afin de désamarrer la déveine qui pesait sur votre personne. Elle vous incitait à redevenir une petite marmaille, à oublier votre vie, vos soucis, à exprimer vos désirs les plus niais, voire à gambader sans but à travers la campagne. Enfin, elle se retirait dans sa case un nombre indéterminé de jours jusqu'à ce qu'elle vous envoyât un messager vous informer que la poudre était enfin prête. À ce moment-là, vous deviez faire le débrouillard pour lui apporter sa rétribution et la déposer sur le pas de sa porte sans prononcer une seule miette de parole. Derrière les frêles parois de la case, elle vous intimait l'ordre, d'une voix étrangement masculine, de deviser chez vous à reculons sans retourner la tête. Comme ce rituel se déroulait avant que l'oiseau-pipiri n'annonce le lever du soleil, seul quelque nègre très matineux pouvait tomber sur vous mais il n'y avait aucun risque qu'il vous dérangeât. Quand on surprend autrui en train de « faire un travail », le mieux est de passer son chemin sans s'arrêter ou de feindre de ne l'avoir point vu. Interférer dans le processus pouvait, en effet, vous procurer maintes emmerdations car « l'esprit » n'aime pas être dérangé.

Le géreur Baudoin Louvier de Laguarrande, si fier de son nom à rallonges, de sa peau blanche, s'était-il scrupuleusement prêté à de telles nègreries ? Il y avait tout lieu de le croire car le Blanc-pays est en fait un nègre au plus profond de sa chair, même s'il s'affirme cousin du Blanc-France. En novembre de l'année où son épouse s'était enfuie en ville — on s'en souvenait parce que cette année-là les cieux avaient été cléments et la canne avait poussé si drue qu'il avait fallu mobiliser tous les nègres casés pour la dépailler — après les fêtes de la Toussaint, le premier économe avait averti le monde que le géreur prendrait des vacances et qu'il était inutile de venir lui demander des faveurs. Baudoin s'adoucissait, en effet, pendant les six mois où l'on plantait, désherbait, dépaillait et engréyait la canne pour tomber enragé dès le début de la récolte, en janvier. À cette époque de grâce, on pouvait lui demander l'autorisation d'attacher un bœuf dans une savane où l'herbe-Guinée avait pris ses aises ou de couper du bois pour réfectionner les cases, les avalasses de pluie d'hivernage démantibulant souvent les toitures de ces dernières. Baudoin, magnanime, vous lançait un bref :

— *Woulé !* (Allez-y !)

Et personne, à partir de cet instant, n'avait pouvoir de vous empêcher d'agir comme vous l'entendiez. Firmin Léandor avait ainsi attrapé un sérieux combat-de-gueule avec Sonson, le fils de Man Sélénis, auquel il avait refusé la permission d'ébrancher et d'étêter un abricotier-pays pour qu'il fabrique du charbon de bois. Le jeune mâle-nègre n'en eut cure, sollicita l'autorisation du géreur et dénuda le pied en six-quatre-deux. Le commandeur gueula-gueula-gueula, menaça de le faire renvoyer, faillit en venir aux mains avec lui, chose qui rameuta une tralée de gens qui trouvaient là une distraction à leur désœuvrement. Sonson, fort calme pour une fois, continuait à creuser le sol pour préparer son four à charbon, ne consentant qu'à lâcher par intermittence :

— *Bétjé-a palé !* (Le Blanc a parlé !)

Le commandeur n'ignorait pas que les libéralités de Baudoin envers la négraille n'étaient pas dénuées d'arrière-pensées. Elles étaient dirigées contre lui ou, plus exactement, avaient pour but de diminuer, voire de chiquetailler son autorité sur le personnel de la plantation. La guerre qui avait commencé entre le mulâtre Firmin et le béké-goyave Baudoin dès l'instant où le premier avait été nommé commandeur par Honoré Duplan de Montaubert, ne s'achèverait qu'à la mort de l'un ou de l'autre des protagonistes. Cela tout un chacun le savait, les deux bougres au premier chef. D'ailleurs, ce fut quelques mois après le départ de son épouse que Baudoin redoubla d'accusations fallacieuses envers le commandeur. Il l'aurait surpris caché à l'en-haut d'un arbre, aux abords de la grand case, en train d'espionner le bain de Virginie Duplan. Il l'aurait entendu projeter, avec ce communiste de commandeur Jérôme, l'assassinat de Papa Béké à l'aide d'un plat empoisonné avec de la racine de barbadine que sa cousine Justine, femme-concubine de Duplan, ferait goûter à ce dernier au cours de leurs ébats nocturnes. Heureusement pour Firmin Léandor, on ne prêtait guère foi aux affirmations du géreur que l'on mettait sur le compte de la déception sentimentale ou de l'abus de tafia. Firmin haussait les épaules :

— *Rayi milat i rayi milat, sé tout !* (Il hait les mulâtres, voilà tout !)

Baudoin partit donc à Fort-de-France à la recherche de son épouse et en revint bredouille aux premiers frémissements de décembre. Les vieilles négresses, compatissantes de nature et toujours portées à considérer tout homme blanc plus jeune qu'elles comme leur fils (la plupart d'entre elles, il est vrai, avaient eu l'occasion d'allaiter des nourrissons békés), le plaignirent. Elles jacassaient à tout bout de champ :

— *Pô djab ! Sa i fè Bondyé, han ?* (Pauvre diable ! Qu'a-t-il fait au Bondieu ?)

— *Sa zôt pa sav gran pasé zôt!* (Ce que vous ignorez est plus grand que vous), sentenciait Gesner.

Firmin Léandor, pour sa part, n'avait qu'une croyance limitée dans les pouvoirs de Man Sélénis. Il avait résisté à la tentation de la consulter pour trouver remède à la matrice bréhaigne de sa seconde épouse. Il feignait d'ignorer qu'Éléonore prenait prétexte de son commerce de légumes dans les communes avoisinantes pour assiéger tout ce que le sud du pays comptait de malfeinteurs, de mentors, de séanciers, de quimboiseurs, de dormeuses, de nègres sorciers, de guérisseurs, bref de toutes les catégories de gens qui prétendaient détenir quelque pouvoir occulte ou quelque accointance avec l'au-delà. Elle ne se résolvait pas à ne pas avoir de descendance. Elle était persuadée qu'on lui avait « amarré les entrailles » à l'aide d'un charme et que l'auteur de cette mauvaiseté ne pouvait être que Clémencia, cette attacheuse de canne au port altier et au regard immobile, si plein de hautaineté, qui ne trouvait digne d'adresser la parole à son prochain ou même de répondre à son bonjour autrement que par un imperceptible signe de tête. Elle avait déclaré à Dame Yvette, la boutiquière :

— Je suis sûre, à cou coupé, que mon homme va au vice avec Clémencia.

— Tchip ! Cesse de bêtiser, ma fille ! Clémencia n'a jamais offert son corps à quiconque. Mamzelle est trop fière, trop pleine de dièse et de gamme. Regarde-la marcher : on dirait que la terre ne la porte pas.

— Hon ! Elle est maligne, reprit Éléonore. Tu oublies qu'elle est une négresse-Congo. Si elle s'applique à maniérer de la sorte, c'est qu'elle cache quelque chose. Qui va me faire accrouère qu'une belle femme bien debout comme elle peut rester des années sans se laisser taquiner par un homme, hein ?

— Si tu disais vrai, il y a belle heure que mamzelle serait manman. Or, elle demeure le ventre aussi plat que toi, Éléonore. Tu ne vas pas me faire accrouère à ton tour qu'il y aurait deux femmes bréhaignes sur l'habitation Bel-Évent. Nous serions plus malchanceux que tout le monde ou quoi ?

La raisonaillerie de Dame Yvette ne rassurait point Man Firmin (elle exigeait qu'on lui baille ce titre, réservant celui d'Éléonore pour de très rares intimes). Elle se décida un jour à faire intervenir la force de Man Sélénis afin de désenvoûter son mari de cette gredine. La poudre de désamour lui coûta deux cent soixante-dix mille francs soit trois ans de ses économies. Tout l'argent qu'elle avait gagné en allant vendre à pied ses légumes et ses fruits à Grand-Bourg, à Saint-Esprit, à Trou-au-Chat et parfois au Lamentin. Le seul délit qu'elle dut commettre fut de dérober une culotte à Clémencia qui séchait au soleil sur une roche, pendant que sa supposée rivale se trouvait au travail. Une de ces culottes rouge sang aux franges scandaleuses que portaient les femmes-matador d'En-Ville. Le Syrien de Grand-Bourg avait colporté cette marchandise dans sa brouette, la vantant comme un attrape-cœur. Si Clémencia la portait, ce n'était point pour enguillebauder un nègre d'ici-là mais par pur défi jugèrent tant Éléonore que Man Sélénis.

— Le seul homme qu'elle ait jamais voulu recevoir dans sa couche, c'est le mien, déclara la femme du commandeur.

— En es-tu bien sûre ? demanda la quimboiseuse.

— Ha-Ha ! Tu as le don de voir ou bien non ? Les pouvoirs c'est moi qui les possède ou toi ?

Man Sélénis demeura perplexe un bon moment. Elle fixa la cendre encore chaude du foyer sur lequel elle faisait bouillir les breuvages innommables qu'elle prétendait capables de chasser la défortune, guérir du malcaduc, parer le mal envoyé et accorder la jouvence jusqu'à l'orée du grand âge. Elle prit une sorte de baguette entourée d'un tissu couvert de signes cabalistiques et remua la cendre. Puis, se tournant vers l'épouse du commandeur, elle lui annonça d'une voix grave :

— Cette Clémencia-là… elle possède un point…

Un point c'est-à-dire dans notre parjure créole une protection, un bouclier contre toutes les attaques maléfiques, les assauts des incubes tels que le commandeur Félicien, la haïssance d'autrui, surtout contre la haïssance car, comme dit le proverbe, « le nègre hait le nègre ». Le Blanc, au contraire, est solidaire de ses congénères. Il ne les trahit pas, ne leur baille pas de croche-pattes en traître, ne le jalouse pas. Tandis que la race des nègres n'a cesse de s'entre-détruire pour un oui ou pour un non. À cette étrange comportation, nul n'avait encore pu apporter d'explication plausible. On se doutait qu'elle devait entretenir quelque rapport avec l'esclavage puisqu'on disait aussi : « Le nègre déteste le nègre depuis l'époque des chaînes aux pieds. » Mais l'esclavage était si-tellement loin dans nos têtes, si oublié, gommé même, qu'il n'y avait plus désormais aucun motif de se haïr l'un l'autre.

— Éléonore, ce n'est pas un petit travail que tu me demandes là, continua la quimboiseuse. Arracher le point de quelqu'un ce n'est pas comme bouère un verre d'eau, ma chère.

— Fais-le et je te paierai ce que tu voudras.

Or dans le même temps, une chabine aux yeux jaune-mangot-zéphirine et à la peau couleur de crème de maïs s'enticha du commandeur Firmin. Elle refusait les avances des nègres, jugeant que son teint lui baillait le droit à des gens d'une autre qualité et se vantait d'être la fille naturelle du Blanc-pays de l'habitation La Palun, l'une des plus vastes et prospères du sud. En réalité, sa blancheur provenait plus prosaïquement du culbutage inopiné de sa mère, au rebord d'un fossé, par le colporteur syrien de Grand-Bourg, une après-midi où ils avaient dû s'abriter vitement-pressé d'un orage qui s'annonçait méchant. Cette chabine n'était pas amoureuse du commandeur — d'ailleurs éprouvait-elle le moindre sentiment pour un être humain, y compris sa propre personne ? — et le clamait haut et fort :

— Ce n'est pas tellement qu'il est beau, ce Firmin. Non, ce n'est pas ça du tout. Quant à son argent, s'il en a, il ne m'intéresse pas. Je le veux pour mari afin qu'il me fasse des enfants qui n'auront pas la tête crépue.

Elle était amarreuse sur l'habitation Bel-Évent après avoir été chassée de la grand-case par Duplan de Montaubert à cause d'incessantes disputailleries avec Justine, la cheftaine-lavandeuse. Les deux femmes, la chabine et la mulâtresse, s'étripaient n'importe où, insoucieuses du calme qui devait régner dans la maison du maître. Elles roulaient sur les carreaux rouges en argile des vérandas, s'empoignant par les cheveux. S'épiaient dans la demi-pénombre du salon, derrière les persiennes avant de se poursuivre à coups de balai ou de bâton-lélé. Tentaient de noyer l'adversaire dans l'une des quatre jarres en grès qui recueillaient l'eau des gouttières. Duplan mit un terme à ce démêlé-sans-comprendre en appointant une gardienne moins agressive auprès de sa fillette Eurydice. Après tout, cette chabine avait refusé ses avances, tout blanc qu'il était, parce qu'elle n'aimait pas les hommes à bedondaine et ne se privait pas de le faire savoir. Justine, elle, ne faisait pas tant de manières. En plus, elle avait mis au monde deux garçons qui étaient tout le portrait de Papa Béké. La cause était donc entendue dès le départ. La chabine erra quelques jours à Rivière-Salée, demandant ici et là des djobs de repassage ou de récurrage chez les instituteurs ou les commerçants de Grand-Bourg, s'enivrant aussitôt avec le peu d'argent qu'elle avait gagné, injuriant le monde entier et jusqu'à la maréchaussée qui la ramena à Bel-Évent où elle accepta, en final de compte, d'amarrer la canne comme la première négresse venue. Pourtant, elle ne s'oubliait jamais :

— Vous avez vu la couleur de ma peau, s'exclamait-elle dès qu'elle avait une altercation, chose plus fréquente que rare, avec l'une de ses compagnonnes, elle est presque blanche. Alors ne me mettez pas à la même hauteur que vous, s'il vous plaît !

Elle jeta son dévolu sur Firmin Léandor après avoir travaillé sous les ordres des commandeurs Jérôme et Félicien qu'elle jugeait, le premier trop noir, le second trop brutal. Léandor était là à la fois mulâtre et conciliant. Il n'abusait pas de son pouvoir, en particulier avec les femmes, quoiqu'il fût très strict, voire pointilleux par moments et que les travailleurs ne le portassent pas plus dans leur cœur que ses deux collègues. Le problème était que Firmin la traitait à l'égal des autres amarreuses et qu'elle n'avait pas réussi à trouver un moyen d'accrocher son attention. Il feignait de ne pas remarquer ses postures lascives, ses brusques dénudements de poitrine sous prétexte qu'elle voulait s'asperger les aisselles d'eau fraîche. Aussi maugréait-elle sans arrêt :

— Man Firmin est une inutile ! Depuis le jour, elle n'est pas foutue de bailler un garçon à son homme, tonnerre de braise !

— Regarde voir ce que tu peux faire, plaisantaient les attacheuses.

— Laissez-la continuer son petit jeu et vous verrez qu'elle perdra sa place, cette Éléonore. Ne dirait-on pas qu'elle est atteinte d'une dérive de mangouste cette femme-là ? Pas un jour sans qu'on la voie, son panier sur la tête, en train de battre chemins et traces des campagnes des alentours. Elle ne peut pas rester en place !

De guerre lasse ou pressée d'accomplir son projet, la chabine soudoya un mentor de Rivière-Pilote, un bougre terrible qui habitait au quartier La Jossaud, pour qu'il lui mette un zinzin dans la tête. Devenue folle, Éléonore se verrait aussitôt négligée par le commandeur, puis abandonnée une fois que la chabine l'aurait attiré dans ses bras. Cueillir l'homme en désarroi est plus facile que fruit-à-pain doux. Mais, grâce à Dieu, le mal envoyé par Éléonore contre Clémencia heurta celui envoyé par la chabine contre Éléonore avec une violence telle que les deux semeuses de mauvais sort s'en trouvèrent durablement ébranlées. Elles tombèrent malades quasiment le même jour, se mirent à déparler puis sombrèrent dans une hébétude dont elles mirent des mois à émerger. Ni Firmin ni Clémencia ne comprirent ce qui s'était tramé à propos de leurs deux personnes. Un jour que le commandeur remontait la rivière Salée à la recherche d'un bouvard en dérade, il aperçut Clémencia, assise sur une grosse roche plate, les genoux sous le menton, en train de regarder avec fixité le sautillement de l'eau. Il s'approcha d'elle sans piler une seule branche morte, sans faire bruisser les halliers, abondants près de la berge. Une fois derrière la négresse hautaine, il demeura figé un siècle de temps, incapable de prononcer une parole ou de faire un mouvement. Qu'une femme pût cacher si stoïquement son secret l'impressionnait car elle ne pouvait sombrer dans de semblables abîmes de calculation que parce qu'elle charroyait en elle quelque secret indisable. Parfois, certains mots sont trop raides ou trop lourds pour qu'une bouche parvienne à les formuler.

Firmin Léandor avait éprouvé une telle impossibilité lorsqu'il avait découvert, par pur hasard, les ruines du cachot à esclaves de l'habitation Bel-Évent. Comme tout un chacun, il avait l'habitude de longer ce petit muret à moitié recouvert de terre et d'herbes sauvages dont on ne voyait pas au premier coup d'œil à quel usage il avait bien pu servir. D'ailleurs qui s'en souciait vraiment ? Les pans du mur, les restes du bassin en pierre taillée, les fondations d'une ancienne sucrerie témoignaient de l'époque, fort lointaine, où chaque plantation possédait son unité de transformation de la canne à sucre. Le maudit Crédit Foncier Colonial avait étouffé tout cela. Il avait prêté à tour de bras aux planteurs et, lorsque ces derniers se trouvèrent pris à la gorge, il racheta leurs propriétés, les dépeça pour doter des agriculteurs sans terre, ce qui entraîna la fermeture de ces petites sucreries. Des usines centrales comme celles de Petit-Bourg et de Génipa apparurent qui pouvaient broyer, grâce au matériel moderne acheté en Amérique du Nord, la production de trois, quatre, voire cinq habitations cannières. Le père du géreur Baudoin Louvier de Laguarrande avait été ruiné dans cette bouleversade de 1880 et des années qui suivirent, si bien que son fils se retrouva simple géreur à la plantation Bel-Évent à laquelle sa taille avait permis de résister. Autant dire donc qu'il se trouvait des ruines de sucreries traditionnelles ou de distilleries un peu partout à travers la campagne, souvent envahies par la végétation ou recouvertes à jamais par les débordements des rivières et des ravines au plus fort de l'hivernage.

Firmin avait longé ce muret-là pendant des années sans se poser de questions en dépit de son aspect étrange. La négraille, elle, dès qu'elle avait dit « *Sa sé bagay bétjé !* » (Ceci appartient au Blanc !), se désintéressait complètement de tout ce qui n'avait pas trait à l'immédiateté d'une existence il est vrai proche du dénantissement le plus total. Quand on ne savait pas trop ce qu'on mangerait dans la journée, surtout après la récolte, pendant ce temps infinissable où la canne prenait ses aises pour lever, ou bien si l'on devait pour la énième fois attraper une gaulette pour cueillir un fruit-à-pain que l'on cuirait avec juste une aile de morue salée, on n'avait pas le loisir de cogiter sur un morceau de mur qui pouvait être tout et n'importe quoi. La mémoire de l'habitation ne survivait que dans la tête des maîtres et dans les livres ou la paperasserie qu'on les voyait rédiger certaines après-midi sous leur véranda, pas dans celle des nègres. Il a fallu une circonstance fortuite pour que Firmin Léandor apprenne qu'il avait affaire à un cachot d'esclaves. Il avait ordonné que l'on prolonge l'un des canaux d'évacuation de Pièce Corrossol où l'eau avait tendance à stagner, endommageant les racines des cannes les plus fragiles. Les deux travailleurs à qui il avait confié cette tâche somme toute anodine s'en revinrent vers lui à peine vingt minutes plus tard en s'écriant :

— Il descend, commandeur… il descend dans la terre.

Le muret, pour de vrai, s'enfonçait sur près d'un mètre cinquante de profondeur, révélant des sortes de niches circulaires où un enfant aurait pu tenir sans difficulté. Par terre, les bougres avaient ramassé des anneaux rouillés, fort pesants ainsi qu'un bout de chaîne mieux conservé. Ils n'avaient aucune idée de ce que cela pouvait représenter et étaient plutôt effrayés par l'ampleur du travail à abattre pour mettre à nu l'ensemble de la construction. Perplexe, Firmin les renvoya et accroupi devant le muret, la chaîne et les anneaux entre les mains, observa les niches. Il tenta, en vain, de pénétrer dans l'une d'elles et jugea qu'il n'y réussirait qu'en se roulant en boule. Soudain, il recula de deux pas en murmurant :

— Un geôle d'esclaves !

Une frissonade parcourut la raie de son dos. Ses mains se firent moites, ses lèvres s'agitèrent. Il demeura planté devant le muret sans remuer un seul poil d'yeux exactement comme, ce jour-là, Clémencia devant la rivière des Coulisses. Lorsque le soleil fut sur le point d'atteindre le mitan du ciel, il s'empara d'une pelle que l'un des travailleurs avait laissée sur le sol et entreprit de recouvrir la construction avec de la terre. Il besognait avec une hargne et un ballant qui ne manqueraient pas de réveiller ses rhumatismes le soir mais il n'en avait cure. Il fit même disparaître sous un amas de terre le haut du muret qui avait été de tout temps visible, du moins depuis la vingtaine d'années qu'il exerçait sur l'habitation Bel-Évent. Le surlendemain, il choisit un autre tracé pour le canal d'évacuation et ne parla jamais à quiconque, même à son épouse Éléonore, de sa découverte. Personne ne s'inquiéta de la disparition du muret : avait-il seulement existé ? Le commandeur demeura pourtant marqué pour le restant de ses jours par la vision de ces niches minuscules où les bourreaux devaient contraindre les esclaves récalcitrants à se tortiller (il ne trouvait pas de mot plus approprié), dans l'attente sans doute qu'on les marquât au fer chaud ou qu'on les écartelât. Dès que la pensée de ce cachot l'assaillait, il l'écartait en s'appliquant à penser que d'une part fort peu de mulâtres étaient réduits en esclavage et que d'autre part ceux d'entre eux qui l'étaient occupaient des postes enviables de cochers, chefcabrouettiers, forgerons ou commandeurs comme lui-même, qu'il était peu probable qu'ils se révoltassent et fussent mis aux fers. Argumentation qu'il savait être très lâche en son for intérieur mais qui le soulageait.

La souvenance de cette geôle lui remonta dans le corps avec une force incontrôlable au moment où il se plaça derrière la pensive Clémencia. Il posa une main sur son épaule, avide de toucher un être humain, une chair vivante. Elle ne se détourna pas. Le chanter de la rivière à l'en-dessous de l'ombrage des pruniers-moubins et des pieds de pommes-roses se fit secourable. Il commença à mignonner le cou de la femme, puis colla son corps contre le sien, l'enlaçant par-derrière avec une tendresse dont il ne s'était jamais cru capable. Ses mains entourèrent les deux sacs de sel de sa fabuleuse poitrine, si droite et ferme tant Clémencia avait charroyé des chargements sur sa tête. Soudain, trente-douze mille effusions déboulinèrent de leurs corps, leurs lèvres se muèrent en oiseaux-mouches sur la chair de leurs épaules vite dénudées, une affluée de sueur chaude se fraya un chemin entre les cuisses bleu nuit de la négresse que Firmin aspira de sa langue, assécha de ses joues, de son cou, de son front. Le soleil se renversa dans les yeux qui ne clignaient jamais de Clémencia. Une brusque fouettée de vent venue des profondeurs de la rivière des Coulisses tenta de s'insinuer en vain dans l'entrelacement de leurs bras, ô fébriles, contourna la roche plate sur laquelle ils avaient élu cabane nuptiale avant de tourbillonner au-dessus d'eux. Car ils célébraient des noces longtemps différées par l'affairement des travaux et des jours, par la crainte réciproque de l'inconnu de leurs désirs, ces désirs qu'ils savaient si bien masquer d'indifférence chaque fois que leurs pas se croisaient sur la plantation. Clémencia retenait le fer du sexe de Firmin à l'entrée de sa coucoune, le frottait sans ménagements mais sans brutalité, le haussait de temps en temps jusqu'au rebord de son nombril parfait — « Votre trou du mitan du ventre est une invite à la déraison », lui serinait-on dès que quelqu'un trouvait l'occasion de lui faire une coulée d'amour — puis le happait dans le fond de sa gorge comme prête à l'avaler. Firmin s'écartait d'elle, effrayé et ardent, la renversait sur le dos et parcourait la charnure de ses pommes-de-fesses, plus pâles que le reste de son corps et du même coup troublantes, faussement ingénues et fragiles. La croupière de la négresse se raffermissait aussitôt de l'intérieur, dégageant des effluves dispensateurs d'immodération, de paillardise, de suavité, de haut-mal proche de la mort, de saisissement des phalanges, des poils de l'avant-bras. La cambrure de son dos figurait un abîme mouvant où Firmin s'acharnait à plonger, la bouche ouverte de dix-sept largeurs.

Avec des soubresauts de serpent-couresse qui tente d'échapper à l'incendie qui s'est déclaré par inadvertance au champ de cannes, Clémencia se redressait pour s'asseoir entre ses jambes, aidant le fer de l'homme à la pénétrer d'un violent coup de reins qui lui arracha un crier-à-moué. À moué ! À moué ! Je meurs, je meurs, foutre-tonnerre de Dieu ! Elle le mata en arrière pour le chevaucher, emprisonnant ses poignets avec ses mains, usant d'une telle force qu'il se sentit hurler. Dans l'une des veines de ses tempes, un sang impétueux le frappa d'évanouissement. Il se sentit partir-descendre-monter dans un gouffre sans fond, étonnant de claireté, aux parois lisses, si lisses qu'elles lui renvoyaient son image. Il s'accrocha aux cuisses de Clémencia, éprouva sous le plat de ses mains leur velouté, continua à glisser interminablement, voulut héler le nom de sa mère, se cabra avant de s'affaisser.

Lorsqu'il reprit ses esprits, la négresse s'était à nouveau ensouchée dans sa posture de statue, assise sur la roche. Ses yeux, introublés, fixaient la dévalaison des eaux brusquement grosses de la rivière des Coulisses, sans doute assaillie à sa source par quelque grain-blanc de pluie. Dans ces cas-là, il pouvait arriver qu'elle charroie une marmaille imprudente dont on ne retrouverait pas le cadavre, les mangles, tout à l'en-bas de la plaine se chargeant de l'engloutir. Même les adultes n'étaient point à l'abri du danger. Firmin conseilla à Clémencia de quitter l'endroit au plus vite. Il ne reconnaissait pas sa propre voix qui semblait hachée, incertaine de son intonation. La négresse ne bougea pas. Alors, il pût sa manière de commandeur pour lui ordonner :

— *Sôti la, ou tann ! Sé mwen ki palé ba'w !* (Va-t'en d'ici ! C'est moi qui te l'ordonne !)

L'eau se faisait plus pressante, grimpait déjà sur la roche, lapait les chevilles de Clémencia qui n'en avait cure. N'hésitant plus, Firmin la saisit dans ses bras et la transporta comme qui dirait un nouveau-né jusqu'à l'orée des cases. Comment donc la chabine aux cheveux jaune-mangot-zéphirine les surprit-elle ? C'est mystère. Le monde s'était rendu à Grand-Bourg pour la fête patronale. Les courses en sac, les grimpages au mât de cocagne, les tirs au canard, le roulement des grains de dés devaient s'en bailler à cœur joie. La musique devait faire frétiller les reins de chacun. À Bel-Évent ne demeuraient que les Blancs, la vieille nounou, Da Nènesse et les chiens. Même les nègres qui avaient senti leur corps s'emmaladir avaient rassemblé tout leur courage pour se rendre au débarcadère de Petit-Bourg, traverser la rivière sur le bac et payer sept sous un voyage en tombereau jusqu'à la rue principale de Grand-Bourg, trois kilomètres plus au sud, afin de ne pas tacher de sueur leurs belles hardes du dimanche. La chabine n'était pas de la bamboche. Quand le commandeur passa au ras de sa case, elle l'apostropha :

— Hé ! Tu raffoles de la nuit bien noire, toi…

— ………………………

— Je t'ai parlé, oui. Tu raffoles de celles qui sont aussi noires que des péchés mortels. Leur odeur ne te dérange pas ?

— Chabine, se crispa Firmin, occupe-toi de ton corps, ma commère. Je n'ai pas de comptes à te rendre.

Elle s'approcha de lui à pas lents et d'un geste plein de détermination lui balança une casserole d'huile bouillante à la figure en hurlant :

— *Mi ba'w !* (En voilà pour toi !)

Firmin fit un saut de côté avec une félinité qui le surprenait encore quand il y repensait des années plus tard. Des bougres plus jeunes et donc plus lestes que lui n'avaient pas réussi à échapper à ce genre d'agression de la part de maîtresses en proie à la jalouseté démentielle. Leur figure et leur corps en devenaient cloquetés pour le restant de leur vie et ils n'avaient plus d'autre recours que de se cacher du monde, surtout s'ils avaient perdu un œil ou si leur bouche n'était plus qu'une boursouflure d'un rose malsain. L'huile bouillante de la chabine déchiqueta sa chemise-kaki, érafla sa poitrine dont elle grilla les poils qui ne repoussèrent plus jamais, une gouttelette effleurant sa pupille droite, sans l'atteindre dans sa chair même. Clémencia, qui avait assisté pensive à la scène, eut un léger sourire lorsque la maréchaussée accourut le lendemain pour procéder à l'arrestation de la criminelle. Celle-ci fut expédiée en ville pour y être jugée mais Firmin ne bailla pas suite à l'affaire, oubliant de répondre aux convocations répétées du tribunal.

Quelques mois plus tard, tandis qu'il écalait des cocos secs sur le pas de sa maison pour ses poules, il vit Clémencia approcher dans l'allée de coquelicots. Elle était plus belle et plus muette que jamais. Pourtant, elle lui déclara d'une voix posée :

— *Lôt kou-a, sé mwen ki sové'w.* (L'autre fois, c'est moi qui t'ai sauvé.)

15

Le samedi, après la paye, je ne rentrais pas chez moi avant minuit. Je commençais sur les quatre heures de l'après-midi une longue dérive qui partait de la case-à-rhum de Dame Yvette, se poursuivait dans les cabarets de Petit-Bourg, puis de Grand-Bourg, en compagnie non seulement de Jérôme et Félicien mais d'une grappe de commandeurs et de géreurs venus des plantations de communes voisines. Notre table était partout réservée et, dès que les serveuses nous voyaient piéter sur le pas de la porte, elles se dépêchaient d'y poser une bouteille de rhum, des verres propres et surtout un jeu de cartes pour le baccara. Nous, les commandeurs, pénétrions dans un grand bruit de bottes, nous asseyions lourdement et nous mettions à chanter :

Compagnons de Table Ronde,
Buvons, buvons, buvons à la santé du monde !
Gouttons voir si le rhum est bon,
Gouttons voir oui-oui-oui,
Gouttons voir si le rhum est bon !

Nous ne mettions guère de temps à être « brûlés en cendres » ce qui veut dire saouls comme de vieux macaques. Le commandeur Félicien vomissait son manger du midi dans de vastes éclats de rire et mimait une mazurka créole avec la serveuse qui tentait de se dégager de son emprise. Ses compagnons de saoulaison battaient des mains ou cognaient leurs verres avec des cuillers et leur plus cher désir était qu'un client s'avisât de s'interposer. Nous, les commandeurs étions venus chercher la bagarre et nos poings avaient hâte de s'écraser sur la figure de quelqu'un, de fracasser une table ou de jouer de la cravache. Félicien savait bien que le fils aîné de Gesner était en amour avec Adeline, la serveuse du cabaret de Petit-Bourg, et que leur relation avait été divulguée partout par la rumeur publique, qu'on les disait en voie d'épousailles pour l'année 1938, le temps pour le jeune muletier d'amasser un petit pécule. Le troisième commandeur de Bel-Évent n'en avait cure, il tripotait la donzelle dès qu'elle passait près de notre table en lui lançant des propositions si déshonnêtes qu'elles eussent fait dégringoler les génitoires d'un abbé s'il les avait entendues.

— Ne t'occupe pas ! lançait Dame Yvette au fils de Gesner. Tu vois bien que compère Félicien est venu acheter un combat.

— Il n'a qu'à acheter son combat avec quelqu'un d'autre. Pourquoi c'est derrière moi qu'il voit clair, cette salope ?

Quand Adeline avait bien zigzagué entre les tables, s'était déprise deux ou trois fois de ses bras couverts de sueur et qu'il n'avait pas réussi à l'embrasser dans le cou, Félicien se tournait vers son amoureux et levait son verre à sa santé :

— Compagnons de la Table Ronde ! Buvons à ce jeune bel monsieur qui n'est pas encore passé devant le maire mais qui porte déjà un paquet de cornes sur la tête. Ha-Ha-Ha !

Nous nous approchions en nous dandinant de l'infortuné Gesner-fils et faisions semblant de tâter la forêt de cornes qui couvrait son crâne. Je criais :

— Celle-là, c'est moi qui la lui ai baillée, compagnons. C'est la plus longue ! La plus lon-on-gue !

C'en était trop pour le jeune homme : soit il s'en allait sans demander son reste soit il se résignait à se gourmer avec Félicien. Il aurait pu l'envoyer valdinguer au fond de la case à rhum comme un vulgaire sac de pois rouges mais un reste de révérence à l'égard de celui qui baillait les ordres dans le champ de cannes retenait la hargne de ses bras. Les deux bougres roulaient sur le plancher, encouragés par leurs supporters respectifs et quand Gesner-fils estimait avoir reçu son compte de vomi, il s'avouait vaincu en levant les mains en l'air.

— Je ne t'ai rien fait ! Eh ben, qu'est-ce que je t'ai fait, non ? lancinait-il à Félicien qui se calmait aussitôt.

Pourtant, l'amoureux transi avait réussi à lui foutre quelques coups de genou bien sentis dans l'estomac et, quand Félicien tentait de se relever, il retombait de tout son long par terre. Nous étions forcés de lui prêter main-forte et de le traîner au-dehors où nous le hissions sur son mulet. Notre prochain arrêt, après Dame Yvette, était « Le rendez-vous des amis », bar propret de Petit-Bourg, possédé par un mulâtre de bonne famille où l'on jouait au baccara en silence. Du moins tant que des commandeurs n'y avaient pas encore pénétré. Comme le patron s'en était plaint à la maréchaussée, nous passions le seuil au garde-à-vous, la main sur notre poche arrière où nous serrions notre revolver et dévisagions chaque client à tour de rôle avec une telle fixité dans le regard que les pauvres bougres en avaient une sainte tremblade. Nous choisissions une table dans un coin peu éclairé et je claquais des doigts. La femme du patron se précipitait jusqu'à nous en se contorsionnant. Ses traits faisaient un effort pour nous marquer déférence et amabilité mais tout son corps vacillait sous son tablier.

— Qu'est ce que je vous sers ce soir, messieurs ? demandait-elle dans son meilleur français-France.

— *Nou pa sa palé fwansé !* (Nous ne comprenons pas le français !), gueulait le commandeur Jérôme en prenant l'accent rafalé des vieux nègres d'habitation.

— *Sa zôt ka bwè ?* (Que buvez-vous ?) reprenait, apeurée, la tenancière.

Alors Jérôme se dressait soudain pour faire son cirque, passait de table en table, se servait une rasade ici, bousculant un jeu de cartes ou de dominos là, baillait une chiquenaude derrière l'oreille à un client dont la tête ne lui revenait pas. Il hurlait :

Compagnons de la Table Ronde,
Buvons, buvons, buvons à la santé du monde !
Je boirai cinq à six bouteilles
Avec une femme sur mes genoux !
Une femme oui-oui-oui,
Une femme non-non-non,
Une femme sur mes deux genoux !

Un soir de 1932, ce qui devait arriver arriva : il buta sur le major La Ficelle dont les incursions à Petit-Bourg étaient devenues rares tout bonnement. Le commandeur Jérôme n'avait pas vu sa haute stature, maigre comme un tasseau, dans l'encoignure d'une porte, au fond du bar, où il faisait causette avec une servante qu'il envisageait comme concubine. Quand Jérôme eut beuglé son rituel « Y'a pas d'hommes qui ont des graines dans leur pantalon par ici ? », La Ficelle en éprouva une vive vexation. Il émergea de la pénombre et se statufia devant ce dernier.

— La… La Ficelle ? balbutia Jérôme.

— Monsieur La Ficelle !

— Mon… mon… Monsieur La Ficelle ?

— Oui ! Monsieur La Ficelle, maître-savane de Rivière-Salée et des Trois-Îlets, grand officier de l'Ordre du Mérite Africain, fréquentateur des puissances de l'Invisible, ordonnateur au Dieu le père des miracles de l'Univers et du décours de la lune.

Le commandeur Jérôme fut contraint d'écouter en écolier obéissant toute la litanie des titres, aussi grandiloquents qu'imaginaires, du plus réputé des fiers-à-bras de Grand-Bourg et, sachez-le, il en comptait près d'une quinzaine. Cela s'appelait mettre quelqu'un au piquet. Autant dire l'humilier de la manière la plus implacable qui soit. Jérôme était coincé : ou bien il recevait la leçon sans broncher et là, on se rirait de lui pendant des mois et des mois ou bien il « prenait » le combat malgré la disproportion des forces en présence. La Ficelle était un redoutable combattant de ladja qui savait tournoyer sur ses reins et voltiger ses pieds clans votre ventre avec une puissance inouïe, comme quoi il pouvait étaler par terre qui Jérôme qui ses acolytes Félicien et moi-même en six-quatre-deux. Inconscience ou audaceté insufflée par l'alcool, Jérôme lui balança une égorgette au moment où La Ficelle terminait d'énoncer ses titres et s'apprêtait à lui monter sur les pieds. Quand un major agit de la sorte, il veut définitivement vous rabaisser, vous faire savoir qu'il n'est prêt à vous faire aucune faveur. La Ficelle trébucha sous le coup qui s'avéra méchant au point de lui enfoncer la pomme d'Adam. Il fit deux pas en arrière un pas en avant, chercha à s'agripper au comptoir, les yeux vitreux, avant de s'écrouler sur Jérôme, raide mort. Oui, messieurs et dames, raide mort ! Un brouhaha défit aussitôt le silence du « Rendez-vous les amis ». Le patron se précipitait du corps de La Ficelle à la table des trois commandeurs, plus agité qu'un bougre qui venait de perdre la raison. Il répétait :

— Un crime sous mon toit ! Sous mon toit, oui !

Jérôme et nous autres, ses deux compères ne savions plus quoi faire. La mort du major de Grand-Bourg nous avait dessaoulés nettement-proprement. La serveuse que le défunt courtisait l'instant d'avant partit dans un sanglot si déchirant que des larmes vinrent aux yeux de chacun. La Ficelle n'était pas un mauvais vivant après tout ! Il faisait le fort en gueule mais jamais il ne se serait permis la moindre profitation sur plus faible que lui. Il y allait de son honneur. S'il avait voulu transpercer Jérôme de son bec de mère-espadon, il y aurait belle lurette que l'effronté se serait tordu sur le sol dans un bain de sang, les boyaux à l'air. Ce soir-là, il avait simplement tenu à faire comprendre à Jérôme que les combats du samedi que lui et les autres commandeurs cherchaient, pour bien prouver au monde qu'ils étaient les détenteurs de l'autorité même en dehors des champs de canne à sucre, commençaient à importuner plus d'un. À commencer par lui, La Ficelle, qui n'était lié ni de près ni de loin, ni en bien ni en mal, au monde de la plantation et n'avait que faire de sa hiérarchie. L'injure suprême dans sa bouche, n'était-elle pas « nègre d'habitation » ? Il vivotait de djobs au bourg de Rivière-Salée, de petits travaux de maçonnerie, de déchargements de camions de marchandises et de petites sommes d'argent que lui remettaient spontanément ses multiples concubines. Sa fierté était que le plat de ses mains n'avait jamais attrapé d'ampoules à cause d'un coutelas ou d'une fourche-madjoumbé.

Le tenancier du bar considéra le cadavre dans une désolation qui semailla l'effroi dans le cœur de chacun. Il éprouvait, à vrai dire, plus d'embarras que de réel chagrin en songeant à la réputation qui pèserait désormais sur son enseigne. Il agrippa le commandeur Jérôme au collet en bouillonnant et cætera d'injuriées et l'assassin, plus en charge de pleurs que la Vierge de Man Louloute (miracle très connu chez les nègres de céans), plus défait qu'un mouchoir de tête de femme énervée, lui tapotait le haut des tempes, en le rassurant :

— Il est mort là parce que c'était son jour. Chaque cochon finit par avoir son samedi.

Il existait dans la danse-combat du ladja un coup impardonnable à vous casser la colonne du dos en deux morceaux, appelé coup de dos-pied par les initiés et c'est précisément celui-là que, soudainement réveillé de sa mort, le major La Ficelle, qui n'était mort qu'en apparence, infligea au commandeur Jérôme alors que ce dernier avait pris la difficile décision d'aller se rendre à la gendarmerie. La salle entière éclata d'un Ooooh, la lumière des deux lampes-Coleman vacilla des ombres partout dans le cabaret, au grand émotionnement de la serveuse qui s'était crue veuve avant l'heure et qui dorénavant savait que ce qu'elle avait longtemps refusé au sieur La Ficelle, eh bien foutre, elle serait bien obligée de le lui offrir, à savoir les douceurs inumérables de son entre-seins, la perdition de son entrecuisse, le bombement de sa croupière sur ses hanches chaloupées et puis surtout bien obligée de répondre : « Oui mon homme — Non, mon homme » en guise de causer et pas davantage car la concubine d'un fier-à-bras ne doit pas laisser sa langue partir en bordée.

Le commandeur Jérôme plia sous la frappe vicieuse sans s'effondrer, aussi décréta-t-on, des siècles de temps plus tard, qu'il était aussi vigoureux qu'une canne au mitan d'un cyclone. Le commandeur Félicien et moi-même nous imposâmes avant que le major de Rivière-Salée ne le fît passer à quatre pattes sous cinq tables et qu'il ne perdît son honneur devant les attablées de coupeurs de canne et de muletiers qui, bien entendu, souhaitaient sa défaite. Chaises volèrent en l'air, roulèrent-matèrent par terre. Tables sifflèrent des frayeurs terribles. Bouteilles et verres jouèrent une bamboula sans chaînes ni raison. Têtes pétées. Yeux bouffis. Côtes enfoncées. Éclats de rires. Rigoladeries même. Réconciliation. Poignées de main. De la sorte trouva une conclusion, considérée acceptable par toutes les parties, le trafalgar qui avait pété entre les deux bougres. Le tenancier nous poussa, les trois commandeurs, dehors avec une gentillesse qui nous eût paru suspecte si nous avions été à jeun. Seul Félicien parvint à monter sur son mulet. Quand il eut fait une charge de mètres, il se retourna pour me voir, appuyé contre les flancs de La Reine, qui faisait des efforts désespérés pour poser le pied à l'étrier. Jérôme, pour sa part, tenait une plaidoirie à sa monture laquelle hochait la tête de consentement. Félicien revint en arrière et nous houspilla tant qu'il put mais en vain. Il se résolut à nous aider de mauvaise grâce et, se plaçant à l'en-dessous de ma personne, me palanqua sur La Reine.

— Le tchou de ta manman ! criai-je. Va coquer un ours, sacré fils de salope de chien-fer sans graines ! Ne me touche plus ou bien je t'écorche comme un mâle-vérat que tu es !

Pour Jérôme, ce fut plus malaisé. Chaque fois qu'il essayait de tenir les bras du communiste, le bougre le repoussait sans lui jeter un regard, à-quoi-dire une mouche qui l'importunait et entretenait son mulet avec une éloquence qui fit l'animal lâcher trois ploques de caca fumant d'une traite.

— Camarade, la ploutocratie békée exploite les masses travailleuses de ce pays depuis trois siècles. Il est grand temps que cesse ce déni de justice, cette infamie, cette bordelle qui affame notre marmaille, dessèche nos femmes, étrique notre vie à tous et finira par couler la colonie. Tu saisis ma parole, frère mulet ? L'heure où les prolétaires de la Martinique s'allianceront a sonné et ils rejoindront ceux de la grande Union soviétique, patrie du socialisme, flambeau de la...

Débordant de têtue patience, le commandeur Félicien tenta de le soulever malgré le poids et la raideur de son corps. Le zouave se débattait, l'insultait sans tendresse et puis hop là !, il sauta à califourchon sur son mulet et fonça, coutelas au clair, dans la nuit qui venait de tomber en nappes d'ombre sur le chemin conduisant au débarcadère. Un peu plus bas de cet endroit se trouvait un pont fait de deux troncs de cocotier si glissants que peu de gens se risquaient à l'emprunter, sauf au cœur de la saison du carême, moment où de toute façon chavirer dans les eaux basses de la rivière Salée revenait à peine à se mouiller les genoux. Par contre, franchir ce pont à cheval ou à mulet en période d'hivernage relevait de la pure forfanterie, à moins de posséder quelque cheval-trois-pattes doté d'ailes de zombi. Pourtant, c'est cette voie-là que nous entreprîmes de franchir.

— Hé, monsieur le Pont, prends garde à toi ! lui déclarai-je, solennel.

— Pont, mets tes fesses à l'écart de ma colère, oui ! renchérit Jérôme.

Félicien but deux goulées de rhum pour que son courage ne fifinât pas dans son corps et ne l'abandonnât, bras cassés, au bord de l'abîme. Il s'agenouilla pour réciter un « Notre Père qui êtes aux cieux » chaotique et lorsque le mulet aborda les deux troncs qui enjambaient l'eau invisible, il ferma les yeux. La bête avança à pas mesurés et le déposa sain et sauf de l'autre côté. Sans attendre, celle de Jérôme la suivit, désarçonnant son maître au mitan du canal. Jérôme s'affala sans un cri, provoquant une éclaboussure qui effraya deux-trois bêtes-à-feu. Le mulet s'arrêta, en équilibre instable, sur le pont de fortune, espérant que l'homme se relèverait. En ce temps-là, les montures étaient dressées expressément pour les bougres « brûlés en cendres » par un boissonnement qui n'avait pas de limite. Rien ne le ferait se déplacer tant qu'il ne sentirait pas la douce chaleur du fessier de son maître puisque le samedi, n'ayant nulle charge à convoyer, on les montait sans selle et sans bât. Je laissai une colère m'envahir. Je trépignai :

— J'ai souèf ! J'ai souèf, tonnerre de Brest ! Mulet, ouvrez passage à La Reine ou bien je te flanque une balle, oui !

Je mis la main à ma poche-revolver et en détachai le bouton. Heureusement, Félicien était encore lucide. Il me supplia de patienter, de comprendre qu'un coup de feu meurtrirait les entrailles de la nuit et réveillerait les mauvaises âmes en dérade. Il m'adjura de lui accorder deux petites minutes, qu'il convaincrait le mulet, que c'était un mulet travaillant, un mulet qui comprenait la douleur des hommes. Hé ! camarade mulet, c'est la lutte finale, dépêche-toi de courir, le vieux monde est derrière toi. Ce à quoi l'animal ruada, manqua de tomber dans le canal à son tour et réussit à atteindre l'autre rive. Ce temps durant, notre homme Jérôme, à force de barboter dans la boue et les halliers, finit par se hisser sur la terre ferme. Il ne manquait plus que moi à l'appel. La noireté était si profonde qu'on n'y voyait pas à trois pas :

— Firmin O ! Oooooh ! crièrent mes compagnons.

Pas une miette de réponse. Pas un souffle de vie ni un piaffement.

— La Reine O ! Oho ! La Reine, tu es là ?

Une démonstration de dents blanches sur fond de rire démoniaque leur coupa la parole. J'étais derrière eux comme si je les attendais depuis et cætera de temps. Comment avais-je enjambé la rivière Salée ? Ils se gardèrent bien de me le demander car ce que l'on ignore est plus grand que soi. S'il travaillait de la main gauche, ce Firmin-là, ou s'il avait quelque accointance avec les « soukliyan », les nègres-volants, c'était son affaire. Le soukliyan est un humain qui se défait de sa peau, se dépiaute, s'enduit le corps d'une poudre magicienne pour voler toute la nuit au-dessus des cases à faire des simagrées pas chrétiennes, des incantations qu'il faut se boucher les oreilles pour ne pas entendre sinon la folie te prend là-même, des conciliabules avec les astres et les esprits. Autrement parler, on peut dire que le soukliyan est un maître de l'Invisible. Donc de tout cela il ressortait que l'on pouvait en déduire que monsieur Firmin Léandor, chef-commandeur sur l'habitation Bel-Évent, sillonnait les airs quand il le voulait. Nous galopâmes dans les traces obscures des cannaies, à bride avalée, La Reine, cheval-volant loin devant, les mulets de Jérôme et Félicien forcenés d'émulation loin derrière.

Les rues de Grand-Bourg éclataient en réverbères doucereux. Ils invitaient à l'apaisement et nous diminuâmes notre allure afin de ne pas réveiller les bourgeois bien qu'il ne dût pas être beaucoup plus de huit heures du soir. La mécréance foisonnait aux deux cabarets rivaux, le « Doudou-Manman » sans enseigne et le « Soleil Couchant », qui se faisaient face à la rue Schœlcher comme par exprès. Dans le premier se retrouvaient les ribaudes sur le retour, les femmes à l'envers de leur vie, les nègres bambocheurs, en quête de félicités féminines, coursailleurs de jupons invétérés et autres coqueurs impénitents au braquemart frappé de syphilis ou de coulante ou encore de crête de coq, quand ce n'est pas tout simplement, ô vergogne, de morpions affairés. On vendait l'amour au « Doudou-Manman » sous la vigilance bonasse de Célestine Vaugirard, une mulâtresse qui s'affichait quarteronne (c'est-à-dire ne possédant qu'un quart de sang nègre) alors même cette dénomination avait perdu tout pouvoir de séduction, y compris auprès des Blancs. La preuve : de favorite du béké de l'habitation La Palun, elle était tombée plus bas que la dernière des femelles-chiens de dallot lorsqu'elle fut malmenée par la quarantaine et se vit remplacée par une pucelle peinturée de noir-merle des orteils jusqu'aux grains de bois d'Inde de ses cheveux. Où allait-on dans ce monde, se lamentait-elle, si le Blanc ne respectait plus l'ordre des couleurs qu'il avait lui-même instauré ? Nous allons vers la société sans classes et sans couleurs, la gouaillait le commandeur Jérôme dont la souèf de coucoune ne semblait jamais pouvoir s'étancher. Jérôme et moi, préférions nous acclienter au « Soleil Couchant ». Là, pas de putaines qui s'emmêlaient à vos pieds mais du cognac, du porto, du gin, de l'absinthe et des rhums, toutes qualités de rhums, messieurs ! Rhums Neisson ou Clément si veloutés qu'on les jurerait fabriqués pour le palais des rois. Rhum Trois-Rivières âcre sur le bout de la langue et fondant en éparpillements de chaleur sur le pourtour de la gorge. Rhum ceci, rhum cela.

Au « Soleil Couchant » on discutait aussi politique. On tournait-virait sa langue à propos des ambitions frénétiques des nègres désireux d'une écharpe municipale et d'un strapontin au conseil général. Le laïc Hildevert y menait grand train, entouré de sa cour de socialistes ou soi-disant tels qui arboraient provocativement une cravate rouge le dimanche matin, aux abords de l'église. Les mulâtres favorables à l'usine et à la droite avaient le verbe moins haut quoique la main plus leste. Ils vous tâtaient les genoux sous la table en période d'élections, remontaient le long de vos cuisses et fourguaient de consistantes liasses de billets marqués de trois zéros plus un chiffre « 1 » devant, dans l'une des poches de votre pantalon. Maints socialistes qui l'instant d'avant avaient juré sur la tête de leur père qu'ils ne trahiraient pas Victor Schœlcher, l'abolitionniste, Jules Ferry et Jean Jaurès, se muaient aussitôt en pacifiques partisans du maintien de l'ordre colonial établi.

Le distillateur de rhum, gros mulâtre aux bajoues parsemées de favoris en goguette, Sylvestre Baulieu pour l'état civil, Barrique Viande-Salée pour la malignité publique, Ti Coco-Lapin pour sa maîtresse en titre et Lapin Échaudé pour celles qu'il maintenait au second rang, eh ben ce citoyen-là, figurez-vous, avait des idées républicaines. Il avait visité la France et s'y connaissait en Lois, en Égalité-Fraternité et Justice, raison pour laquelle il disait désapprouver la propagande de l'instituteur Hildevert qu'il trouvait cependant moins dangereuse que le journal communiste que diffusait avec obstination ce commandeur Jérôme, amateur de péripatéticiennes.

— Staline a-t-il recommandé d'aller au vice comme tu le fais ? lançait-il au commandeur de sa table toujours garnie de flatteurs et de coquins.

La rue était suffisamment étroite pour que l'on s'entende des deux caboulots et d'ailleurs ceux qui n'avaient pas trouvé place s'asseyaient à même les caniveaux sans faire de façon. Il était naturel que Sylvestre Baulieu trouvât en Félicien, le troisième commandeur de Bel-Évent, un allié naturel, même si les convictions de ce dernier demandaient à être rafraîchies à intervalles réguliers par le biais d'espèces sonnantes et trébuchantes. Quand il était fin saoul, ce qui nécessitait qu'il ingurgitât un litre de rhum, cinq ou six bières, deux absinthes, le tout assaisonné d'alcools plus anodins tels que l'anisette ou le schrubb, il montait sur une table et plastronnait :

— Qui est le maître ici-là ? QUI ? C'est moi, Félicien Carnier, tournant du sort !

Et son pistolet ballochait dans sa poche arrière comme une grosse bosse qui lui eût poussé sur les fesses. Cette intimidation avait pour but de choquer l'honneur des fiers-à-bras des autres quartiers à la grande joie des galope-chopine et des boit-sans-soif qui avaient toujours faim de quelque gourmage, d'une bonne volée de coups de poing, de n'importe quoi qui eût pouvoir de faire tiger le sang. Le nègre, à cette époque, n'avait nulle crainte de le répandre. Certains dimanches après-midi, on organisait, dans les savanes écartées des plantations, des combats de ladja mortels menés au son de tambours dans les règles de l'honneur, même si la maréchaussée affectait d'y voir un restant de sauvagerie africaine. Le nègre du ladja dansait la mort. Il ne la fuyait pas. Au contraire, il l'excitait, l'obligeait de s'extirper de sa froideur, de sa lointeur. Chaque battement sur la peau séchée des cabris la convoquait et gare à celui qui se débandait en crabe-c'est-ma-faute ! Pour gourmer au ladja, Félicien, troisième commandeur de Bel-Évent, n'avait pas son pareil. Si La Ficelle et lui ne s'étaient jamais affrontés, bien que leur réputation eût franchi les bornes de Rivière-Salée, c'est parce qu'ils se contentaient de se savoir d'égale valeur.

Inattentionné aux bravacheries de son collègue Félicien, Jérôme coursait les ribaudes à l'étage où des chambrettes avec cuvettes pleines d'eau, savon de Marseille et serviette propre attendaient ses ébats. Le bougre coquait sans s'arrêter, son pantalon à moitié descendu sur ses cuisses de taureau, il coquait tout debout, contre le chambranle des portes, accroupi sur le plancher grinçants il coquait il ne savait plus quelle femme et quand le fond de ses poches avait été débanqué, qu'il n'avait même plus un sou vaillant pour se payer un sec, il m'appelait à son secours. Les ribaudes gloussaient devant son désarroi. La quarteronne Célestine Vaugirard lui tendait la note sans montrer figure de personne compatissante. Je payais deux semaines de salaire sur la plantation. Je n'avais fait que boissonner avec des nègres insignifiants qui possédaient juste de quoi se faire battre une douce branlette de l'une des plus laides dondons de l'établissement. Je voyais à peine le devant de mes pieds. Ma bouche jurait des insanités que la morale eût réprouvées.

Final de compte, nous remontions, le devant-jour s'approchant, tous les trois, sur nos montures, en quête d'un improbable chemin de retour et, à force de les faire tourner en rond, La Reine et les mulets décidaient de se passer de notre guidance. Ils connaissaient les détours et sillacs des champs de canne, la traîtrise des ravines dans le noir, le tralala des halliers enchevêtreurs de serpents-fer-de-lance, les soudaines éclaircies des savanes à bœuf. Ils connaissaient comment rebrousser la dérive de leur maître. Bonnes bêtes dressées pour d'invétérés amateurs de tafia. Notre trio se séparait à Croisée-Sans-Pareil sans un mot d'adieu. Notre connivence prenait fin en cet endroit. Après, c'était chacun pour soi : Félicien affronterait l'à-pic de Desmarinières, Jérôme et moi réenjamberions la rivière pour tenter d'atteindre, lui le quartier La Guinée-Fleury, moi Lamberton. Autant dire que les travailleurs de la rosée découvraient souvent un, voire deux commandeurs, affalés dans quelque fossé où les avait jetés la saoulardise, un pied retenu par l'étrier, transis de froidure mais incapables de se redresser, injuriant leur cheval qui pourtant les avait attendus là, immobile, toute la nuit.

J'avais plus de chances que mes compagnons. Ma route étant semée de cases aux habitants peu sommeilleux, je ne demeurais jamais bien longtemps en semblable position. Un nègre venu humer les senteurs innocentes qui levaient des cannaies ou une femme persécutée par les soucis m'apercevait et m'aidait à remonter en selle. Quelques centaines de mètres plus loin, moi, le chef-commandeur, je retombais dans l'herbe mouillée jusqu'à ce que deux bras compatissants me tirent à nouveau d'embarras. Je n'avais jamais su qui, quelle figure, quels yeux, quelles personnes. Les sauveteurs ne se dévoilaient pas. Par pudeur. Je n'avais donc pas à m'inquiéter de leur faire une faveur quand, le jour venu, je leur distribuerais leurs tâches respectives.

La Reine, cheval créole à la robe marron clair, recelait des trésors d'impassibilité. Il ne hennissait même pas lorsque, arrivé au trot dans la cour de ma maison, il devait attendre qu'Éléonore ou le garçon de garde ouvre les battants des persiennes pour scruter l'allée. D'ailleurs, je m'effondrais une énième fois, ne soulevant un œil que si mon chien Caco accourait me lécher les pommes de la figure. Je criais alors, enroué :

— Hé ! La maisonnée, me voilà, tonnerre de Brest !

Éléonore me reboutonnait le col de ma chemise-kaki, me détroussait des derniers sous qui avaient survécu aux péripéties de la nuit avant de desseller La Reine qui galopait tout droit à l'écurie. Si elle oubliait ce petit geste, la bête demeurait de marbre et il ne fallait pas que je la découvre là, au mitan de l'allée, au matin, sinon je pétais une colère contre ma femme. Elle halait son bougre à l'intérieur avec mille difficultés, elle si frêle, lui pesant trois fois son poids. Je l'obligeais à s'asseoir sur le plancher pour écouter mes explications :

— Femme O ! C'est miracle d'avoir ton homme près de toi. Hier soir, j'ai fait une mauvaise rencontre à Croisée-Sans-Pareil... une diablesse a raidi la corde de La Reine et m'a fait cavalcader sans répit tout autour de Rivière-Salée. On volait dans les airs, par-dessus le faîtage des cases, oui... elle n'était pas en chair, non. Son corps était une seule flamme de feu rougeoyante et bleutée qui brûlait ma peau. Regarde mon dos, tu verras ses marques. J'avais beau retenir le cheval, rien à faire ! La galopade courait-montait-descendait tout partout, de La Fayette à Fond-Masson, de Desmarinières à La Médecin. La diablesse m'a même charroyé dans les mangles de Génipa. Les bras des mangles m'agrippaient, m'égrafignaient. Je sentais une qualité d'étouffement s'emparer de moi et mes appels à la miséricorde divine n'avaient aucun effet. Elle avait cloué ma langue dans ma bouche, foutre ! Elle était plus laide que trente-deux péchés mortels, je t'assure, ses oreilles sifflaient des chimères de chanters, ses pieds de bouc malmenaient le ventre de La Reine... Éléonore, tiens-moi fort, tu as manqué de perdre ton nègre, oui... Ah, quelle brigandagerie que cette vie-là que nous menons sur terre !

Ma femme m'écoutait sans poser de questions. Elle épongeait mon front quand un trop-plein de sueur menaçait de me néier les yeux. Les soirs où son homme n'avait pas traînaillé dans les cabarets, elle n'était point dupe des morsures qui ravageaient la peau de son dos : il était allé courir la gueuse... Sans doute chez cette Lætitia, sa femme-concubine de toujours, sa préférée, celle qui lui cuisinait des plats d'une saveur inouïe. Lætitia envoyait du gratin de bananes jaunes ou du colombo de cabri à Éléonore en guise de reconnaissance de sa primauté de femme mariée et la couvrait de baisers lorsque leurs pas se croisaient à travers la campagne. La concubine claironnait qu'elle aimait l'épouse et qu'aucun nuage ne viendrait jamais obscurcir leur amicalité. Éléonore acceptait de bon gré ses offrandes (qu'elle servait à son cochon-planche) ainsi que ses chatteries mais déposait un cierge chaque troisième vendredi du mois au pied de la vierge de la Délivrande, dans l'église du bourg, afin qu'aucune mauvaise pensée ne traversât l'esprit de Lætitia. Mauvaises pensées de femmes-du-dehors c'était amarrer l'homme avec quelque poudre ou lui bailler à boire l'eau de toilette de ses parties intimes. Après, il ne voyait clair que par elle. Il n'avait qu'un nom, le sien, sur ses lèvres. Il vendait ce qu'il possédait et ce qu'il ne possédait pas pour lui permettre de douciner sa vie. De chef-commandeur que j'étais devenu, je pouvais fort bien redescendre à mendianner un quignon de pain aux chiens errants. Le monde affirmait que le troisième enfant de Lætitia, un garçon nommé Edvard, avait un faux air à moi. Mêmes cheveux ondulés, même front large, mêmes trous de belleté des deux côtés de la figure quand il riait aux éclats, même démarche en prestance. Mais Éléonore ne voulait pas connaître la vérité en dépit des allusions mouches-à-miel de ses amies-ma-cocotte. Elles étaient plus démangées par le désir de connaître ce qui se cache à l'en-bas des feuilles qu'elle-même, la maîtresse de maison. Femme créole adore fouillasser dans la vie d'autrui.

Lorsque Jean-André ou Géraud était de garde, j'avais plus de difficultés à regagner ma couche. Ils peinaient davantage à haler ma lourde carcasse à l'intérieur, à me débotter, me décaleçonner, à m'enfiler mes vêtements de nuit parce que j'insistais pour qu'ils me récitassent un passage de Victor Hugo. J'ouvrais une moitié d'œil et disais :

— Ah, c'est toi, garçon !

Et tant que l'adolescent tombant de sommeil n'avait pas enchaîné une poésie, je refusais de me laisser traîner. Je gueulais, ma bouche dégageant des vapeurs fortes d'alcool :

— Mon fils, tu dois connaître Victor Hugo plus bien que la table de multiplication, tonnerre de Brest ! C'est le plus grand poète de l'univers, un génie, une comète…

Le garçon s'exécutait de mauvaise grâce. Au matin, tout ce cirque était oublié. Effacé. Comme si rien ne s'était passé. Frais et dispos, je me propretais en chantant une antique chanson de Léona Gabriel datant du Saint-Pierre d'avant l'éruption de la montagne Pelée, réveillant ma famille plus tôt qu'elle ne l'aurait souhaité.

— Hé, les nègres, debout là-dedans ! Il y a belle heure que les merles ont achevé de lisser leur plumage, oui. Je n'élève pas des fainéants chez moi. Debout droit, allons !

Commandeur de la plantation. Commandeur des miens. Commandeur de ma propre vie après Dieu. Moi, Firmin Léandor, je regardais avec pitié le sombre défilé des coupeurs de canne et des amarreuses qui prenait la descente vers Pièce Romanette et Pièce Courbaril ou d'autres plantations avoisinantes. Parfois, je me surprenais à maugréer :

— Qu'est-ce que le nègre a bien pu faire au Bondieu ? Ah, mulâtre, tu ne connais pas ta chance, tu ne la connais pas !...

16

En décembre, le vent vicieux qui gîtait entre les racines échassières des mangliers cédait la place aux Avents. Désormais, il n'y avait plus danger à sortir buste nu au plus profond de la nuit ou à s'asseoir entre deux portes ouvertes. Ces vents-là étaient fraîcheur et doucine mêlées. Ils étaient une invite à la langueur. Éléonore s'extasiait devant la bleuité du ciel étrangement désencombré de tout nuage, lisse, lumineux. Étrange pour de vrai dans ce pays si prompt à dispenser avalasses de pluie et grains-blancs. Elle n'osait ouvrir la bouche : le poids des mots ne serait pas suffisant. Elle préférait balbutier, sachant que Firmin ne la questionnerait point, s'enchantant de son propre sourire. À Bel-Évent, la négraille se déclarait prise d'engourdi. Il était vain de solliciter quelqu'un pour une tâche ayant trait de près ou de loin aux champs.

— Laisse la canne dormir, commandeur. Elle n'a pas besoin de nous. Tu ne vois pas comment elle se dresse fièrement dans le soleil ? plaidaient-ils.

En septembre, Firmin avait fait désherber, en octobre, il avait fait semer du caca-cheval et de l'engrais-France, en novembre, il avait fait dépailler. Maintenant il était grand temps de permettre à la canne de rouler à sa propre cadence qui n'était plus celle des humains. Ses racines étreignaient le spongieux du sol, se disséminaient dans ses entrailles et les chemins rouges qui partageaient les champs, semblables à des veines, se gonflaient de prestance. Duplan de Montaubert aimait à s'y promener, à pied, nu-tête, s'aidant du bâton sculpté de feu Télémaque avec lequel il tapotait la charnure des cannes. À peine répondait-il aux salutations des travailleurs ou à leurs offres d'un verre de rhum-décollage. Parfois, il conviait Firmin à faire la tournée de la plantation (c'était l'unique moment de l'année où il n'était pas suivi comme son ombre par Alcide Fleurimont, son soigneur de coqs de combat) et le béké et son commandeur ne brocantaient pas non plus la moindre parole.

Décembre c'était temps de muette calculation. Même quand il découvrait la peau piquée de dizaines de trous d'une touffe de cannes, œuvre de cette salopeté de vers qui traçait un filet rouge dans sa chair quand on l'épluchait, il n'émettait aucun bougonnement. De toute manière, il n'y avait rien à faire contre les attaques de ces vers, aucune parade efficace à leur opposer. Duplan savait bien qu'on mêlait les cannes piquées aux cannes en bonne santé et que l'usine ne s'en apercevait pas. La catastrophe n'était réelle que lorsqu'une parcelle entière se trouvait atteinte. À ce moment-là, la canne flétrissait et perdait du poids. Ses tournées relevaient aussi de la dissuasion : nombre de négrillons des environs profitaient du calme qui régnait sur la plantation pour dévaster la canne à l'endroit où elle avait poussé le plus bellement. Ayant travaillé quelques mois plus tôt comme petits-ateliers, ils avaient déjà repéré les côtés précis où elle se présenterait ferme et juteuse et, dans leurs têtes, chacun s'était déjà taillé son butin à lui. Chacun s'était aiguisé les dents longtemps à l'avance. Sur le chemin de l'école, une belle canne pouvait faire office de déjeuner pour cette marmaille qui n'avait, plus souvent que rarement, sur le falle qu'une timbale d'eau de café. Duplan prenait un plaisir infini à les poursuivre lorsqu'il en collait un ou deux en train de casser une tige sur son genou. Les écoliers s'escampaient en hurlant d'un ton mi-apeuré mi-farcesque :

— Voilà Parrain Béké, il va nous manger. De l'air !

Il arrivait à Duplan, en dépit du poids de sa bedondaire, d'en attraper un par les oreilles et là, il se délectait à le calotter sur les joues, à dénuder ses fesses pour les lui tailler à l'aide d'une liane de goyavier, imitant de sa voix caverneuse les cris du petit malheureux. Quand il tombait sur un « grand mâle-chien » ce qui veut dire un garnement qui allait sur ses quinze ans ou plus, il lui emprisonnait les bras derrière le dos et lui tenait une plaidoirie immuable :

— Respecte les affaires du béké, petit bougre ! Ce qui appartient au béké appartient au béké et ce qui est au nègre est au nègre. Apprends ça ! Est-ce que moi, je vole les biens de tes parents ? Hein ?

L'expression créole *bagay bétjé-a* (les biens du béké) était parée d'un halo de sacré. Sauf le communiste Jérôme, on se gardait d'approcher de trop près, de manier ou pire d'abîmer tout ce qui, hommes, bêtes ou plantes, était censé relever de la propriété exclusive du maître de Château-L'Étang. Voilà la raison pour laquelle personne n'avait encore baillé d'égorgette à cet insignifiant d'Alcide Fleurimont ni voltigé une roche à l'énorme chien dont la tâche consistait à rôdailler tout autour de la grand case, prêt à bondir sur le nègre imprudent qui n'avait pas annoncé sa venue à Da Nènesse, la nounou des petits Duplan. Mais les champs, les arbres fruitiers et les jardins créoles étaient si vastement étalés qu'on pouvait enfreindre la loi à la condition de ne pas se faire prendre. Si Duplan se montrait conciliant envers la marmaille chapardeuse, sachant bien que cela relevait du jeu de gendarme-voleur, pour les adultes, il ne passait pas la main. Quelques années plus tôt, en 1933 probablement, il avait débarqué en plein mois de février à Pièce Corrossol, endroit dont s'occupait le commandeur Félicien, et était tombé sur un spectacle plus qu'édifiant : coupeurs et amarreuses arrachaient à belles dents la peau de cannes si charnues que leur pulpe ne crissait point sous les dents tandis que Félicien ronflait à l'ombre d'un manguier. On n'avait pas entendu arriver Papa Béké et les nègres s'envoyaient des rigoladeries à se tordre le ventre, lutinaient les négresses, se chamaillaient à coups de calebasses pleines d'eau.

— *Zôt ka jwé oben zôt ka djoubaké ?* (Vous jouez ou vous travaillez ?), avait crié le Blanc-pays, trop estomaqué pour être hors de lui.

Les coutelas avaient été jetés trop loin pour que les coupeurs se précipitassent sur eux. Ils les avaient rangés avec soin sur un monticule. Il s'agissait donc bien d'un complot et non d'une petite distraction impromptue rendue nécessaire par la rudeur de la tâche à accomplir. Le commandeur Félicien n'avait pas suspendu son ronfler bien que le bruit des bottes de Duplan se fût approché à moins d'un pas de ses oreilles. Les travailleurs demeuraient statufiés, incapables de prendre une décision, laids comme des enfants pris en faute.

— *Wé nèg ! Wé nèg !* (Bon sang ! Bon sang !), ronchonnait le planteur en examinant les quatre piles et demie qu'ils avaient rassemblées, une misère !, au cours de la matinée.

Il se pencha, chercha un tronçon de canne sous la paille et tenta de l'éplucher avec ses dents sans y parvenir. Un nègre maquereau, un flatteur de première catégorie, se précipita pour lui rendre ce service. Duplan ne lui laissa pas le temps d'agir. Il le repoussa avec fermeté et se mit à le bastonner avec le tronçon. Pas une plainte ne s'échappa de la bouche du coupeur de canne. Pas un cri, pas un gémissement. Il subissait stoïque sa punition car il savait qu'ils avaient, ses camarades et lui, porté atteinte aux biens du béké en interrompant sans raison valable l'avancée de la coupe. Puis, le planteur se tourna vers la carcasse allongée et bienheureuse du commandant Félicien et cracha dessus. L'homme ne se réveillait toujours pas. Il lui flanqua un violent coup de pied dans le mitan de la cuisse et, sans paraître affecté par le hurlement de douleur du nègre, remonta tranquillement sur le dos de Monseigneur. Il se saisit de sa cravache cachée dans sa selle et la plaça sous son bras à-quoi-dire un stick anglais. Les coupeurs et les attacheuses en avaient profité pour reprendre le travail, l'air penaud ou résigné. Duplan vit volter sa monture et se dirigea tout droit à l'économat où, comme à son habitude, le géreur Baudoin Louvier de Laguarrande éclusait son rhum, avachi sur son bureau. Il dut lui passer un sacré modèle de va-te-laver car le bougre apparut, peu après, à moitié dessaoulé et se mit à engueuler le premier commandeur qu'il rencontra sur sa route, en l'occurrence Firmin Léandor, que personne à ce jour n'avait pu prendre en défaut.

— *Pil kann-tala pa ni vennsenk patjé !* (Cette pile n'a pas vingt-cinq paquets !), brailla-t-il en désignant un amas de cannes en train d'être chargé dans un cabrouet.

Il déclara avoir l'œil, savoir mesurer la canne sans l'aide d'une toise et, quand il eut fini de parler son compte de parler, il se posta en face du mulâtre dans l'attente sans doute que ce dernier s'en prenne aux travailleurs. Mal lui en prit car ce matin-là, Firmin avait vérifié avec minutie près de la moitié d'entre eux et tout s'était déroulé sans anicroche. Il explosa à son tour :

— Si vous continuez à me faire chier, je vous lâche votre travail ! Faites attention à moi, géreur, je ne suis pas votre petit garçon. J'ai un papa et il est mort-enterré à l'heure qu'il est, alors vos gammes et vos dièses, allez les jouer sur l'écale de quelqu'un d'autre, tonnerre de Brest !

Et il fit mine d'enlever sa veste-kaki et son casque colonial d'un geste théâtral qui eut pour effet d'accalmir le béké sur-le-champ. Il fixa Firmin d'un air bête, hésitant à faire le moindre pas pour ne point tituber devant la négraille dont il se croyait si-tellement supérieur. Puis, le commandeur se tourna vers ses coupeurs afin de les encourager à activer le travail et à leur manière d'être, il devina qu'ils étaient fiers de lui, fiers de voir un homme de couleur, fût-il un mulâtre et non un nègre-noir comme eux, tenir tête au Blanc. Le premier économe, mari de Dame Yvette, la boutiquière, semblait lui aussi apprécier l'attitude de Firmin bien qu'il fût comme peau et chemise avec le géreur. En fin d'après-midi, les trois commandeurs de Bel-Évent avaient coutume de s'attabler avec cet économe afin qu'il recopiât le nombre de piles de canne qu'ils avaient attribuées à chaque coupeur et amarreuse. Il disposait d'un énorme livre de comptes fort bien tenu qu'il remplissait à la plume sergent-major en tirant la langue. Son encrier et sa règle étaient chéris comme des objets précieux. Il ne se perdait pas en propos oiseux. Quand ils débarquaient à l'économat, il les attendait déjà, décidé à ne pas leur faire perdre une minute.

— Ton écriture est épaisse, avait-il coutume de gouailler Firmin, si tu étais né en ville, tu aurais fait un bon notaire, mon vieux.

Il recopiait le cahier du commandeur Jérôme avec davantage de circonspection, le sachant communiste et donc, dans son esprit, tout disposé à octroyer des faveurs aux travailleurs, chose qui était loin d'être le cas puisque Jérôme était une cravache avec les fainéantiseurs. Il avait un sens inné du travail bien fait et affirmait haut et fort que la révolution n'était pas faite pour permettre aux prolétaires de s'endormir. Au contraire, ils devraient redoubler d'effort le jour où le fruit de leur sueur leur reviendrait à eux et non à tous ces Blancs-pays qui les suçaient comme des sangsues. Avec le commandeur Félicien qui était analphabète, tout allait paradoxalement beaucoup plus vite. Jérôme et Firmin, quoique habitués à ses démonstrations de virtuosité mentale, ne pouvaient s'empêcher de rester le bec cloué quand il égrenait :

— Adeline Grand-Désir : 10 piles ; Raoul Morandier : 10 piles ; Germaine Hilarion : 12 piles ; Gustave Saint-Aubin : 14 piles...

Parfois, il faufilait un commentaire égrillard concernant un couple coupeur-amarreuse ou bien une allusion qu'il était le seul à comprendre mais qui leur arrachait un sourire tant il mimait à la perfection la voix de ses travailleurs. Si le commandeur Jérôme était né à la ville, il n'aurait pas ouvert une étude de notaire mais serait devenu un grand acteur comique. Il adorait raconter des blagues sales, quel que soit l'endroit où il se trouvait, à la grande fureur du conteur Gesner lequel ne souffrait pas qu'on les comparât. Gesner était le dépositaire de la parole ancestrale, des contes venus des confins de l'Afrique-Guinée et sur sa langue pesait l'interdit de conter en plein jour. L'eût-il fait qu'il aurait été aussitôt métamorphosé en panier. Ce Félicien, par contre, n'était qu'un bêtiseur, un raconteur de nigauderies et de cochoncetés qui pouvaient être jactées quand cela lui chantait.

En moins d'une heure de temps, le premier économe avait achevé de recopier leurs chiffres et son vrai travail commençait quand les commandeurs quittaient son bureau. Il passerait une grande partie de la nuit à calculer la paye de chacun pour que le samedi il n'y eût aucune erreur. Les coupeurs et les amarreuses, tout ignorants qu'ils étaient, gardaient gravé dans leur mémoire le nombre de piles qu'ils avaient coupées chaque jour et bien malin celui qui aurait tenté de les amblouser.

À l'inter-récolte, le travail du premier économe était moins simple. Fini le décompte des piles et le dénombrement des journées accomplies. Les coupeurs de canne devenaient bombeurs, canaliers et meneurs de charrue tandis que les attacheuses s'occupaient à désherber, à semer le fumier, à dépailler et à répandre du poison contre les rats. Les petites-bandes plantaient les bouts de canne dans les sillons et chacune de ces tâches avait son prix. Creuser les canaux à la barre à mine à l'entour des carreaux était payé plus cher que bomber qui consistait à récupérer la terre rejetée par les canaliers et à aplanir sur le dos des carreaux. N'importe qui pouvait s'improviser bombeur car on le prenait aussi comme un jeu. Lorsque la marmaille écrasait le fruit-à-pain dans son assiette du midi, elle s'amusait à dessiner les champs fraîchement sillonnés, entourés de canaux et bombés.

Ainsi donc, au finissement de la fameuse récolte de l'an 1936 où l'habitation Bel-Évent produisit les sept cents barriques que Firmin avait annoncées et même légèrement plus, Duplan de Montaubert voulut le nommer géreur en chef à la place de Baudoin. Ce dernier avait sombré dans une déliquescence mentale dont on savait qu'elle était devenue irrémédiable. Ses aller-venir chez Man Sélénis, la manieuse de philtres maléfiques, le duel qu'il avait imposé à l'amant de sa femme et qui avait tourné à son désavantage (son arme s'était enrayée au moment du tir), sa quasi-inutilité dans la bonne marche de la plantation et ses fréquentes chamailleries avec les nègres avaient fini par lasser le patron. Ou du moins par ratiociner la sollicitude dont il avait fait preuve à son égard depuis des lustres.

Firmin savait, pour sa part, qu'accepter cette promotion signifierait la résiliation du bail à colonat qu'il avait contracté auprès des Duplessis, surtout l'abandon de ce morceau de terre rouge qu'il avait tournée et retournée, peignée et dépeignée avec tant et tellement d'amour qu'en guise de rigoladerie, ses compères Jérôme et Félicien prétendaient être son enfant. L'enfant de son rêve de s'émanciper de la plantation, d'échapper aux rituels immuables de Bel-Évent, au sarclage, au désherbage, à l'engréyage puis à la coupe de la canne. À la répétition des jours et la routine des gestes. Parfois il lui arrivait de songer : « Eh ben, l'âge va te surprendre ici, oui. Tu vas mourir mulâtre d'habitation, foutre ! »

À Caféière, ses rangées d'ignames avec leurs vêtures chamarrées côtoyaient ses alignements de manioc et de bananiers. Les choux de Chine, les pois d'Angole, la patate douce s'épanouissaient entre ses arbres fruitiers. Il n'y avait pas de jour pour planter ni pour récolter. Chaque semaine ou chaque mois, un légume ou un fruit différent lui disait : « Prends-moi. » Mangues-Julie en juillet, quénettes et pommes-cannelle en août, corrossols en septembre, goyaves en octobre, ignames en novembre. Les paniers d'Éléonore ne désemplissaient pas. Le couple n'avait même pas assez de bras quand la saison avait été meilleure que d'habitude et Firmin devait débaucher des petites-bandes sur le chemin de l'école afin qu'ils l'aident à fouiller des fosses d'ignames ou à cueillir le café. En outre, il avait bon espoir que Duplessis finirait par se débarrasser de ces arpents de terre de Caféière si éloignés de son douillet cabinet de Fort-de-France. Il avait bon espoir de devenir le maître de son corps. Sa cousine Justine, qui se mêlait parfois d'être sa confidente bien qu'il se soit toujours méfié d'elle et de sa relation bientôt trentenaire avec le béké, tentait de le convaincre de choisir Bel-Évent en énumérant tous les avantages que lui procurerait (ainsi qu'à elle) sa nouvelle position de chef-géreur. Il y avait en elle également un petit brin de jalouseté à l'idée qu'ils avaient été élevés ensemble au cours de leur enfance, sa mère étant la demi-sœur de la sienne, qu'ils avaient peiné tous les deux dans la canne, du moins jusqu'à ce qu'à l'âge de quatorze ans, elle parvînt à rendre son corps déjà plantureux indispensable à Duplan de Montaubert et que ce dernier nommât Firmin commandeur — tiens ! presque la même année quand il réfléchissait — et qu'aujourd'hui leurs destins puissent tant diverger, le sien le plaçant en bien meilleure posture qu'elle. Ils n'ignoraient pas, en effet, que l'âge leur serait un jour fatal et elle plus rapidement que lui car ce n'étaient pas les jeunettes bien en chair et désirables qui manquaient sur la plantation, à Petit-Bourg, et dans toute la commune de Rivière-Salée en général. Dépensière comme il la connaissait, toujours préoccupée à dévaliser la brouette du Syrien pour se fanfrelucher, il se doutait que sa cousine n'avait pas mis deux francs et quatre sous de côté pour ses vieux jours. Elle s'imaginait que tant que Firmin serait commandeur à Bel-Évent et d'autant plus chef-géreur, Papa Béké aurait quelque scrupule à la répudier. Après tout, lui aussi était menacé par l'assaut des ans et, plus âgé que Justine et son cousin, il devait logiquement faire montre d'un moindre appétit des sens au fil du temps. C'était ignorer que le Blanc-pays était un être irrassasiable en la matière : Duplan, malgré ses soixante-quatre ans bien sonnés, déjuponnait à tour de bras la plupart des négresses nubiles qui folâtraient dans les parages. Les demi-frères des deux garçons que lui avait baillés Justine ne se comptaient plus. Il n'y avait pas là de quoi s'émouvoir outre mesure et Justine ne s'en souciait guère, regardant de très haut ses commères rivales puisqu'elle était la première, la favorite du Blanc, jusqu'au jour où ce dernier s'amouracha d'une drôlesse à qui le commandeur Félicien, pour nul ne savait quelles obscures raisons, avait confié la tâche de s'occuper des bœufs de cabrouet. Une partie de ceux-ci, qui travaillaient dur et ne pouvaient pas se contenter des seules amarres des champs de canne, étaient convoyés à l'en-haut d'un petit morne, non loin de Pièce Romanette, où ils trouvaient de la bonne herbe engraissée par d'incessantes pluies-fifine. La drôlesse espérait onze heures-midi pour démarrer ces bœufs-là de leurs cabrouets et les rassembler près d'une source afin de les propreter à grandes eaux, à l'aide d'une boquitte si énorme que Firmin s'était toujours demandé où elle dénichait la force pour la soulever. Il lui arrivait de la taquiner :

— Hé, mamzelle ! Si tu as trouvé un pied de force, dis-moi vite où il se trouve pour que j'aille secouer ses branches.

— Ha-ha-ha ! Je ne vois pas de quoi tu parles, commandeur. Je n'ai aucune force dans les bras, non. Ce que j'ai, c'est de la vaillantise au cœur.

De la vaillantise au cœur ! La drôlesse disait vrai : il fallait voir avec quelle dextérité elle mettait bon ordre dans le troupeau. Son chanter en imposait au plus major des bœufs et là encore, chacun s'étonnait qu'une voix si puissante pût tiger de sa frêle poitrine de femme-enfant. Elle avait appris l'art de « la voix-bœuf » auprès d'Alcide Fleurimont le soigneur de coqs-game, et l'avait vite dépassé. Il se doutait d'ailleurs bien que c'était lui qui avait signalé à Duplan la belleté de la jeune femme afin, sans doute, de rentrer à nouveau dans les bonnes grâces du patron. Fleurimont avait été de tout temps l'un des plus empressés rabatteurs de négresses de Duplan. Justine affirmait en ricanant qu'il les lui goûtait avant ! Mais Firmin avait la quasi-certitude qu'il n'avait jamais posé ses pattes velues sur la peau couleur de caïmite violette de la drôlesse. Elle était trop fuyante, trop fluide, elle glissait sur votre regard, ne s'attardait guère au même endroit et tenait secret les lieux où elle passait son temps libre. On la voyait arriver à la nuit close, apparemment fourbue, à la devanture de la case qu'elle partageait avec une veuve et ses trois enfants en bas âge, s'asperger bruyamment avec une demi-calebasse d'eau puisée dans le fût d'huile, l'unique fût réservé à cet effet, débordant d'eau de pluie en hivernage et aux trois quarts vide en période de carême. Elle sautillait de groupe en groupe, lâchait une parole aimable ici et là, se laissait peloter un bref instant par quelque vicieux, ouvrait de larges yeux devant les danses du bel-air, tressautait au rythme du tambour avant de s'éclipser dans la case où, à même le sol, elle s'effondrait dans un papa-sommeil. Firmin l'avait découverte dans cette posture incongrue un matin, avant le lever des merles, au cours duquel il avait pénétré dans chacune des cases à l'improviste accompagné des commandeurs Jérôme et Félicien, afin de débusquer le « dorlis », c'est-à-dire l'incube, qui fatiguait si-tellement les amarreuses depuis deux mois qu'elles ne parvenaient plus guère à accomplir une tâche par jour. Chaque tâche, l'équivalent de vingt piles de cannes, ne s'effectuait plus que sur deux jours, parfois trois et cet incompréhensible ralenti était la source de combats-de-gueule incessants entre coupeurs et amarreuses, amarreuses et arrimeurs ainsi que l'ensemble des travailleurs et les commandeurs. Le géreur Baudoin, quand il avait un petit brin de lucidité, pestait à tous vents :

— Il faut rétablir le fouet, tonnerre-de-Dieu ! On n'aurait jamais dû l'abolir. Il n'y a que ça qui oblige les nègres à ne pas fainéanter.

Tout un chacun soupçonnait le sieur Alcide Fleurimont, auquel personne ne connaissait de femme attitrée et dont le succès auprès des négresses était médiocre (à moins qu'elles n'espérassent accéder à Duplan à travers lui), de s'adonner à des pratiques maléfiques pour assouvir sa voracité, sa safreté comme nous disions dans notre parjure. C'est ça ! Fleurimont était un safre, un nègre à grand falle, un oiseau-mensfenil toujours en quête de sa proie. Cependant, il était malaisé de l'accuser ouvertement puisqu'il n'existait pas de preuves contre sa personne, les éraflures qui parcouraient le corps des femmes pouvant provenir de n'importe quel bougre de la plantation. Les trois commandeurs décidèrent de prendre l'affaire en main et le mieux était de débarquer à l'improviste à la rue Cases-Nègres, avant les premières lueurs du devant-jour qui, comme chacun sait, sont fatales aux incubes. Bien que ces êtres malfaisants fussent invisibles, leur présence se remarquait aux gémissements de la femme qu'ils étaient en train de besogner. Man Sélénis avait concocté une potion à base d'alcali et d'huile de crapaud-ladre que les commandeurs devaient projeter au-dessus de la victime en dessinant une croix, ce qui aurait eu pour effet de ramener aussitôt l'incube à sa forme humaine.

Firmin se doutait bien qu'ils ne réussiraient pas à surprendre Alcide. Ce nègre-là était plus rusé qu'un rat. Ils scrutèrent des dizaines de corps de femmes allongées qui sur des paillasses qui sur de grossiers planchers faits en bois de caisse de morue séchée. Seule la drôlesse couchait à même la terre battue, sans une once de toile pour la protéger de la froidure qui se levait d'entre les cannes vers quatre heures du matin. Firmin eut envie de la prendre dans ses bras et de la serrer très fort et au brillement qui passa dans le grain des yeux de ses deux compères, il sut qu'ils avaient été frappés du même sentiment. Mais ce qui frappa le plus Firmin fut qu'elle ne profita jamais de l'entichement du vieux béké pour obtenir de lui quelque poste moins pénible que celui d'attacher les cannes et de convoyer le troupeau de bœufs de cabrouets. Elle se gourmait pour qu'on l'embauchât à l'égal de n'importe quelle femme et injuriait le commandeur lorsqu'il lui avait préféré certaines qu'il jugeait plus nécessiteuses qu'elle.

— Cette négresse-là aime la canne ! lui avait affirmé, incrédule, sa cousine Justine.

— Tu vas cesser de billeveser, oui. Personne n'aime la canne. Ni le Blanc ni le mulâtre ni le nègre. Surtout pas le nègre, avait-il rétorqué.

— Je te répète que pour cette mamzelle-là, la canne n'est pas maudition. Je l'ai surprise plusieurs fois à se promener dans les pièces de canne, à se perdre dedans des heures et des heures durant et quand elle ressort, elle est gaie, elle virevolte, elle chantonne. Il faut la voir, oui !

À ce qu'il paraissait, la drôlesse était coutumière de ce genre d'escapades à la veille de la récolte, au mois de décembre, lorsque le ciel avait des clairetés de cristal et qu'aucun nuage ne venait l'obscurcir. Elle cueillait les flèches opalines des cannes les plus hautes pour en faire des bouquets qui se conserveraient dans l'unique carafe de sa case jusqu'à la fin du carême de l'année suivante. La splendeur de ces flèches-fleurs ainsi arrangées l'avait rendu pantois et Firmin en avait rapporté une à la maison qu'Éléonore voltigea de colère rentrée par la fenêtre. On baignait déjà dans la maudition et voilà qu'il l'hébergeait sous son propre toit en plus !

S'il fut incapable de sévir contre la drôlesse, c'était parce qu'elle lui avait révélé à lui-même à quel point il était attaché aux champs de canne. Il comprenait enfin pourquoi il pouvait demeurer des heures sur le pas de sa porte à contempler l'infini des feuilles vert tendre ou marcher seul dans les traces sans but réel, même s'il en profitait pour évaluer la poussée des plants ou les ravages occasionnés par les rongeurs. Sans le savoir, Justine avait trouvé une alliée en la personne de la toute jeune concubine de Duplan. Celle-ci le retenait d'abandonner Bel-Évent pour les terres rouges des hauteurs, certes propices à l'agriculture vivrière, faciles à retourner et à billonner mais dépourvues de la rêche grandeur des terres noires de la plaine de Rivière-Salée. Éléonore, par contre, ne voulait pas entendre parler de son éventuelle élévation au grade de chef-géreur.

— Les nègres vont te jalouser encore davantage. Tu as échappé au poison tant que tu étais commandeur mais là, ils ne vont pas te manquer, mon bougre.

Il faut dire que sa femme avait adopté des habitudes de villageoise. Elle s'était acheté un poste de radio à galène, une rutilante machine à coudre Singer avec laquelle elle confectionnait des robes extravagantes qu'elle recopiait dans des « journaux d'amour » venus d'En-France. Plus fréquemment qu'avant, elle se rendait à la capitale, par le yacht de Petit-Bourg, et lui vantait sans cesse la douceur de la vie en cet endroit. Les gens y étaient propres, bien habillés. Ils ne parlaient pas créole ou peu et donc n'injuriaient pas à tout propos. Chacun était à ses affaires et personne ne s'intéressait de se mêler de votre vie ni de vous critiquer. Elle nourrissait quelque scrupule à lui demander d'aller y habiter mais il devinait que cela était devenu son vœu le plus cher. On pouvait donc vivre des années dans la même couche que quelqu'un, se délecter du même café matinal que cette personne, grignoter le même morceau de patate grillée tout de suite après, s'asseoir sur le même petit banc à la chute du jour pour respirer le calme qui enveloppait le monde et brocanter des chatteries de couple, s'enlianner dans les draps au mitan de la nuit pour faire rugir ses sens et pourtant ne pas connaître les désirs les plus intimes de cet être-là. Il s'étonnait d'apprendre qu'elle avait ouvert un compte au Crédit Martiniquais sur lequel elle avait réussi à économiser près d'un million deux cent mille francs.

— De quoi nous acheter une maison ! annonça-t-elle d'une voix triomphante.

Le commandeur se trouva effrayé des audaces de son épouse, non seulement parce qu'il avait ignoré leur existence tout au long de ces dernières années mais aussi parce qu'il mesurait l'étendue du changement qui s'était produit dans la mentalité de celle-ci. Lui, il était demeuré un bougre de la campagne, un fils de l'habitation cannière tandis qu'à force de commercer au-delà de Rivière-Salée, de frotter son esprit à des gens différents dont la plupart n'avaient pas la moindre idée du travail de la canne, Éléonore ne voulait plus croupir dans la boue. Elle ambitionnait même le lycée Schœlcher pour leur fils aîné bien qu'il eût redoublé deux classes et n'avait plus aucune chance de passer l'examen des bourses. Il prendrait des leçons particulières et, avec les relations qu'elle s'était tissées chez certaines grosses familles d'En-Ville, il ne manquerait pas d'être accepté en classe de sixième en dépit de son âge avancé. Firmin ne sut que répondre à l'invitation de sa femme si contraire tant à la proposition de Duplan qu'aux adjurations de sa cousine Justine.

— Me voilà arrivé à un quatre-chemins, songea-t-il. Rester ici et devenir chef-géreur. Se retirer sur son jardin créole des hauteurs de Caféière. Partir vivre à Fort-de-France. Ou plus simplement continuer à exercer la fonction de commandeur d'habitation en refusant toute promotion. Aucun de ces chemins ne le satisfaisait pleinement. Aucun d'eux n'était en mesure d'apaiser l'espèce de lassitude de vivre qui s'était emparée de lui. Le commandeur Jérôme avait philosophé aussi :

— Il te reste un cinquième chemin, compère.

— Ah bon ! Lequel ?

— À toi de voir ! Quand un homme parvient au dernier versant de sa vie, il ne peut plus se permettre d'erreur.

— Duplan m'a baillé jusqu'en novembre pour prendre ma décision… mais, mon cher, la canne est finie, continua Firmin. Ce n'est pas la peine de nous boucher les yeux ni de nous raconter des couillonnades. Plus on s'esquinte dans la canne, moins elle rapporte.

— Si tes paroles sont vraies, c'est la colonie tout entière qui est perdue. La canne est le poteau-mitan de ce pays, Firmin. Je ne conçois pas qu'on puisse la remplacer. Vraiment non !

Firmin eut la vision subite d'une Rivière-Salée envahie par des herbes et les bois-ti-baume, d'une étendue de savanes vides de cultures, bientôt grignotées par l'avancée des mangliers que l'on contenait déjà au prix d'efforts surhumains. Il serra les dents pour ne pas tressaillir.

— Hon ! Mais quand même, le gouvernement nous offre à boire de l'eau de farine en guise de lait, oui.

— C'est à savoir s'il sait qu'il y a des nègres qui vivent en Martinique ! dérisionna le commandeur Jérôme. C'est à savoir !

Firmin se dit qu'il avait besoin de calculer seul dans sa tête. Il était un homme dans sa culotte et ne devait pas se laisser influencer par les sollicitations contradictoires de son entourage et de son patron. Il ne devait juger qu'en fonction de ses propres sentiments et d'eux seuls. En septembre, il fit procéder au désherbage des deux pièces dont il avait la charge, participant lui-même à cette tâche, sous le regard amusé des travailleurs. Ils croyaient que le bougre désirait un ultime contact physique avec la terre avant de devenir chef-géreur et donc de se pavaner en costume de lin blanc, un feutre sur la tête et une montre à gousset à la ceinture. Quelques flatteurs le nommaient par avance « Monsieur géreur » sans qu'il réagisse. L'herbe-goudrelle, la plus entêtée, rivalisait d'ardeur avec les jeunes plants de canne qu'elle couvrait par endroits. Des grappes de nègres bleus de Sainte-Anne à la peau satinée et magnifique, de chabins et de mulâtres aux yeux verts de la montagne du Vauclin, taciturnes ou rageurs, de nègres rouges, de nègres-griffes, des câpresses du Marin et de Sainte-Luce, commençaient à affluer à Rivière-Salée, près de deux mois avant le début de la récolte. Cette migration inhabituelle était due à la férocité, cette année-là, de ce que les Blancs-pays appelaient l'été de la Saint-Michel et le commun des mortels le « carême nègre ». Cette brutale coupure dans l'hivernage tarissait nettement-et-proprement l'eau bienfaisante du ciel, faisait le soleil arder autant qu'en enfer, cassurait les membranes du sol, jaunissait jusqu'au roussi toute trace de végétation. À Petit-Bourg, passage obligé sur la route de l'extrême sud, il y avait un signe qui ne trompait pas : dès qu'on apercevait une noria de camions corner les cabrouets avec véhémence et surtout leurs chauffeurs ne point s'arrêter dans quelque débit de la Régie pour se décrasser la gorge, on savait qu'ils charroyaient de l'eau. De l'eau à boire qui était vendue cinq francs la « bombe » sur les places publiques. Ces bombes étaient des boîtes de margarine en fer-blanc utilisées en temps normal pour recueillir le manger-cochon. En carême nègre, pas de fine bouche ni de gueule écalée qui tienne !

Firmin embaucha une bonne vingtaine de ces étrangers pour le désherbage sans créer le moindre émoi chez les natals de Rivière-Salée. Par ici, l'eau ne se retirait jamais tout à fait. Elle mûrissait sous les pieds en échasse des mangles, souterraine, saumâtre, sauvage pour tout dire. La nuit, elle remontait sous les coups de boutoir de la marée, faisant refluer la rivière plus haut que le débarcadère, presque au niveau du pont qui précède le quartier Lamberton. Les habitants proclamaient en souriant que nulle eau ne remontait les mornes sauf chez eux, endroit béni en dépit des maringouins et des moustiques bailleurs de paludisme, du vent traîtreux qui semaillait la coqueluche dans le berceau des nourrissons et le chaud-frette dans la couche des grandes personnes.

Firmin Léandor n'avait vécu que dans la plaine. Il n'était pas sûr de pouvoir s'acclimater sur les hauteurs d'autant qu'il lui faudrait y construire une maison. Duplan ne le chasserait pas du jour au lendemain de celle qu'il occupait gratuitement par accord tacite à Lamberton et cela depuis des lustres mais son honneur ne lui permettrait pas de continuer à en jouir après avoir refusé la promotion que lui avait offerte le patron. Le propriétaire de Caféière, Duplessis avait fait une proposition de vente somme toute pas tellement plus exorbitante que le montant annoncé, à savoir mille deux cents francs l'hectare, pouvait le laisser croire.

Certaines terres, situées il est vrai dans le nord de la Martinique, pouvaient valoir jusqu'à deux mille francs. Firmin n'avait pas encore réussi à rassembler tout à fait la somme correspondant à la superficie ré-arpentée par ses soins. Il avait, quelques années auparavant, signé un bail à colonat pour une propriété de cinq hectares quarante-deux centiares sept ares, du moins était-ce ce qu'indiquait l'acte du terrain de Duplessis. Il s'était donc fait couillonner non par ce citadin qui ne connaissait rien aux choses de la terre mais par lui-même, Firmin Léandor, par son ignorance d'homme des terres plates à juger avec précision de l'étendue d'un terrain morneux, coupé de ravines et couvert de bois par endroits. Dans la plaine, son œil de commandeur divisait la terre en carreaux et en cinq-sec, il était capable de vous indiquer n'importe quelle superficie à quelques ares près. Il s'était par conséquent éreinté à payer une redevance pour plus de cinq hectares alors qu'il n'en possédait guère que quatre sous la main !

— N'emprunte pas au Crédit Agricole ! lui avait conseillé le commandeur Jérôme auquel il s'était ouvert.

Le nègre communiste avait une méfiance instinctive envers les banques, l'administration et le gouvernement en général. Les hausses de salaire consécutives à la grande marche de la faim sur Fort-de-France de l'an 1935 ne l'avaient pas convaincu de la bonne volonté des puissants envers les travailleurs de la canne. Il n'avait confiance que dans les tontines, appelées « soussou » en créole, ou dans les animaux achetés et élevés en moitié. En dernier recours, il avait eu parfois affaire à Aubin Lheureux, l'instituteur-usurier de Grand-Bourg bien qu'entre ce bougre-là et lui existassent d'inconciliables divergences politiques.

— Autant emprunter entre les mains d'un nègre, suggérait-il à Firmin Léandor, vaut mieux enrichir un nègre que l'État compère.

— Oui... mais est-ce que tu vas réussir à lui faire baisser son taux ? Monsieur en est à neuf pour cent aujourd'hui d'après ce qu'on me dit.

— Neuf pour cent ! Sacré salope de voleur ! Non-non-non, ça se dit fils de Jaurès, frère des travailleurs et bla-bla-bla et puis en même temps, ça n'a qu'une idée en tête : pressurer les malheureux, s'indigna le commandeur Jérôme.

Firmin esquissa un demi-sourire :

— Que veux-tu ? Il a oublié que sa mère était amarreuse de canne. Aubin ne touche plus que de la craie maintenant, il a oublié le goût d'un manche de coutelas.

Plusieurs jours durant, le commandeur se retira dans le minuscule appentis de Caféière, sans pour autant toucher à son jardin créole. Il n'avait jamais pris conscience du fait que même d'en haut — ce quartier était le point culminant de toute la région de Rivière-Salée — la mer se refusait aux habitants de céans. D'aussi loin, elle ressemblait à quelque éclat de ciel qui aurait chaviré-tombé sur la terre. Sa teinte gris-bleu immuable, sa masse figée, inerte vous instillait un curieux sentiment d'irréalité. Il avait apporté avec lui ses papiers importants, son livret militaire, son certificat de mariage, une reconnaissance de dettes de cinq cent vingt-trois francs de la part de Gesner ainsi que le contrat de bail à colonage qu'il avait passé avec Marceau Duplessis un siècle de temps auparavant. D'avoir été conservé entre des draps, le papier en était devenu muc, champignonné par endroits, mais point du tout jauni et donc parfaitement déchiffrable :

CONTRAT DE BAIL À COLONAGE
9 avril 1933

Je soussigné, en vertu du pouvoir à moi donné par le sieur Marceau Duplessis, suivant sa procuration, certifie avoir permis au sieur Firmin Léandor de s'établir sur le terrain appelé vulgairement L'Habituée, au lieu-dit Caféière, qui se trouverait depuis la savane à bœufs de M. Faubert jusqu'au bout du chemin communal de La Guinée-Fleury, lequel terrain appartient audit sieur Duplessis, à la charge d'y cultiver la terre et d'en abattre le bois et ce moyennant la redevance de cinq cabris mâles par an, dix sacs d'ignames et autant de régimes de bananes créoles lesquels seront remis à la sœur puînée de sieur Duplessis, Amélie épouse Rosambert, résidant à la rue principale de Grand-Bourg de Rivière-Salée, près de la mairie, le temps de l'espace de quinze années, qui ont commencé le 12 janvier 1933. En foi de quoi nous avons signé le présent double pour servir à telle fin que de raison.

À Fort-de-France de la Martinique
le 9 décembre 1932.

DANIEL CLOSEL, notaire

Firmin sourit en se remémorant qu'il avait demandé à l'un de ses frères de se faire passer pour lui en ville et que le notaire n'y avait vu que du feu. Duplessis, pressé de conclure l'affaire, avait accepté d'être complice de cette supercherie au motif que Firmin Léandor ne pouvait abandonner Bel-Évent au moment où la récolte était sur le point d'être bouclée, ne serait-ce qu'un seul jour. S'il avait su que le commandeur appréhendait le monde d'En-Ville, il s'en serait probablement gaussé et aurait signé de moins mauvais gré. D'ailleurs, il ne se passait pas d'année sans qu'il reprochât à Firmin de l'avoir contraint à commettre une indélicatesse envers les lois de la République française. Par bonheur, ce Marceau Duplessis se montrait rarement plus d'une fois l'an à Rivière-Salée qu'il surnommait « Commune à moustiques » à chaque phrase qui sortait de sa bouche.

Le commandeur du sucre se saisit du bail, le tourna entre ses mains, hésitant à le déchirer pour, final de compte, se décider à le brûler à l'aide d'une bougie. Ainsi n'aurait-il pas la lâche tentation de le renouveler ! Ou bien il achetait L'Habituée ou bien il y cessait définitivement toute activité pour occuper le poste de chef-géreur sur la plantation. Poste fort convoité tant par le commandeur Jérôme que son compère Félicien. Eux ne comprenaient pas qu'il tergiversât et se perdît en vaines conjectures et mît dans la balance quatre ridicules hectares de terre bosselée, certes fertile et pourvoyeuse de grosse monnaie, mais sans commune mesure avec les soixante-seize hectares de canne de Bel-Évent. Être chef-géreur c'était devenir maître après Dieu c'est-à-dire après Honoré Duplan de Montaubert dont la présence sur la plantation était aussi ténue que celle de notre Seigneur Jésus-Christ sur la terre. C'était devenir le vrai chef de Bel-Évent.

Au bout de cinq jours de réclusion volontaire, les méditations de Firmin Léandor furent troublées par l'arrivée tempétueuse de son épouse. Elle s'était fait conduire en cabrouet par Sonson, vêtue de ses hardes de messe, les cheveux enserrés dans un madras jaune safran d'une arrogance qui inquiéta aussitôt le commandeur. Elle demeura en arrêt un court instant devant le pied d'immortelle aux fleurs sanglantes qui servaient de bornage entre L'Habituée et la propriété d'un nègre procédurier dans l'âme qui n'avait eu cesse de chercher chicane à Firmin prétextant que le bornage effectué au moment du bail avait empiété sur ses terres. Elle releva les pans de sa robe créole pour éviter que l'herbe-à-marie-honte ne l'éraflât et avança, roide, dans la petite allée qui conduisait à l'appentis. Elle ne prononça pas une miette de parole. Simplement prit-elle les mains de son homme et s'en caressa les joues avec une lenteur qui émut Firmin.

— *Pati ou ka pati ?* (Tu t'en vas donc ?), murmura-t-il.

L'ébourrifure de ses cheveux de câpresse était sagement domptée par une cordelette incrustée de petites pierres en chrysocale que le Syrien Abdallah faisait passer pour des améthystes. À son cou, un lourd collier-forçat en or massif éclairait le brun de sa peau que des années d'aller-venir, un panier plein ras bord sur la tête, n'avaient pas réussi à flétrir. Firmin prit conscience qu'Éléonore était plus attirante à cinquante ans passés qu'au moment où il l'avait épousée. Sans qu'il s'en rende compte, la femme discrète et soumise qui lui amidonnait pendant des après-midi entières son costume blanc du dimanche, lui empesait le mouchoir dont il ornait sa poche, lui lustrait avec du cirage « box-calf » ses godillots noirs, cette femme-là s'était métamorphosée petit à petit en une négresse-debout, une mâle-femme qui n'avait plus besoin de personne pour conduire sa destinée. Ainsi avait-elle rongé son amertume en silence de n'avoir pas pu lui bailler une marmaille, même une fille, s'était-elle occupée de ses enfants, en particulier de son fils aîné, comme le fruit de ses propres entrailles et voilà qu'il était en passe d'accéder au lycée. Elle avait réussi à le sauver de la canne, usant de mille ruses pour qu'il ne ratât pas l'école, invoquant les signes avant-coureurs d'asthme qu'il avait montrés en guise d'excuse ou d'explication au fait que, même pendant les grandes vacances, il restait à la maison la tête enfouie dans un livre.

— Tu la prends ? lui demanda Éléonore en lui tendant l'épaisse clef noire de leur demeure de Lamberton.

— Mer… merci, chère…

— Si tu veux me rejoindre… demain, après-demain, comme tu veux, ajouta-t-elle, j'ai déjà rangé deux mallettes de linge pour toi. J'habiterai à cette adresse-là.

Il lut « Foyer Saint-Antoine, chez Mme Hermione Lisnan, 2, rue Britmer, Terres-Sainvilles, Fort-de-France ».

— Jean-André part avec toi ? s'enquit-il.

— Il le faut bien… ce petit mouscouillon a un paquet d'avenir devant lui. Rester ici ne lui apporterait rien de bon.

Éléonore, les yeux brillants d'une saupoudrée de larmes, fit une pirouette et regagna le cabrouet où Sonson faisait celui que les histoires de mulâtres ne concernaient pas. L'immense lassitude qui s'était emparée de Firmin depuis le commencement de l'année 1936 pesa à nouveau sur ses épaules. Il voulut courir dans le chemin, héler le cabrouet, supplier Éléonore de l'attendre, lui annoncer qu'il avait choisi de se retirer dans l'En-Ville avec elle, qu'il l'aimait aussi fort que le jour où il s'était lancé le défi de couper trente piles de canne en une seule journée et qu'elle l'avait serré dans ses bras, éperdue timide tout à la fois mais il n'en fit rien. Ses pieds refusaient d'avancer. Bientôt le tombereau disparut derrière la lisière des girofliers, canneliers et muscadiers de la propriété aux senteurs troublantes chaque fois que le vent se levait ou que la rosée avait été abondante. Il songea qu'il devrait couper certains de ces arbres au cas où il achèterait L'Habituée pour dégager de la place pour sa future maison. Il but au goulot presque une chopine de rhum. Vers le soir, son voisin enquiquineur le héla de l'autre bord du chemin, lui posant la même sempiternelle question depuis des années :

— Hé, mulâtre, le jour où ton bail empoisonne ton existence, dis-le-moi. Je le reprends là-même, oui !

— Tu peux aller causer à Man Amélie Duplessis, épouse-Rosambert…

— Quoi ? Ce n'est pas ce que mes deux oreilles ont entendu. Eh ben Bondieu, tu t'en vas, mulâtre ? Tu retires tes pieds de Caféière ?

— Hélas oui. Je ne peux pas continuer ici. Je serai chef-géreur cette année…

— CHEF-GÉREUR ! Bravo ! Félicitations, mulâtre ! sauta comme un cabri le nègre procédurier.

Firmin Léandor n'avait que faire des flagorneries de ce bougre qui ne rêvait que d'agrandir sa propriété afin de se déclarer mulâtre. En effet, le mulâtre qui marche nu-pieds et dont la bouche écorche le français est un nègre. Le nègre qui possède un sac d'argent est un mulâtre. Il n'y avait que le Blanc que la déchéance n'atteignait pas dans son intégrité : le géreur Baudoin demeura blanc jusqu'à son internement dans un hôpital pour fous de Fort-de-France. Firmin sella son cheval étonné de la quiétude de ses gestes. L'émotion qu'avait suscitée en lui le départ d'Éléonore s'était estompée. Il défroissa de la main son pantalon-kaki, reboutonna le haut de sa chemise et posa son casque colonial sur sa tête. Flattant la bête sous le cou, coiffant sa crinière, il émit le bref grognement qui lui indiquait que son maître voulait se déplacer. Le trajet des hauteurs de Caféière au quartier Lamberton ne lui parut pas interminable pour une fois. En cette fin d'août, les cannes nouvelles avaient poussé en épis, de la taille d'un homme, chose qui lui permettait d'envisager presque toute l'étendue de Bel-Évent. À Pièce Fond-Savon, au bordage de la mangrove, elles accusaient comme à l'accoutumée un certain retard de croissance qu'elles ne tarderaient pas à rattraper dans la descente du mois de septembre. Une sensation d'immense doucine le pénétra, le poussant à ralentir sa monture. Il était l'homme de la canne, il avait fait pousser la canne toute sa vie et elle-même l'avait formé depuis l'époque où, jeune petit-braille insouciant, il la coupait pour un salaire dérisoire, vite dépensé le samedi soir à la case-à-rhum de Dame Yvette.

— Je suis un nègre-canne ! déclara-t-il tout haut quand il déboucha dans la cour de terre battue de sa maison.

— Tu ne perds pas ta manie de parler tout seul à haute voix, mon bougre, lui lança quelqu'un.

Éléonore était assise sur la véranda, dans une dodine. Elle n'avait pas allumé la lampe-Coleman. Son cou ne portait aucun bijou, ses cheveux dénoués couvraient en partie son visage mais elle s'était drapée dans sa grand-robe, cette robe héritée de sa mère, aux moireries subtiles, que certains békés lui avaient proposé d'acheter, alors qu'elle assistait à une messe en l'honneur de la victoire de 14-18 à l'église de Grand-Bourg. Firmin Léandor amarra son cheval au balcon de la véranda en s'écriant comme si rien ne s'était passé :

— *Fanm-lan, sa ki ni pou manjé oswé-a, fout ?* (Hé femme, qu'y a-t-il à manger ce soir, foutre ?)

En lui posant un baiser sur le front, une idée étrange lui traversa l'esprit : il n'était pas resté à Bel-Évent uniquement par amour de la canne mais aussi et surtout pour l'éphémère fureur orangée des feuilles de bois-côtelettes lorsque la saison du carême atteignait son apogée.

Étrange idée en vérité…

avril 1991 - mars 1993

La Carrière (Vauclin)

ÉGALEMENT CHEZ POCKET
LITTÉRATURE GÉNÉRALE

ABGRALL JEAN-MARIE
La mécanique des sectes

ALBERONI FRANCESCO
Le choc amoureux
L'érotisme
L'amitié
Le vol nuptial
Les envieux
La morale
Je t'aime
Vie publique et vie privée

ANTILOGUS PIERRE
FESTJENS JEAN-LOUIS
Guide de self-control à l'usage des conducteurs
Guide de survie au bureau
Guide de survie des parents
Le guide du jeune couple
L'homme expliqué aux femmes
L'école expliquée aux parents

ARNAUD GEORGES
Le salaire de la peur

BARJAVEL RENÉ
Les chemins de Katmandou
Les dames à la licorne
Le grand secret
La nuit des temps
Une rose au paradis

BERBEROVA NINA
Histoire de la baronne Boudberg
Tchaïkovski

BERNANOS GEORGES
Journal d'un curé de campagne
Nouvelle histoire de Mouchette
Un crime

BESSON PATRICK
Le dîner de filles

BLANC HENRI-FRÉDÉRIC
Combats de fauves au crépuscule
Jeu de massacre

BOISSARD JANINE
Marie-Tempête
Une femme en blanc

BORGELLA CATHERINE
Marion du Faouët, brigande et rebelle

BOTTON ALAIN DE
Petite philosophie de l'amour
Comment Proust peut changer votre vie
Le plaisir de souffrir

BOUDARD ALPHONSE
Mourir d'enfance
L'étrange Monsieur Joseph

BOULGAKOV MIKHAÏL
Le maître et Marguerite
La garde blanche

BOULLE PIERRE
La baleine des Malouines
L'épreuve des hommes blancs
La planète des singes
Le pont de la rivière Kwaï
William Conrad

BOYLE T. C.
Water Music

BRAGANCE ANNE
Anibal
Le voyageur de noces
Le chagrin des Resslingen
Rose de pierre

BRONTË CHARLOTTE
Jane Eyre

Burgess Anthony
L'orange mécanique
Le testament de l'orange
L'homme de Nazareth

Buron Nicole de
Chéri, tu m'écoutes ?

Buzzati Dino
Le désert des Tartares
Le K
Nouvelles (Bilingue)
Un amour

Carr Caleb
L'aliéniste
L'ange des ténèbres

Carrière Jean
L'épervier de Maheux
Achigan

Carrière Jean-Claude
La controverse de Valladolid
Le Mahabharata
La paix des braves
Simon le mage
Le cercle des menteurs

Cesbron Gilbert
Il est minuit, docteur Schweitzer

Chandernagor Françoise
L'allée du roi

Chang Jung
Les cygnes sauvages

Chateaureynaud G.-O.
Le congrès de fantomologie
Le château de verre
La faculté des songes

Chimo
J'ai peur
Lila dit ça

Cholodenko Marc
Le roi des fées

Clavel Bernard
Le carcajou
Les colonnes du ciel
1. La saison des loups
2. La lumière du lac
3. La femme de guerre
4. Marie Bon Pain
5. Compagnons du Nouveau Monde

La grande patience
1. La maison des autres
2. Celui qui voulait voir la mer
3. Le cœur des vivants
4. Les fruits de l'hiver

Jésus, le fils du charpentier
Malataverne
Lettre à un képi blanc
Le soleil des morts
Le seigneur du fleuve

Collet Anne
Danse avec les baleines

Comte-Sponville André, Ferry Luc
La sagesse des Modernes

Courrière Yves
Joseph Kessel

Cousteau Jacques-Yves
L'homme, la pieuvre et l'orchidée

Dautun Jeanne
Un ami d'autrefois

David-Néel Alexandra
Au pays des brigands gentilshommes
Le bouddhisme du Bouddha
Immortalité et réincarnation
L'Inde où j'ai vécu
Journal (2 tomes)
Le Lama aux cinq sagesses
Magie d'amour et magie noire
Mystiques et magiciens du Tibet
La puissance du néant
Le sortilège du mystère
Sous une nuée d'orages
Voyage d'une Parisienne à Lhassa
La lampe de sagesse
La vie surhumaine de Guésar de Ling

Decaux Alain
L'abdication
C'était le xve siècle
  tome 1
  tome 2
  tome 3
Histoires extraordinaires
Nouvelles histoires extraordinaires
Tapis rouge

Deniau Jean-François
La Désirade
L'empire nocturne
Le secret du roi des serpents
Un héros très discret
Mémoires de 7 vies
1. Les temps nouveaux
2. Croire et oser

Espitallier Jean-Michel
Pièces détachées

Faulks Sebastian
Les chemins de feu

Fernandez Dominique
Le promeneur amoureux

Fitzgerald Scott
Un diamant gros comme le Ritz

Forester Cecil Scott
Aspirant de marine
Lieutenant de marine
Seul maître à bord
Trésor de guerre
Retour à bon port
Le vaisseau de ligne
Pavillon haut
Le seigneur de la mer
Lord Hornblower
Mission aux Antilles

France Anatole
Crainquebille
L'île des pingouins

Franck Dan / Vautrin Jean
La dame de Berlin
Le temps des cerises
Les noces de Guernica
Mademoiselle Chat

Gallo Max
Napoléon
1. Le chant du départ
2. Le soleil d'Austerlitz
3. L'empereur des rois
4. L'immortel de Sainte-Hélène

La Baie des anges
1. La Baie des anges
2. Le palais des fêtes
3. La Promenade des Anglais

De Gaulle
1. L'appel du destin
2. La solitude du combattant
3. Le premier des Français
4. La statue du commandeur

Genevoix Maurice
Beau François
Bestiaire enchanté
Bestiaire sans oubli
La forêt perdue
Le jardin dans l'île
La Loire, Agnès et les garçons
Le roman de Renard
Tendre bestiaire

Giroud Françoise
Alma Mahler
Jenny Marx
Cœur de tigre
Cosima la sublime

Grèce Michel de
Le dernier sultan
L'envers du soleil – Louis XIV
La femme sacrée
Le palais des larmes
La Bouboulina
L'impératrice des adieux

Guitton Jean
Mon testament philosophique

Hermary-Vieille Catherine
Un amour fou
Lola
L'initié
L'ange noir

Hirigoyen Marie-France
Le harcèlement moral

Hyvernaud Georges
La peau et les os

Inoué Yasushi
Le geste des Sanada

Jacq Christian
L'affaire Toutankhamon
Champollion l'Egyptien
Maître Hiram et le roi Salomon
Pour l'amour de Philae
Le Juge d'Egypte
1. La pyramide assassinée
2. La loi du désert
3. La justice du Vizir

La reine soleil
Barrage sur le Nil
Le moine et le vénérable
Sagesse égyptienne
Ramsès
1. Le fils de la lumière
2. Le temple des millions d'années
3. La bataille de Kadesh
4. La dame d'Abou Simbel
5. Sous l'acacia d'Occident

Les Égyptiennes
Le pharaon noir
Le petit Champollion illustré

Janicot Stéphanie
Les Matriochkas

Joyce James
Les gens de Dublin

Kafka Franz
Le château
Le procès

Kaufmann Jean-Claude
Le cœur à l'ouvrage

Kazantzaki Nikos
Alexis Zorba
Le Christ recrucifié
La dernière tentation du Christ
Lettre au Greco
Le pauvre d'Assise

Kennedy Douglas
L'homme qui voulait vivre sa vie

Kessel Joseph
Les amants du Tage
L'armée des ombres
Le coup de grâce
Fortune carrée
Pour l'honneur

Lainé Pascal
Elena

Lapierre Alexandra
L'absent
La lionne du boulevard
Fanny Stevenson
Artemisia

Lapierre Dominique
La cité de la joie
Plus grand que l'amour
Mille soleils

Lapierre Dominique
et Collins Larry
Cette nuit la liberté
Le cinquième cavalier
O Jérusalem
... ou tu porteras mon deuil
Paris brûle-t-il ?

Lawrence D.H.
L'amant de Lady Chatterley

Léautaud Paul
Le petit ouvrage inachevé

Lê Linda
Les trois Parques

Levi Primo
Si c'est un homme

Lewis Roy
Le dernier roi socialiste
Pourquoi j'ai mangé mon père

Loti Pierre
Pêcheur d'Islande

Lucas Barbara
Infirmière aux portes de la mort

Mallet-Joris Françoise
La maison dont le chien est fou
Le rempart des Béguines

Mauriac François
Le romancier et ses personnages
Le sagouin

Mawson Robert
L'enfant Lazare

Messina Anna
La maison dans l'impasse

Michener James A.
Alaska
1. La citadelle de glace
2. La ceinture de feu
Caraïbes (2 tomes)
Hawaii (2 tomes)
Mexique
Docteur Zorn

Milovanoff Jean-Pierre
La splendeur d'Antonia
Le maître des paons

Mimouni Rachid
De la barbarie en général et de l'intégrisme en particulier
Le fleuve détourné
Une peine à vivre
Tombéza
La malédiction
Le printemps n'en sera que plus beau
Chroniques de Tanger

Miquel Pierre
Le chemin des Dames

Mitterand Frédéric
Les aigles foudroyés

Monteilhet Hubert
Néropolis

Montupet Janine
La dentellière d'Alençon
La jeune amante
Un goût de miel et de bonheur sauvage
Dans un grand vent de fleurs
Bal au palais Darelli

Morgièvre Richard
Fausto
Andrée
Cueille le jour

Nakagami Kenji
La mer aux arbres morts
Mille ans de plaisir

Nasr Eddin Hodja
Sublimes paroles et idioties

Nin Anaïs
Henry et June (Carnets secrets)

O'Brian Patrick
Maître à bord
Capitaine de vaisseau
La « Surprise »

Pears Iain
Le cercle de la croix

Perec Georges
Les choses

Peyramaure Michel
Henri IV
1. L'enfant roi de Navarre
2. Ralliez-vous à mon panache blanc !
3. Les amours, les passions et la gloire

Purves Libby
Comment ne pas élever des enfants parfaits
Comment ne pas être une mère parfaite
Comment ne pas être une famille parfaite

Queffelec Yann
La femme sous l'horizon
Le maître des chimères
Prends garde au loup
La menace

Radiguet Raymond
Le diable au corps

Ramuz C.F.
La pensée remonte les fleuves

Revel Jean-François
Mémoires

Revel Jean-François,
Ricard Matthieu
Le moine et le philosophe

Rey Françoise
La femme de papier
La rencontre
Nuits d'encre
Marcel facteur

Rice Anne
Les infortunes de la belle au bois dormant
1. L'initiation
2. La punition
3. La libération

Rifkin Jeremy
Le siècle biotech

Rouanet Marie
Nous les filles
La marche lente des glaciers

Sagan Françoise
Aimez-vous Brahms...
... et toute ma sympathie
Bonjour tristesse
La chamade
Le chien couchant
Dans un mois, dans un an
Les faux-fuyants
Le garde du cœur
La laisse
Les merveilleux nuages
Musiques de scènes
Répliques
Sarah Bernhardt
Un certain sourire
Un orage immobile
Un piano dans l'herbe
Un profil perdu
Un chagrin de passage
Les violons parfois
Le lit défait
Un peu de soleil dans l'eau froide
Des bleus à l'âme
Le miroir égaré
Derrière l'épaule...

Salinger Jerome-David
L'attrape-cœur
Nouvelles

Sarraute Claude
Des hommes en général et des femmes en particulier

Saumont Annie
Après
Les voilà quel bonheur
Embrassons-nous

Sparks Nicholas
Une bouteille à la mer

Stocker Bram
Dracula

Tartt Donna
Le maître des illusions

Troyat Henri
Faux jour
La fosse commune
Grandeur nature
Le mort saisit le vif
Les semailles et les moissons
1. Les semailles et les moissons
2. Amélie
3. La Grive
4. Tendre et violente Elisabeth
5. La rencontre

La tête sur les épaules

Valadon Suzanne
1. Les escaliers de Montmartre
2. Le temps des ivresses

Valdès Zoé
Le néant quotidien
Sang bleu *suivi de*
La sous-développée

Vialatte Alexandre
Antiquité du grand chosier
Badonce et les créatures
Les bananes de Königsberg
Les champignons du détroit de Behring
Chronique des grands micmacs
Dernières nouvelles de l'homme
L'éléphant est irréfutable

L'éloge du homard et autres insectes utiles
Et c'est ainsi qu'Allah est grand
La porte de Bath Rahbim

Victor Paul-Émile
Dialogues à une voix

Villers Claude
Les grands aventuriers
Les grands voyageurs
Les stars du cinéma
Les voyageurs du rêve

Wallace Lewis
Ben-Hur

Waltari Mika
Les amants de Byzance
Jean le Pérégrin

Wells Rebecca
Les divins secrets des petites ya-ya

Wickham Madeleine
Un week-end entre amis

Wolf Isabel
Tiffany Trott

Xenakis Françoise
« Désolée, mais ça ne se fait pas »

ROMAN

ADLER ELIZABETH
Secrets en héritage
Le secret de la villa Mimosa

ASHLEY SHELLEY V.
L'enfant de l'autre rive
L'enfant en héritage

BEAUMAN SALLY
Destinée
Femmes en danger

BENNETT LYDIA
L'héritier des Farleton
L'homme aux yeux d'or
Le secret d'Anna

BENZONI JULIETTE
De deux roses l'une
Un aussi long chemin
Les dames du Méditerranée-Express
1 - La jeune mariée
2 - La fière Américaine
3 - La princesse mandchoue
Fiora
1 - Fiora et le Magnifique
2 - Fiora et le Téméraire
3 - Fiora et le pape
4 - Fiora et le roi de France
Les loups de Lauzargues
1 - Jean de la nuit
2 - Hortense au point du jour
3 - Félicia au soleil couchant
Les treize vents
1 - Le voyageur
2 - Le réfugié
3 - L'intrus
4 - L'exilé
Le boiteux de Varsovie
1 - L'étoile bleue
2 - La rose d'York
3 - L'opale de Sissl
4 - Le rubis de Jeanne la Folle
Secret d'État
1 - La chambre de la reine
2 - Le roi des Halles
3 - Le prisonnier masqué

BICKMORE BARBARA
Une lointaine étoile
Médecin du ciel

BINCHY MAEVE
Le cercle des amies
Noces irlandaises
Retour en Irlande
Les secrets de Shancarrig
Portraits de femmes
Le lac aux sortilèges
Nos rêves de Castlebay

BLAIR LEONA
Les demoiselles de Brandon Hall

BRADSHAW GILLIAN
Le phare d'Alexandrie
Pourpre impérial

BRIGHT FREDA
La bague au doigt

BRUCE DEBRA
La maîtresse du Loch Leven

CASH SPELLMAN CATHY
La fille du vent
L'Irlandaise

CHAMBERLAIN DIANE
Vies secrètes
Que la lumière soit
Le faiseur de pluie

CHASE LINDSAY
Un amour de soie

COLLINS JACKIE
Les amants de Beverly Hills
Le grand boss
Lady boss
Lucky
Ne dis jamais jamais
Rock star
Les enfants oubliés
Vendetta

Collins Joan
Love
Saga

Courtillé Anne
Les dames de Clermont
1 - Les dames de Clermont
2 - Florine
Les messieurs de Clermont

Cousture Arlette
Émilie
Blanche

Crane Teresa
Demain le bonheur
Promesses d'amour
Cet amour si fragile

Dailey Janet
L'héritière
Mascarade
L'or des Trembles
Rivaux
Les vendanges de l'amour

Delinsky Barbara
La confidente

Denker Henry
Le choix du docteur Duncan
La clinique de l'espoir
L'enfant qui voulait mourir
Hôpital de l'espoir
Le procès du docteur Forrester
Elvira
L'infirmière

Dervin Sylvie
Les amants de la nuit

Deveraux Jude
La princesse de feu
La princesse de glace

Dunmore Helen
Un été vénéneux

Falconer Colin
Les nuits de Topkapi

Gage Elizabeth
Un parfum de scandale

Gallois Sophie
Diamants

Goudge Eileen
Le jardin des mensonges
Rivales

Greer Luanshya
Bonne Espérance
Retour à Bonne Espérance

Gregory Philippa
Les dernières lueurs du jour
Sous le signe du feu
Les enchaînés

Haran Maeve
Le bonheur en partage
Scènes de la vie conjugale

Ibbotson Eva
Les matins d'émeraude

Jaham Marie-Reine de
La grande Béké
Le maître-savane
L'or des îles
1 - L'or des îles
2 - Le sang du volcan
3 - Les héritiers du paradis

Jones Alexandra
La dame de Mandalay
La princesse de Siam
Samsara

Krantz Judith
Flash
Scrupules (t. 1)
Scrupules (t. 2)

Krentz Jayne Ann
Coup de folie

Laker Rosalind
Aux marches du palais
Les tisseurs d'or

La tulipe d'or
Le masque de Venise
Le pavillon de sucre
Belle époque

LANCAR CHARLES
Adélaïde
Adrien

LANSBURY CORAL
La mariée de l'exil

MCNAUGHT JUDITH
L'amour en fuite
Garçon manqué

PERRICK PENNY
La fille du Connemara

PHILIPPS SUSAN ELIZABETH
La belle de Dallas

PILCHER ROSAMUND
Les pêcheurs de coquillages
Retour en Cornouailles

PLAIN BELVA
A force d'oubli
A l'aube l'espoir se lève aussi
Et soudain le silence
Promesse
Les diamants de l'hiver

PURCELL DEIRDRE
Passion irlandaise
L'été de nos seize ans
Une saison de lumière

RAINER DART IRIS
Le cœur sur la main
Une nouvelle vie

RIVERS SIDDONS ANNE
La Géorgienne
La jeune fille du Sud
La maison d'à côté
La plantation
Quartiers d'été
Vent du sud
La maison des dunes
Ballade italienne
La fissure

ROBERTS ANN VICTORIA
Possessions

RYAN MARY
Destins croisés

RYMAN REBECCA
Le trident de Shiva
Le voile de l'illusion

SHELBY PHILIP
L'indomptable

SIMONS PAULLINA
Le silence d'une femme

SLOAN SUSAN R.
Karen au cœur de la nuit

SPENCER JOANNA
Les feux de l'amour
1 - Le secret de Jill
2 - La passion d'Ashley

STEEL DANIELLE
L'accident
Coups de cœur
Disparu
Joyaux
Le cadeau
Naissances
Un si grand amour
Plein ciel
Cinq jours à Paris
La foudre
Honneur et courage
Malveillance
La maison des jours heureux
Au nom du cœur
Le Ranch
Le fantôme

TAYLOR BRADFORD BARBARA
Les femmes de sa vie

TORQUET ALEXANDRE
Ombre de soie

TROLLOPE JOHANNA
Un amant espagnol
Trop jeune pour toi
La femme du pasteur
De si bonnes amies
Les liens du sang
Les enfants d'une autre

VICTOR BARBARA
Coriandre

WALKER ELIZABETH
L'aube de la fortune
Au risque de la vie

WESTIN JANE
Amour et gloire

WILDE JENNIFER
Secrets de femmes

WOOD BARBARA
African Lady
Australian Lady
Séléné
Les vierges du paradis
La prophétesse
Les fleurs de l'Orient

Achevé d'imprimer en mai 2000
sur les presses de l'Imprimerie Bussière
à Saint-Amand (Cher)

POCKET - 12, avenue d'Italie - 75627 Paris Cedex 13
Tél. : 01-44-16-05-00

— N° d'imp. 990. —
Dépôt légal : mai 2000.

Imprimé en France